Hello, Korea!

Thank you for welcoming the gentle alien at the heart of Beautyland. As this novel is about knowing every human on Earth, it is an honor to share it with Korean readers.

From the misty Catskill mountains in New York State,

Marie-Helene Bertino

한국의 여러분, 안녕하세요!
뷰티랜드의 중심에 있는 이 온화한 외계인을 환영해주셔서 고맙습니다.
이 소설은 지구상의 모든 사람을 알아가는 여정을 담고 있기에,
한국 독자들과 이 이야기를 나눌 수 있어 영광입니다.

뉴욕의 안개 낀 캐츠킬산맥에서,
마리-헐린 버티노

외계인 자서전

BEAUTYLAND
Copyright ⓒ 2024 by Marie-Helene Bertino
Published by arrangement with William Morris Endeavor
Entertainment, LCC.
All rights reserved.

Korean Translation Copyright ⓒ 2025 by EunHaeng NaMu
Publishing Co., Ltd
Korean edition is published by arrangement with William Morris
Endeavor Entertainment, LCC.
through Imprima Korea Agency.

이 책의 한국어판 저작권은 Imprima Korea Agency를 통해
William Morris Endeavor Entertainment, LCC.와의 독점 계약으로
(주)은행나무출판사에 있습니다.
저작권법에 의해 한국 내에서 보호를 받는 저작물이므로
무단 전재와 무단 복제를 금합니다.

외계인 자서전

마리-헬린 버티노
장편소설

김지원 옮김

은행나무

차례

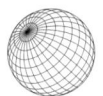

성운 (탄생)
9

거대한 별 (학교)
127

붉은 초거성 (직장)
197

초신성 (뉴욕)
241

블랙홀 (죽음)
379

우주에 있는 모든 아디나를 위하여

일러두기

- 본문의 주는 모두 옮긴이의 것으로, 괄호 안에 글씨를 줄여 표기했다.
- 원문의 이탤릭은 이탤릭체로, 대문자로 강조한 부분은 고딕체로 옮겼다.
- 단행본은 《 》로, 노래·영화·잡지·텔레비전 쇼는 〈 〉로 묶었다.

STELLAR NEBULA

*

성운

(탄생)

처음에, 아디나와 그녀의 지구 엄마가 있다. 엄마의 심장에서 흘러나오는 생의 박동을 듣는 (자궁 속) 아디나와 맥박이 급격히 떨어지는 분만실 속 엄마. 서로의 중력으로 도는 두 개의 별. 무중력 상태에서 흔들리는 아디나. 수술대에 고정된 테레즈. 침대 위의 모니터는 두 사람의 연결된 심장을 보여준다. 고동치는 심장, 심장, 고동치는 심장, 고동. 아디나가 산도를 따라 나아가자 테레즈의 혈압이 곤두박질친다. 이제 거의 지구에 도착했다. 바로 이 순간, 플로리다에서 보이저 1호 우주선이 발사된다. 그 안에는 지성을 가진 외계 생명체들에게 인간의 삶을 설명하기 위해 만든 소리를 담은 레코드판이 실려 있다.

1977년 9월, 미국인들은 우주 배경의 내전 영화 〈스타워즈〉에 푹 빠져 있다. 텔레비전 쇼 〈얼마가 정답일까요〉에서 버뱅크 시의 청중들은 자신의 이름이 불려 무대 위로 올라오다 튜브톱이 흘러내린 한 출연자의 적나라한 모습에 충격을 받는다. 그때 필라델피아 북동부 지역에 있는 병원의 분만실에서 점점 의식을 잃어가는 테레즈를 신경 쓰는 사람은 아무도 없다. 테레즈의 의식이 몸에서 가볍게 분리되어 수술대 위에 놓인 몸 아래로, 바닥과 침전물 밑으로 미끄러져 내려가, 물이 허리까지 차오르는 통로에 안착한다. 그녀의 뒤로는 형체 없는 어둠뿐이다. 저 멀리 앞에, 거센 파도가 일렁이는 너머에는 어떤 애틋한 빛이 있다. 테레즈는 이 빛을 자신의 건강보다도, 이 아기의 아버지가 가족을 지탱할 수 있는 존재가 되기를 바라는 것보다도 더 원한다. 그녀는 물속으로 한쪽 다리를, 또 다른 쪽 다리를 내디디며 자신을 마치 배처럼 휘젓고 나아가려 애쓴다.

*

보이저 1호에 실은 기록들은 세련된 터틀넥과 블레이저 세트를 즐겨 입고, 너무 할리우드적이라는 이유로 하버드의 종신교수직에서 거절당한 논쟁적인 천문학자 칼 세이건이 고른 것이다. 칼 세이건과 천문학자들은 지구의 전형적인 풍경이라고 판단한 백여 개의 이미지들을 모았다. 거기에는 장바구니를 든 여자, 이파리 위에 앉은 곤충의 모습이 포함되어 있었다. 레코드판에는 척 베리의 노래 〈조니 비 구드 *Johnny B. Goode*〉, 슬픈 혹등고래의 울음소리, 그리고 칼 세이건의 세 번째 아내의 뇌파 기록뿐 아니라 발소리, 심장박동, 웃음소리가 들어 있었다. 정해진 도착지 없이 보이저 1호는 인류가 만든 그 어떤 물체보다도 멀리까지, 약 1.6광년을 여행할 것이다. 기자회견에서 칼 세이건은 우주라는 바다에 이 병을 띄워 보내는 것은 "인간의 이야기"를 전하기 위해서라고 말한다.

★

천문학자들은 비틀스의 〈해가 떠오른다 *Here comes the Sun*〉를 넣고 싶어 했지만, 컬럼비아 레코드는 너무 많은 돈을 요구했다. 사람들에게 어떤 것을 믿게 만들기란 어렵다.

또한 1977년 최고의 히트곡인 〈바라쿠다 *Barracuda*〉(미국 시카고 출신의 앤 윌슨과 낸시 윌슨 자매가 결성한 밴드인 하트의 노래)도 결국 넣지 못했다. 하지만 그해를 달군 모든 이야기는 미국 전역에 생긴 유나이티드 스케이츠 오브 아메리카(1970년대 초에 생긴 롤러스케이트장)의 푹신한 안전 벽 너머로, 오토월드에 세워진 차들 사이로 요란하게 울렸으며, 뷰티랜드의 향수 코너에서 기이하게 피어나는 안개 속으로 퍼져나갔다. 어딜 가든 항상 시카고 출신 자매 밴드의 쌍둥이 기타 소리가 깔려 있었다. 그들의 노래는 필라델피아 북동부 지역의 간호사 휴게실 라디오에서도 나왔다. 노래 사이로 가끔 들리는 파나소닉 라디오의 잡음과 함께.

★

밀려오는 파도가 너무 강해서 테레즈는 더 힘을 주지 못한다. 빛은 여전히 멀리 있다. 그녀는 비명을 지른다. 거세게 몰아치는 힘에 대한 두려움이 아디나를 하얀 광명 속으로 끌어당긴다. 테레즈는 낯선 불빛 아래에서 의식을 되찾고, 벌거벗은 가슴 위에는 아기가 놓여 있다. 너무 조그맣다. 피부와 눈동자에는 계란 물이 얇게 덮인 듯하다. 아기는 광선 치료등 아래로 옮겨진다. 따뜻히 보살펴주는 빛에 청록색으로 물든 채, 온기를 향해 애타게 손을 뻗자 아기는 인간과 다른 존재처럼 보인다. 식물이나 해양 생물체 같다. 어쩌면 난초나 수달. 혹은 새우.

*

아디나: 고결한

조르노: 낮

*

테레즈는 갓 태어난 딸이 빛을 향해 손을 뻗다 실패하는 모습을 신생아실 창문 너머로 지켜본다.

아디나는 살아가는 동안 이 순간에 대한 이야기를 여러 번 듣게 될 것이고, 그녀의 상상 속에서 테레즈는 〈리틀 퀸Little Queen〉 앨범 커버 속 앤 윌슨처럼 어깨끈이 없는 빨간색 코르셋과 짧은 망토 차림이다. 다만 시칠리아 출신일 뿐. 롤러스케이트를 신은 채, 문틈으로 불어오는 늦여름의 습한 바람을 맞으며 서 있을 것이다. 모로칸 오일을 바른 어두운색 머리카락은 빛이 나긴 하지만, 유행하는 깃털 머리 스타일이라고 하기엔 너무 조잡하다.

현실에서 테레즈는 간호사들의 도움으로 휠체어에 앉았고, 불친절한 줄을 따라 지구로 끌어 내려진 듯한 느낌을 받는다. 병원 가운의 깃은 쇄골 아래까지 흘러내린다. 아기는 조그만 주먹을 펴고 있고, 그녀는 이 아기의 아빠가 포함된 자유분방한 친구들과 함께 클럽으로 향했던 순간을 떠올린다. 그녀는 그를 따라가는 것이 죽은 별의 약속을 따라가는 것이었음을 깨닫지 못할 정도로 피곤하다. 간호사들이 〈얼마가 정답일까요〉 출연자 이야기를 나눈다. 일부러 그런 거래, 누군가 말한다. 이제 테레즈의 삶의 첫 번째 시기는 끝났다. 그는 다시는 그녀의 완벽한 젖꼭지를 입에 넣게 해달라고 애원하지 않을 것이다. 그녀는 다시는 클럽의 불빛 아래 플로어에서 춤추던 야성적인 테레즈가 될 수 없을 것이다. 그녀의 부모님은 그녀를 도와주지 않을 것이다. 이제 테레즈는 이 작은 아기의 어머니, 어머니, 어머니이다. 아디나의 머릿속에서 '그녀'로 존재할 사람.

아디나의 상상 속에서 그녀의 어머니는 신생아실 창밖으로 자신을 바라보고 있고, 등에는 전자 기타를 V자로 메고 있다. 현실에서 테레즈는 피로와 부모의 부재, 죽음의 통로에서 간신히 돌아왔다는 것 때문에 구멍이 숭숭 뚫린 상태다. 병원 가운조차 그녀를 도와주지 않는다. 미소 짓듯 멍청하게 벌어진 앞섶은 그녀의 완벽한 가슴 한쪽을 드러내고 있다.

*

하지만 아디나에게 자궁은 두 번째로 잃어버린 집이다. 첫 번째 집과는 이미 30만 년 전에 이별했다. 빛나는 별 베가 근처, 북쪽 하늘의 거문고자리 근처 어딘가에 있는 행성. 지성을 가진 외계 생명체들은 자신들만의 탐사선을 보냈지만, 그 형태와 목적지는 어떤 학자도—심지어 칼 세이건조차—예측할 수 없었던 것이었다.

그것은 두 행성이 책상다리로 꼬고 앉은 것과 같았다. 천문학적으로 중대한 두 개의 사건이 동시적으로 발생했다. 보이저 1호의 출발과 아디나 조르노의 도착. 이른 출생, 오래된 신문처럼 바랜 노란빛 피부. 보이저가 신문처럼 새로운 소식을 가져오기 위한 존재라면, 이 아기는 그것들을 수집하기 위한 존재다. 아직 아무도 모르는 사실이지만. 아디나조차도. 우주선이 대류권을 뚫고 나가는 동안, 필라델피아 북동부 지역의 신생아 병동에서 아디나는 광선 치료등의 빛을 향해 주먹을 뻗는다. 방금 태어난—혹은 너무 일찍 착륙한—아기. 몸을 꼼지락거리고, 갈망하고, 온기 속에서 회복하며, 짙고 숱 많은 검은 머리카락을 가득 인 머리로. 지금 이 순간 그녀는 소금과 감각으로 이루어진 존재일 뿐이다.

∗

 이 가족은 필라델피아 북동부 지역의 오토월드 맞은편에서 쪼들리며 산다. 그들이 사는 집은 두 세대가 사는 벽돌 건물의 아래층에 있다. 그 건물은 또 다른 벽돌 건물과 붙어 있고, 그것은 또 다른 벽돌 건물과 붙어 있는 식으로 고속도로를 따라 끝없이 이어진다. 새로 시작하는 사람들을 위한 연립주택단지이다. 이 가족도 새롭게 시작하는 단계다. 방금 다듬은 잔디밭은 지나가는 차들에게 기분 좋고 비옥한 향기를 뿜어낸다. 웅크리고 앉아서 드라이버를 노려보는 중인 아디나의 아빠에게도. 그가 시청의 일자리를 유지한다면 가족은 몇 년 안에 대출받은 집에서 벗어나 교외로 이사해서 자가를 구할 수 있을 것이다. 단독 정원, 그릴, 나무, 각자 혼자서 취미 활동을 할 수 있는 충분한 공간도 생길 거다. 오토월드 맞은편의 이 연립주택단지에서는 혼자 하는 일이라는 게 없다. 아빠가 되는 것은 이 남자에게 외계 같은 일이지만, 어쨌든 노력 중이다. 오늘은 나무판자를 겹쳐 그네를 만들 것이다. 마치 남자와 여자와 아기가 모여 가족이 되는 방식처럼.

 각각의 연립주택단지 내부는 탁자 위에 평평하게 누운 시체처럼 설계되어 있다. 집의 머리 부분에는 작은 현관이 있어, 보통은 아디나가 아무렇게나 벗어둔 부츠와 엄마의 깔끔하게 정돈된 직장인용 구두가 놓여 있다. 그 현관에서 복도가 목구멍처럼 이어져 탁 트인 부엌으로 연결되고, 몸통 부분에는 소파와 반달형 탁자 하나가 놓인 큰 거실이 있다. 탁자에는 펼쳐둔 책들이 가득하다. 또 코딱지만 한 욕실과 뒤쪽에 붙은 작은 침실 두 개가 있다. 벽은 목재로 둘러싸여 있고, 가능한 모든 표면은 베이지색으로 칠해졌다. 오토월드 앞에서는 바람에 흔들리며 날아다니는 풍선 남자가 언제나 몸을 빙빙 꼬고 흔들며 춤을 추고, 아디나와 엄마는 차를 몰고 지나갈 때마다 그 모습을 보고 깔깔 웃는다.

네 살의 아디나는 낮잠에서 깨어나 집 안을 돌아다니다가 텅 빈 거실에 깜짝 놀란다. 다들 어디 있지? 아디나는 자신이 세상 모든 활동의 중심이라고 믿으며, 자신이 잠든 동안에는 부모님이 그녀가 깨기만을 기도한다고 생각한다. 그녀는 아직 미작동 상태이다. 여전히 태양을 향해 고개를 든 채다. 그녀는 어제 잔디밭 덤불 밑에서 본, 부드러운 토끼풀에 머리를 맞댄 채 앉아 있던 토끼들을 계속 떠올린다.

유리병에는 쿠키가 없고 냉장고에는 손대면 안 되는 병들만 가득하다. 어린아이의 셈법—엄마의 침실에서 뭔가 바스락거리는 소리가 들린다는 건 아빠가 뒷마당에 있다는 뜻이다. 아디나는 아빠에게 갈 수도 있고 엄마에게 갈 수도 있다. 그녀는 망설인다. 그 순간 집 전체가, 선반의 그릇 하나하나와 모든 고 지서들까지 망설이며 멈춘 듯하다.

결국 그네가 이긴다. 아디나는 줄에 매단 참나무 판자에 무중력 상태처럼 앉아 있고 싶다. 위쪽으로 날아오르게 해주는 도구. 그네가 꼭 필요한 이유는 없다. 그래서 이 그네는 이례적이다. 왜냐하면 이 집에 있는 모든 물건들은 원래 용도 외에도 두세 가지 다른 역할을 더 해야만 하기 때문이다. 모든 것은 다른 목적으로 재활용되었고, 모든 것은 주워서 쓰는 것이었다. 심지어 어린아이인 아디나도 동시에 여러 역할을 해내야 했다. 조용해야 하고, 쓸모가 있어야 하고, 성실해야 한다. 아빠의 체면을 위해서.

그날 아침, 엄마는 이웃의 쓰레기 속에서 팩스 기계를 끄집어내 귀중한 청새치처럼 그걸 들어 올리고는 혼잣말을 시작했다. "왜 이걸 버렸을까? 아마도 최신 모델을 사고 싶어서겠지. 분명 화분으로 쓸 수 있을걸!" (버려질 예정인 것들은 전부 처음에는 화분으로 사용되곤 했다.) "심지어 종이까지 딸려 있네!" (그녀는 쓰레기통에서 종이 한 더미를 발굴해 그것을 아디나 앞에서 흔들어 보였다.) "이거 분명히 작동될 거야. 종이까지 있다니! 사람들은 좀 미쳤다니까." (사람들은 항상 미쳐 있다.)

아빠는 그 팩스 기계가 보기 흉측하고 자신이 아는 그 누구도 그런 걸 집에 갖고 있지 않으며 그건 "애들 방"에나 둬둬야 할 거라고 말했다.

"알았어." 엄마는 내키지 않는다는 듯 답하고는 팩스 기계를 아디나의 방으로 옮겨두었다. 그것은 아디나의 책상 위쪽 대부분을 차지했다. 도시 비둘기 같은 회색의 종이 트레이만 제외하면 기계는 엄마의 직장에 있는 직원들이 신는 정형외과용 실내화 색깔이었다. 엄마가 콘센트를 끼우자 숫자가 쓰여 있는 평평한 버튼들에 불빛이 들어왔고, 그 옆에는 날렵한 전화기가 놓여 있었다. 비즈니스의 세계로 들어가는 문 같았다.

엄마는 종이 한 장을 트레이에 밀어 넣었다. "누구한테 팩스를 보내볼까?"

아디나는 자신의 집 번호 외에는 아는 전화번호가 없었다. 엄마가 번호를 눌렀다. 215-999-1212. 기계가 윙 하고 켜지더니 기분 좋게 떨리며 종이를 안쪽으로 끌어당기다가 조용해졌다.

"이제 무슨 일이 생겨요?" 아디나는 뒷마당에서 아빠가 공구들을 준비하는 소리를 들었다. 거리에서는 차가 쌩 소리를 내며 지나갔다. 그리고 기계 안쪽의 은밀한 장소에서 달칵 소리가 났다. 갑자기 안쪽 공간에서 종이 한 장이 튀어나왔다. 전송 실패 메시지였다. **응답 없음**.

엄마의 눈이 커졌다. "굉장해."

*

 그네를 타며 행복하지 않기란 불가능하다. 네 살의 아디나도 그걸 안다. 그녀는 그네가 완성되어 원하는 만큼 행복해지기를 바란다. 현관의 주석 천장에 닿을 만큼 아빠가 높이 그녀를 밀어주길 바란다.

 "다 됐어요, 아빠?"

 그러나 아침 식사 도중 엄마와 주고받은, 설명할 수 없는 어떤 비스듬한 표정 하나가 아빠의 얼굴에 움푹 파인 자국을 남겼다. 엄마는 아빠가 나약하며 그네 하나 만들 수 없는 사람이라고 생각한다. 엄마는 혼자가 더 나았을 거라고 생각한다. 그도 그렇다. 정말 그렇다. 그녀 또한 그랬을 것이다. 접시는 그의 것이고, 탁자도 그의 것이며, 정원을 포함한 이 모든 것들이 그가 제공한 것임에도 불구하고. 축 늘어진 나무판자에 못이 제대로 박히지 않는 실패가 움푹 파인 자국을 더욱 깊이 파고든다. 그런데 심지어 이 갈색 열매 같은 어린애가 나를 보채려 든다? *다 됐어요? 고마워요*가 아니라?

 아빠의 목에서 붉은색의 혈관이 폭발적으로 부풀어 오른다. 그는 아디나를 자신의 작업 공간 밖으로 민다. 그러고는 공용 마당으로 내려가는 다섯 칸의 콘크리트 계단을 잊고, 다시 한번 그녀를 민다. 콘크리트와 잘 다듬은 잔디는 한순간 벌어진 그녀의 낙하를 별로 완화해주지 못한다. 그렇게 아디나는 떨어진다.

부엌에서는 엄마가 물컵을 입으로 들어 올린다. 하루에 물 여덟 잔을 소리 없이, 연달아 마시곤 한다. 그녀는 이웃이 자신의 이름을 부르는 소리에 급히 뒷마당으로 달려 나간다. 아디나는 땅바닥에 조용한 덩어리처럼 쓰러져 있다.

아디나가 인간의 목소리가 들리는 영역 밖에서 얼마나 오래 있었을까? 몇 초? 한 세기? 아디나는 걱정하는 이웃들을 향해 각자 집으로 들어가라고 외치며 자신의 몸을 세게 흔드는 엄마의 목소리에 깨어난다. 지구로 돌아와, 아디나. 제발 정신 차려, 아디나. 아디나는 재부팅된다. 어떤 것들은 즉시 돌아오지만 어떤 것들은 좀 시간이 걸린다. 입안 가득 금속 맛이 난다. 엄마는 아디나의 어깨를 강하게 움켜잡고 일어서는 걸 도와준다. 아빠의 시선은 땅바닥에 함께 떨어진 공구들에 고정되어 있다.

아디나는 작동을 시작한다.

*

그날 밤, 아디나는 교실처럼 꾸며진 방에서 **깨어난다**. 알파벳이 벽을 빙 두르고 있다. 반짝이는 파란색 물고기가 있는 어항과 지구본이 가득한 선반. 그 광경은 그녀가 텔레비전에서 본 교실과 내년에 다닐 예정인 초등학교를 견학했을 때 본 교실의 모습을 뒤섞어 만든 것이다. 그들이 인간의 사물들을 사용하는 이유는, 아디나가 이해할 수 있게 하기 위해서다.

그녀의 상관들은 교실 앞쪽 근처, 한 영역에서 희미하게 빛나고 있다. 그들은 복수형의 단일체 같은 감각을 자아낸다. 여러 개의 영혼, 여러 개의 인격으로 이루어진 **반짝이는 공간**. 그들이 의사소통하는 방식에 가장 가까운 인간의 단어는 *직감*이다. 그들은 아디나를 향해 직감을 보내고, 그녀는 메시지를 받는다. 이것이야말로 그녀의 모국어다. 그녀가 직감의 언어로 꿈을 꾸고 그것을 자유롭게 사용할 때 마음이 편해지는 것은 당연한 일이다. 그녀는 **반짝이는 공간**이 하나의 장소이자 어딘가로 통하는 문임을 직감한다.

빛이 흐려져 어두워진다. 칠판 위에서 상아색 스크린이 내려오고 이미지들이 영사되기 시작한다. 전화 연결선을 당기는 전화 교환원. 전화로 이야기를 나누는 가정주부 둘. 긴급 전화를 걸기 위해 전화 부스 안으로 뛰어드는 정장 차림의 남자. 아디나는 **반짝이는 공간**을 향해, 다음에는 어떤 장면이 나오는지 묻는다.

스크린에 익숙한 물건이 번쩍 나타난다. 엄마가 쓰레기 더미에서 주워 온 팩스 기계다. 둥둥 뜬 손 하나가, 알아볼 수 없는 글씨가 쓰인 종이 한 장을 그 기계 안에 넣고 큼직한 초록색 버튼을 누른다. 종이는 기계 속을 윙윙 돌며 움직이더니 반대편으로 튀어나온다. 그 순간 기계와 종이에서 빛이 난다. 환희에

찬 불꽃들이 스크린 너머로 뿜어져 나온다.

*

아디나는 자신의 지구 방에서 깨어난다. 콧속은 청소용 세제의 톡 쏘는 냄새로 가득하다. 그녀는 느릿느릿 잠에서 깨면서 아침 햇살이 배 모양으로 비치는 방문 근처의 공간을 응시한다. 책상 위의 팩스 기계를 보자, 방금 꿈속에서 본 이미지들이 떠오른다.

그녀는 종이에 이렇게 쓴다.

나는 아디나입니다.

잠깐 생각한 후, 한 줄을 덧붙인다.

어제 나는 잔디밭에서 토끼를 보았습니다.

그녀는 메모를 팩스 기계에 넣고 초록색 버튼을 누른다. 종이가 기계적인 스캔음과 함께 팩스 안쪽을 빠르게 통과한다.

너무 이른 아침이라 길거리는 조용하다. 엄마는 아직 침실에서 자고 있고, 아디나는 자기 방에서 깬 채 무엇을 기대해야 할지 알 수 없는 상태로 사무용 기계 옆을 서성거린다. 잠시 후 기계에서 처음 보는 빨간 불빛이 켜진다. 팩스가 도착했다! 종이 한 장이 기계를 끽끽거리며 회전 장치를 통과해 나타난다.

토끼에 대해 묘사해보라.

*

부엌에서 아디나의 엄마는 특별한 홍차를 준비하는 중이다. 목소리는 차분하지만, 김이 피어나는 물에 티백을 담그는 손길은 어딘가 화가 난 것처럼 격하다.

"잘 들어, 아디나. 네 아빠는 갔어. 이건 좋은 일이면서 나쁘기도 한 일이야. 굉장히 힘들지라도 결국 축하하게 되는 일들이 세상에는 아주 많이 있단다. 대부분의 일들이 그래. 아직 뭐가 뭔지 모르겠다 해도 말이지. 아무튼 내 말은, 좋은 일이라는 거야. 설령 넌 정말 좋은 일인지 혼란스럽다 해도. 내가 지난번에 사지 않았던 그 자동차랑 비슷한 거야. 나는 결국 폭스바겐을 찾았고, 언덕길에서 좀 별로긴 해도 히터만큼은 훨씬 훌륭하잖니. 그러니까 불평 금지야. 도대체 우리한테 왜 이런 일이 일어난 건지 묻지도 마. 이게 그 사람과 우리에게 더 낫기 때문일 거야."

엄마의 얼굴은 눈물로 얼룩져 있다. 아디나는 자신이 보고 있는 그 눈물이 무수한 용기로 이루어진 것임을 안다. 그들은 반달형 탁자에 앉아 있고, 홍차는 너무 뜨거워서 마실 수가 없다. 가끔씩 엄마는 무언가를 더 말하려다 멈춘다. 여기 살았던 남자, 그녀의 아빠는 떠났다. 그의 헤어젤, 딱딱한 빗, 구덩이의 흙냄새가 진동하던 작업용 셔츠. 집 안에서는 늘 캘리포니아 레몬트리의 향기가 났다. 아빠는 모든 물건을 레몬트리 향 세제로 닦곤 했다. 아디나는 울지 않는다. 그녀는 이미 속으로 자신의 외계인 상관들에게 홍차에 대해 설명하고 있다. 설탕이나 다른 감미료를 넣는 걸 허락받지 못했기 때문에 쓴맛이 난다고.

*

뷰티랜드는 인간이 생필품이라고 믿는 것들로 가득해 급할 때 언제든 들를 수 있는 만물상 같은 곳이다. 아무도 찾지 않아서 복도 창고에 창백한 궤양처럼 굴러다니는 소독용 알코올병, 엄마가 머리카락에 억지로 말아주는 스펀지 헤어롤 등등. 두 번 정도 쓰고 버릴 법한 그 헤어롤을 엄마는 십 년째 쓰고 있다. 아디나와 엄마는 가지 색깔의 소형 폭스바겐에 올라타서 안전벨트를 맨다. 추운 아침이면 그들은 언덕길에서 차가 멀쩡하기만을 빈다. 겨울이고, 차의 히터는 고장이 났다. 숨결 때문에 앞유리에 뿌옇게 김이 서렸다. 뷰티랜드의 괴상한 분홍색 지붕은 뉴욕으로 화물을 나르는 대형 트럭들이 지나가는 대로변 근처에 줄줄이 자리한 연립주택단지 사이에 불쑥 솟아나 있다. 연립주택단지 아이들은 콘크리트로 갈라놓은 작은 잔디밭들에서 논다. 잔디는 죽은 듯 시들어 있다.

아디나는 학교의 영재 프로그램에 합류하라는 제안을 받는다. 엄마는 무료라는 것을 확인한 후에야 자부심으로 꼿꼿해졌다. "영재야." 엄마가 차를 타고 가면서 말한다. "난 알고 있었지. 학교에서도 알아챘다니 다행이야."

이 가게에는 여러 번 와보았다. 아디나는 이미 한 점원에 관한 메모를 팩스로 보낸 적이 있다. 위층의 신성한 향수 코너는 장엄한 카펫이 깔린 계단과 **좋은 향기를 즐기세요**라는 표지판으로 출입이 통제되고 있다. 그녀는 향수 코너를 지키는 그 점원의 신중하고 고른 청소 덕분에 카펫이 점점 어두워져간다고 썼다. 그런데 오늘에서야, 아디나는 이 뷰티 제품들이 여섯 살 먹은 지구 소녀인 자신과 관련되어 있음을 불현듯 깨달았다. 그녀의 몸 어딘가에 이 제품들이 조이고, 말고, 부풀리고, 빨갛고 하얗게 만들 수 있는 부분들이 있다는 사실을.

보통 그들은 생필품이 있는 1층만 둘러보곤 한다. 하지만 오늘은 아디나가 영재이기 때문에 엄마는 이렇게 말한다. "주님이 보우하사, 좀 즐기며 살아볼까?"

위층에는 향수병들이 기묘하게 배가 나온 새처럼 거울 달린 선반에 진열되어 있다. 텔레비전 광고에서 인기를 끈 상품들의 진열대도 있다. 죄악처럼 날카로운 칼 세트, 머리가 자라는 화분 인형, 진공 청소기와 이발기가 합쳐진 가전제품 등등. 점원은 도난당할 가능성이 높은 고급 상품들을 보호하기 위한 카운터 뒤편 유리 케이스 문을 연다. 그는 같은 교회에서 나온 여자에게 보라색 유리병을 건네고, 여자는 그것을 열어서 맥박이 뛰는 부위에 몇 방울 떨어뜨린다.

　엄마는 진 네이트 240ml 향수병을 어디서 찾으면 되는지 안다. 통로 끝, 제일 아래 선반, 진 네이트 파우더와 미스트 사이. 거의 다 쓴 병에 물을 섞어 몇 주나 버틴 끝에야 엄마는 뷰티랜드에 방문하곤 한다. 아디나가 방에 있으면(엄마가 준비하는 모습을 흠뻑 빠진 채 구경하는 편이다) 그녀는 향수 뿌린 손목을 내밀며 말한다. "봐봐. 향은 그대로지. 그냥 좀 옅어졌을 뿐이야." 만약 뷰티랜드에 240ml짜리 병이 없다면 엄마는 다른 걸 사지 않는다. 제조법이 바뀌었다며 더 깔끔해지거나 머스크 향이 더 강해진다 해도 그녀는 사지 않을 것이다. 같은 향수여도 240ml가 아니라면, 예를 들어 120ml라면, 그녀는 사지 않을 것이다. 120ml 병이 밀리리터당 가격이 더 싸다고 해도 말이다. 그들은 돈을 현명하게 쓸 여유가 없다.

　아디나의 세상은 벌링턴코트 팩토리사(社)에서 출시된 엄마의 진한 커피색 스타킹(빨래를 몇 차례 돌리고 나면 연한 커피색으로 바뀐다) 허리 밴드에서 시작되어, 애틀랜틱시티 입구를 알리는 도로인 가든 스테이트 파크웨이의 거대한 골프공 근처에서 끝난다. 아디나는 학생이고 엄마는 그녀의 전공 과목이다. 매일 밤 아디나는 엄마가 업무용 유니폼을 벗고 다음 날 또 입기 위해 다리미판에 가지런히 올려놓는 것을 본다. 닭을 삶거나 썩기 직전인 아무 야채나 넣고 스튜를 끓이고 나면, 엄마는 집 근처의 한 종이 공장에서 쓰는 근무 기록 카드를 타이핑한다. 엄마는 자신의 움푹 들어간 눈과 로마인 같은 코를 가지기 위해서라면 많은 여자들이 상당한 돈을 지불할 거라고 말한다. 직장 동료인 마크도 동전에 새겨져 있을 법한 얼굴이라고 칭찬했다면서. 동네의 다른 사람들과 다를 수만 있다면 무엇이든지, 여자들은 언제나 엄청난 비용을 치를 거라고 엄마는 장담한다. 지금까지 그 목록에 해당하는 건 아디나와 엄마 특유의 눈동자 색, 어두운색 머리카락, 여름이면 더 짙어지는 어두운 올리브빛 피부다. 엄마는 포옹을 싫어한다―아디나는 보통 향수 냄새를 맡을 정도로만 가까이 다가갈 수 있을 뿐이다. 그래서 우주에서도 보일 만큼 샛노란 색상의 그 향수병을 아디나는 사랑한다.

"진 네이트. 아주 세련된 향이지." 엄마는 무게와 내용물을 가늠하듯 병을 흔들고는, 줄리아 차일드(미국의 유명한 요리사이자 방송인)의 목소리를 흉내 내며 다른 향수를 고민하는 척한다. "이 병도 예쁘네. 하지만 콧물 색깔이야!"

엄마가 이렇게 쾌활한 모습은 처음이다. 엄마는 머리 위로 테스터 향수를 뿌리고는 아디나에게 그 분무 속으로 들어오라고 한다.

"자, 무슨 냄새가 나니?"

"계란 냄새요!" 아디나는 인상을 찡그린다.

엄마는 다른 병을 집어 든다. 그것은 마틴 아쿠아리움에서 아디나가 아주 좋아하는 열대어종인 베타와 비슷한 색깔이다.

"이건?"

아디나는 자신이 아는 유일한 꽃 이름을 댄다.

"수선화! 내 딸은 천재야." 엄마가 향수 진열대를 향해 외친다. "넌 아마 이해 못 할 거야. 네 공책 좀 빌려줄래?" 엄마가 살짝 떠본다. 삐죽 나온 혀처럼 늘 아디나의 코트 주머니에 삐져나와 있는 빨간 공책을 엄마가 손도 못 대게 한다는 건 둘 사이의 암묵적 규칙이다.

엄마는 손바닥에 뭔가를 적는 척하곤 웃는다. "너 따라 해본 거야." 두 사람은 향수를 몇 개 더 뿌리고 함께 향을 평가하며 통로를 따라 걷는다.

"인간의 코는 동시에 일곱 가지 냄새만 처리할 수 있어요." 누군가가 말한다. 점원이다. 그는 아디나와 엄마 뒤에 서서 입술을 말고 이를 드러내고 있다. 금고처럼 꽉 막힌 얼굴. "향수 낭비하지 마세요."

아디나는 그 점원이 같은 교회 여자가 보는 데서 이렇게 퉁명스럽게 군다는 사실에 놀란다. 하지만 여자는 이미 물건을 계산하고 떠났다. 남은 건 그들뿐이다. 아디나의 뺨이 달아오른다.

"고맙네요." 엄마의 말투는 딱딱하다. 그녀가 병을 제자리에 둔다. 병이 딸깍 소리와 함께 거울 달린 선반에 놓인다.

"뭐 도와드릴까요?" 점원이 돌아서서 다른 손님이 기다리는 카운터로 간다.

엄마는 아디나의 팔꿈치를 잡고 그녀를 향수 코너에서 데리고 나와 계단을 내려가 1층을 가로지른다. "아디나." 엄마가 타이른다. 그녀는 딸이 곧 울 거라는 걸 안다. 딸은 식당 '해산물의 집' 수조에서 검은 고무줄로 집게발이 묶인 바닷가재만 봐도 주르륵 눈물을 흘리니까. "그냥 멍청한 남자일 뿐이야." 엄마는 아디나를 밀며 카운터와 입구를 지나 재빨리 잔디밭을 통과해 차에 탄다. 엄마는 점원 남자보다 아디나에게 더 화가 났다. 아디나는 그녀가 통제할 수 있는 존재여야 하기 때문이다.

동네는 겨울의 파란빛으로 물들었다. 그들은 삶아 먹을 닭을 사러 가야 한다. "똑바로 앉아." 엄마의 표정이 달라진다. 덤덤하게 사실을 말하곤 할 때 짓는 표정이다. "가끔 사람들은 다른 사람이 행복해 보이는 걸 좋아하지 않아." 하지만 이 말도 아디나의 눈물을 멈추게 하진 못한다. 엄마는 차에 시동을 걸고 집으로 향한다. 향수는 없다. 브러시도 없다. 닭도 없다. 그들은 유명 레스토랑인 샌드위치 캐슬, 미니 골프장 체인점, 마틴 아쿠아리움, 오토월드를 지나친다.

*

방에 돌아온 아디나는 팩스 기계에 종이 한 장을 넣는다.

인간은 다른 인간이 행복해 보이는 걸 좋아하지 않아요.

다음 날 아침에 답이 도착한다. **유감이군.**

아디나는 반대편에 있을 누군가가 그녀를 걱정하며 응원하고 있다고 상상한다.

＊

도로를 따라 화려하게 장식된 이곳은 동네 최초의 유일한 오토월드이다—자동차 부품을 팔 뿐만 아니라 실제 차를 고쳐주기까지 온갖 걸 하는 곳이다. 넓게 펼쳐진 구역에는 수리 중인 중형차, 소형차, 세단이 허공에 떠 있다.

오토월드 앞의 날아다니는 풍선 남자는 화가 난 아빠처럼 빨간색이다. 숙제를 끝낸 아디나는 현관 계단에 앉아서 날아다니는 풍선 남자가 형언할 수 없는 곳을 향해, 뉴저지로 이어지는 95번 도로로 향하는 차들에게 팔을 세차게 흔들어대는 것을 본다. 날아다니는 풍선 남자가 말한다. *이리 와! 가는 거야? 아디나! 잘 가! 아디나!*

＊

아디나의 머리카락은 군데군데가 눌려 있고 다른 부분은 소용돌이치며 말려 있다. 목덜미엔 작은 곱슬들이 나 있다. 존 프리다(영국의 헤어스타일 제품 사업 창립자)가 곱슬기를 가라앉히는 세럼을 발명하려면 아직 몇 년 남았기 때문에 그녀는 할 수 있는 한 어떻게든 정돈해보려 젤을 사용한다. 하지만 매일같이 머리카락은 빳빳한 교복 목깃에서 앞쪽으로 검은 화살처럼 튀어나온 모양이 된다.

조그만 연립주택에서의 생활은 간소해지고 깊어진다. 엄마는 일하러 가고 딸은 학교에 간다. 엄마가 집으로 돌아와 반달형 탁자에 가방을 던진다. 딸은 연필로 지리 숙제의 답을 쓴다. 엄마가 부엌에서 노래한다. 딸은 방에서 자신을 불러주기를 기다린다. 엄마가 찬장을 쾅 닫는다. 딸이 놀란다. 엄마가 한 주를 어떻게 버틸까 생각하며 남은 치킨 커틀릿 수를 센다. 엄마의 셈법. 딸은 또 *닭이에요?*라고 불평한다. 엄마는 스스로도 잊어버릴 만한 장소에 자신의 중요한 일부를 넣어둔다. 딸이 루즈벨트 벼룩시장에서 구한 책을 하루에 한 권씩 읽는다. 딸의 욕망은 책에서 읽은 스키 여행, 도서관, 초원의 형태로 자라난다. 엄마와 딸은 특가할인매장의 줄에 서서 기다리는 동안 반품 허가를 받을 만한 이야기를 꾸며낸다. 딸은 현관이라는 단어에 대해 생각한다. 그 단어는 마치 자신의 뜻을 실행하듯 빙 돌면서 흉측한 퍼프 소매가 달린 엄마의 코트와 자신의 분홍색 코트를 걸어둘 공간을 만들어주는 듯하다. 현관. 이 팬티스타킹도 오늘 세일 품목이라 하지 않았어요? 딸이 질문하며 아이스크림을 먹는다. 넌 스키 여행 못 가. 스키 타는 법도 모르잖아!

가보지 못하면 평생 못 배우죠. 보통 엄마의 대사는, 이제 조르지 마, 넌 지금 있는 옷도 안 입잖아, 내가 반값에 만들 수 있을걸, 그리고 무엇보다 그 옷들은 전부 끔찍할 정도로 별로야. 보통 딸의 대사는, 또 닭이에요? 두 사람의 일상은 거의 바뀌지 않아서 그다지 많은 말이 필요치 않다. 반복되는 말, 불평, 그사이 잠시 동안의 침묵만이 그들에게는 익숙한 일상이다. 마치 이중창을 함께 노래하는 듯하다.

"나 머리 자를 거예요." 아디나가 말한다.

"네 머리카락은 돈 주고도 못 사."

"자를 거예요."

"넌 네가 얼마나 운이 좋은지 몰라."

*

아디나가 떠나온 행성의 이름은 영어로 대응할 표현이 없다. 대강 말하자면, 쌀이 담긴 접시에 귀뚜라미가 껑충 뛰어들 때 나는 소리의 단어다. 그녀는 인간에 대해 기록하기 위해서 지구로 보내졌다. 이 문제 많은 행성으로부터 몇 세기 떨어진 곳에서 은은히 빛나는 '귀뚜라미 쌀 행성'에 사는 그녀의 종족에게 그 기록은 도움이 될 것이다.

매일 밤 아디나가 잠에 들면, 상관들이 눈앞에서 반짝이는 야간 교실에서 **깨어난다**. 교실의 도표와 입체 축소 모형들은 그녀가 지구 학교에서 공부하는 것들을 반영하여 매번 갱신된다. 미국 독립전쟁, 동사들, 태양계. 그녀는 이것이 현실과 연결되기 위함임을 직감한다. 그녀는 이중 생활에 적응하지만 항상 피곤하다.

*

초등학교 4학년이 된 어느 날, 짧고 검은 머리에 앞머리를 내린 여자아이가 같은 반에 합류한다. 그녀는 앙투아네트-마리아라고 소개되고 그 거대한 이름의 무게 아래에서 교실 가장 앞자리에 조용히 앉는다.

우유의 날이다. 모든 학생들은 몇 주 전 부모님이 뭘 골랐는지에 따라 흰 우유나 초콜릿 우유를 받는다. 우유가 점심시간이 아니라 오후 과학 수업 시간에 나오는 이유는 아무도 설명해주지 않는다. 부모님이 허가증을 써주지 않은 학생들은 기본적으로 흰 우유다. 모든 학생들이 초콜릿 우유를 원하겠지만, 아이를 사랑하는 부모들은 흰 우유를 골라. 아디나의 엄마는 허가증에 서명하는 걸 잊은 변명으로 이렇게 말한다. 오늘 전학 온 앙투아네트-마리아는 흰 우유를 받는다. 과학 선생은 꽉 닫힌 우유갑을 뜯는 것을 도와준 후 VCR 텔레비전이 놓인 바퀴 달린 단상을 교실로 끌고 들어온다. 선생은 학생들에게 방금 받은 우유를 내려놓으라고 외친다. 누군가가 공예용 철사를

'별난 방식'으로 사용할 때마다 제자리에서 깡충깡충 뛰는 미술 선생과 달리, 과학 선생은 열정이 없는 편이다. 그러니 분명 대단한 일일 거다. 선생은 교실의 불을 끈다.

텔레비전 화면에 우주에 있는 로켓의 모습이 가득 나온다. 친근한 헤어스타일을 한 남자가 나타난다. 말쑥한 정장 차림의 남자는 그녀에게 다른 행성들에 생명체가 있고 분명 찾아낼 수 있을 거라고 말한다. 구리 같은 남자의 목소리가 아디나 안의 버튼을 누른다. 그녀는 점점 몸을 앞으로 기울이다가 무릎 위의 우유갑을 넘어뜨린다. 하얀 액체가 그녀의 치마 위로 흐른다. 교실이 시끌벅적해진다. 과학 선생은 불을 도로 켜고 티슈를 찾으러 간다.

다음 미술 시간에서 학생들에게 주어진 과제는 *내가 사는 집을 그려라*이다.

"넌 뭐야?" 새로 온 여자아이가 아디나에게 묻는다.

"난 아디나야. 넌 내가 들어본 것 중에 가장 긴 이름을 가졌어."

"나한테 오빠가 백 명 있어서, 우리 엄마는 과하게 여자애 같은 이름을 짓고 싶었대. 하지만 모두가 날 토니라고 불러." 여자아이가 미소 지으며 말한다.

"넌 어디서 왔어?" 아디나가 묻자 토니가 대답했다. "아주 먼 곳에서."

희망이 솟구친다. "나도 그래." 아디나가 말한다. "해왕성 너머에서 왔어."

그러자 선생이 말한다. "난 필라델피아. 런 스트리트, 버리가(街)에서 왔지."

"난 해왕성에서 왔어요." 토니가 말한다.

"켄싱턴이겠지." 선생은 아디나가 열 개의 푸른색 점을 그려 놓은 종이를 보고 한숨을 쉰다. "아디나, 오늘 수업 과제는 자기 집을 그리는 거였어."

토니는 남자애들의 관심 속에 둘러싸인 여자아이를 그린 자신의 종이에서 시선을 들지 않고 말한다. "별을 그린 거예요."

*

아디나는 도서관의 모든 책을 샅샅이 뒤져 칼 세이건에 관해 알아낸 내용을 팩스로 보낸다.

칼 세이건은 세련된 터틀넥과 블레이저 세트를 입고 다니며 너무 '할리우드적'이라는 이유로 하버드 대학 종신 교수직에서 거부된 극단적인 천문학자입니다. 그 학자는 인간 문명은 너무 뒤떨어져 있어서 인간에게 접촉하려는 외계 생명체들이 아주 느리게 말해야 할 거라고 해요. 그래서 팩스 기계를 보낸 건가요? 그래서 나를 뉴욕 같은 곳이 아닌 여기로 보낸 건가요? 그는 외계 생명체에게 보내는 메시지를 보이저 1호와 함께 우주에 띄워 보냈다고 해요. 그는 우리를 찾고 있어요! 아디나의 문장은 이 기쁨을 충분히 전달하지 못한다. 그래서 그녀는 덧붙인다. *그는 나의 존재를 믿어요.*

돌아온 답은 끽끽거리는 기계 소리만큼 무관심했다.

그래 우리도 칼 세이건과 그의 터틀넥에 대해서 알고 있다.

*

쓰레기봉투 위에 앉아 꽥꽥대는 앵무새들을 제외하면, 마틴 아쿠아리움에서는 모든 것이 조용히 흐른다. 이곳의 소리는 눈 내린 이른 아침이나 자궁 속 음조 같다. 엄마의 말소리나 학교 친구들의 연필이 직직거리는 소음은 아디나의 머릿속에 혼돈을 일으킨다. 마틴 아쿠아리움에서만큼은 평온함을 느낄 수 있다.

작고 화려한 열대어 베타가 어항 끝에 도달해서 몸을 돌리자 꼬리가 아름답게 펼쳐진다. 푸른빛의 발광성 피부와 밝은 핑크색 꼬리. 물고기에게도 피부가 있나? 그녀는 찾아보기 위해 노트에 메모해둔다.

아디나의 엄마는 수조의 형광빛 조명에 움찔한다. "힘들게도 사네." 엄마는 요즘 아디나가 마치 한 공장의 직원들과 그 가족들 전부를 책임지고 있기라도 한 것처럼 버거워 보였기 때문에 일과 후에 데려와주었다. 영재 프로그램이 너무 많은 부담을 주는 걸까 걱정이다. 어린 여자아이는 이렇게 자주 혼자만의 생각 속에 잠기지 않아야 한다. 이름을 몇 번이나 불러도 엄마조차 뚫고 들어갈 수 없는 그런 공간 속에 있어서는 안 된다.

아디나는 물고기의 말을 들으려 귀 기울일 때 엄마가 어른들 문제를 이야기하는 걸 좋아하지 않는다. 그녀는 엄마가 흥미를 잃고 자신이 좋아하는 새들을 보러 자리를 떠나자 안도한다.

그녀는 차갑고 두꺼운 유리에 귀를 댄다.

우 무 아 무 아, 물이 말한다. 그녀는 듣는다. 엄마, 엄마, 엄마.

∗

아디나의 엄마는 딸에게 세븐일레븐 편의점에 가는 법을 가르친다. "가게로 들어가서 카운터에 있는 남자한테 말보로 100에스 한 갑을 달라고 하는 거야. 그 사람이 돌아서서 그걸 꺼내면 너는 이 5달러 지폐를 줘. 거스름돈을 기다리고. 한 3달러쯤 될 거야."

"더 비싸면 어떡해요?"

"그럴 리 없어. 이것도 많이 친 거야."

"어젯밤에 가격이 올랐으면요?"

"그렇지 않아. 내가 확인했어." 엄마가 말한다.

"하지만 가게에 그게 없으면, 말보로······."

"100에스야. 없으면 뉴포트 100에스로 달라고 해."

"그것도 없으면 어떡해요?"

"그러면 내가 담배를 끊을게."

아디나는 손에 든 지폐가 마치 위조지폐가 아닌지 검사하듯이 확인해본다.

엄마가 자기 자신을 가리키며 말한다. "내가 여기서 보고 있을게. 창문으로 내가 보일 거야." 그런 다음 가상의 아디나를 향해 손을 흔든다.

이 말에 아디나는 적당히 차분해진다. 그녀는 나와서 차 앞쪽으로 돌아 편의점 앞으로 간다. 그녀는 누군가가 자신을 뒤에서 밀어버릴까 봐 걱정했지만 그런 사람은 없다. 그녀는 카운터로 걸어가서 남자에게 담배를 달라고 한다.

그가 입술을 비죽 내민다. "너 열여덟 살은 됐니?"

아디나가 말을 더듬는다. "저희 엄마가 밖에 있어요. 엄마 거예요." 손가락으로 차를 가리키지만 엄마는 백미러를 보며 앞머리를 빗는 중이다.

"진정해. 농담한 거야." 남자가 한 갑을 카운터에 던진다.

지폐가 손안에서 떨린다. 거스름돈은 3.25달러다. 그녀는 엄마가 립글로스를 바르고 있는 차로 돌아온다.

"나 안 보고 있었잖아요!"

엄마는 립글로스의 뚜껑을 닫는다. "그래도 봐, 잘만 해냈잖아!"

*

　야간 교실에서 **깨어난** 아디나는 벽면의 알파벳들이 여러 개의 연속된 패널들로 바뀐 것을 발견한다. 첫 번째 패널에는 어두운 배경에 미생물 군집이 있다. 다음에는 눈이 없는 물고기. 그다음에는 눈이 있는 물고기. 그리고 파충류. 원숭이. 개코원숭이. 원시인. 패널 끝으로 향하자 최초의 인간이 나타난다. 이어지는 다음 패널 몇 개에서 인간은 진화해가며 육체에서 더 이상 필요로 하지 않는 것, 예컨대 사랑니 등을 없앤다. 마지막 패널은 한 현대인이 서류 가방을 들고 있는 모습이다. 기록은 거기에서 멈춘다.

　아디나는 **반짝이는 공간**을 향해 묻는다. 그녀는 직감한다. 뭔가가 더 나타날 거라고.

　또 다른 패널이 나타난다. 서류 가방을 든 사람이 걷고 있다. 아까 본 현대인보다 머리가 더 크고, 어깨와 다리는 더 가늘다. 아디나는 자신이 인간이 진화한 미래를 보고 있음을 깨닫는다. 그녀는 지금 침대에 잠들어 있는 자신의 지구 몸에 빛이 서서히 비치는 모습을 떠올린다.

　더 많은 패널이 나타난다. 인간의 머리는 더욱 커지고 몸은 작아진다. 미래에는 육체에 달린 거의 모든 것이 사랑니처럼 될 것이다. 뇌만이 자란다. 더 이상 젠더를 식별할 수도 없다. 깊고 강렬한 직감의 언어 앞에서, 눈과 코는 편협하고 불필요한 것이다. 마지막 패널에서 서류 가방을 든 사람의 몸은 회색빛의 밀랍 같은 피부에, 머리는 엄청 커다랗고 눈은 가느다란 틈일 뿐인 보잘것없는 형태로 변한다. 아디나는 이것이 엄마의 〈내셔널 인콰이어러〉 잡지의 사진에서 본 이미지임을 알아본다. 그 옆에는 이런 헤드라인이 쓰여 있었다. **UFO가 뉴멕시코의 한 캠핑장에 나타나 주민들이 깜짝 놀라다.**

아디나는 첫 번째와 마지막 패널을 번갈아 본다. 외계 생명체들은 미래에서 방문한 인간이다. 언젠가의 우리다. 그녀는 서류 가방을 든 사람과 머리가 큰 생명체의 모습을 조화시킬 수가 없다. **반짝이는 공간**이 그녀의 이질감을 알아챈다. 그리고 스스로 잠깐 고민하는 것 같더니 오늘은 이만하면 충분하다는 결론을 내린다. 아디나는 중대한 지시의 반향으로 몸을 떨며 자신의 침대에서 깨어난다.

*

다음 날 아침, 엄마가 프라이팬에서 소시지를 찌르며 말한다.
"너 꼴이 꼭 엄청나게 지친 택시 운전사 같구나."

*

죄악보다 더 흉측한 것은 없다. 죄악, 언제나 끊임없이 닦아내야만 하는 마음속이라는 바닥의 흙. 아디나의 학교에서는 모두가 그것에 사로잡혀 있다. 그것은 주요 아브라함 종교 중 하나인 로마 가톨릭교의 기반이 된다. 학생들은 신이 주로 염려하는 큰 죄에는 결혼하지 않고 아이를 가지는 것(치명적), 동성에게 끌리는 것(치명적), 혀를 써서 키스하는 것(치명적), 이와 관련해 거짓말하는 것(사소함)이 있다고 배운다. 죄악을 피하는 최고의 방법은 없이 사는 것이다. 아디나와 엄마는 겨울에 새 코트 없이, 자동차 기름을 가득 채우는 일 없이, 에어컨 없이, 그리고 세일가가 아닌 닭과 휴가 없이 산다. 엄마는 직장에서 종이 몇백 장을 훔친다. 그건 죄가 아니라고 엄마는 말한다. 아디나에게 필요한 것이니까.

아디나는 상관들에게 죄악의 상세 내역을 팩스로 보내고 즉시 답을 받는다. 도착한 두 개의 점과 삐뚤삐뚤한 선이 암호라고 생각하던 그녀는 곧 깨닫는다. 이건 웃는 얼굴이다. 그들은 즐거워하고 있다.

*

'마크'는 미술 치료 학위를 가지고 있다. '마크'는 저당 탄산음료를 좋아한다. 엄마의 직장에서 좀처럼 반응이 없는 한 학생은 '마크'가 슈베르트 음반을 틀어주어야만 식사를 시작한다.

어느 토요일 오후, 엄마는 아디나의 생애 첫 영화 관람을 마크와 함께 하게 되었다고 말한다.

"마크가 누군데요?" 아디나가 묻자 엄마가 대답한다. "그만해."

집이 좁다는 것과 엄마가 싱글맘이라는 두 전제가 만들어낸 삼단논법에 의해, 아디나는 눈치껏 이미 마크에 대해서 엄마에게 들은 척을 해야 한다. 엄마는 자신이 가족 내 위계의 꼭대기에 있다는 점을 이용해, 딸에게 아무 이야기도 하지 않았다는 사실로부터 빠져나가려 한다. 아디나는 엄마가 전화하는 것도 전화 중에 그 이름을 말하는 것도 들었으므로(애초에 테레즈가 대화하며 상대의 이름을 여러 차례 말한 것은 그 이유에서였다), 더 이상의 설명은 필요하지 않다. 그들은 적당히 말끔한 옷을 입고 특가할인매장 근처의 블러바드 극장에 갈 것이다.

그날 밤, 마크의 차가 도착하자 아디나의 엄마는 "왔어"라고 하도 크게 소리를 질러서 둘 다 깜짝 놀란다. 아디나가 뒷좌석에 앉자, 도요타 코롤라의 계기판 불빛에 비친 남자 역시 아디나와 마찬가지로 긴장한 것처럼 보인다. 엄마와 마크는 서로를 보고 미소를 짓는다. 그는 뒤돌아 인사를 한 다음 안전벨트가 너무 꽉 조이면 말하라고 한다. 극장까지 가는 10분 동안 아디나에게 그 차의 모든 냄새가 각인된다. 달콤한 후추와 금속 냄새. 밤에 보는 동네 풍경은 낯설다. 브레첼을 파는 상인들은 없다. 대로의 어린 나무들은 아디나가 읽은 판타지 소설들 대부분의 배경이었던 웨일스의 풍경 묘사 속에서 상상해온 모습처럼 검고 파랗다. 단지 숲속이 아닌 8차선 도로에서 콘크리트 벽을 따라 각각 떨어져 서 있을 뿐. 그래도 어쨌든 나무다. 어쨌든 아름답다.

아디나는 엄마의 낯선 웃음을 이해하려고 애를 쓴다. 그 소리는 병에서 탁자 위로 쏟아져 나오는 구슬들 같다. 하지만 극장에 도착하자 아디나는 음료수와 팝콘, 여태 들어본 온갖 사탕을 파는 진열대에 홀딱 빠진다. 마크는 원하는 것을 사주겠다고 말한다. 그들은 소금을 뿌린 버터 맛 팝콘을 산다. 아디나가 팝콘 봉지에 주먹을 쑤셔 넣자 그가 빙긋 웃는다.

극장은 넓고 새 코트 냄새가 난다. 마크는 〈E.T.〉 특별 상영이라고 말한다. 영사기가 돌아가고 관객이 조용해진다. 아디나가 심장이 쿵쿵 뛰는 상태로 친절한 외계인이 지구 어린이들에게 도움을 받는 이야기를 보는 1시간 45분 동안 사람들이 팝콘 먹는 소리는 잦아든다. 영화가 끝으로 향하는 조용한 순간, 아디나 옆에 앉은 여자가 초콜릿바의 포장을 뜯는다. 포장 뜯는 소리와 씹는 소리가 아디나를 몽상에서 깨운다. 더 이상 집중할 수가 없고 팔이 뜨거워진다. 그녀는 자리에서 일어나서 엄마와 마크를 지나 통로로 나간다.

"쟤 뭐 하는 거야?" 마크가 말한다.

"아디나, 자리에 앉아!" 엄마가 낮게 소리친다.

아디나는 극장 뒤쪽으로 걸어가고 엄마가 따라온다. 아디나는 어떤 여자가 먹는 소리 때문에 귀가 아프다고 설명한다. 영화가 끝나며 관객들이 나오고, 마크의 머리가 그 사이에서 들썩거리며 다가와 합류한다. "반응이 굉장하던데." 그가 말한다.

"아디나가 좀 예민해." 엄마가 말한다.

집으로 돌아와서 엄마와 마크는 거실에 남고, 아디나는 와글거리는 정보와 함께 방으로 돌아간다.

*

영화관에서 먹을 공식적인 음식을 고를 때 인간은 무화과잼 쿠키나 캐러멜처럼 조용한 음식이 아니라 지구상에서 가장 시끄러운 소리를 내는 팝콘을 골랐습니다.

*

1980년대에 펜실베이니아주(州)는 엄마의 직장을 학교 대신 시설로, 학생 대신 고객으로 바꿔 부르기 시작한다. 이는 아디나의 엄마의 설명에 따르면 시설의 고객들이 주 행정 위원회가 이해할 수 있는 방식으로 배울 수 없기 때문이라고 한다. 엄마는 많은 가족들이 아이에게 심한 장애가 있다는 걸 창피해해서 방문하지 않는다고 말한다. 다른 사람들처럼 명료하게 생각할 수 있지만 자신의 욕망에 협조하지 못하는 몸을 갖고 사는 사람들을 그녀는 고객이라고 부르는 쪽을 선호한다. 할인 쿠폰을 오려내듯 깔끔하게 그녀의 존재를 잘라내버린 그녀의 가족들처럼.

아디나의 엄마는 하루가 끝날 때 직원들의 근무 기록 카드를 전부 모아 집으로 돌아온다. 그걸 긴 시트에 입력해서 다음 날 아침에 인사과에 제출한다. 그 겨울 어느 날 밤, 엄마는 근무 기록 카드를 가져오는 걸 잊는다. 엄마는 아디나를 혼자 놔둘 수도 없고 그게 없이 일할 수도 없다. 두 사람은 직장으로 간다.

엄마는 황급히 아디나를 데리고 낮은 벽돌 건물로 이어지는 길을 따라간다. 그녀는 안에 있는 사람을 방해할까 봐 겁이 나는 것처럼 조심스럽게 문을 연다. 로비에는 낮은 탁자 주위로 휠체어를 탄 고객들이 앉아 있다. 야간 간호사가 창문 달린 벽 뒤쪽에 앉아 있다가 문소리에 깜짝 놀라 나타난다.

"잠깐만 여기 있어." 엄마가 말한다. 엄마는 고객들과 인사를 하면서 로비를 지나간다. 머리를 왼쪽 어깨에 기댄 채 불편해 보이는 자세를 한 여자가 앉아 있다. "안녕, 마사." 엄마가 그녀의 눈을 보며 미소를 짓는다. 여자의 표정은 변하지 않지만 엄마의 손을 향해 손을 내민다. 아디나는 엄마가 누군가와 손을 잡는 것을 본 적도, 저렇게 상냥하게 대하는 걸 들어본 적도 없었다.

"어제 아침 식사 때 엄청 난리 피웠다면서."

여자는 의자에서 거칠게 움직였고 엄마는 자연스럽게 그 몸짓을 인정한다는 의미로 이해하는 듯하다. 엄마는 여자의 손에 깍지를 끼고 야간 간호사에게 인사를 건넨다. 간호사는 엄마를 서둘러 로비 뒤쪽으로 데려간다.

아디나는 로비 입구에서 서성거린다. 벽에는 반구형 플라스틱 장식이 가득 붙어 있어 빛나고, 방이 아래로 가라앉은 듯한 느낌을 준다. 오른쪽에 있던 남자가 휠체어를 벽 쪽으로 돌린다. 사선으로 삐뚤어진 그의 어깨 모양에 아디나는 그 고통을 짐작한다. 엄마가 얼른 돌아와서 여기를 떠날 수 있기를 바란다. 그때 마사가 의자를 그녀 쪽으로 당겨 앉는다.

"안녕하세요. 전 아디나예요." 아디나가 말한다.

"앤 내 딸이야." 엄마가 뒤쪽에서 근무 기록 카드를 들고 나온다. "내가 이야기했던 애. 영재."

아디나는 엄마가 이렇게 뽐내는 모습을 본 적이 없다. 누군가에게 엄마가 가볍게 포옹하는 모습도 처음이다. 엄마가 방 안에서 여러 명에게 말하기 위해 목소리를 높이는 것도 처음이다.

"착하게 있어요, 모두들. 내일 만나."

주차장에서 엄마는 잠깐 머뭇거리다가 차에 시동을 건다. "좀 놀랐겠지만, 저 사람들은 안전하게 보살핌을 받고 있어."

그들은 침묵 속에 집까지 10분을 간다. 아디나의 마음속은 단순하고 불가해한 생각으로 차 있다. 엄마는 다른 사람들을 돌본다. 길거리의 나무들은 작은 줄전구에 감싸여 있다. 심지어 현란하게 번쩍이는 재킷을 입은 거리의 소년들마저, 오늘 본 엄마의 따뜻한 모습이 세상과 맺은 합의에 협조하는 듯하다.

*

아디나는 팩스를 보낸다. *인간은 슬프거나 행복할 때, 가끔 그냥 우울할 때면 눈에서 눈물을 만들어내요. 물!*

*

심한 감기에 걸린 아디나는 거실 소파에서 담요를 덮고 책을 읽다 자도 된다는 허락을 받는다. 엄마는 코에 든 걸 티슈에 풀어야 한다고 설명한다. 아디나는 자신이 잘못 들었을 거라고 생각한다. 내 몸에서 가장 지저분한 건데, 이걸 코 바깥으로 내보내라고? 엄마가 다시 설명하고, 시계를 확인하고, 전화에 대고 변명을 하고, 점점 더 초조해한다. 결국 엄마는 억지로 아디나가 티슈에 코를 풀게 한다.

"그건 입이고, 코로 내뿜어봐."

아디나는 코를 제대로 풀지 못한다. 몸에서 가장 부드러운 일부가 코 안에 남는다.

*

어느 날 학교에서, 유성이 떨어지면 베이컨 굽는 소리가 난다고 배운다. 아디나는 아침까지 깨어 기다렸다 그 소리를 듣는다.

∗

　매주 일요일, 두 사람은 옷을 팔거나 쇼핑을 하기 위해 루즈벨트 벼룩시장에 간다. 아디나가 특히 좋아하는 장사꾼인 골드먼 부인은 캠핑용 밴에 중고 책을 실어 와 판다. 운 좋은 날에 아디나는 2달러를 받아 책 네 권을 산다. 세 권은 낸시 드루(유명한 미스터리 시리즈의 소녀 탐정) 소설(각각 0.75달러), 나머지 한 권은 새로 들어온 책인데 평범하지만 실은 왕족이라는 비밀을 가진 소녀 이야기다. 운 나쁜 날에는 아디나 엄마가 주차할 자리를 못 찾거나 골드먼 부인의 밴이 다섯 번째 골목 끝에 없어 슬픔에 빠지게 된다. 그런 날이면 그들은 금방 떠난다.

　이번 일요일에 골드먼 부인은 아디나를 위해 아껴둔 책을 꺼내주었다. 칼 세이건의 《우주의 지적 생명》이다. 성스러운 제목이 은하수 그림 위에 걸려 있는 표지의 책이다. 0.5달러.

　필라델피아의 맑은 회색빛 아침이다. 뜨거운 브레첼 더미가 대로변 가게 칸막이에서 김을 뿜는다. 판매상들은 플라멩코 춤을 추는 댄서처럼 자동차 사이를 움직이며 종이봉투를 흔든다. 아디나는 맥도날드에서 초콜릿칩 미니 쿠키 한 상자를 사도 된다는 허락을 받는다. 먹기 전에 아디나는 쿠키를 창가로 들어 올려 에메랄드처럼 감상한다. 그리고 오늘 산 책이 잘 들어 있는지 확인하려 재킷 주머니에 손을 넣는다.

책에 등장하는 사람들은 항상 창문 빛에 비춰서 보석을 감상해요. 그녀는 팩스를 보낸다.

연기 냄새가 조그만 창문으로 들어온다. 엄마는 늘 베란다에서 콘크리트 보도를 향해 담배 연기를 뿜는다. 아디나는 우주에 관해 읽느라 늦게까지 잠을 자지 않는다.

∗

아디나의 엄마는 다림질을 하며 잔소리한다. 친구를 사귈 때 자기한테 도움이 되는지보다 더 중요한 것은 없다면서.

"그 애는 너한테 무슨 도움이 되는데?" 엄마는 교회의 여자들에 관해, 이웃에 관해, 바나 화이트(미국의 텔레비전 쇼 진행자)에 관해 말한다.

토니에게 있는 건 다음과 같다.

오빠 셋. 크리스토퍼, 마테오, 도미닉.

가장자리를 떼어 먹은 양상추 샌드위치.

매일 입고 다니는 헐어빠진 분홍색과 오렌지색 윈드브레이커.

긴장하면 화장실 칸 안에서 씹는 미술용 스펀지.

조용한 식사. 토니는 음식을 목으로 넘기거나 쩝쩝거리는 소리 한 번 안 낸다.

두 지역 떨어진 곳에 다른 가족과 함께 사는 아빠. 법률사무소에서 일하지만 자주 아픈 엄마.

토니는 아디나가 자신의 비밀, 왕족이라는 정체를 고백할까 고민 중인 유일한 사람이다.

★

뉴스는 우주 먼 지점에서 울리는 박동에 대해 보도한다. 아디나는 건강검진 기간이다.

안과 진료실에서, 벽 맞은편에 세운 검사용 패널이 빛난다.

"첫 번째야, 세 번째야?" 안과 의사가 말한다.

"세 번째요."

(플라스틱 슬라이드 넘기는 소리)

"두 번째야, 첫 번째야?"

침묵.

"첫 번째를 다시 한번 볼래?"

(플라스틱 슬라이드 넘기는 소리)

안과 의사가 침을 삼키자 불쾌할 정도로 지나치게 질퍽한 소리가 난다.

"첫 번째요." 그녀는 거부감을 느끼며 말한다.

"추측해서 대답하지 말고."

"추측하는 거 아니에요." 그녀는 추측 중이다. 의사가 침 삼키는 소리를 다시 듣고 싶지 않기에 이 시간을 빨리 끝낼 수 있는 말이라면 뭐든 할 것이다.

검사 장치들이 아디나에게서 슬며시 떠나가자 이번엔 여러 가지 도구가 늘어선 탁자가 앞에 나타난다. 벽 맞은편의 패널에서 빛이 난다.

"네가 볼 수 있는 한 제일 아랫줄에 있는 글자를 읽어봐." 안과 의사의 입에 있는 액체와 아디나의 귀 사이의 거리가 너무 가깝다. 그녀는 의사가 자신을 짜증 나게 하기 위해서 이 소리를 낸다고 확신한다.

아디나는 속이 울렁거리는 상태로 글자들을 읽는다.

대기실에서 엄마는 최근 샐러드 드레싱 사업에 투자한 한 배우 가족에 관한 기사를 읽고 있다. "어떻게 됐니?"

안과 의사는 난시에 대해 설명한다. 그것이 아디나의 시야를 특별하고 손상된 오목렌즈로 보는 것처럼 만들었을 거라고. 휘갈겨 쓴 처방전을 들고 그들은 차를 타고 벽에 안경들이 가득한 '렌즈 왕국'으로 간다. 엄마는 운전 중에 한숨을 쉰다. 아디나는 둥글고 빨간 테를 고른다. 엄마는 가게 창문으로 가로등 아래 주차해둔 변덕스러운 차를 바라본다. 엄마의 셈법. 큐 사인을 받은 듯이 가로등이 켜진다.

"괜찮아요. 안경은 없어도 돼요." 아디나가 말한다.

엄마는 혼란스러워 보인다. 아디나는 엄마가 돈이 부족한 걸 감추고 있음을 안다. 엄마는 자신의 불안이 자세, 목소리, 발걸음의 무게, 한 주의 근무가 끝날 무렵 차를 세우고 오기까지 걸리는 시간에 어떤 영향을 미치는지 모른다. 아디나는 엄마가 집에 들어오기 전부터 엄마의 기분을 안다.

그들은 '렌즈 왕국'의 오렌지색 플라스틱 소파들 사이에 서 있고, 점원은 오후 5시가 되면 가게를 닫아야 한다고 두 번이나 말한다. "이거 주세요." 엄마는 빨간 테를 내밀며 말한다. 테에는 렌즈가 들어가고, 펠트 케이스와 안경닦이, 설명서가 동봉될 것이다. 어른처럼 아디나는 그것들을 가질 것이다.

터우드 로드의 가파른 언덕조차 그녀의 흥분에 비하면 시시할 정도다.

"한동안은 삶은 닭만 먹어야겠네." 엄마가 운전대를 두드리며 말한다.

아치형 천장을 이루듯 공중에 매달린 오토월드의 자동차들 위로, 해가 서서히 저문다. 그 차들은 냉혹한 사실들 못지않게 장엄해 보인다. 정비공들은 번쩍거리는 차들의 복부를 수리한다.

*

아디나와 언어 병리학자는 대기실에 있는 그녀의 엄마를 찾는다. 엄마는 잡지 사은품으로 나온 샘플 향수를 손목에 바르다 멈춘다.

의사가 녹음 테이프를 건넨다. 아디나의 엄마는 테이프에서 의사에게로 시선을 돌리며 여자들끼리 솔직하게 털어놓자는 신호를 보내지만, 그것은 전달되지 않는다. 엄마의 짧은 치마 아래로 살짝 드러난 팬티스타킹 봉제선은 진료실 조명 밑에서 금빛으로 보인다. 동네의 모든 여자들은 (나이 든 사람들을 제외하고) 엄마처럼 크게 부풀린 헤어스타일을 한다. 하지만 의사의 머리는 재미없게 하나로 묶어 올린 단정한 스타일이다. 하얀 가운을 입고 얌전한 안경을 썼다. 아디나는 이 여자의 매력 부족과 밋밋하고 하얀 얼굴에 유감을 느낀다. 절제의 미덕에 대해 배우기에 아디나는 아직 어리고, *가진 게 있으면 뽐내라*는 동네의 규칙을 믿는다. 아디나는 뽐내고 싶다.

그들은 숍앤세이브 마트로 간다. 거기엔 식품 코너 조명을 받으며 빛나는 초특가 닭이 있다. 집에서 엄마는 테이프를 기계에 넣고 재생 버튼을 누른다. 아디나의 목소리가 느리게 나온다.

"토끼라고 해봐." 간호사가 말한다.

"도끼." 아디나가 말한다.

"토끼." 간호사가 고쳐준다.

"도끼." 아디나가 말한다.

엄마는 아디나를 무릎 가까이 끌어당기고, 잡지의 샘플 향수 냄새가 확 풍긴다. "토끼라고 해봐."

"도끼."

"토끼. 잔디밭에 있는 거 말이야. 시골 들판의 풀 속을 뛰어다니는 거."

아디나는 시골 들판에 가본 적이 없다. 심지어 살면서 겪는 다는 대부분의 일을 한 번도 경험해본 적이 없다. "도끼." 그녀가 말한다.

"토할 것 같아."

"도할 것 같아!"

"그 사람들은 내가 발음 교정 수업 비용을 내길 바라. 이제 학교 끝나면 그쪽 진료실에 가게 될 거야. 왜 하나하나 전부 돈이 들지? 네 이빨만큼은 고르게 나기를 바라자꾸나."

✷

저에게는 발음 교정 수업과 시력 교정 렌즈가 필요해요. 그리고 아마 치아 교정기도 필요할 거예요. 나는 비싼 외계인이에요.

답변: 평범한 인간으로 보이도록 설계되었다.

평범한 게 뭔가요?

그건 네가 알려줘야지.

✷

아마데오 칼비는 발가락 아래 튀어나온 부분으로 걷는다. 그가 한 걸음 내디딜 때마다, 아디나의 심장이 뛴다. 그의 물고기 같은 초록빛 피부는 아픈 사람 특유의 창백한 색조다. 아디나는 그게 신경 쓰인다. 7학년이 되자, 아디나의 가슴 한가운데 있는 근육이 그 존재 의의를 드러내기 시작한다—아마데오가 경중경중 지나갈 때마다 격렬하게 펌프질을 하기 위해서다. 가끔 그는 그녀가 예상치 못한 때에, 체육관에 있거나 사제관에서 심부름을 하고 있을 거라고 생각했던 때에 나타나서 지우개를 털고, 아디나의 심장은 원래의 리듬으로 돌아가기 위해서 몇 분이나 기다려야 한다. 그의 엉덩이는 표준 규격의 체육복 바지 안에서 체리처럼 튀어나와 있다. 그녀는 그에게 형제가 있는지, 형제들도 체리 같은 엉덩이를 가졌는지 알고 싶다.

토니는 지금 아디나에게 걸맞은 말은 남자에 *미쳤음*이라고 한다.

*

아디나는 야간 교실에서 **깨어난다**. 눈앞에서 상관들이 반짝이고 있다.

지난번에 보았던 진화 패널들은 〈내셔널 인콰이어러〉의 거대 머리 생물체 스케치로 발전했다. 새로운 패널들의 열이 나타난다. 거대한 머리가 줄어든다. **육체**의 가운데에서 어떤 빛 하나가 보이기 시작한다. 아디나는 이게 인간이 **영혼**이라고 부르는 것임을 직감한다. 새로운 형태가 등장하고, **영혼**을 가진 인간들은 크기가 줄어들며 합체한다. 한 패널에는 **육체** 하나에 세 개의 **영혼**이 들어 있다. 또 다른 **영혼**들은 **육체**가 더 이상 없고 **영혼**만이 남을 때까지 계속 결합한다. 귀뚜라미 쌀 행성은 인간들이 영혼이라고 부르는 수십 억의 지각들로 이루어진, 단일하면서 다성적인 담요이다. 그녀의 종족은 육체를 뛰어넘어 진화했다.

반짝이는 공간이 그녀의 이해력에 기뻐서 파도처럼 흔들린다.

아디나는 칼 세이건이 이에 대해 알았는지 물어보지만, 상대편이 그의 이야기에는 별 관심이 없음을 직감한다. 대신 이런 말들이 맴돈다. 그들의 행성은 위기에 처했다. 그녀는 그들이 다른 행성에서 살아남을 수 있을지를 판단하고 기록하기 위해 지구로 보내졌다. 어느 날 그녀는 작동이 중지되고 고향으로 돌아오게 될 것이다.

"작동 중지가 뭐예요?"

아디나는 땀으로 미끌거리고 심장이 쿵쾅거리는 상태로 깨어난다. 마치 악몽을 꾼 것만 같다.

그녀는 다른 영혼들과 함께 하나의 육체를 공유하고 싶지 않다. 내면이 도시처럼 붐비며 밀착한 채 지내고 싶지 않다. 그녀는 자신의 육체만이 가진 사생활과 고독이 좋다. 배꼽. 콧등에 걸친 안경. 나만의 침대에 누워 독자적인 폐를 통해서 숨 쉬고 있음에, 나만의 팔과 그것이 점점 가늘어지며 나만의 고유한 얼굴 앞에서 꼬물거리는 다섯 개의 손가락을 가진 손이 달려 있다는 사실에 감사한다.

✶

새로운 일과: 다급하고 맛없는 저녁 식사, 설거지, 엄마가 거실 벽에서 전화기를 떼어낸 다음 침실로 들어가 문을 쾅 닫는 것. 아디나는 식탁에서 숙제를 한다. 때때로 거실에 말 우는 소리 같은 엄마의 웃음소리가 굴러 들어온다.

✶

선생들은 서로 대체 가능한 부품처럼 대부분 똑같아 보인다. 어떤 이는 포니테일을 하고 어떤 이는 원형 팔찌를 끼고 있는 것 정도다. 근무시간이 아닐 때에 뭘 하는지는 추측만 해볼 뿐이다. 가끔 선생들은 선탠한 피부나 필라델피아식이 아닌 헤어스타일 같은 외부 생활의 증거를 뽐내듯 드러낸다. 텍슬러 선생은 유일한 남자 선생이다. 토니는 그가 *세상에서 가장 평균적인 남자를 그려라*라는 과제에 대한 모범 답안처럼 보인다고 말한다. 하지만 학생들은 자기네 형이나 오빠보다는 나이가 많지만 아빠만큼 고대인 같지는 않은 유일한 남자이기 때문에 텍슬러 선생을 좋아한다. 한번은 과학 선생이 그를 티에리라고 부르며 서로 경건한 눈길을 주고받는 모습을 본다. 티에리라니! 그건 아디나의 판타지 소설책에 나오는 이국적인 지명과 너무나 비슷하지 않은가.

"진정해." 과학 선생은 그 기원에 대해서 몇 시간이나 설명한 새 팔찌를 만지작거리며 말한다. "너희는 우리한테 이름도 없는 줄 알았니? 우리도 너희처럼 삶이 있고 가족이 있어."

*

일요일 벼룩시장에서 아디나는 골드먼 부인에게 자신의 안경에 대해 이야기한다. 이제 벽 너머까지 투과해 볼 수 있게 되는 걸까요? 어쩌면. 부인의 밴에서 책 상자들을 내리는 걸 돕는 동안 아디나는 쉬는 시간에 아마데오가 운동장 구석에서 췄던 춤 동작을 설명한다. 골드먼 부인은 이야기를 들으며 접이식 탁자에 책을 크기별로 늘어놓는다. 아디나가 로저 래빗(영화 〈누가 로저 래빗을 모함했나〉로 인기를 끈 토끼 캐릭터)('토끼'라고 그녀는 당당하게 반복한다)의 팬터마임을 끝내자 부인은 책 더미에서 책을 한 권 뽑아 손에 얹어준다. 그것은 《허니》라는 책이다. 아디나 또래의 여자아이가 슬픈 눈빛으로 표지의 단조로운 그림 속에서 내다보고 있다. 엄마는 저 멀리 입구 쪽에서 변기 시트를 파는 남자와 이야기하는 중이다. "전 지금 돈이 하나도 없어요." 아디나는 거래가 성사되기만을 기다리는 것처럼 골드먼 부인에게 말한다.

"가지렴." 골드먼 부인이 말한다.

＊

책에서 허니는 아빠 파이를 만든다. 그녀의 이웃과 선생, 우편배달부를 통해 얻은 이미지를 재료 삼아, 그 남자들 각각을 슬라이스하여 아빠라는 존재를 빚어낸다. 누구든 슬라이스할 수 있다. 몇몇은 더 큰 조각으로 슬라이스한다. 몇몇은 여자다. 인식의 범위를 넓히면 인간이 관계를 얻을 수 있는 방법은 무한하다고 아디나는 판단한다. 엄마 파이나 친구 파이도 만들 수 있을 것이다.

그날 보낸 팩스에 돌아온 답장은 이랬다. **인간은 아빠를 몇 명이나 가질 수 있지?**

무한히.

＊

엄마는 아디나가 귀를 뚫는 걸 허락해줘야 하는 이유 목록을 대는 동안 〈내셔널 인콰이어러〉를 넘기며 흠흠 소리를 낸다.

다른 여자아이들은 귀를 뚫었기 때문이다.

아디나가 허락을 못 받은 유일한 이유는 엄마가 딸이 행복한 걸 원하지 않아서다. 따라서 이것은 외적 측면과 내적 측면 등 여러 차원에서 불합리한 일이기 때문이다.

귀걸이는 그녀를 사춘기 세계에 연결해줄 것이고, 덕분에 중년이 되었을 때 더 편안함을 느끼게 될 것이다.

엄마가 잡지를 덮는다.

"넌 태어났을 때 귓불이 머리 옆에 붙어 있었어."

"그게 이거랑 대체 무슨 상관이—"

"귀걸이는 앞으로 평생 할 수 있어. 기회가 있을 때 네 완벽한 귀를 즐기는 게 어떻겠니?"

전화벨이 울린다. 렌즈 왕국이다. 아디나의 안경이 도착한 것이다! 엄마는 싱크대의 접시들과 전화기, 슬리퍼 신은 발, 지독한 냉기를 막고 있는 창문을 차례로 둘러본다. 즉시 가지 않으면 렌즈 왕국은 문을 닫을 거고 그럼 내일 학교에서 하루를 꼬박 기다려야 할 것이다.

"좋아. 하지만 네가 달려갔다 와." 엄마가 말한다.

렌즈 왕국에 도착하자, 직원들은 카운터 뒤에 모여 아디나가 앞으로 몇 년은 이해하지 못할 근무 끝의 휴식을 즐기는 중이었다. 그중 한 명이 아디나의 안경을 찾아주고, 그녀는 발뒤꿈치를 들어 올린다. 들어 올렸다가 내린다. 드디어 직원이 보관함에서 짙은 색상의 펠트 케이스를 꺼내 건네준다. 아디나는 케이스를 열고 자신의 생애 첫 안경의 몸체를 본다. 매끄러운 질감에 카디널레드 색상. 아디나는 안경을 낀다. 가게에 있던 플라스틱 소파가 한 걸음 가까이 다가온 듯 보인다. 이제 그녀는 뭐든 만질 수 있을 것이다. 직원이 콧날 부분을 살펴보더니 딱 맞다고 말한다. 풀빛을 띠는 그의 눈동자 안쪽 선 하나하나까지 전부 보인다. 그녀는 설명서와 안경닦이를 받는다.

폭스바겐은 주차장에서 김을 뿜으며 기다리고 있다. 해가 졌지만 아디나는 태양이 지평선을 복숭앗빛으로 물들인 모습을 선명히 볼 수 있다. 포토맷(1980년대 미국 전역의 쇼핑몰 주차장에 있었던 사진 현상 체인점) 옆에 쓰인 글씨까지도. **단 하루, 무료 서비스**. 엄마가 온 얼굴을 찡그리며 외친다. "정말 귀엽구나!" 그리고 몸을 기울여 안경 낀 아디나의 얼굴에 재빨리 입을 맞춘다. 갑작스럽게 벌어진 애정 표현에 둘 다 깜짝 놀란다.

★

도미닉이 말한다. "네 혀를 다른 사람 입에 넣는 거야."

아디나는 토니네 집 부엌 식탁에서 엄마가 데리러 오기를 기다리며 아이스티를 마시고 있다. 골드먼 부인이 준 책에 나오는 인물들은 모두 애정 행각을 벌이고, 아디나는 토니의 오빠 도미닉에게 그중 한 장면에 대해 물었다.

"그다음에는, 그냥 뭐, 혀를 그대로 놔두는 거야?" 토니가 묻는다.

도미닉은 궁금한 게 생기면 찾아가는 상대다. 우리를 놀리려는 게 분명하다며 두 사람이 혀로 과연 뭘 하는 건지 상상하며 까불 때조차, 토니의 다른 오빠들과 달리 도미닉은 동생들에게 인내심 있게 말해준다. "자, 내 혀를 네 입에 넣을게. 특급 배달입니다! 자, 도미닉 오빠! 어떻게 하라고?"

그는 두 여자아이가 진정할 때까지 기다린 다음 말한다. "너희 혀를 서로 입에 넣고 한 바퀴 돌리는 거야."

아디나와 토니는 놀라서 입을 다문다. 두 사람은 도미닉이 그들의 빈 컵을 모아 부엌으로 가지고 가는 것조차 알아채지 못한다.

✷

학교에서 천문관으로 소풍을 간 날, 아디나는 조용한 천체 투영관에 앉아 애정 행각에 대해 생각한다. 애정 행각을 해보길 원하는 것이 맞는 걸까? 선생들도 애정 행각을 벌이고, 그들의 부모님도 애정 행각을 벌일 것이고, 여자아이 둘이 화장실에 함께 다녀오겠다는 허락을 받을 때도 아디나는 그게 애정 행각을 의미한다고 추측한다.

별 모양 천체 투영관 맞은편에서 토니는 오렌지 모양 종아리를 가진 여자아이 오드리와 이야기 중이다. 모든 학생들은 똑같은 교복을 입기 때문에 시계, 팔찌, 반지, 헤어스타일, 눈동자와 피부색, 종아리 모양으로 반에서의 인기가 결정된다. 아디나는 토니가 오드리와 더 친해지는 바람에 이대로 고등학교와 대학 때까지 영원히 둘이서 애정 행각을 벌일까 봐 걱정하지만, 그 염려는 쇼가 시작되자 싹 사라진다. 돔형 천장에 별자리가 비춰진다. 아디나는 자신이 떠나온 행성을 찾아본다. 파크웨이 도로의 거대한 골프공을 지날 때면 해변에 거의 다 왔다는 걸 아는 것처럼 그곳을 알아보리라 확신하며.

"앉아, 아디나. 제대로 앉아." 선생이 소리 죽여 외친다.

상영 마지막에 우주가 펼쳐진다. 어떤 노래가 흘러나온다. 조금씩 변형되며 반복되는 선율, 중심은 확고하며 가장자리는 부서질듯 섬세하여, 깊은 위안을 주는 이 음악은 사람이 만들었다는 걸 믿을 수 없을 정도로 경이롭다. 아디나가 가진 모든 긴장과 의문이 선율의 흐름 속에서 진정된다. 이 순간 아디나는 사랑을 표현한다는 것이 무엇인지 알게 된다. 음악의 선율, 보송보송한 천체 투영관의 의자들, 심지어는 분수에 튀는 물까지도 지금 그녀와 애정 행각을 벌이고 있다.

거친 감정과 향수에 사로잡힌 그녀는 화장실 칸 안에 틀어박혀 숨을 들이켜며 노래를 기억해보려 노력한다. 화장실에서 나오지만 친절한 선생을 찾을 수가 없어서 학생들을 억지로 줄세우는 중인 성질 나쁜 선생에게 물을 수밖에 없다.

"아까 그 노래는 뭐였어요?"

"아디나, 내가 지구상의 모든 노래들을 다 알겠니?"

"나 알아." 그것은 친구가 없고 단추를 목까지 채운 똑똑한 아이, 타마라 웰시의 목소리다. 이때가 밤마다 쓰는 아디나의 노트에 타마라가 언급되는 유일한 순간이다. 그녀가 아디나의 삶에서 가장 중요한 것들 중 하나를 알려주었음에도 불구하고.

"그건 필립 글래스야."

*

다음 날 교실에서 학생들은 천문관의 사기꾼들이 뭘 속이려고 한 건지 묻는다.

"왜 별이 그렇게 많은 거죠?" 아마데오가 묻는다.

과학 선생은 학생들의 집단적 불신에 대비되어 있지 않으며, 왜 자신이 의심을 받는 건지 이해할 수가 없다. 선생은 잘못된 질문에 대답한다. "우린 별이 얼마만큼 존재하는지 몰라."

"하지만 왜 그렇게 많다고 생각하는 거예요?"

"별은 끝없이 이어지니까."

아디나는 은하계에 최소 25만 개의 별이 관측된다는 걸 안다. 토니의 눈빛은 진지하다.

언젠가 NBA(미국의 프로 농구 연맹)로 갈 거라고 모두가 생각하는 패트릭이 말한다. "저는 꼭대기층에 있는 방 창문으로 매일 밤 별을 봐요. 아무리 많아도 열세 개라고요."

아마데오가 동의한다. "난 아홉 개까지밖에 못 봤어."

"가장 많이 본 게 아홉 개였단 말이지." 패트릭이 동조한다.

과학 선생은 도시 아이들이 볼 수 없는 것을 믿으라고 하는 사람을 경계한다는 사실을 떠올린 듯했다. "그럼 오늘은 빛 공해에 대해서 얘기해보자." 그녀는 칠판에 분필로 커다랗게 원을 그린다.

*

그날 밤 엄마가 전화기를 들고 침실로 들어가자, 아디나는 문을 두드리고 숙제를 도와달라고 말한다. 사실 도움은 필요하지 않다. 문 건너편에서는 아무런 반응도 없다. 아디나는 문을 연다. 엄마는 슬립 차림으로 바닥에 쭈그리고 앉아 상아색 전화선을 손가락에 감고 있다.

"아디나!" 엄마는 굉장히 놀란 듯했다. 엄마 방에 들어오는 건 금지였기 때문이다.

"꼭 도와줘야 하는 숙제라고요!" 아디나는 고집스럽게 자신도 믿지 않는 말을 둘러댄다.

엄마는 전화기에 대고 화를 억누르지 못한 목소리로 말한다. "마크, 잠깐만 기다려." 엄마는 전화기를 카펫에 놓고 아디나를 방 밖으로 몰아낸다. 그다음 조용히 등 뒤로 문을 닫고 아디나를 거실로 몰고 가서 그녀 쪽으로 몸을 기울이고 속삭인다. "네 숙제는 너 혼자서 해내는 게 네가 할 일이야. 도움이 필요하면 그 망할 선생들한테 가서 물어봐." 아디나는 그 말에 분노와 후

회라는 두 가지 상반된 충동이 작용하고 있음을 알아차렸다. 엄마는 욕을 썼다는 것에 사과조차 없이 몸을 돌려 침실로 사라지고, 아디나는 처음으로 떼를 써보려다 실패한 채 혼자 남는다.

*

마크: 엄마와 딸을 잇는 마이크로칩을 망가뜨리는 먼지 잔여물. 형편없는 유리닦이를 쓸 때 거울에 남는 자국. 체육 수업에서 소프트볼을 뺏기지 않으려 상대 선수를 막는 패트릭의 몸짓.

공해는 지구에 인간이 가하는 압박을 뜻하는 말이에요. 아디나는 팩스를 보내고 일찍 잠자리에 든다.

*

머리카락과 손톱이 자라고 잘린다. 팔다리가 길어진다. 딸이 개를 키우자고 말하고 엄마가 안 된다고 한다. 딸이 묻는다. 그럼 귀를 뚫게 해주는 건 어때요? **개도 없는 이 지옥에 계속 살아야 한다면 말이죠**. 딸은 오토월드의 날아다니는 풍선 남자가 자신만이 이해할 수 있는 중대한 메시지를 전달하려 한다고 믿고 있다. 딸은 엄마가 닭을 삶는 동안 이 메시지를 파악해보려 노력한다. 보물이 있대요! 아디나, 밥 먹어! 옛날에 묻힌 거래요! 역사적 비밀이죠! 일어나! 아니, 이리 와서 앉아! 엄마가 소리치며 저녁 식사 시간을 알리고 닭이 식게 내버려두면 죽도록 혼날 거라서 아디나는 날아다니는 풍선 남자를 잊었다가 다음 날 아침, 인형이 풀밭 위에 보기 싫게 늘어진 모습을 본 후에야 떠올리고 버스 정거장까지 걸어가는 동안 내내 수치심에 시달린다. 엄마는 손톱에 투명 매니큐어를 바르고, 끝부분에만 하얀 색상을 칠한다. 그녀는 이 섬세한 초승달 주위로 전화선을 감는다. 수년 전 뉴욕의 퀸스 지역에 위치한 한 지하실에서 생겨난 힙합은 필라델피아 북동부 지역에 도달해 십대들의 라디오 카세트에서 흘러나온다. LL 쿨 J(미국의 래퍼이자 배우)의 배지가 토니의 청재킷에 줄줄이 달린다. 매주 화요일 오후 5시 30분부터 7시까지는 유나이티드 스케이츠 오브 아메리카에서 어린이들의 밤이 열린다. 롤러스케이트를 탄 또래들은 휘트니 휴스턴과 벨 비브 데보(1980년대 초중반에 인기를 끈 R&B 힙합 그룹)의 음악 속에 스쳐 지나간다. 딸은 허벅지에 잔뜩 힘을 주고 푹신한 안전 벽 근처에만 붙어 있다. 딸이 가장 좋아하는 순간은 엄마가 텔레비전에 나오는 배우에 대해 "너 쟤 좋아하니?"라고 물을 때다. 딸은 늘 자신의 노트에 메모를 적기에 바빠 텔레비전 화면에 별로 주의를 기울이지 않다가 갑자기 그 배우가 세상에서 가장 중요한 사람인 것처럼 집중한다. 딸은 엄마가 자신의 의견을 중요하게 여기길 바란다. 그리고 언제나 엄마가 묻길 바란다. 저 여자 어떻게 생각하니? 저 여자는? 저 여자는?

딸은 언제나 소파의 틈새에 빠진 연필을 끄집어내곤 한다. 매일 밤 날아다니는 풍선 남자는 연단에서 그녀를 향해 팔을 뻗고, 매일 아침이면 풀밭 위로 쓰러진다.

*

겨울이 한창 깊어지던 7학년의 어느 주말, 엄마는 다음 주에 축하할 일이 있어 '해산물의 집'에 갈 거라고 말하고 아디나가 묻는다. 뭘 축하하는 거죠. 엄마는 답한다. 마크의 승진. 직업이 뭔진 모르겠지만 어쨌든 보상을 받을 만큼 잘한 모양이고 그래서 그들은 알래스카 털게 다리를 먹으러 간다.

마크: 수술을 마친 이웃집 개가 짖는 소리.

*

금요일 밤, 드레스를 입은 아디나와 엄마는 그가 도착하기를 기다린다. 아디나의 엄마는 긴장했고 향수를 과하게 뿌렸다.

'해산물의 집' 로비에서 세 사람은 자리가 준비되면 삐 소리가 날 거라는 직원의 안내와 함께 호출 벨을 받는다. 그들은 마크가 〈푸른 옷소매Greensleeves〉(16세기경 작곡된 영국의 전통 민요)의 특정 버전을 틀어야만 밥을 먹는 고객에 대해서 토론 중이다. 레스토랑 구석의 수조에서 두꺼운 밴드에 집게발이 묶인 바닷가재들이 서로 부딪치며 허우적거린다. 아디나는 가재들이 내는 슬픔의 비명을 무시하려고 노력한다. 지금 앉아 있는 자리로 보이는 식당에서 울려 퍼지는 이야기 소리에 집중하며 로비 바닥 위로 예쁜 신발을 흔들어본다. 아기 의자에 앉은 아기들이 팔다리를 버둥거리고 눈에서 물을 만들어낸다. 턱받이를 한 가족들이 버터 바른 가재 껍질을 벌린 입으로 들어 올린다. 수조에서 철벅거리는 언어. *나한테 무슨 일이 일어나게 될까?* 식사하는 사람은 진한 분홍색으로 익힌 살을 발라내 소스에 담근 다음 가족에게 들어 보이고, 가족들은 깔끔하게 발라냈다며 축하해준다. 아디나의 안경은 이 고통스러운 숨결을 더 잘 보이게 한다. 그녀는 플라스틱 의자에서 움찔거린다. 질식할 듯한 버터 냄새 속에서.

아디나는 차가운 수조에 뺨을 누른다. 그리고 끌어내리는 엄마에게 저항한다. 바닷가재들이 어물거린다. 이 어두운 벽들로 된 대기실 입구에서 기다리는 중인 다른 가족들의 반응으로 보아 아디나가 소란을 피우고 있는 게 분명하다. 아디나와 엄마는 젖는다. 직원은 놀라서 펜을 빠르게 달각거린다. 엄마가 애원하는 눈빛으로 말한다. 제발 수조를 놔. 마크는 혼자 온 것처럼 두 사람에게서 떨어져 서 있다.

*

차를 타고 집까지 돌아오는 조용한 길은 아디나의 화를 돋울 만큼 오래 걸린다. 종종 마크가 땅이 팬 곳이나 빨간불에 걸려 멈추고, 엄마는 거듭 사과하지만 마크는 이해한다고, 힘든 일이라고 말한다. 아디나는 그가 뭘 이해한다는 건지, 뭐가 힘들다고 생각하는지 모른다—딸을 키우는 것, 밖에서 식사를 하는 것, 아니면 구체적으로 아디나의 존재를 말하는 걸 수도 있다. 아디나는 엄마에게 물어보고 싶지만 엄마는 창밖을 내다보고 있고 초승달 모양 손톱은 가짜 은사슬 같다.

거의 집에 다 왔을 때 마크는 레스토랑의 호출 벨이 아직 주머니에 있다는 걸 깨닫는다. 그것은 울리지 않았다. 마크는 두 사람을 내려주고, 그걸 돌려주러 가겠다고 한다.

"돌아와서 한잔할래요?" 엄마는 아디나가 알 수 없는 감정의 벼랑 끝에 있다.

그는 그러겠다고 말한다. 그들은 연립주택단지에 도착하고 아디나가 문을 연다. "고마워요, 마크."

"괜찮아. 정말이지 대단한 모험이었어." 아디나가 사과하지 않았음에도 그는 그렇게 대답한다.

집 안에 들어가자마자 엄마가 말한다. "가서 자." 엄마의 눈가가 붉다.

아디나는 정의감과 그에 쌍둥이처럼 동반되는 후회, 두 감정으로 마음이 찢어진 채 자신의 방으로 들어간다. 그리고 엄마가 구두를 벗고—바닥에 부딪치는 두 번의 쾅 소리—거실 소파에 앉아, 팔꿈치를 쿠션 위에 대고서 턱을 괸 채 거리를 내려다보는 기척을 듣는다.

★

텔레비전 광고 속에서, 한 오토바이 운전자가 동네 은행 앞에 멈춘다. 헬멧을 벗고 머리를 흔들자 긴 머리카락이 드러나며 시청자에게 운전자가 여자라는 사실이 밝혀진다. *PNC 은행! 예상 밖의 일에 대비하세요.*

아디나는 팩스를 보낸다. *사람들은 보통 오토바이 운전자가 여자일 거라고는 생각하지 않아요. 오토바이를 타는 여자들은 자기들이 여자라는 걸 알려주고 싶어 하지 않죠.* 그리고 이어서 하나를 더 보낸다. *아, 여자들은 긴 머리를 가졌어요.*

★

8학년이 되기 전 여름, 아디나의 학교 아이들은 RUN-DMC(1980년대 중반에 결성된 미국의 힙합 그룹)의 카세트테이프를 교환하고 텔레비전 음악 프로그램에서 배운 춤 동작을 연습한다. 아디나가 살아가는 지구 시간대에서 유행하는 음악의 흐름은 바지 모양의 변천사를 보면 가장 잘 알 수 있다. 특히 바지통, 즉 바지 천이 다리에서 얼마나 멀리 떨어져 있는지의 변화가 그러한데, 1980년대 어느 시점이 되자 동네 사람들은 나팔바지를 버리고 Z. 카바리치 브랜드에서 나온 하이웨이스트 배기 청바지를 입기 시작하며 비트박스를 흉내 낸다.

아디나가 사는 동네에서는 모두가 춤을 출 줄 안다. 모두가 뱀처럼 배를 깔고 그 뱀이 목을 타고 올라갔다가 발목까지 내려가도록 몸을 꿈틀대는 법을 안다. 엉덩이로 숫자 8 모양을 그리는 법을 안다. 그걸 거꾸로 그릴 줄도 안다. 토니만 빼고. 토니 같은 아이들에게도 나름의 생존 방식이 있다. 그런 아이들은 댄스장에서 주스를 나눠주거나 코트를 걸어주거나 방금 전에도 갔다 온 화장실에 또 간다.

*

젠, 젠, 자나에, 조이, 지젤이 포식 어류 무리처럼 복도를 돌아다닌다. 그 애들의 부모들은 매주 첫 번째 금요일 미사에서 함께 앉는다. 알파벳 J로 시작되는 이름이라는 순전한 우연이 그 애들에게 태어나면서부터 서로를 찾아 8학년 학급을 장악하도록 만들기라도 한 것처럼.

젠, 젠, 자나에, 조이, 지젤. 그 아이들의 얼굴은 넓고, 창백하고, 눈에 띄지 않는 작은 코가 달려 있으며, 피붓빛은 화장품 색상표에서 인기 있는 쪽에 속하는, 산호색과 따뜻한 분홍색을 띤다. 머리카락은 꼭대기에서 포니테일로 높게 묶여 있는데 어딘가 비껴 걸린 듯한 모양새라 마치 땅에서 갓 뽑은 우아한 순무처럼 보인다. 이 비뚤비뚤한 머리 모양은 몹시 이상하지만, 형태만큼은 매혹적이다. 일부러 엉성하게 꾸민 듯한 모습이 오히려 멋으로 받아들여진다. 아디나는 그 아이들이 청재킷 소매를 걷는 방식, 하이탑 운동화 끈을 일부러 풀어놓는 것, 다이아몬드 모양 종아리가 돋보이도록 길고 느슨한 레그워머를 신는 것을 동경한다. 그녀도 순무 머리를 정말로 하고 싶다. 하지만 엄마의 거친 곱슬머리를 물려받은 탓에 고무줄로 머리카락을 세 바퀴 반 돌려 묶으면, 원래 머리보다 훨씬 더 큰 혼돈의 더미가 생겨나버린다.

토니는 아디나가 얼마나 감명받았든 간에 아무런 감명도 받지 않는다. "걔네들은 만약 우유가 사람이라면 어떤 모습일지 그려라라는 과제에 대한 모범 답안처럼 보여." 토니의 머리는 포니테일을 하기엔 너무 짧다. 가끔 머리띠로 앞머리를 넘길 때도 있지만 대체로는 눈 위로 내려뜨린 상태이다.

젠, 젠, 자나에, 조이, 지젤이 뭔가를 사랑하게 되면, 그걸 멈춰야 한다는 식으로 말한다. 그 치마엔 반짝이는 장식을 멈춰야 돼. 그 피자에는 그 토핑은 멈춰야 돼. 그 애들이 싫어하는 것 역시 멈춰야 한다. 걔는 그 흉측한 팔찌를 멈춰야 돼. 정말 멈추라는 뜻인지는 듣는 사람이 맥락을 통해 알아내야 한다. 8학년 언어학의 이러한 미묘한 뉘앙스는 분명하게 읽어내기가 아주 어려워서, 아디나는 수없이 많은 팩스를 보내서 상관들에게 묻는다. 결국 답변이 온다. **멈춰**.

*

아디나는 엄마에게 자신이 예쁘냐고 묻고 엄마는 그녀가 특별하다고 말한다. 엄마는 아디나가 예쁘지 않다고 말하지는 않는다. 엄마는 애초에 *예쁘다*는 단어 자체를 말하지 않는다. 아디나는 엄마가 쓰는 언어의 행간에 숨겨진 의미를 파악하는 데 능통하다. 아디나는 자신이 끔찍하게 못생겼다는 걸 안다.

*

어느 날 밤, 저녁 식사가 끝나고 방으로 들어간 아디나의 엄마는 잠시 후에 뺨이 분노로 얼룩덜룩해져서 나온다. 엄마는 부엌에 서서 컵에 물을 따른 다음 길게, 끝까지 들이켠다. 엄마는 컵을 다시 채우고 한 번 더 똑같이 반복한다. 반달형 탁자에 쌓인 책은 여전하고 찬장에는 각종 차가 깔끔하게 진열되어 있지만 방 안에서 무슨 일이 일어난 모양이다. 아디나는 그게 뭐든 간에 마주하기 위해서 몸을 편다.

세 번째 컵을 비운 다음에 엄마가 아디나 옆에 앉는다. 엄마는 정중한 목소리로 말한다. "그러니까, 우리가 더 이상 마크를 만나러 갈 일은 없을 거야. 그게 최선이겠지, 아마도. 그 사람은……." 거센 바람이 앞문에 쳐둔 망을 흔든다. 며칠째 폭풍우가 불 조짐이 있다. 아디나는 그다음에 이어질 말을 추측해본다. 착하지 않아. 잘생기지 않았어. 부자가 아니야. "싱글이 아니었어." 엄마는 손끝으로 재빨리 두 번 눈물을 닦아낸다. "됐어. 거짓말하는 남자랑 절대 데이트하지 마. 한 사람한테 거짓말을 한다면, 누구한테든 거짓말을 할 거야." 아디나가 여전히 싱글이라는 단어를 곱씹는 동안, 엄마는 방으로 들어가며 "잘 자"라고 외치고서 그다음에 "미안해!"라고 말하지만 의도했던 것보다 문이 더 요란하게 닫힌다.

*

다음 날 아침, 아디나의 엄마는 계란프라이 앞에서 찌푸린 얼굴로 말한다. "이번 주말에, 우린 저 망할 정원에 뭔가 심을 거야."

*

엄마와 딸은 빌려 온 외발 손수레에 흙과 돌을 가득 싣고 시내 길거리를 따라서 민다. 차들이 옆을 스쳐 간다. 연립주택단지 뒷마당에 도착한 아디나의 엄마는 첫 번째와 두 번째 전봇대 사이에 있는 0.05평의 흙을 파서 페니팩 공원에서 훔쳐 온 돌들로 울타리를 쌓고 우리 땅이라고 주장한다.

"저 사람들은 무시해." 차에 탄 남자들이 야유하며 지나가자 엄마가 말한다. "이 흙을 가져가서 주위에 펼쳐놔. 그리고 모종삽으로 흙을 골라."

엄마는 자신의 아버지가 돌아가시기 전에 정원 손질하는 법을 배웠다고 말한다. 아디나의 할아버지 이야기를 꺼내는 일은 아주 드물다. "할아버지가 정원사였어요?" 아디나가 묻는다. 하지만 엄마는 말없이 삽을 땅에 꽂는다.

아디나는 식물의 줄기를 상상한다. 매일 식물 생각에 잠에서 깨어나 슬리퍼만 신고 밖으로 뛰쳐나오고 싶다. 봉오리가 꽃잎으로 피어났을까? 벌써 색깔이 선명해졌을까? 몇 송이나 될까? 여기서 잘 버텨줄까?

"건물 옆에서 호스 좀 가져와." 엄마가 말한다. "지금 있는 뿌리뿐만 아니라 앞으로 자랄 뿌리들을 위해 공간이 넉넉하도록 커다랗게 구멍을 파. 물은 고르게 줘. 너무 많이 주지 말고."

엄마는 딸을 데리고 화원으로 가서 긴급용이라는 새 신용카드를 사용해 식물값을 낸다. "긴급 상황에는 여러 경우가 있지." 엄마가 말한다.

그들은 오후 내내 땅을 갈고 식물을 심고 물을 주고 정돈하며 시간을 보낸다. 이웃 사람들은 지나가며 칭찬과 조언을 해주고, 호스는 바닥에서 춤을 추고 펄쩍거리고, 가로등이 켜지자 진흙으로 뒤덮인 엄마의 팔과 그대로 얼굴을 문지른 바람에 흙이 묻은 이마가 보인다. 엄마는 빌려 온 손수레에 몸을 기대고 여태 만든 것을 살펴본다. 채송화와 원추리, 바질 나무 한 그루, 오레가노 한 그루, 그리고 아디나가 고집한 장미 덤불이 아주 조그만 땅에 둥그렇게 모여 있다.

*

함께 잡지를 넘겨보며 놀던 중에, 토니는 지난번 오드리가 놀러 와서 같이 교환 일기장을 만들고 카세트테이프를 듣자고 제안한 걸 받아들였다고 말한다.

아디나는 혼란스럽다. "걔가 베이글 먹는 소리 들은 적 있어? 침이 엄청 많아. 걘 침 좀 멈춰야 돼. 걔가 뭘 먹으면 모를 수가 없다니까."

"난 몰랐는데." 토니가 말한다.

"그럼 걔는 너한테 뭘 주는데?"

"초콜릿 쿠키."

"그건 좋을 것 같네." 아디나가 인정한다.

"어쨌든, 네 수준엔 못 미쳐."

교환 일기장이 뭔지 아디나가 묻자, 토니는 연습장의 모든 페이지 위쪽에, 예를 들어 *장래에 되고 싶은 것은······ 우리 학*

교 최고의 섹시남은…… 제일 좋아하는 옷은…… 등의 질문을 쓰고 번갈아 내용을 채우는 거라고 설명한다.

그것은 간단하되 멋진 아이디어다. 아디나는 질투심에 달아오른다. 그녀는 토니에게 교환 일기장보다 더 그럴듯한 걸 주고 싶다. 그녀는 묻는다. 너 세계 최고의 레모네이드 먹을래? 토니가 대답한다. 당연하지. 아디나는 엄마가 부추꽃을 응원용 폼폼이처럼 들고 있는 뒷마당으로 간다.

"우리 집에 뭐가 있냐고?" 엄마가 되묻는다.

"레모네이드요." 아디나가 말한다.

엄마는 태양을 향해 눈을 가늘게 뜬다. "너 우리가 어디에 산다고 생각하니?"

★

그 주 화요일 밤 롤러스케이트장에서 토니와 오드리는 손을 잡고 스케이트를 탄다. 아디나는 초등학생들이 쓰는 향수 냄새가 짙게 밴, 푹신한 안전 벽 근처에 붙어 있다.

★

과학 선생은 수업 중 별 생각 없이, 학생들에게 날씨가 무척 추워지면 북극 토끼의 털이 하얀색으로 변한다는 이야기를 해주었다. 그건 그냥 책상 위에서 종이를 이쪽에서 저쪽으로 옮기듯 가볍게 툭 뱉은 말 같은 거였다.

"잠깐만요. 북극의 뭐가 어떻게 변한다고요?" 아마데오가 물었다.

학생들이 이 선생에 관해 아는 거라고는 알래스카에서 오래 살다 왔다는 것과 지금 이 학교에서 선생 일을 하는 건 부모님한테 뭔가를 증명하기 위해서라는 것 정도다. 그녀는 평소 무덤덤한 학생들이 갑자기 호기심을 보이는 이유를 알지 못했다. "토끼가……?"

토끼의 색깔이 변한다는 이야기는 굉장히 군침 도는 것이라 J 걸스 애들까지도 관심을 보였다. 교실에서 절대 말을 꺼내는 법이 없는, 심지어 그레그가 책 한 무더기를 손등에 떨어뜨렸을 때도 말 한마디 없었던 메리가 수줍음을 떨쳐버린 목소리로 물었다. "걔네가 뭘로 변한다고요?"

"하얀색으로……?" 과학 선생은 어리둥절하다.

"뭐에서요?" 메리가 계속 묻는다.

"회색에서." 선생이 대답한다.

이 반은 기본적으로 회의론자와 변호사들로 가득 차 있는 곳이다. 패트릭이 실험하듯 말한다. "자, 내가 북극의 토끼야. 지금 회색이고."

과학 선생은 아이들이 왜 이 이야기에 꽂혔는지 온갖 이유를 떠올리며 고민하는 눈치다. 이 애들이 대체 날 얼마나 놀려먹으려고 장난을 치는 거지? 하지만 선생이 이해하지 못한 것은 이 반 애들한테 토끼란 일상과 먼 비현실적 개념일 뿐이라는 것이다. 그런데 그 토끼가 월요일에는 이 색깔이었다가 화요일에 저 색깔로 바뀐다는 것은, 토끼뿐만 아니라 색깔, 겨울, 그리고 시간의 개념까지 뒤흔드는 이야기였다. 학생들은 선생이 무슨 장난을 치는 건지 알고 싶다. "내가 회색이야." 패트릭이 다시 말한다. 이제 기본 전제는 확실하다. 그는 토끼다. 그리고 변수인지 아닌지 모르는 것—그는 회색이다. 그런데 여기서 어떻게 이어가야 할지 몰라 잠시 멈추자, 친구들이 도우려고 나섰다.

"그다음에 그 동물이 추워진다고?" 아디나는 교활한 '토' 발음을 피해 묻는다.

"북극에서는 기온이 영하 10도 밑으로 떨어질 수 있어." 과학 선생은 학생들이 혼란스러운 이유가 날씨와 관련이 있을 거라고 오해한다.

"엄청 춥겠네요." 토니가 말한다.

앞서 처음으로 꺼낸 질문에 대담해진 메리가 다시 한번 용기를 낸다. "그래서, 내가 하얀색으로 변한다는 거야?"

선생은 이제서야 학생들이 자연스럽게 발달한 토끼의 생존 방식을 마법 같은 것으로 이해했음을 깨닫는다. "토끼의 DNA에는 자신의 안전을 감지하고 반응하는 수용체가 있는데……." 선생은 자기 보존과 보호 본능에 관해 설명하기 시작했다.

"하지만 왜 하얀색이에요? 초록색이나 갈색은 왜 안 돼요?" 패트릭이 지적한다.

패트릭! 그저 농구 영재로만 불리며 폄하되는 면이 있지만 *하지만 이 경우에는요?*라고 물을 줄 아는 똑똑한 아이다. 맞아! 왜 갈색은 안 되지? 학생들은 호기심에 자리에서 들썩인다.

"왜냐하면 눈이 하얀색이니까!" 선생이 외친다.

그렇지! 북극에는 온통 눈밖에 없으니, 토끼는 거기 섞이고 싶을 것이다! 갑자기 야생이라는, 이상하고 크고 멀기만 했던 개념을 이해할 수 있을 것만 같았다! 학생들은 그 말을 입안에서 굴려본다. *야생*. 모두가 들뜬다. 선생도 생기가 돋아 열정적으로 설명하기 시작하고, 느릿하게 빙글 돌면서 손가락을 흔드는 몸짓까지 더해 자연의 변화에 대해 설명한다. 수업 때마다 협력할 마음이 없어 보이던 무기력한 학생들은 다같이 신이 나서 묻는다. 온몸이 다 하얘지는 거예요, 일부만 하얘지는 거예요? 메리는 누구보다 크게 외친다! 어떤 느낌의 하얀색이에요? 학생들은 입을 모아 선택지를 소리친다. 상아색! 뼈색! 동지애로 뭉친 학생들은 어른에게는 시련을 주는 성스러운 공간에 들어간 듯하다. 그들은 선생과 학생들만의 언어를 사용해서—그들 사이에만 통용되는 화폐처럼—말하기 시작한다. 얼마나 하얗게…… 그들이 말한다. 선생님만큼요? 그 순간, 교실 안엔 묘한 긴장감이 감돌았다. 선생이 무슨 말을 하느냐에 따라 상상의 방향이 정해질 터였다.

선생은 웃음을 참으려 손가락으로 이마를 짚지만 소용없다. "그래, 나만큼 하얗게! 다음 가을이 되면 나도 회색으로 변할 거란다."

선생의 이렇게 쾌활한 모습은 학생들에게 처음이었다. 굉장히 성공적이었던 수업이 끝나자, 선생은 문가에 서서 학생들에게 한 명씩 칭찬을 건넨다. 방금 전 함께 웃은 순간을 반복하며 아이들과 다시 한번 웃음을 나눌 수 있도록.

*

광합성에 관해 다루는 다음 과학 수업에서, 선생과 학생들은 지난번처럼 쾌활한 분위기를 만들어보려 한다. 하지만 태양에는 흥미로운 부분이 전혀 없다. 창문이 거칠게 닫힌다. 그들은 서로에게 보여주었던 상냥함으로 다시 돌아갈 수 없다.

*

엄마는 자정미사를 고집한다. "조명과 노래가 좋아"서다. 합창단 학생들은 떨리는 빛을 채운 종이봉투를 들고 제단에 발이 닿을 정도로 서 있다. "쟤네들이 노래할 때 턱을 어떻게 내리는지 잘 봐." 엄마가 말한다. 그녀는 찬가와 촛불을 사랑한다. 한

해 내내 집에 조명 장식을 해둘 정도다. 반짝이 장식이 합창단의 머리와 손목, 치맛자락을 두르고 있다.

엄마는 친구가 별로 없다. 동네의 미혼모들은 다른 집 남편을 노린다는 의심을 언제나 받는다고 엄마는 말한다. 어떤 남자와든 부인이 부엌에서 설거지를 하는 동안 거실에서 이야기를 조금이라도 오래 나누면 입방아에 오른다.

"내가 그런 남자들을 원하기라도 한다는 것처럼 말이지."

가끔 엄마는 거대한 바다 위의 돛 하나 달린 배처럼 행동한다. 아디나는 손끝을 엄마의 팔에 정박하듯 붙인다. 이 순간, 합창단의 미사 노랫소리를 듣는 동안에 그녀는 아디나의 엄마가 아니라 테레즈 조르노다. 만약 다른 삶을 살았더라면 이탈리아 칸초네 음악의 전통을 잇는 위대한 가수의 반열에 올랐을지 모른다.

＊

한 유명한 색소폰 연주자가 아디나의 엄마가 일하는 시설의 연례 크리스마스 점심 파티에서 연주를 하기로 한다. 이곳에 아들이 입원해 있기 때문이다.

간호사들은 플라스틱 호랑가시나무 가지로 로비 곳곳을 장식한다. 유명한 색소폰 연주자는 한가운데 서서 악기를 입술로 들어 올린다. 그의 아들은 팔다리를 움직이지도, 말로 소통하지도 못한다. 그는 아버지가 캐럴 〈소나무야〉를 연주하는 쪽을 향해 휠체어에 앉아 있다.

아디나의 엄마는 그날 밤 파티에서 남은 생강 쿠키를 먹으며 아디나에게 그 순간의 감동을 설명한다. 아디나는 자신이 눈물을 흘릴 징조가 보이면 엄마가 이야기를 그만둘 거라는 걸 안다.

"그 사람이 자기 아빠를 알아봤어요?" 아디나가 묻는다.

"나도 모르겠구나. 그 환자는 대부분의 것에 반응을 안 해. 하지만 자기 아빠가 연주를 시작하니까 팔을 이런 식으로 폈어." 엄마는 팔을 어깨 높이까지 들어 올린다.

"엄마는 어떻게 알아요? 그 사람이 아빠를 못 알아보는 이유가 장애 때문인지, 아니면 아빠가 한 번도 보러 오지 않았기 때문인지 말이에요."

"그러게." 엄마는 쿠키를 집었다가 내려놓는다. "어쨌든—" 그리고 손에서 가루를 털면서 말한다. "그게 춤추는 게 아니라면 뭐겠니?"

*

가끔 아디나의 엄마가 '걸스 디너'라는 걸 하러 시내로 갈 때면, 아디나는 이웃집의 리프홀터 부인에게 맡겨진다. 리프홀터 부인은 다른 어른들과 달리 아이와 이야기를 계속해야 한다는 책임감을 느끼지 않는, 은퇴한 주차 단속 요원이다. 리프홀터 부인의 집은 아디나가 사는 집보다 더 작은데도 커다랗고 춥게 느껴진다. 그들은 저녁 식사로 통조림 수프를 먹은 뒤 무릎 위에 담요를 펴고 텔레비전을 본다.

〈운명의 수레바퀴〉(미국의 텔레비전 퀴즈 쇼. 참가자들이 알파벳을 선택하여 단어 퍼즐을 푸는 방식으로 진행된다)를 함께 보는 동안, 리프홀터 부인은 아디나에게 출연자들 중에서 한 여자가 여러 가지 방법으로 다리를 꼰다고 알려준다. 살짝 꼬기는 한쪽 다리 위에 다른 다리를 살짝 걸치는 것으로, 종아리와 걸친 발이 튀어나온다. 세게 꼬기는 마른 여자들이 한 다리를 다른 다리 위로 포개질듯 올려서 다리가 나란해지게 만드는 것이다. 엄청 세게 꼬기는—유연한 사람들만 할 수 있는데—세게 꼬기에서 위에 올린 다리의 발을 다른 다리 종아리 아래로 넣는 것이다.

"발목이 얼마나 교차했는지를 보면 알지." 부인은 그렇게 말하고 다시 〈운명의 수레바퀴〉를 본다. 꽃무늬 셔츠를 입은 출연자가 알파벳 R이 들어간 단어를 추측하고 있다.

엄마가 돌아오고 아디나는 부인의 집에서 나오며 말한다. "돌아와줘서 참 감사하네요."

"네 엄마 좀 놔두렴. 여자는 가끔씩 긴장을 풀어줘야 돼." 리프홀터 부인이 말한다.

엄마는 놀란 웃음을 짓는다. 엄마는 응원에 익숙하지 않다. 특히나 이 여자에게서는. 리프홀터 부인이 빙긋 웃으며 놀랄 만큼 많은 이를 드러내고, 잠깐 동안 과도하게 노출된 입을 다물자, 엄마와 딸은 자신들의 집으로 돌아간다. 두 사람은 가로등 불빛 아래의 정원에 잠깐 들른다. 아디나의 장미 덤불은 아주 잘 자랐고 엄마는 다른 식물을 더 심을 예정이다. 연립주택 단지에서 좋아하지 않는다면 그녀는 그들에게 자신이 부동산의 가치를 높이고 있다는 걸 알려줄 자신이 있다. "내년에 두고 봐. 그땐 방울토마토를 키울 거니까." 엄마가 말한다.

✳

인간은 행복할 때, 고통스러울 때, 혐오스러울 때, 실망할 때, 놀랄 때 이를 드러냅니다. 야생의 동물들은 위협적으로 보이고 싶을 때 다른 동물에게 이를(송곳니를) 드러냅니다. 바로 이걸로 너에게 상처를 주겠다는 거죠. 아디나는 팩스를 보낸다.

✳

필라델피아 로건 삼각지 지역에 있는 집들은 가라앉은 지 백 년 된 개울가 위에 지어졌다. 매년 실크처럼 부드러운 진흙이 갈라지며 개울은 집을 하나씩 집어삼킨다. 마지막 집이 가라앉는 날, 아디나와 엄마는 이웃들과 함께 최후를 지켜본다. 어떤 사람은 집에서 접이식 의자를 끌고 나오고, 여섯 개들이 맥주를 꺼내 하나씩 나눠준다.

집의 왼쪽 부분이 먼저 무너진다. 창문들은 손을 맞잡은 듯 하나하나 산산이 깨진다. 바닥과 기둥이 부서진다. 가스 배관과 회벽이 갈라지며 야구방망이가 부서지는 것 같은 소리를 낸다. 아디나는 귀를 막는다. 유황 냄새가 코를 채운다. 안락의자에 앉은 여자가 너무 오래 걸린다는 듯이 살짝 꼰 다리를 떤다.

로건 삼각지는 루즈벨트 대로와 맞닿은 지역으로, 오각형 모양에 약 1.4제곱킬로미터 면적의 대지다. 아디나는 집이 반쯤 가라앉다 멈추자 실망한다. 그녀는 땅이 집을 완전히 삼킨 다음, 좁고 기다란 문손잡이를 퉤 뱉어내는 광경을 상상했었다. 이웃들은 맥주를 비우고 의자를 접는다.

아디나의 엄마가 말한다. "저걸로 끝이야."

*

누구든 필라델피아 북동부 지역의 수영 팀에 들어갈 수 있다. 수요일 밤, 아디나를 포함한 8학년 아이들은 물안경을 쓰고 소독약 냄새가 지독한 수영장 레인 위아래로 우왕좌왕 움직인다. 낙담한 코치가 연습 종료 호루라기를 불자 아디나는 제일 먼저 여자 탈의실로 가서 수영복을 벗은 다음 타월을 감은 채로 옷을 다시 입고 젖은 것들을 수영 가방에 대충 집어넣고 뛴다. 동전이 좀 있을 때는 자판기로 가서 고민하는 흉내라도 내지만 언제나 바닐라 맛 웨이퍼 과자를 고른다.

그녀는 로비로 가서 과자를 먹으며 축축하게 젖은 다른 수영팀 아이들과 함께 차가 오기를 기다린다. 이들이 다니는 학교는 계급의식을 중화하기 위해서 교복을 강제하지만, 부모님의 차를 숨길 수는 없다. 아이들은 누가 얼마나 돈을 가졌는지 정확하게 안다.

특히 추웠던 어느 수요일, 아디나는 엄마에게 잠이 들어서 늦게 데리러 오지 말라고 신신당부한다. 〈코스모스〉를 볼 시간에 맞춰 집에 오고 싶기 때문이다. 아이들은 하나둘 도착하는 부모님의 차를 발견하고 수영 모자와 물안경을 흔들며 피로와 염소로 얼룩진 숨을 뿜어내며 추운 밤 속으로 달려간다.

말발굽 모양을 한 체육관 진입로로 들어오는 차들은 모두 낡은 폭스바겐이 아니다. 운 좋은 아이는 서성거리는 패배자들 무리에서 빠져나와 두꺼운 유리문을 행복하게 민다. 엄마! 아빠! 그중 가장 운 좋은 경우는 짜증이 난 오빠나 언니가 주차장으로 들어와서 경적을 울리는 것이다.

결국 아디나는 혼자 남는다. 직원인 게일과 지나는 걱정스러운 눈빛을 주고받는다. 아디나는 두 사람이 얼른 존과 에디가 기다리는 집으로 돌아가고 싶어 한다는 걸 안다. 매주 일요일마다 교회 헌금 바구니를 들고 다니는 아이들이다. 아디나가 잊힌 건 이번이 처음도 아니다.

"거의 다 오셨을 거예요." 아디나가 말한다.

게일은 묵주를 굴리며 걱정을 달랜다. 로마 가톨릭 신자는 신이 가치 있는 자를 구원하기 위해 하나뿐인 아들을 세상에 보냈다고 믿는다. 아디나도 비슷한 경우다. 다만 그녀의 종족은 하나뿐인 딸을 보내는 대신, 자신들의 발톱을 조금 잘라낸 다음 그것을 인간의 피부 껍질로 감싸서 여자아이처럼 보이는 존재를 보냈을 뿐이다. 칼 세이건이라면 이렇게 말할 것이다. 게일과 지나가 믿는 신은 구름 왕좌에 앉아 흰 수염을 휘날리며 떨어지는 모든 참새의 수를 하나하나 세는 (참새 한 마리가 떨어지는 데에도 신의 뜻이 있다는 성경 구절을 가리킴) 백인 남자일 거라고. 이러한 신이 있다는 증거는 어디에도 없다. 그러나 혼자 남겨졌다는 과학적 증거들은 사방에 널려 있다. 두 사람이 짜증을 숨기려 신문을 버스럭거리는 소리 속에. 그리고 하루의 끝을 알리듯 복도에서 들리는 청소기의 웡웡대는 모터 소리 속에도.

게일이 전화기를 아디나 쪽으로 내민다. "엄마한테 전화해볼래?"

엄마는 네 번째 발신음에 영문 모를 화가 난 채 전화를 받는다. "너 어디 있니?"

"태우러 오기로 하셨죠?" 아디나는 직원들이 딸은 기다리고 엄마는 잊어버리는 게 그들만의 의식이라고, 이게 그들이 서로를 얼마나 사랑하는지, 엄청나게 멋진 가족인지를 증명한다고 생각하길 바라서 목소리를 경쾌하게 유지한다.

아디나는 수영에 소질이 없다. 항상 익사 중인 느낌으로 허우적댈 뿐이다. 대체 뭘 위해서 연습하는 걸까? 절대로 대회에 나갈 일은 없을 것이다. 직원들은 동정 어린 표정을 짓고 있다. 아디나는 웃음기가 확 빠진 채 전화를 끊는다. 물리학 법칙에 따르면 그녀는 〈코스모스〉를 볼 수 있는 시간까지 집에 갈 수 없다. 그리고 연립주택단지에는 비디오 녹화기를 가진 사람이 없기 때문에 그녀는 그것을 영원히 못 보게 되었다.

★

뷰티랜드 앞의 네온사인이 역사적 뉴스를 알린다. 존 프리다가 이소프로필 미리스테이트, 리나룰, 파낙스 진생 뿌리 추출물을 섞어서 곱슬머리 여자들을 위한 세럼을 만들어냈다. 이 세럼은 정말 엄청나서, 보통 일에는 감흥이 없는 계산대 점원까지도 조명에 대고 그 병을 비춰보며 감탄하고는 말한다. "이건 혁명이야." 세럼은 악성 반곱슬인 그녀의 머리카락이 얌전히 붙어 있도록 만들어줬다.

그녀가 말한다. "이게 모든 걸 바꿀 거예요."

∗

8학년이 끝날 무렵, 아디나는 상아색 봉투를 우편으로 받는다. 아디나와 토니가 장학생으로 다니게 된 사립 고등학교로부터 온 합격 편지다.

엄마는 플라스틱 컵에 탄산이 든 사이다를 따르며 말한다. "벌써 고등학생이라니 믿기지 않네."

고등학교는 서로 멀리 떨어진 집들과 정원과 수영장이 있는 교외에 위치해 있어, 버스를 타고 한참을 가야 한다. 또 다른 은하계. 그날 밤 오토월드의 네온 아래에서 아디나는 북극에 사는 토끼들을 떠올린다. 그 털가죽 아래에서 은밀한 왕족처럼 기다리고 있는 청정한 하얀빛을.

∗

리프홀터 부인은 와일드우드 지역의 해변 근처의 별장에서 여름을 보낼 예정이다. 그곳은 부재중인 조카딸 소유의 집이다. 고생하며 일하는 엄마가 한숨 돌릴 휴식을 주기 위해, 아디나가 7월 한 달 동안 리프홀터 부인과 함께 떠날 의향이 있을까? 엄마가 묻는다. 리프홀터 부인의 차가운 아파트에서 지낸 하룻밤도 간신히 살아남았는데 말이다. 가까이 해변이 있다는 것에는 약간 관심이 생기지만, 토니와 팩스 기계를 떠난다고 상상하니 벌써 몸이 근질근질해진다. 엄마가 기대하며 눈에 띄게 즐거워하는 것도 불공평하게 느껴진다.

"아뇨, 됐어요." 아디나가 말한다.

질문은 그냥 형식이었다. 아디나는 이미 와일드우드의 별장에 가기로 약속되어 있었다. 엄마는 마음이 놓이게끔 자잘한 것들을 말한다. 토니의 오빠인 도미닉도 그 지역 포토맷에서 일을 하면서 학교 친구네 친척 집에 같이 살 거라고 한다. 아디나는 낸시 드루 시리즈에 나오는 형사들처럼 별장에서 지내게 되었다. 이제 동네를 벗어난 세상을 경험하게 될 것이다.

*

7월, 아디나와 엄마는 맥도날드조차 들르지 않고 해변까지 자동차로 쭉 달려오지만 막상 별장에 도착해서는 시간을 끈다.

"난 네가 없이 지내본 적이 없어. 단 하루도." 엄마가 말한다.

아디나는 혼란스럽다. 엄마는 억지로 딸을 이 여행에 보내고서는 머뭇거리고 있다. "우리 들어가요?"

"잠깐만 기다려." 엄마는 낡은 대여 차량들이 주차된 곳에서 더없이 깔끔한 정원과 예스러운 편지함을 살핀다. 작은 테라스들이 층층이 있고, 각 층마다 앞치마를 두른 남자들이 그릴에서 고기를 찔러대는 중이다. 여름휴가네, 아디나는 생각한다.

*

아디나와 엄마는 리프홀터 부인의 별장 부엌 탁자에 앉아서 샌드위치를 먹는다. 별장은 알고 보니 작은 집이었다. 네모난 거실과 부엌이 붙어 있고, 위층에는 리프홀터 부인의 침실이 있다. 아디나는 현관 근처의 접이식 소파에서 잘 것이다. 리프홀터 부인은 아디나에게 하루 종일 "집 안에서 어슬렁거리는" 것만 아니라면 원하는 건 뭐든 해도 된다고 말한다. 해변과 산책로, 몇 블록 가면 자전거를 빌릴 수 있는 공원도 있다.

"자전거도 있대!" 엄마가 말한다.

흑, 하는 리프홀터 부인의 말투는 못마땅함과 불신이 섞인 듯하지만 아디나가 뭘 하든 신경 쓰지는 않을 것 같아서 조짐이 좋다.

"공원 도로가 막히더군요. 그래서 늦었어요."

"당연히 그랬겠지요! 정오에 출발했잖아요!"

"추돌 사고가 있었어요. 차가 정말 많았죠."

"운전대를 잡은 사람들은 다 미쳤다니까!"

좋게 사정을 설명하려는 사교적인 인사말이 전부 공격받자, 엄마는 주변으로 화제를 돌렸다. 창틀에 있는 다 녹은 버터 접시로. "버터를 그냥 밖에 놔두시는군요."

리프홀터 부인이 말한다. "쳇, 당연하죠! 딱딱한 버터를 바르면 빵이 찢어진다고요!" 이건 사실이면서도 동시에 비난이다. 엄마는 차가 막히니까 이만 돌아가겠다고 한다.

"바닷가에서 놀 수 있다니. 엄청 즐겁겠어요." 엄마의 밝은 어조에는 설득력이 없다. 아디나는 차를 세워둔 곳까지 엄마를 데려다준다. 바닷바람이 6월에 살아남은 풀들까지 다 죽여버렸다.

"딱딱한 버터에 빵이 찢어진다니." 엄마는 아디나를 웃게 만들려고 말한다. "책을 읽으면서 지내렴. 매주 월요일이랑 금요일마다 전화할게."

"맥도날드 가실 거예요?" 아디나가 묻는다. 엄마가 자기 없이 맥도날드에 간다고 생각하니 목에 납덩이가 든 것만 같다.

"네가 집에 올 때까지 맥도날드는 없을 거야. 살이 타서 돌아오겠구나. 머리카락에도 바다 냄새가 뺄 거야." 엄마가 말하지만 아디나는 더 이상 듣지 않는다. 그녀는 경사진 해변 산책로를 으쓱거리며 걷는 여자아이들 무리를 보고 있다. 하나같이 화려한 곡선 모양의 J가 수놓인, 근사한 청재킷 차림이다.

*

별장 출입이 허락되지 않는 낮 동안, 아디나는 테니스공을 튀기며 해변 산책로를 걷는다. 그녀는 중요한 춤 연습을 하는 척하거나 와일드우드의 아웃피터스 매장에서 우스운 문구가 새겨진 티셔츠를 구경한다. 대부분은 마누라 밑에 깔린 기분이

라거나 한물간 기분, 오로지 골프만 하고 싶다는 등의 내용이다. 오후가 되면 그녀는 근처의 쇼핑몰 주차장으로 가서 도미닉이 포토맥에서 퇴근하기를 기다린다.

그는 아디나에게 다른 사람들의 사진을 보여주지 않는다. "사생활은 신성한 거야." 도미닉이 말한다. 그는 동네에서 드문 타입이다. 자동차를 좋아하지 않는 열여섯 살 남자아이. 도미닉은 시럽 색깔의 거대한 선글라스를 쓰고, 스케이트보드를 타는 남자애들을 따라 하려 주유소 주차장에서 곱슬머리를 고데기로 펴곤 한다. 효과는 전혀 없다. 머리 위쪽은 납작해지고 옆쪽만 부풀어 튀어나오는 탓에, 도미닉의 얼굴은 두 개의 먹구름 사이에 있는 것처럼 보인다. 이제 아디나의 머리카락은 존 프리다가 개발한 마법의 세럼 덕분에 얌전히 축 늘어진 채 반짝인다. 풍성한 포니테일에 앞머리를 구형 천체처럼 스프레이로 완벽하게 고정한 J 걸스처럼 세련된 건 아니지만.

도미닉은 휴가 때 찍은 사진을 찾으러 온 가족과 대충 이런 식으로 잡담을 나눈다. "그건 제가 보장해요" 또는 "무탈히 지내시기를요" 등등. 별다른 의미 없이, 그저 우리가 여기서 하루를 보내고 있다는 뜻의 대화들.

"오빠는 예순다섯 살 먹은 노인 같아." 아디나가 말하고 그는 그녀가 예순다섯 살이 노인이 아니라는 걸 알기엔 너무 어리다고 말한다. 하지만 아디나는 그게 엄청나게 늙은 나이라는 걸 안다. 리프홀터 부인이 예순다섯이니까.

＊

공항에서 카드놀이를 하지 않는 낮이면, 리프홀터 부인은 현관 흔들의자에 앉아서 지나가는 사람들에 대해 평하며 파리채로 파리를 잡는다. 밤이면 이 현관은 아디나의 침실이 된다. 볼륨을 낮게 하면 봐도 되는 조그만 이낏빛 초록색 텔레비전도 있다. 그녀는 도서관에서 빌려 온 책들을 읽는다. 숲속을 탐험하는 소년들과 그들을 돕는 소녀들. 가끔씩 리놀륨 타일 바닥에 날카로운 철썩 소리가 나며 또 한 마리 파리가 죽을 때 리프홀터 부인이 외치는 소리에 독서는 훼방을 받는다. "잡았다!"

＊

매일 밤 아디나는 임시 침대에서 잠들고, 가끔 공원 도로 지름길을 빠르게 지나가는 차들이 내는 저음의 떨림에 깰 때 빼고는 푹 잔다. 그녀는 이낏빛 초록색 텔레비전을 보고, 집에 돌아가면 상관들에게 보낼 팩스를 위해 J 걸스의 반짝이는 원피스에 대한 메모를 한다. 그녀는 엄마가 슬립 차림으로 쿠폰에 동그라미를 치는 모습을 상상한다. 그녀는 엄마가 숨을 쉬기 위해서 왜 자신이 늘 사라져야만 하는지 이해할 수가 없다.

*

경이로운 꿈속의 방문이 시작되었다. 불안하지만 부드럽게. 매일 아침 아디나는 우물 속으로 떨어졌는데 그곳은 넓어져서 무한한 공간이 되었고 아디나는 영혼들의 캐노피 내부를 움직인 듯한 감각과 함께 깨어난다. 매일 아침마다 그녀는 몸이 딱 하나뿐이라는 사실에 안도한다. 그녀는 방 안에 혼자만 있는 것이 좋다. 하나뿐인 아디나의 인간 육체는 생각할 거리들을 적절히 준다. 엉덩이에 굴곡이 생긴다. 가슴이 생겨난다. B컵이다.

*

매주 월요일과 금요일 오후에 아디나는 별장의 부엌 문틀에 기대서 전화로 엄마에게 자신이 그 주에 한 일 목록을 읊는다. 냉장고에는 부인의 조카딸 사진이 붙어 있다. 아디나가 알 수 있는 건 그녀가 동물 무늬 스웨터를 입고 미소 짓는 여자라는 것이다. 엄마는 공원 도로를 따라 한 시간 반 거리에 있지만 해왕성만큼 떨어져 있는 느낌이다. 엄마의 목소리를 들으면 듣지 못할 때보다 더 외로워진다. 차라리 엄마의 전화가 올 시간에 밖에 나가 있자고 생각한다.

★

 아디나가 와일드우드의 아웃피터스 매장 뒤쪽에서 스웨트 셔츠에 새겨진 알코올 관련 문구를 읽던 중, 재킷 차림에 포니테일을 한 J 걸스 애들이 다가온다.

"너, 춤을 추지?"

 자나에가 칭송받는 이유는 잔뜩 부풀린 앞머리와 깊은 관련이 있다. 자나에는 아디나에게 동네 소녀 제시카가 무리에서 빠지게 되었다고 알려준다. 그녀의 계모인지 진짜 엄마인지 혹은 아빠의 여자 친구인지가 에어로빅을 하다가 발목을 접질려서 가족이 다 함께 도시로 돌아가야 하기 때문이다. 젠은 아쉽다고 말한다. 제시카는 공중제비, 지렁이 춤, 양방향 다리 찢기를 할 수 있기 때문이다. 아디나의 상상 속에서 공중제비, 지렁이 춤, 양방향 다리 찢기를 제시카만큼 화려하게 할 수 있는 사람은 아무도 없었다.

 그녀가 대답한다. "응, 나 춤춰." 자나에가 묻는다. "너 〈선택은 너의 것The Choice is Yours〉(미국의 힙합 듀오인 블랙 시프의 노래)이라는 노래 알아?"

 만일 모른다고 하면 천국은 날 원하지 않고, 지옥은 내가 장악할까 봐 두려워해라고 주장하는 티셔츠가 놓인 매대에서 젠, 젠, 자나에, 조이, 지젤이 별 모양으로 아디나를 둘러싼 채 대답을 요구하고 있는 이 꿈같은 순간이 끝날 것 같았다.

"오늘 밤에 들어봐. 그리고 내일 우리 집으로 와." 자나에가 말한다.

"나 순식간에 가 있을게." 아디나는 이렇게 대답하고는 곧장 후회했다.

자나에도 후회 중인 것처럼 보였기 때문에 아디나는 지독하게 밝은 가게를 얼른 빠져나왔다. 자나에가 어디 사는지는 물어볼 필요도 없다. 초록색에 짙은 파란색 널로 된 걔네 집 차양을 기억하기 때문이다. 학교 왕족에게 받아들여진 것은 아마도 제시카의 계모로 추정되는 누군가의 불쌍한 발목 덕분일 것이다.

*

아디나는 방치되는 경험을 처음으로 즐긴다. 하늘이 어두워지면 별장에서 나와서 뒷마당에 앉는다. 별이 보이거나 해변의 파도 소리가 들리지는 않는다. 하지만 그 어느 때보다 늦은 시간에 바깥에 있는 것만으로 충분하다. 축축한 잔디밭에 앉아서 헤드폰을 쓰고 〈선택은 너의 것〉을 반복해서 듣는 걸로 충분하다.

별장 현관에는 파리들과 고만고만한 성능의 환기구가 있지만, 아디나는 조그만 텔레비전을 사랑한다. 매일 밤 그녀는 조니 카슨(미국 텔레비전 방송의 진행자이자 코미디언)이 나오는 쇼를 본다. 어느 날 밤에 칼 세이건 인터뷰 편을 재방송한다. 줄무늬 정장, 샛노란 머리, 구리 같은 목소리.

칼 세이건: 은하계에 있는 수천억 개의 별들 중에서 우리 별만이 생명체가 살아가는 곳이라고 가정하는 그 오만함에 대해 생각해봐요.

조니 카슨: 누군가가 그러는데 완벽한 생명체를 만들려고 했다면 우리에게는 양옆으로 귀가 두 개 있지 않고 모든 소리를 들을 수 있도록 머리 위쪽에 뭔가가 달려 있었을 거라고 하더군요.

칼 세이건: 오랜 진화의 유산 덕분에 지금 우리 모습이 되었다는 건 의문의 여지가 없습니다. 어쨌든 우리 조상들은 네 다리로 걸었으니까요.

*

다음 날 오후에 젠, 젠, 자나에, 조이, 지젤은 아디나에게 춤을 보여준다. 아디나는 표정을 차분하게 유지하며 대형이 흐트러지는 파트를 지적한다. 자나에는 고개를 끄덕이고 지젤을 대형 뒤쪽으로 보낸다.

여자아이들은 레모네이드를 마신다. 자나에가 프로처럼 말한다. 우리는 다음 주에 카붐에서 열리는 춤 경연 대회를 위해 아디나가 합류하는 것에 동의한다. 우승자는 세 개 부두를 포함한 해변 산책로 통행권과 안으로 들어갈 수 있을 만큼 거대한 조르곤을 받게 된다. 아디나는 그 플라스틱 튜브 공들이 경이의 산물처럼 모래밭을 조용히 가로지르는 것을 보곤 했다.

카붐은 식당 지하에 있는 전연령제 클럽이다. 주말이면 미성년자 출입 금지가 되지만 월요일 저녁에는 십대들의 댄스파티가 열린다.

"대회가 끝난 다음에는—" 자나에가 말한다. "누가 알겠어?" 아디나가 춤을 잘 추면 이들이 실제로 사는 곳, 로건 삼각지 개울가의 가라앉은 주택들 근처로 돌아가서도 관계가 계속될지 모른다.

"제시카는 어쩌고?" 아디나가 묻는다.

"내가 알아서 할게." 자나에가 말한다. 아디나는 남은 평생 이 문장의 단호하고 무심한 어조를 기억할 것이다. *내가 알아서 할게.*

여자아이들은 시작 포즈를 취하고 젠이 〈선택은 너의 것〉을 다시 튼다. 마지막 대형에 이르렀을 때, 노래에서 말하는 부분이 나올 차례다. 엔진, 엔진, 9호선 / 뉴욕 지하철을 타고 / 이 열차가 선로를 벗어난다면—이제 자나에가 '머리 털기'라고 부르는 하이라이트 부분이 시작된다—그들의 몸에서 전율이 폭발한다. 들어 올려! 들어 올려! 들어 올려! 아디나가 주먹을 위아래로 움직이며 8자를 그리면 모두가 엔딩 포즈를 취하라는 신호이다. 제일 앞에 선 자나에가 율동적으로 움직이는 원을 만들고, 리듬에 맞춰 다시 앞으로 나온다. 그녀가 손을 무릎에 대고 포즈를 취하고, 조이와 젠이 그녀의 옆에 서고, 지젤과 또 다른 젠이 그 옆에, 그 옆에 아디나가 선다. 엔딩 포즈. 아디나는 생물학 교과서에서 본 어느 화가의 우주 대폭발 그림을 떠올린다. 그녀는 별의 입자로 만들어졌다. 뉴저지 로어 타운십에서 온 어떤 쓸모없는 댄스 그룹이 나서려 하는 패배할 것이다.

"보라색 스크런치로 포니테일 묶는 거 잊지 마. 만약 우리가 이기게 된다면 난 통행권을 가질 거야." 자나에가 그렇게 말했다가 정정한다. "아니, 우리가 이겼을 때 말이야."

*

아디나는 엄마에게서 걸려 온 전화를 대신 받은 리프홀터 부인이 부엌에서 소리쳐 전하는 말을 듣는다. 일주일 후, 춤 경연 대회 다음 날에 엄마가 와서 아디나를 집으로 데려갈 것이고, 아디나는 8월을 덥고 갑갑한 도시에서 지내게 될 것이다. *몇 시에 올 거예요? 점심은 와서 먹을 거예요?* 일찍 출발하는 게 좋을 거예요. 어른의 삶이란 교통 체증을 피하기 위한 수년짜리 방정식 같다.

엄마는 아디나에게 정원에 완두콩이 열렸고 숍앤세이브 마트에서 토니를 우연히 만났다고 말한다.

"우울해 보이더라. 널 보고 싶어 해. 걔네 엄마가 또 아프거든……."

아디나는 호응하며 듣는 척하지만 속으로는 춤의 마지막 대형을 떠올리고 있다. 칼 세이건과의 인터뷰에서 조니 카슨은 지금껏 녹음된 모든 라디오 방송이 영원히 우주로 송출된다고 했다. 아디나는 전화 통화도 마찬가지인지, 저 멀리 떨어진 태양계 바깥 행성에 사는 외계 생명체들이 엄마가 정원 가꾸기에 대해 길게 떠드는 소리를 듣고 있을지 궁금하다. 당근, 호박, 도시에서도 잘 커줄지 모르겠는 물냉이에 대해. 당근이 뭐야, 그들은 궁금할지 모른다. *왜 이 인간은 그것에 대해서 이렇게까지 걱정하는 거지?*

엄마의 목소리가 우주 속으로 영원히 흘러간다. 너 괜찮니, 꼬마 아가씨?

아디나는 전화를 끊고, 춤 동작을 연습하러 뒷문으로 나가 해변 산책로를 향해 걸어간다. 월요일 밤에 아마데오가 그녀의 춤을 보러 올 거고, 그들은 함께 조르곤 안으로 들어가서 조용히 그 안을 채운 모래 위에서 뒹굴게 될 것이다. 그녀는 슬로모션으로 웃고, 웃음은 비눗방울처럼 나올 것이다. 호 (시간이 흐른다) 호 (시간이 흐른다) 호……. 그것들은 서로 부딪치고 또 부딪치지만 조금도 상처 입지 않을 것이다.

*

토요일 오후, 춤 경연 대회가 열리기 몇 시간 전에, 해변 산책로에서는 새로운 롤러코스터를 시험 운행하고 있다. 그것은 공원 도로변 광고판에 그려진 *시속 90킬로미터의 자유!*라는 문구와 함께 하얀 나선형 철제 인버티드 롤러코스터(레일이 바닥이 아닌 머리 쪽에 붙어 있어 탑승객의 발밑이 개방된 형태의 롤러코스터)로 다음 여름에 개장할 예정이다. 아디나와 도미닉은 한 가족을 나타내는 크기와 무게의 샌드백 여섯 개에 안전벨트를 채우는 것을 본다. 엄마, 아빠, 할머니, 아이 둘. 그리고 아이가 친구를 한 명 데려온 모양이다. 아니, 할머니라면 다른 가족들의 코트를 들고 아래쪽에서 기다리고 있을 텐데. 아디나는 생각한다.

롤러코스터는 첫 번째 상승 구간을 올라간다. 경사가 하도 가팔라서 마치 뒤로 가는 것처럼 보인다. 그러다가 거꾸로 도는 루프 구간이 나오고, 또 나온 다음, 더 가파른 상승. 연달아 돌고 돌며 시끄러운 놀이기구와 게임들이 몰려 있는 구역을 지나친다. 베이지색 모래사장을 지나, 밝은색 파라솔들과 타월들이 점점이 박힌 풍경으로 멀어진다.

도미닉은 토니에게서 어딘가 돌려 말하는 듯한 편지를 받았다. 아디나는 그의 거대한 선글라스 안쪽으로 태양이 저무는 동안 계속 편지에 대해 물어본다. 도미닉의 답은 토니와 오드리가 싸운 모양이다, 토니는 그 이야기를 하고 싶어 하지 않는다, 같은 내용의 변주일 뿐이다.

주유소 주차장에서 스케이트보드를 타는 남자아이들이 문에 기대서 시험 운행을 구경한다. 그들은 무리에서 달러 빌이라고 불리는 남자애가 롤러코스터에 탔더라면 떨어져 죽었을 만한 곳을 가리킨다. 그 애의 귀가 어떻게 폭발했을지, 금속 기계에서 군중 위로 쏟아지는 피 색깔이 어떨지, 심지어 두개골이 땅에 부딪칠 때 어떤 소리가 날지까지 세세하게 묘사하며 떠든다.

달러 빌의 친구들은 그를 정말 약하다고 생각했거나, 아니면 그냥 누구 하나를 골라야 했던 것뿐일지도 모른다. 어쨌든 달러 빌은 충격을 받은 듯했다. 아디나는 그 애가 다른 결과를 상상하고 있다는 걸 알 수 있었다. 좋아, 내가 추락하긴 하겠지만, 그 순간 어쩌면 땅을 튕겨내듯 회전해 박차고 일어설지도 모르지. 그의 친구들은 믿지 않는다. 이야기는 춤 쪽으로 흘러간다. 킴벌리가 그 딱 붙는 초록 드레스를 입었던 때 말이야. 그런 귀걸이도 하고. 제일 키가 큰 남자아이가 그 걸음을 흉내 낸다.

아디나는 도미닉에게 춤의 엔딩 포즈를 보여준다. 그는 웃음기 없이 보다가 끝에 박수를 친다.

"우리가 이기면, 난 걔네들 그룹에 영원히 합류하게 될 거고, 나한테 J로 시작하는 이름이 생길 거야."

그가 말한다. "너 걔네들이 가짜라는 건 알지?"

아디나는 가슴뼈 부근에서 통증을 느낀다—그건 댄스팀 멤버들에 대한 충성심이다. 아디나는 도미닉에게 그 애들을 몰라서 하는 소리라고 하지만 그는 잘 알고 있다고 답한다.

샌드백 가족이 처음 두 번의 상승을 마치고 가장 큰 루프로 올라가고 있다. 아찔한 순간에 남자아이들, 아디나, 도미닉은 문 쪽으로 붙는다. 가족은 해낸다.

"젠장." 키 큰 남자아이가 실망한다.

"J는 질투(Jealous)를 뜻해." 아디나가 말한다.

"J는 청소년기의 헛된 생각(Juvenile nonsense)를 뜻해." 도미닉이 말한다.

"J는 기분 나쁜 인간(Jerk wad)을 뜻해." 아디나가 말한다. 지나가는 차가 도미닉의 선글라스 위에 비친다.

그들은 J가 뭘 뜻하는지 농담을 주고받으며 리프홀터 부인의 별장으로 돌아간다.

*

카붐에서는 판지와 구운 치즈 냄새가 난다. J 걸스와 아디나에게도 판지와 구운 치즈 냄새가 난다. 그들은 각자 테이블에서 챙긴 분홍색 논알콜 음료를 꽉 쥐고 바 앞쪽으로 최대한 세게 몸을 밀어붙인다. 젠, 젠, 자나에, 조이, 지젤, 그리고 아디나. 아디나는 긴장해서 어깨가 귓가까지 올라오지 않도록 굉장히 애쓰는 중이고 그걸 제외하면 평범한 인간 여자아이처럼 보인다.

아마데오와 남자애들 무리가 왕자님처럼 클럽에 들어오고, 그녀는 새로운 댄서로 소개된다.

"네 J 이름은 뭐야?" 아마데오가 묻는다.

"얜 나중에 J 이름을 갖게 될 거야." 자나에가 대답한다. "오늘 잘된다면 말이지."

아마데오의 시선은 지금까지 학교에서 함께 보낸 세월, 아디나가 책상에서 조용히 뭔가를 끄적이며 지내는 아이라는 사실에 전혀 영향을 받지 않은 것 같다. 아디나는 방학 동안 말끔하게 새로 시작하고 있다. 그녀는 여기서 유명해질 수도 있고, 고상한 아이들과 어울릴 수도 있다. 아마데오는 아디나에게 자기 형의 차가 클럽 바깥에 주차되어 있는데 같이 보러 가지 않겠냐고 묻는다.

"30분 후에 대회 시작이야." 자나에가 말하지만 손을 흔들어 오케이 사인을 보낸다. 남자애들은 떠나며 사이렌 소리를 낸다.

클럽에서 나오기 전, 자나에가 아디나의 재킷 소매를 잡으며 말한다.

"잘 들어. 걔가 너한테 뭘 원하든 간에 해줘."

"우린 그냥 걔 형의 차를 보러 가는 거야." 아디나가 말한다.

"멍청이처럼 굴지 마. 난 널 챙겨주려는 거야."

아디나는 짜릿하다. 이건 그녀가 한 패거리로 인정되었다는 뜻이리라. 아디나가 그녀를 꽉 껴안자 자나에는 몸을 굳힌 채 포옹이 끝나기만을 기다린다.

*

아마데오와 아디나는 뒷골목에 주차된 차에 다가간다. 그녀의 심장은 심장마비 직전 마지막 단계처럼 느껴진다. 그가 문을 열고 어때, 라고 그녀에게 말한다.

차는 딱히 특별하지 않지만 아디나는 자신이 감탄해야만 한다는 걸 직감한다. "멋있어." 그녀가 말한다.

"괜찮은 정도지." 그가 겸손을 떤다. 가짜 겸손이다. 그는 그녀가 아양을 떨어주기를, 그가 무심한 척할 수 있도록 해주길 바란다.

그녀는 멀리서 놀이기구의 비명 소리와 식당에서 식기 부딪치는 소리를 듣는다. "안에 탈까?"

"후, 그렇게 급해?" 그가 튕기는 척한다.

"그러려고 한 거 아니었어?"

"좋아. 넌 차 내부를 보고 싶은 거지. 알겠어."

차 안에서 그는 몸을 기울여 그녀에게 입을 맞춘다. 그녀는 눈을 감는다. 그는 그녀의 입에 혀를 밀어 넣는다. 그 순간 줄에 매달려 내려온 것처럼 생각이 스친다. 이게 애정 행각이구나. 하지만 그녀의 호기심은 침착하고 좀 더 과학적인 쪽이다. 반면 그는 열정에 사로잡혀 의자를 뒤로 젖히는 레버를 갑자기 당겼고, 그 탓에 둘 다 화들짝 놀란다. 그의 능숙함이 오작동을 일으킨 것이다.

"내 위로 올라와." 그가 말한다.

아디나는 이 자세를 뷰티 잡지에서 본 적이 있다. 그녀는 다리를 들어 그의 무릎 위로 올라앉는다. 남자아이뿐 아니라 다른 누군가와 이렇게 가까이 있어본 적이 없었다. 여드름 자국이 있는 뺨, 착색된 이빨, 물고기 같은 초록빛 피부. 그가 엉덩이를 꿈틀대기 시작한다. 이게 그 대단한 건가? 아디나는 압도적인 감정을 기다린다. 잠깐 동안 그의 얼굴이 다른 소년의 얼굴로 바뀌고, 그녀는 자신이 모르는 사람과 차에 들어와버린 게 아닐까 생각한다. 하지만 곧 그가 인위적으로 꾸며낸 고통스러운 소리를 내자, 소년의 얼굴은 그녀가 수년을 가까이서 보낸 아마데오의 얼굴로 돌아온다. 상상 속에서 그는 그녀가 읽은 책에 관해 전부 듣고 싶어 한다. 그의 얼굴은 점점 더 뚜렷해진다. 그녀는 그와 애정 행각을 하고 싶은 게 아니다. 그냥 친구가 되고 싶다.

"뭘 하면 더 재밌는지 알아?" 그가 그녀를 운전대 쪽으로 밀고 공간을 만들더니 청바지 지퍼를 내린다. 아디나가 밀쳐진 것을 자각하기도 전에, 그의 페니스가 나타난다. 반쯤 발기해 있다. 어두운 갓을 쓴 살색의 버섯. 처음으로 보는 것이었다. 뭔가 살아 있는 것 같다. 엄청난 악의가 느껴지고. 그도 그런 게 남색 혈관이 온몸을 뚫고 나올 듯 선명하게 드러나 있다. 아마데오의 눈은 기대감에 차서 반짝인다. 그는 그녀가 이것에 뭔가를 해주길 바란다.

"좀 봐." 그가 놀란 목소리로 말한다. 마치 자기가 방금 속옷에서 꺼낸 걸 보지 못했냐는 듯 말이다. "얘한테 살짝 키스해주고 싶지 않아?"

차 안이 아디나의 웃음으로 가득 찬다. "얘?"

아마데오의 얼굴에 충격받은 표정이 스치고, 곧 불길하게 변한다. 그는 몸을 추스르더니 지퍼를 올린 뒤 문을 홱 열어 그녀를 끌어낸다. 그러고는 자기도 차에서 내린 다음 문을 닫고 잠근다. 그녀는 그를 따라 클럽으로 돌아가고, 그는 갑자기 그녀를 모르는 사람 취급한다. 클럽 분위기는 그의 불쾌한 기분으로 가득 찬다. 그녀의 발이 탄산음료에 젖은 계단에서 미끄러진다. 아마데오는 인파 속으로 사라졌다가 무대 근처에서 다시 나타난다. 마치 클럽 전체를 물속처럼 헤엄쳐 간 것처럼. 그는 자신의 친구들과 자나에게 몸을 기울이고, 익살스럽고 장난기 가득한 태도로 말하기 시작한다. 자나에는 그 이야기를 들으며 붉게 칠한 손톱 끝으로 자신의 어깨선을 따라 천천히 손가락을 움직인다. 그녀의 표정이 날카로워진다. 아마데오가 무리에서 떨어진다. 자나에는 사람들을 둘러보다가 아디나에게 시선을 멈춘다. 연습이라도 한 것처럼 젠, 조이, 지젤, 그리고 또 다른 젠이 그녀 주위로 대형을 이루며 모여든다.

자나에는 춤에 아디나가 필요 없게 되었다고 말한다. "내가 너라면 여기서 떠날 거야. 어차피 잠깐 시험해본 거였을 뿐이니까." 다른 J 걸스는 당황했다 해도 그걸 드러내지 않는다. 자신들의 지위를 유지하려면 침묵해야 할 테니까.

로어타운십 지역에서 온 댄스 그룹이 벽에 기대 몸을 풀고 있는 모습이 보인다. 그들이 신은 노란색 레그워머는 아디나의 무너지는 심장과 맞닿아 있는 것만 같다. "하지만 대회는? 여섯 명이 필요하잖아." 아디나는 간절함을 숨길 수 없는 목소리로 묻는다.

"우리가 알아서 할게." 자나에가 말한다.

아디나는 누군가가 자신의 뒤에 서는 것을 느끼고 돌아본다. 도미닉이다. "너 괜찮아?"

이들보다 더 나이가 많은 도미닉의 권위는 이끼처럼 난 콧수염과 마이클 스타이프(미국의 록 밴드 R.E.M.의 리드 보컬) 티셔츠 때문에 지워진다. J 걸스는 씩씩거리고 한숨을 쉬며 짜증을 낸다.

아디나는 이들만큼이나 수치심과 안도감을 느낀다. J 걸스가 돌아서면서 강렬한 포즈를 취하고, 디제이가 대회의 시작을 알린다. 도미닉은 아디나를 뒤따라 환호 소리가 울려 퍼지는 클럽을 나온다. 낮게 둥둥대는 음이 바닥을 흔든다. 아디나는 자신을 부르는 누군가의 목소리가 들려오기를, 쫓아오는 발걸음 소리가 나기를 기대한다.

여자아이의 웃음이 남자아이한테 어떤 영향을 미칠지 아디나가 어떻게 알았겠는가?

아디나가 해변 산책로에 널린 티셔츠 문구들을 믿는다면, 여자는 갖고 노는 공이거나 구속이고, 당신과 함께 있는 멍청한 사람이며, 남자가 맥주를 마시기 위해 거짓말을 하는 상대다. 아디나가 텔레비전의 기혼남들 말을 믿는다면, 여자는 빨간 장미나 멋진 외식을 원하는, 불변의 고통거리다. 만약 노래 가사에서 어떻게 여자아이가 될지를 배운다면, 더 끔찍할 것이다. 다른 여자아이들에게서 배운다면, 더더욱 끔찍하고.

〈선택은 너의 것〉의 베이스 연주가 울려 퍼진다. 바로 얼마 전까지만 해도 혼미해질 만큼 온몸을 엄청난 에너지로 채워주었던 노래다. 아디나는 도입부의 여자 목소리가 조그맣게 *시작이야, 요, 시작이야,* 라고 말하는 부분을 참고 듣기 싫어서 더 빨리 걷는다. 후렴구에서 반복되는 *이거 아니면 저거, 노력해 봐,* 또는 *걱정하지 마,* 같은 구절과 *넌 끼어들 수 없어* 같은 신성한 가사들은 아디나를 빙빙 돌게 몰아치며 처음으로 그녀의 몸속에 풍부한 감각을 불어넣었다. 그런데 노래는 그녀를 배신했다—이제 그녀는 선택지 없이, *유린당하고 속아 넘어간 채* 남겨졌다. 아무도 그녀를 쫓아오지 않고, 아무도 그녀를 부르지 않는다.

*

아디나와 도미닉은 모든 가게가 문을 닫은 해변 산책로까지 온다. 조각 수박과 아이스크림을 파는 노점만이 열려 있을 뿐이다. 해는 이미 졌지만, 부풀린 머리를 하고 난간에 이국적인 새들처럼 앉아 있는 소녀들에게 아직 빛을 드리우고 있다. *생일 축하해!* 어떤 남자가 공중전화에 대고 외친다. 해변의 스프링클러가 모래밭에 물을 흩뿌리지만 아이들은 아무도 없다.

도미닉은 토니가 오드리와 함께 수영을 하는 동안 벌어진 일에 관해 이야기해준다. "토니가 오드리의 수영 클럽에서 쫓겨났던가, 아니면 오드리가 쫓겨났던가. 아니면 걔네가 수영을 하다가 싸웠던가? 뭔지 모르겠지만 그 일로 오드리의 아빠가 우리 엄마한테 전화를 했대. 엄마는 엄청 화가 났어. 토니는 외출 금지를 당했고. 다들 한마디도 안 해. 너, 돌아가면 들을 이야기가 아주 많을 거야."

그들은 계단을 내려가서 길거리로 향한다. 한 가족이 벤치에 앉아 수박을 먹고 있다. 엄마, 아빠, 아들, 그리고 유아차에 탄 아기. 아디나는 롤러코스터에 앉아 있던, 전형적인 가족의 정확한 형상과 무게를 가진 샌드백들을 떠올린다. 마음이 몹시 아프지만 그녀는 보고 내용을 노트에 쓴다.

남자아이가 바닥에 집어 던지려는 듯 수박 조각을 들어 올린다.

"안 돼." 엄마가 경고한다.

아빠는 수박을 씹으며 힐끗 본다.

경고는 남자아이에게 바닥을 더욱 가치 있게 만든다. 남자아이는 수박 껍질을 집어 든다. 아디나는 그 아이가 원하는 것은 무언가가 자신의 손끝을 떠나 허공을 날아가는 걸 바라보는 것임을 안다.

아이는 희열로 얼굴을 확 밝히며 수박 껍질을 던진다. 껍질이 넘어지며 모래 한 움큼을 공중으로 날린다.

아빠가 엄마의 뒤로 달려들어 주먹으로 남자아이의 얼굴을 쥐어박는다. 아이가 비명을 지른다. 엄마는 앞쪽으로 넘어져 손바닥으로 몸을 받친다. 유아차의 아기가 다리를 흔든다.

"가서 주워 와." 아빠가 엄마에게 말한다.

엄마는 바닥에 넘어지며 까진 무릎을 문지른다.

"가서 주워 오라고."

그녀는 모래에 반쯤 파묻힌 수박 껍질을 집는다. 모래를 흔들어 틸 생각조차 하지 못한다. 아빠는 그것을 받아서 아들에게 내민다.

"먹어."

아이는 놀란 눈으로 아빠를 쳐다본 다음 운다. 아빠는 엄마 쪽으로 욕설을 내뱉고서, 당장 세상에서 깡그리 잊힌 존재가 되기를 바라고 있을 아이 쪽으로 다시 돌아선다.

아빠는 모래가 묻은 수박 껍질로 아이의 얼굴을 밀친다. "얼른."

아이가 운다.

아빠는 한 번 더 크게 소리친다. 그래서 지나가며 듣는 사람들 누구나 그가 좋은 아빠라는 걸 알도록. 한 블록 떨어진 아디나와 도미닉에게도 그 목소리가 들린다.

아디나는 상관들이 아름다운 우주선을 타고 나타나 그녀를 수치심으로부터 구해주기를 바란다. 하지만 우주 물체가 도착해 구름이 갈라지는 일은 벌어지지 않고, 그녀의 엄마는 지금 멀리 떨어진 도시에서 일하는 중이다.

*

그 불쌍한 수박으로부터 550킬로미터 위에서는 새로운 허블 우주 망원경(1990년 나사가 쏘아 올린 인공위성)이 달각거리며 분속 9킬로미터로 궤도를 도는 중이다. 코끼리 두 마리 무게인 그것은 별들의 탄생과 죽음을 계속해서 본다. 망원경에 달린 버스 크기의 눈은 심지어 아디나의 사교 생활의 죽음도 관측할 수 있다. 인간 여자아이가 지구의 '집'으로 돌아가는 장면과 밑위가 길고 헐렁한 연어색 바지가 바닥에 닿을 듯 흔들리는 모습도.

그 외로운 여행으로부터 60억 킬로미터 떨어진 곳에서는 아디나의 형제인 보이저 1호가 그녀를 향해 동정을 보낼 것이다.

골든 레코드(1977년 보이저 1호 발사 당시, 칼 세이건의 제안으로 실은 레코드를 지칭한다. 여기에는 외계 생명체에게 지구상 생명체와 문화를 알리기 위한 다양한 소리와 이미지가 기록되어 있었다)에는 포니테일을 한 다섯 명의 댄서가 시작 포즈를 취하는 이미지가 없다. 처음으로 페니스를 본 다음에 절친의 오빠와 함께 집으로 걸어가는 소녀의 이미지도, 또 형편없는 데이트에 화가 난 채 아침 커피를 다시 데우는 엄마의 이미지도, 파리가 죽었다는 사실에 화가 난 것처럼 방금 파리채로 죽인 파리를 노려보는 나이 든 부인의 이미지도 없다.

아디나는 집 밖에서 날아다니던 풍선 남자와 반달형 탁자에 앉아 숙제를 하던 때가 그리워진다. 집에 돌아가면 그녀는 보고를 위한 메모를 쓰는 데에만 전념할 것이다. 더 이상 춤은 없어. 인기 있는 건 바라지도 않을 거야. 그녀는 하루에 두 번씩 팩스를 보낼 것이다. 숙제(Homework)란, 말 그대로 노동(Work)입니다. 집에서 하는 노동이죠. 그녀의 상관들은 **이 관측은 단순**

하지만 유용하다는 답변을 할 것이다. 아니면 이렇게 보내는 게 나을지도 모른다. 외로움이란 육체적으로 어느 한 곳에 존재하면서도 마음은 다른 곳에 있는 것입니다. 외로움은 다른 것들로 생각을 분산하기 위해 가짜들과 어울리게 만들기도 합니다. 외로움은 추레한 레코드를 우주로 보내게 만들 수도 있습니다. 그녀의 상관들은 이렇게 답할 것이다. **너는 훈련 과정에서 중대한 문턱을 넘었다.** 또 이렇게 말할 것이다. **너는 최고의 인간이다. 그 J 걸스 쓰레기들보다 훨씬 더 낫다.** 이런 팩스도 도착하겠지. **우리는 네가 자랑스럽다.**

이것은 아디나가 오토월드 맞은편의 연립주택단지를 처음으로 떠난 때였지만, 그녀는 엄마가 댄스 경연 대회와 J 걸스, 아마데오, 심지어는 지저분한 수박 껍질을 아들의 뺨에 짓누르는 아빠에 대해서 뭐라고 할지 정확히 알고 있었.

그 사람이 남들 앞에서 그렇게 군다면, 집에서는 어떻겠니?

*

그 여름, 아디나가 조르곤 안을 걸어본 유일한 순간은 도미닉과 함께였다. 아디나는 진지한 표정을 유지하려고 노력하지만 도미닉은 계속 유령 흉내를 낸다. 모래 위에서 균형을 잡는 것은 예상보다 훨씬 어렵고 그렇게 즐겁지 않다. 그녀는 노트에 메모조차 하지 않는다.

도미닉은 그녀에게 현상한 사진 한 묶음을 보여준다. 가족이 해변에서 모래가 든 양동이를 들고 있는 사진. 기울어진 모래성 사진. 가족이 팬케이크를 먹는 사진. 가족이 쪼그마한 물고기를 들고 감탄한 척하는 사진. 활짝 웃는 얼굴들이 아디나를 화나게 만든다. 그녀는 반도 보기 전에 사진들을 내려놓는다.

"집이 그리울 만해." 도미닉이 말한다.

*

마침내 폭스바겐이 도착하고, 까맣게 탄 엄마는 활기찬 모습으로 나타난다. 아디나는 잔디밭을 가로질러 차로 달려가서 뒷자리에 자신의 짐 가방을 던진다.

"마지막으로 해변 한 번 들렀다 갈까, 꼬마 아가씨?"

아디나가 말한다. "집에 가요."

엄마는 도시가 있는 북쪽으로 차를 몬다. 아디나는 안도감에 마음이 풀려서 잡담을 늘어놓고 엄마가 말한다. "너 엄청 쌓아두고 있었구나, 응?" 도시로 들어가는 다리를 건너자 아디나는 사람들이 여름옷을 입고, 라탄 핸드백을 들고 다니고, 아이들을 데리고 다니며, 얼음물을 마시는 광경에 놀란다. 필라델피아도 여름이 한창이다. 엄마는 전화에서 몇 차례나 도시는 사람이 없고 건조하고 답답하며 아디나가 없는 동안에는 아무 일도 일어나지 않았다고 장담했는데 말이다. 브레첼 노점과 켄싱

턴 공원과 창고들 사이의 죽은 공간에는 자애로운 빛이 떠돈다. 오토윌드조차도 빛이 난다. 목구멍에 차오르는 이 뜨거운 기운, 울고 싶은 충동은 뭘까? 이 감정은 향수와는 정반대의 것이 분명하다. 집에 돌아오니 모든 것이 더욱 아름답게 느껴지는 동시에, 거리감은 여전하니까.

딸이 없는 동안 엄마의 정원은 두 번째 전봇대를 넘어서 확장되었다. 바질과 오레가노, 두 종류의 민트(그냥 민트와 레몬민트)가 있는 밝은 사각형 화단이 생겨났다. 엄마는 식물을 하나하나 가리키며 어떻게 하면 더 잘 키울 수 있었을지 설명한다―하지만, 엄마가 급히 덧붙인 바에 따르면, 전부 할 수 있는 한 최선을 다했다. 엄마는 방울토마토의 엄격한 관리자다. 내년에 엄마는 방울토마토들이 태양을 따라다닐 수 있게 바퀴 달린 화분을 살 것이다.

"얘네를 그늘진 곳에 놔둔 게 실수였어. 녀석들은 온기를 사랑해. 꼭 조그맣던 시절의 아디나 같지." 엄마가 말한다.

＊

인간은 자기 삶이 충분히 힘들지 않다고 생각했는지, 롤러코스터를 발명했어요. 롤러코스터는 철로 위에 일부러 만들어둔 위기 상황들의 연속이에요. 하지만 막상 진짜 문제를 직면하게 되면 인간은 인생이 마치 롤러코스터를 타는 것 같다고 말해

요. 쉬는 날 재미로 타려고 만든 거면서 말이에요. 아디나는 팩스를 보낸다.

*

아디나의 집에서 텔레비전은 금지이기 때문에 그녀는 8월의 대부분을 토니네 집에 있는 텔레비전 앞에서 보낸다. 토니와는 서먹해졌을뿐더러 텔레비전을 싫어한다고 한지라 아디나는 도미닉과 함께 본다. 도미닉은 그것을 우리의 연구 생활이라고 부르며 벌써 여러 가지 흔들리지 않는 견해를 세웠다. 남매의 어머니가 데이트하는 변호사―토니네 어머니가 사무원으로 일하는 회사의 파트너―가 비디오 녹화기를 선물해주어서, 그들은 비디오 대여점이라는 왕국에 들어선다.

비디오 대여점 '릴투릴'의 좁은 통로에서 언쟁하는 아디나와 도미닉. (두 사람 다 열렬하게 동의하는 바인데) 오리지널 텔레비전 쇼보다 나은 영화 〈엘비라: 어둠의 여왕〉(1988년 개봉한 미국의 코미디 공포 영화로, 주인공 엘비라의 고스족 스타일이 컬트적 인기를 끌었다)에서 나오는 대사를 인용하지 않고는 말하기가 불가능해진 둘에게 인상을 찌푸리며 자전거를 타고 달려가는 토니. 아직 토니는 오드리와 있었던 일에 대해 이야기할 준비가 되지 않았다.

아디나와 도미닉은 매일같이 영화를 본다. 아디나는 계속해서 메모를 쓰고 팩스를 보낸다.

어느 날 오후, 두 사람이 그날의 네 번째 영화를 보고 있을 때 마테오가 혼자 공을 던졌다 받으며 지나간다. "너희도 밖에 좀 나가. 그 괴상한 뱀파이어 놀이는 관두고."

도미닉의 시선은 텔레비전 화면에 고정되어 있다. "우린 너랑 똑같지 않아."

*

텔레비전 프로그램에 관한 견해 #1: 드라마에는 기억력이 있어야 한다.

예를 들어, 미혼 남녀의 동거가 금지된 곳에서 살기 위해 한 이성애자 남자가 게이인 척하는 내용의 시트콤 〈쓰리 컴퍼니〉에서, 잭 트리퍼는 자신의 과거에 대해 절대로 언급하지 않는다. 매주 절친 래리와 아예 똑같은 방식으로 클럽에서 여자들을 꼬신다는 점도 그렇다. 잭 트리퍼의 금붕어 같은 머리는 30분마다 리셋된다.

아디나는 텔레비전 형사물 〈콜롬보〉를 더 좋아한다. 이 드라마는 지난 시리즈에서 해결했던 사건을 언급함으로써 그녀의 시간과 충성심을 보상해준다.

*

텔레비전 프로그램에 관한 견해 #2: 드라마에는 주제곡이 있어야 한다. 좀 긴 걸로. 아디나와 도미닉이 들뜰 만큼 충분하게.

*

아디나는 상관들에게 팩스를 보내고, 그들의 답변은 아무리 관대하게 봐도 시큰둥하다.

인간의 텔레비전 이야기는 줄이도록.

그녀의 엄마도 비슷한 감정을 덜 섬세하게 표현한다. "맙소사, 아디나, 그 망할 〈쓰리 컴퍼니〉 이야기 좀 그만하렴."

*

성스럽고 숨 막히는 8월의 어느 오후, 아디나와 도미닉은 영화 〈나의 왼발〉에서 보여준 대니얼 데이 루이스의 연기에 충격을 받는다. 도미닉은 눈물을 흘리며 아디나에게 말했다.

"이보다 더 위대한 배우는 다시는 없을 거야."

*

미국 영화에서 외계 생명체에 관해서 배운 것들.

그들은 작고, 외떨어져 있으며, 혼자다.
그들은 대체로 미국 도시 변두리에 착륙해 힘든 시기를 견디고 있는 인간에게 발견된다.

교외의 미국인들은 그들에게 우스꽝스러운 옷을 입히는 것을 즐긴다.

처음에 교외의 미국인들은 외계인을 마음에 들어 하고 그들을 집단 활동에 끌어들인다.

외계인이 자신들의 욕구를 드러내면 교외의 미국인들은 배신당한 기분을 느낀다.

결국 교외의 미국인들은 외계인에게 고통을 준다.

결국 외계인은 다시 혼자가 된다.

필연적으로 외계인은 집으로 돌아가야 한다.

*

침대에 누운 아디나는 지구 행성에 있는 모두와 알고 지낼 수 있는 방법을 생각해본다. 미국은 쉽다. 차를 타고 땅을 가로지르면 된다. 모든 나라마다 한 사람씩 편지를 보내고 그들이 자신의 친구들에게 이야기한다면, 그녀는 모두와 연결될 수 있다. 하지만 언어 장벽이 있을 것이고, 모든 나라의 이름을 알지도 못하지 않는가. 대책 없는 감정에 눈이 빨개질 만큼 초조해진다. 그녀는 상관들에게 묻고 싶지만 야간 수업도 여름방학을 맞은 듯 멈춰버렸다.

칼 세이건의 글에 따르면, 그녀의 그리움은 애초에 무의미하다. 그녀의 종족은 인간의 이해를 뛰어넘어 훨씬 발전했을 것이고 그래서 시공간과 인과관계의 개념을 초월했을 것이다. 그들에게 시간은 선 위의 점들이 아니라 과거 현재 미래가 모두 담긴 하나의 몸짓이다. 이렇게 밤잠을 이루지 못하고 슬퍼하는 일은 아직 일어나지 않았거나 아주 오래전에 일어났는지도 모르는 사건을 애도하는 것과 같다. 은하적인 관점에서 보면, 아디나는 끝없이 뻗은 무한의 도로를 내려다보며 차가 올 기척을 찾고 있는 거나 다름없다. 먼지가 일기를, 도로 위의 자갈이 흔들리기를. 하지만 세상은 꿈쩍도 않고, 자신의 종족과 시간 속에서 어떻게 연결되어 있는지조차 그녀는 모른다. 광막한 우주에 던져진 그녀의 슬픔은 어디에도 닿지 못한다. 어디 있어요? 데리러 와주세요. 여기서 데려가줘요. 그녀는 가지고 있는 모든 필립 글래스의 음악 카세트테이프를 듣지만 소용없고 초라하고 위험하고 슬프고 반항적인 감정이 들 뿐이다.

 아디나는 미국의 십대가 되었다.

MASSIVE STAR

✶

거대한 별

(학교)

1991년이 되자, 하이웨이스트 배기 청바지 열풍은 청키부츠에 어울리는 딱 붙고 날씬한 핏의 청바지에 밀려 잠잠해졌다. 최초의 외계 행성이 PSR B1257+12b 궤도, 처녀자리 펄서에서 발견되었다. 펄서는 폭발한 별의 시체로, 빠르게 빙빙 돈다. 외계 행성은 태양계 바깥에 있는 행성이다. 8월에 아디나, 토니, 도미닉은 무시무시한 기운을 뽐내는 교외의 고등학교 앞에 차를 세우고 아디나의 엄마가 싸준 베이글을 먹으며, 두툼한 책을 읽는 회색 점퍼 차림의 여자들을 본다. 앞으로 아디나와 토니는 학교에서 제공하는 버스를 탈 테지만, 오늘은 1학년 첫날이라서 도미닉이 그들을 데려다주었다. 베이글은 거의 굽자마자 은박지로 싸서 눅눅하다. 널찍한 풀밭에 앉은 회색 점퍼의 여자들이 하늘로 머리를 젖힌다. 마치 집에 있는 듯 편안해 보이는 그들은 학생들이 더 이상 어린 여자애가 아니라 번듯한 젊은 여성이라고 주장하는 입학 안내 책자에 있던 사진의 복제본 같다. 책자 속에서 어린애는 플라스틱 장난감을 들고 다니며 침으로 종이를 붙인다. 젊은 여성은 여백까지 꽉 채운 공책 더미를 갖고 다닌다. 도미닉과 아디나, 토니는 눅눅한 베이글을 먹으며 말없이 젊은 여성들을 바라본다.

고등학교는 여러 개의 언덕이 모인 곳에 자리하고 있다. 한 언덕 위에는 촘촘한 계단이 테니스장과 연결되어 있다. 또 다른 언덕에는 학교의 마스코트인 커다란 철제 동상이 있다. 난해하게 꼬인 이 철 덩어리는 아마도 충성심을 상징하는 듯하고, 펼친 날개를 구현한 현대적 형태가 아디나를 오싹하게 만든다. 거기다 젊은 여성들의 느긋한 성향 때문에 아디나는 베이글을 마음껏 먹을 수가 없다. 고등학교 건물은 세 번째 언덕에 목장 스타일로 서 있었는데, 신입생들을 환영하기 위해 정문을 활짝 열어놓았다.

종이 울린다. 아디나와 토니는 도미닉과 작별의 어깨 펀치를 나눈다.

"갈 때 경적 울리지 마." 토니가 경고한다.

그의 경적 소리는 정문으로 향하는 젊은 여성들을 깜짝 놀라게 만든다.

열세 살의 아디나는 저체중에, 뻐드렁니를 가진 근시(近視) 외계인으로, 인간의 입에서 나오는 소음들을 질색한다. 그녀의 민주적인 검은 머리는 파마부터 직모까지 온갖 가능성을 다 품고 있다. 머리카락은 그녀의 조그만 얼굴 앞으로, 위로, 주위로 정신없이 떠돈다. 그녀는 외계 행성 중 하나가 그녀의 고향이라서 지도에서 그곳을 가리키게 될 수 있기를 바랐다. 하지만 죽은 별의 방사능이 쏟아진 행성에는 생명체가 더 이상 살아갈 수 없다. 그녀는 이 학교가 일종의 집이 되어주기를, 영화와 텔레비전 쇼에 관한 자신의 견해들을 이해하고 면밀한 질문으로 보상해주기를 바란다. 칼 세이건이 강연 '잃어버린 강의'에서 "신의 존재를 믿으십니까?"라는 질문을 던진 학생에게 대답했던 방식으로 말이다. "자네가 말하는 신은 무엇을 의미하는가?"

*

대부분의 신입생들은 졸업생인 엄마와 이모들이 있어서 학교의 전통에 관해 이미 잘 알고 있다. 그중 한 명, 땅딸막한 체구에 포니테일로 묶은 부분만 파란색으로 염색한 금발 여자아이가 아침의 환영 조례에서 〈레미제라블〉의 〈구름 위의 성 Castle on a Cloud〉을 부른다. 나중에 그 애는 1학년 사물함 앞에 서서 아디나와 토니, 다른 신입생 몇 명에게 풍선 의식에 대해서 설명한다. 학교 매점에서는 미니 스테이플러, 볼펜, 헬륨 풍선 같은 물건들을 판다. 젊은 여성의 생일날이면 친구들이 풍선을 산다. "멋지지 않니?" 그녀가 말한다.

그녀의 이름은 다코타이고 이런 의식이 동료애를 위한 것인 듯 말하지만, 아디나는 그것이 인기를 판단하는 방식임을 직감한다. 아디나의 지구 생일은 9월이다. 그때까지 친구를 만들 시간이 부족하다(미국 학교는 대부분 새 학기를 8월에 시작한다). 그녀는 재빠른 리액션으로 모두에게 호감을 산 토니와 다르다. 토니는 학교 신문부에 가입해서 벌써 다른 신입생 두 명과 알고 지낸다. 그들은 그녀에게 파랗게 염색한 이 여자애에 대해서 말해주었다. 그 애의 엄마가 학교 연극부에 피아노 한 대를 기부했으며 장래에 브로드웨이로 갈 예정이라는 것 등등. 아디나는 풍선이라면 하나든 여러 개든 좋다. 그녀는 풍선을 하나도 받지 못하거나, 더 나쁘게는 겨우 몇 개만 받는 수치를 피하기 위해서 돈을 모아둘 것이다. 그녀는 한 움큼의 풍선 끈을 들고 서 있는 자신의 모습을 상상한다. 풍선 부케를 들고 있으면 절대로 불행할 수가 없다.

*

그날 저녁, 아디나는 잠이 들었다가 야간 교실에서 명랑한 빛들에 둘러싸여 **깨어난다**. 그녀의 상관들이 방문한 지 몇 달이 지났기에 다시 만나게 되어 기쁘다. **반짝이는 공간**에 있으면 마치 가족들과 함께 있는 듯한 안도감이 든다.

야간 교실은 변해 있었다. 아디나는 한쪽 모서리가 보이지 않는 곳까지 멀리 뻗어 있는 기다랗고 날카로운 탁자 끝에 앉아 있다. 반짝임 속에서 돌연 어떤 형체가 나타나 그녀는 깜짝 놀란다. 상관들을 대표해 등장한 그 형체를 보자, 그녀는 본능적으로 그 형체가 자신의 새로운 멘토임을 알아차린다. 이는 현재 그녀의 특정한 필요에 맞춰 매칭된 관계다. 낮에는 지구에서 고등학교에 다니고, 밤에는 새로운 멘토와 함께 몰입형 학습을 하게 될 것이다.

멘토의 형체가 반짝거린다. 인간으로 치면 인사를 하는 것이다. 그녀는 그 존재의 이름이 지구 수업에서 배운 왕의 이름인 솔로몬임을 직감한다. 그녀는 이 단어에서 세 개의 '오' 발음과 단단한 자음을 좋아한다. 새 멘토를 부르기에 더없이 적절한 단어다. 솔로몬의 형체는 반짝임 속에서 점차 뚜렷해지다가, 사람의 형상과 독립된 생명체 사이 어디쯤에서 멈춘다. 집단에서 완전히 분리되지도 않았고, 그렇다고 완전히 집단 내에 속한 것도 아니다.

그들은 소리에 대해 '논의'하기를 원한다. 대부분의 사람들은 우주가 고요할 거라고 믿는다. 공기가 없어서 소리가 전달되지 않기 때문이다. 하지만 사실 우주에서도 인간의 귀가 들을 수 없을 정도로 낮은 주파수로 소리가 발생한다. 인간 외의 다른 모든 존재에게 우주는 시끌벅적한 곳이다.

귀뚜라미 쌀 행성은 고요하다. 그들은 '말을 하거나' 또는 '소리치거나' 전파를 내보내지는 않는다. 음악에 상응하는 것조차 직감적으로 느끼는 감각에 가깝다. 그 행성의 공원에서 열리는 콘서트는 무대 주위로 관객들이 조용히 앉아 있는 것처럼 보일 것이다. 다만 실제로는 관객도, 의자도, 무대도 없다. 콘서트의 목적은 듣는 것이 아니다. 지구상의 모든 것들(빗소리, 공사 소음)이든 지구에 존재하지 않는 것들(태양과 구름)이든 모두 소리와 감정의 연금술, 사고(思考)에 더 가까운 흥얼거림이다. 이 '듣기'는 사물의 내부로 들어가고, 아주 멀리까지, 의도 너머까지, 인간이 소리라고 믿지 않는 대상에까지도 확장될 수 있다. 아디나는 해를 거듭해 이 '듣기' 능력을 갈고닦아야 한다. 이상적인 목표는 이 능력이 뛰어나게 발전해서, 마치 낚시꾼이 낚싯줄을 던지고 감듯이 독립적으로 기능하는 것이다.

*

길레스피 선생의 이탈리아어 수업 시간에는 수수께끼 같은 교훈을 가진 《어린 왕자》를 통해 격변화를 배운다. 선생은 자로 책상을 탁탁 내리친다. 길레스피 선생은 독특한 핸드백 컬렉션을 가진 눈에 띄지 않는 여자로, 그 핸드백들을 보는 게 매일 오후 이 수업을 듣는 학생들의 유일한 즐거움이다. 책에서는 소행성에서 온 어린 왕자가 우주를 여행하며 연약한 장미를 도울 방법을 찾는다. 여행하는 동안에 그는 맡은 일에서 이름을 딴 캐릭터들을 만난다. 왕, 점등원, 지리학자. 그는 마침내 사막 한가운데에 불시착한 조종사에게서 도움을 얻는다.

아디나는 이탈리아어 명사의 성별을 암기하는 것과 선생이 발음할 때 '몰티 무스콜리(많은 입 근육)'가 필요하다고 했던 이중자음이 어렵다.

"조종사의 상황이 왜 안 좋았는지 말해볼 사람?" 선생이 이탈리아어로 묻는다.

아디나가 손을 든다. "아구아(agua)가 없어서요."

"아쿠아(aqua)?" 선생은 물을 마시는 시늉을 하며 말한다.

"물이요." 아디나가 영어로 말한다.

선생이 말한다. "울?"

다른 학생들이 킥킥거린다.

아디나는 발음을 고쳐준다. "물이요."

★

아디나와 토니는 하루에 두 시간을 버스에서 보낸다. 둘은 숙제를 하고, 자고, 빠르게 지나가는 교외 풍경을 바라본다. 자습 시간이면 젊은 여성들은 커다란 도서관 책상 위에 책을 펼치지만, 버스에서 숙제를 할 아디나와 토니는 그림을 그리며 수다를 떤다. 도서관 창문으로 보이는 테니스장에서 공을 탁탁 치고 되받는 기분 좋은 소리가 들려온다.

다코타가 근처 자리에 합류하며 묻는다. "너네 동네에서는 구급차 소리 자주 나니?"

"항상. 구급차 소리뿐이야." 토니는 아디나처럼 어딘가에 속하고 싶은 욕구가 없다. 토니 특유의 억양은 더 뚜렷해졌고, 모두에게 자기가 사는 동네에는 마피아가 가득하다고 말한다.

"노래하는 건 어디서 배웠어?" 아디나가 묻는다.

다코타는 몸을 꼼지락거린다. "아주 예전부터 계속 수업을 받았어."

"너 잘하더라. 난 네 목소리가……." 토니가 다코타의 비브라토(음을 가늘게 떨어서 내는 방식)를 흉내 낸다. 여자아이들이 웃는다. "이렇게 되는 게 좋더라."

"난 오페라 가수 같은 음역은 못 가졌어. 그래서 장학금을 받고 대학에 가진 못할 거야." 다코타의 목소리는 냉철했다. 마치 색인 목록을 읽는 것 같은 투였다. 누군가에게 여러 번 들었던 말을 그대로 읊는 것 같았다. 사서 선생이 책상 너머로 말한다. "수다는 디스코텍에 가서 떨렴."

다코타가 말한다. "혹시 내가 세상에서 제일 멍청한 질문을 한 거야? 구급차에 관한 거." 동시에 토니도 말한다. "디스코텍이 뭐야?"

"약간은." 아디나는 다코타에게 먼저 대답한 다음 토니에게 말한다. "나이 든 사람들이 댄스 클럽을 부르는 말이야."

"미안. 그쪽 도시는 가끔 우리 엄마가 날 무대 딸린 식당 오디션에 데리고 갈 때에만 지나쳤던 정도거든." 다코타가 말한다.

토니는 고개를 끄덕인다. "우리가 너한테 양 우는 거 들어봤냐고 물어보는 거랑 비슷한 질문이었어."

"양!" 다코타가 고개를 끄덕인다. "난 한 마리 데리고 자."

"호오." 아디나가 반응한다.

토니는 사이렌 소리를 흉내 낸다. 삐오. 삐오.

"얘들아." 사서 선생이 경고한다.

"근데, 너 진짜 들어봤어?" 토니가 묻는다.

다코타가 대답한다. "양은 농장에 있어. 교외 지역이 아니라."

✻

영어에서 단어 앞에 '비(be)'를 붙이면 '~로 장식되어 있다'는 의미가 됩니다. 라일락으로 장식된(Belilaced). 데이지로 장식된(Bedaisied). 향기로 장식된(Bescented). 다이아몬드로 장식된(Bediamonded). 깃털로 장식된(Befeathered).

✻

젊은 여성 대부분은 걸어서 학교에 올 수 있는 거리에 산다. 매일 아침 등교 시간마다, 상당수가 엄마와 함께다—캐주얼한 베이지색 바지를 입은 느긋한 금발 엄마들. 그들은 안전상의 이유뿐만 아니라 즐기기 위해서 딸과 같이 온다. 엄마들은 뒤로 돌아서 가볍게 인사를 던진다. 엄마들은 학교 신문 인쇄를 도와준다. 엄마들은 점심시간에 꿀을 바른 크루아상 접시를 들고 나타난다. 엄마들은 점수를 기록하고, 학교 매점을 운영하고, 잡담을 하면서 헬륨 가스통에 늘어진 풍선 입구를 끼운다. 엄마들은 과학 실험실에서 보호용 고글을 쓰고 용제를 섞을 때 급하게 하지 말라고 주의를 준다.

★

인사과에 속한 아디나의 엄마는 근무 기록 카드 담당에서 행정 보조로 진급한다. 엄마와 아디나가 오토월드 맞은편의 연립주택단지에서 보내는 시간은 줄어들게 되고, 둘의 관계는 드문 만큼 깊어지는 것이 아니라 힘들어진다.

아디나의 듣기 능력은 향상되어 소리를 예측하게 된다. 그녀는 엄마가 커피를 삼킬 때 축축하고 둥근 '푸둥' 소리를 낼 것임을 안다. 엄마의 목을 따라 사무적으로 움직이며 내려가는 그 소리를 참기도 전에 분노를 느끼며 소리친다.

"제발, 제발 그것 좀 그만하면 안 돼요?"

엄마는 컵을 반쯤 입으로 가져가다가 멈춘다. "뭘 그만해?"

★

몰토 그라데볼레(아주 유쾌한)한 성격으로 또래들의 비평에서 벗어난 이탈리아인 학생 크리스틴이 생일을 맞는다. 크리스틴은 젊은 여성들에게 하루 종일, 그리고 이탈리아어 시간에 상당한 양의 풍선을 받는다. 그녀는 경건하게 복도를 걸어가고, 인기가 그녀의 뒤를 둥근 혹처럼 조용히 따라온다. 하지만 크리스틴은 산만하고 화가 나 있다. 길레스피 선생이 몇 번을 불러도 그녀는 "노 로 소(몰라요)"라고 대답한다. 결국 선생은 그 애를 보건실로 보내기로 한다.

"슬픔 때문이야." 길레스피 선생이 말한다.

크리스틴은 책과 풍선을 모으느라 애를 쓴다. 선생은 크리스틴과 풍선을 교실 밖으로 밀어낸다.

일과가 끝나고 아디나와 토니는 보건실을 지나치며 부루퉁한 표정의 크리스틴을 본다. 머리 위로는 흩어진 풍선들이 둥떠 있다. 그중 몇 개는 너무 키가 큰 거인의 머리처럼 천장에 기울어 있다. 상당한 양의 풍선을 받았지만 크리스틴은 더 많이 원한다. 그녀는 자신이 불쌍해서 풍선을 받았다고 믿는 듯하고, 슬픔에 찌그러진 채 보건실 창문을 통해 지나가는 아디나와 토니를 본다.

토니가 말한다. "내 생일이 여름이라서 정말 다행이야."

*

아디나는 일부러 버스를 놓친다. 그래도 엄마가 데려다주지 않으리라는 걸 알지만, 오늘만큼은 고집을 부린다. 아디나의 생일마다 엄마는 평소보다 약간 화려한 차림을 하고, 약간 술에 취해 있다.

학교로 가는 길에 엄마는 길을 잃고, 차를 옆에 세워 근심 많은 얼굴의 푸들을 산책시키는 중인 나이 든 남자에게 방향을 묻는다. 그녀는 아디나가 업무용 목소리라고 여기는 목소리를 쓴다. 그것은 아디나가 케이크를 구울 때 몇 도여야 하는지 기억이 안 난다고 전화를 걸었을 때 엄마가 내는 목소리이다. 사실 몇 도인지 알지만 엄마가 말해주는 걸 듣고 싶다. "175도로 굽고, 포크로 가운데를 찔러봐. 포크가 깨끗하면 다 된 거야."

난방이 안 되는 차는 아침에 입김이 눈에 보일 만큼 춥다. 남자는 모자와 스카프를 둘둘 만 엄마와 딸을 보고 킥킥 웃는다. 그가 방향을 알려주는 동안 푸들이 차 문으로 뛰어오른다. 아디나와 엄마는 그의 안내에 따라서 널찍한 잔디밭이 있는 동네와 싸구려 잡화점들을 지난다. 조그만 성들과 작은 탑들이 있는 길들.

"어떻게 이런 곳에 살지?" 엄마가 말한다.

아디나는 생각지도 못한 엄마의 의견에 놀란다. 아디나는 자신의 고등학교와 의문을 숨기지 않는 선생님들의 솔직한 얼굴을 좋아한다. "우리 반 애들 몇 명은 벌써 면허가 있어요."

"그만하자."

"그게 더 나을 거예요. 난 엄마를 생각해서 말하는 거예요."

"어떻게 1학년이 면허를 따니? 걔네 다 열네 살 아니야? 걔네들 어디 감옥이라도 다녀왔어?" 아디나가 웃자 엄마는 한 술 더 뜬다. "떠돌이 생활이라도 했다니? 맙소사." 학교가 있는 마지막 언덕에 도착하자 엄마가 말한다. "걔네를 위해 기도하마."

꼭대기에서 두 사람은 하이파이브를 한다.

"오늘 엄마가 날 데려다줘서 기뻐요. 엄마는 가끔 재밌어요."

"가끔만이라는 거지."

그들은 학교 앞으로 들어서고 엄마는 긴 타원형 진입로에서 머뭇거린다. 단정한 백팩을 멘 젊은 여성들이 줄줄이 들어가는 입구를 향해 엄마가 낮게 휘파람을 분다. 엄마는 강한 여자들을 키워온 이 학교의 역사나 선생님들의 이름 같은 걸 아디나에게 물어본 적이 없다.

"너 그거 아니? 같이 차를 타고 갈 때 그냥 차에 타고만 있는 사람들이 있다는 거. 그런 사람들은 다른 사람을 웃게 하려고 창밖을 가리키지도 않고, 농담을 하거나 흥미로운 이야기를 하지도 않아. 그냥 거기 앉아 있지. 뭔가 말을 한다면 '저 버거킹에서 왼쪽으로 돌아요' 같은 것뿐이야. 심지어 날아다니는 풍선 남자를 봐도 농담 하나 안 해. 그 사람들한테는 그런 게 안 떠오르는 거야. 거기 앉아서 그냥 차만 운전해. 그들의 삶의 모든 부분이 다 그래. 그 사람들은 직장에서 일을 하고 다녀오면 저녁 식사를 해. 유머라고는 없어. 이런 사람을 원칙주의자라고 하고 대부분의 사람들이 그렇단다. 네가 그렇지 않아서 기뻐."

"농담을 안 하는 사람이 있다니 믿을 수가 없어요. 무려―"

"대부분의 사람들이 그래, 아디나. 그냥 차를 타고 가는 것뿐이지." 엄마의 목소리에 불편감이 어린다. 아디나는 엄마가 누군가에 대해 말하고 있다고 느낀다. "네가 태어난 날에 난 정말로 무서웠어. 모든 사람들이 〈얼마가 정답일까요〉에서 무대로 올라오다 튜브톱이 흘러내린 어떤 여자 출연자 이야기를 하고 있었지. 심지어 의사들까지도. 난 말이야, 나 아기를 낳을 거라고요! 도와줘요! 같은 상태였어. 그러다 의식이 희미해져 가라앉았고 거기엔 빛이 있었어. 아름답고 장엄했지. 고통은 사라졌어. 난 그저 그 빛에 도달하고 싶었어. 그러다가 깨어났고, 네가 있었지. 참새처럼 아주 작았어. 창문 너머로 널 봤어. 간호사들은 내가 거의 죽을 뻔했다고 했어." 학생들이 차를 지나치며 수다를 떤다. "왜 그 출연자를 기억하는 건지 나도 모르겠어. 그 여자는 굉장히…… 온 세상에 노출되어 있었어."

아디나는 실망한다. 이건 그녀가 생각하는 자신의 탄생 장면에 어울리지 않는다. 연극부에서 본 적 있는 선배가 자기비하적인 농담을 던지며 선생에게 문을 잡아준다.

"저 여자애들 좀 보렴." 엄마가 말한다. 쟤네들은 분명 살면서 뭔가를 두려워해본 적이 없을 거야. 하지만 넌 여기 다니는 게 좋다고? 정말 괜찮아?"

아디나는 솔직하고 싶지만 자신도 이해할 수 없는, 딸로서의 충성심을 지킨다. "괜찮아요."

"괜찮은 것 이상이어야 해. 다른 애들이 너를 빈곤층 장학금을 받고 온 애처럼 동정하면 절대 참지 마."

"그건 어떤 느낌이에요?" 아디나가 묻는다. "거의 죽을 뻔한 거요."

"솔직히?" 엄마의 표정에서 아디나가 이걸 듣는 걸 감당할 수 있을까 고민하고 있다는 게 느껴진다. "대단할 것도 없었어." 엄마는 뺨에 흐르는 눈물을 손등으로 닦아준다. "자, 생일인 애야. 무슨 문제라도 있니?"

아디나는 차라리 솔직하게 말하기로 한다. 그녀는 학교의 풍선 의식에 대해서 설명하고 풍선을 하나도 못 받을까 봐 걱정된다고 말한다.

엄마는 장갑 낀 손으로 콧날을 감싼다. "풍선이라." 그리고 아디나 너머로 손을 뻗어 차 문을 열어주며 말한다. "가서 풍선 받으렴. 누구보다도 많이 받아. 재미있게 해줘서 고맙다. 열심히 배우고 와. 널 사랑해. 난 오늘 늦을 거야."

*

토니는 아디나의 사물함 옆에서 초록 풍선 세 개를 들고 기다리고 있다. 학교 신문 가판대 주위에 선 여자애들 몇 명도 수

줍게 미소를 짓는다. 아이들의 어깨 너머에는 분홍색과 보라색 풍선이 둥둥 떠 있다. 하루가 지나는 동안 아디나에게 점점 더 많은 풍선이 생겨난다. 심지어는 엄마들 몇 명도 풍선 부케를 채워준다. 엄마들한테서 풍선을 받은 학생은 처음이다. 아디나는 당황해서 빨개진 얼굴로 더듬더듬 감사 인사를 한다.

"과르다 투티 이 팔론치니 디(이 풍선들 좀 봐)!" 길레스피 선생이 감탄한다.

"와, 너 진짜 인기 많구나." 크리스틴이 말한다.

아디나는 양호실에서 보았던 그녀의 서글픈 시선을 떠올린다. 다른 애들의 동정을 참지 말라던 엄마의 말이 마음속에 차양을 쳤다. "풍선이라." 힘없이 내뱉는다. 복도를 지나갈 때 쏟아지는 감탄의 눈길에 마음이 상한다. 그녀는 완전히 구경거리다.

일과가 끝나고 아디나는 버스에 타기 위해 토니에게 풍선을 가져가는 걸 도와달라고 부탁한다. 버스 운전사는 그녀의 짐을 보고 축하한다고 말하고, 토니가 대답한다. "고맙습니다. 제 건 아니지만요."

아디나는 풍선에 얹혀 가는 느낌이다. 토니는 커다란 눈으로 그녀를 쳐다본다. "넌 내가 여태 본 풍선을 가득 안고 있는 사람 중에서 제일 불행해 보여."

버스는 긴 차도를 덜커덕거리며 달린다. 덜컹거릴 때마다 풍선들이 매혹적으로 흔들린다. 하지만 토니는 속마음을 전혀 숨기지 못하고 노골적인 표정을 짓고 있다. "왜 모두가 너한테 풍선을 주고 싶었던 건지 알아?" 토니가 묻는다.

버스가 도로에 파인 구멍에서 덜컹 솟구친다.

결국 이 순간이 왔구나, 아디나는 생각한다. 지금 이 물음에 대답하지 않으면 토니는 지금 아무것도 모르는 아디나가 수치심으로부터 보호받고 있는 굴욕적인 이유를 말하지 않을지도 모른다. 여자들이 그녀의 외모를 안쓰럽게 여긴다든지, 도저히 쿨해질 수 없는 불안하고 이상한 성격이라든지, 아니면 그녀의 엄마가 종아리를 잘 다듬어진 모양으로 돋보이게 하는 실크 양말을 사주지 못해 대신 특가할인매장(심지어는 본점도 아니고 사실상 뒷골목을 한참 걸어서 가야 하는 곳에 있으며 반품되거나, 재고로 남거나, 색이 바래거나, 제조 과정에 하자가 있는 불량품들이 부서진 옷걸이에서 흘러내려 바닥에 흩어져 있어서 양말 한 짝을 찾은 다음 나머지 한 짝을 찾기 위해 한 시간쯤 더 뒤져야 하는 그런 곳)에서 2달러에 열 켤레가 든 양말을 사준다든지, 게다가 그 양말은 뻣뻣해서 자연스레 흘러내리지도 않고 이상한 각도로 뻗은 아디나의 종아리를 따라 끝까지 펴진 채로 남아 있다든지 해서 말이다. 아디나의 두 종아리는 자신들이 어떤 종류의 근육인지 전혀 이해하지 못하는 것처럼, 혹은 자신들에게 무게를 견뎌야 한다는 책임이 있는지도 모르는 것처럼 양옆으로 휘어 튀어나와 있었다. 아디나는 양말을 아래로 내려보려 몇 시간이나 애를 쓰곤 했지만, 그것은 항상 건조한 스펀지를 신은 것처럼 딱 달라붙어 있다.

양말일까, 종아리일까? 아니면 엄마? 아디나를 동정할 이유는 아주 많다. 토니는 이제 곧 그녀가 못생기고, 묘하게 울적하고, 불쌍하기 때문에 모두가 풍선을 주려 했던 거라고 진실을 알려줄 것이다.

토니가 말한다. "왜냐하면 넌 재밌으니까."

*

아디나와 토니, 그리고 풍선들이 토니네 집 버스 정거장에서 내린다. 토니는 깊은 골짜기 같은 집에 산다. 마테오와 크리스토퍼가 끝없이 고치는 중인 각종 차들이 여기저기 늘어서 집을 완전히 둘러싸고 있다. 토니는 부엌에서 샌드위치를 만들고, 아디나는 밖에서 이 차 저 차로 움직이는 두 사람을 보며 기다린다. 이들은 매일 오후를 이렇게 보낸다. 서로가 어디까지 작업했는지 묻지 않아도 전부 안다. 아무 말 없이도 지금 손보는 게 머스탱의 차축인지, 포드의 녹슨 장치인지 알고 있다. 머스탱 차량의 바퀴 아래 머리를 넣은 마테오가 렌치를 달라는 듯 손을 내민다. 2층 방에 있는 토니네 엄마는 자식들이 가져다 둔 구운 치즈나 학교 연습장을 확인한다. 아디나는 토니네 엄마를 딱 한 번 만나보았다. 왜소하고 늘 얼굴을 찌푸리고 있는 사람.

토니는 엄마의 병에 관해서 이야기하지 않는다. 절친의 불문율에 따라 아디나도 묻지 않는다. 병이 어떻게 인간의 영혼을 해부하는지 그들이 경험하기까지는 아직 한참의 시간이 남았다.

몇 분 후에 도미닉이 현관으로 들어온다. 온통 검은 옷을 입었고, 플란넬 셔츠를 허리에 묶었다. 청바지에 매단 금속 사슬에는 지갑이 달려 있다. 그는 최근 새로운 걸음걸이를 익혀서, 몸을 움찔거리고 웅크리는 듯한 느낌으로 걷는다. 마치 언제나 태양 빛에 눈부시다는 것처럼 말이다. 그는 좋은 음악은 오직 시애틀에서만 나온다고 믿는다.

"꽤 많이 받았네." 도미닉이 말한다.

"고마워. 난 이게 정말 싫어."

도미닉은 고개를 끄덕인다. 그가 예상했던 대로다. 그는 주머니에서 접이식 나이프를 꺼낸다. "다 죽이자."

그의 나이프 공격을 피한 풍선은 아디나가 다 부서진 문에 대고 살해한다. 마테오와 크리스토퍼는 손목에 묻은 오일을 닦아내며 구경한다. "빨간 건 아깝네." 크리스토퍼가 말한다. 곧 그들 주위의 잔디밭에 바람 빠진 풍선들이 널린다. 그들은 노란색 풍선 하나는 남겨두기로 한다.

"그래서, 학교는 어때?" 도미닉이 웃는다.

아디나가 대답한다. "거기 여자애들은 다 뭔가를 두려워해본 적조차 없어 보여."

"아마도 사실이겠지. 하지만 그렇다고 싫증 내지는 마."

토니가 샌드위치를 들고 집에서 나와 잔디밭을 둘러보며 말한다. "이게 다 뭐야?"

✱

아디나가 집에 도착하자 엄마는 반달형 탁자에서 세금 계산을 하고 있다. 아디나는 엄마에게 커다란 노란 풍선을 건넨다.

"잠깐, 말하지 말아봐. 너 딱 한 개 받은 거야?"

"한 무더기를 받았어요." 아디나가 말한다. "하지만 전부 죽여버렸어요."

엄마의 표정이 슬펐다가 기쁘게 변한다. 그녀는 풍선을 의자 등받이에 매달며 말한다. "훌륭해."

✱

그 주 토요일 아침에, 코트와 스카프를 싸맨 채 아디나와 엄마는 폭스바겐에 올라탄다.

엄마는 길고 평평한 띠 같은 모래사장으로 향하는 이른 아침의 드라이브를 좋아한다. 맥도날드에 들러서 차를 타고 가며 나눠 먹을 해시브라운 두 개와 초콜릿칩 쿠키 한 상자를 주문해도 된다고 아디나에게 허락해줄 정도로.

거대한 골프공을 지날 때 엄마가 말한다. "거의 다 왔어."

공용 해변에서 주차할 곳을 찾고, 담요를 깔고 자리를 잡자 엄마가 플라스틱 컵 두 개와 와인을 가방에서 꺼낸다. "이제 와인을 마셔볼 때야." 먼저 자신의 컵을 가득 채우고 아디나의 것은 반만 채운다.

"오줌이랑 꽃 냄새가 나는데요."

"그게 샤도네이야. 마시기 전에 우선 건배를 하자."

"지구를 위하여." 아디나가 말한다.

"널 위하여." 엄마가 말한다.

아디나는 톡 쏘는 냄새가 나는 엷은 액체를 들이켠다. 엄마는 아디나가 조금 뒤떨어진 기분이 들 정도로 이 순간을 즐겨서 그 모습이 기쁘다. 만화에 나올 듯 과장되게 커다란 검은 선글라스는 엄마를 눈에 띄는 소수민족처럼 보이게 만든다. 검은 실과 회색 실이 섞인 트위드 코트는 바닥에 망토처럼 깔린다. 아디나는 엄마가 좀 더 세련된 밝은색 코트를, 학교의 다른 엄마들처럼 허리에 벨트가 달린 걸 입기를 바란다. 엄마가 머리를 곧게 펴기를 바란다. 배 주위로 튀어나온 부푼 살을 빼기 위해서 집 주위를 걷기를 바란다. 엄마가 유행에 뒤처진 하이웨이스트 팬티스타킹을 그만 입기를 바란다. 엄마는 심지어 샌들을 신을 때에도 팬티스타킹을 입는다. 발가락 위로 두꺼운 지그재그 모양의 봉제선이 다 드러나는데도.

그래도 파도 소리는 엄마가 남은 와인을 삼키는 소리를 덮어준다. "엄마들은 한 잔 더 마셔도 돼." 엄마는 그렇게 말하며 잔을 채운다.

가족들은 담요를 들고 해변으로 온다. 아디나는 해안선을 따라 걸으며 아직 새에게 먹히지 않은 조개를 찾는다. 갈매기가 머리 위에서 날아간다. 아디나는 자리로 돌아와 오래 낮잠을 자는 엄마 옆에 앉아 있는다. 놀라며 깬 엄마가 차가 막히기 전에 돌아가야 한다고 말할 때까지.

집으로 돌아오는 길에 엄마는 아디나에게 카세트에 헤드폰을 연결하고 필립 글래스의 〈오르간 작품집Glass: Organ works〉을 들어도 괜찮다고 말한다. "우리가 계속 이야기를 해야 하는 건 아니니까."

아디나는 스쳐 지나가는 집들의 따뜻한 창문을 응시한다. 가끔은 모르는 사람들의 삶이 엿보인다. 냄비를 들고 식탁으로 걸어가는 여자. 화분에 물을 주는 남자. 저들 모두에게 엄마가 있다. 긴 생일 주간의 끝에, 소금기 묻은 공기에 피로해진 채, 그 단순한 생각이 기적처럼 느껴진다.

*

토니는 학교 신문에 생일 풍선 의식에 대해 비판적인 폭로 기사를 쓴다. 다들 지루하다는 듯 무시했으나 한 근사한 2학년생 집단이 비밀 작가 클럽에 들어오라고 그녀를 초대한다. 아디나는 그들의 예리한 눈빛과 폼 나는 청바지에 감탄한다. 그들은 당장 프랑스 누아르 영화 속에 들어간다 해도 전혀 동떨어져 보이지 않게 배경을 채우며 화면을 돋보이게 할 것이다.

★

봄이 되자, 일 피콜로 프린시페(어린 왕자)가 마침내 일 볼페(여우, 여성명사이므로 원래는 '라 볼페'가 맞는 표현이다)와 만난다. 한 학생이 땀을 뻘뻘 흘리며 단어 퍼즐의 어려운 대목에서 헤매자, 길레스피 선생은 "실렌치오(정숙)!"라고 외치며 두 손으로 귀를 막고 창밖을 응시한다. 그날 오후 선생은 가지 색깔의 싸구려 짝퉁 코치 핸드백을 들고 왔고, 아디나는 그걸 보고 오늘 수업이 쉬우리라고 잘못 추측했었다. 길레스피 선생이 아디나에게 나머지 페이지를 큰 소리로 읽으라고 한다. 아디나의 귀는 톡톡거리는 테니스공 소리로 가득하다. 학교 건물의 어디에서든 누군가가 항상 테니스를 치는 소리가 들린다.

그녀는 처음 몇 문장을 소리 내서 읽는다. 소노 우나 볼페(나는 여우입니다). 논 소노 아도메스티카토(나는 길들여지지 않았습니다). 으르렁거리듯 소리를 내야 하는 자음을 발음할 때 유독 입이 말을 듣지 않는다. 길레스피 선생이 뭐라고 중얼거린다.

아디나는 반 친구들의 동정 어린 표정을 알아챈다. 초원의 길들여지지 않은 야생 여우를 보는 듯한 시선이다.

"난 네가 왜 이탈리아어를 그렇게 못하는지 모르겠구나." 그날 저녁, 엄마는 밥을 먹으며 삶은 닭 너머로 말한다. "넌 영어는 그렇게 잘하는데!"

"그 수업에서는 시험을 영어로 보지 않거든요, 엄마." 아디나가 말한다. 이탈리아어 시간에 불쌍한 학생이 된 것 때문에 속이 쓰리다. 이 쓰라림은 아디나조차 모르게 간절한 소망이 되어 저 너머 먼 곳으로 신호를 보낸다.

*

그날 밤, 아디나는 야간 교실에서 **깨어난다.**

솔로몬이 탁자에 색색의 돌들을 펼쳐놓는다. 전부 발광하며 환하게 빛난다. 돌 하나하나가 망치질로 그녀 안에 있는 현(絃)에 연결되기라도 한 것처럼, 그녀의 이탈리아어에 대한 이해를 바꿔놓는다. 그녀는 하프시코드(현을 퉁겨 소리를 내는 건반악기)다. 노란색 돌이 빛나자, 아디나는 모든 명사의 성별을 안다. 초록색 돌이 빛나자, 이해하기 어려웠던 단어의 네 번째와 다섯 번째 정의를 깨닫게 된다. 마지막으로 연어색 돌이 빛을 내자 아디나는 두꺼운 면포가 사라진 것처럼, 언어 뒤에 있는 철학을 이해한다. 이탈리아어의 힘과 형태. 그녀의 의심(남성명사)이 물러난다. 이제 그녀는 행복(여성명사)으로 가득하다.

*

아디나는 유창해진 상태로 침대에서 깨어난다. 솔로몬은 그녀에게 새로운 정보를 가르친 것이 아니라 그저 그녀가 가진 능력에 어떻게 접속하는지를 알려준 것이었다. 이것은 언어를 넘어 은유적인 차원에 이른다. 그녀는 《어린 왕자》는 그저 사막의 조종사가 어린 소년과 만나게 되는 이야기가 아니라는 걸 깨닫는다. 이것은 하나의 존재가 세상에 머무는 이유에 대한 우화다. 이것은 J 걸스, 뷰티랜드 직원, 리프홀터 부인에 대한 그녀의 이해를 완전히 변화시킨다. 그녀는 이 깨달음을 누군가와 간절히 나누고 싶어서 벅차고 초조해진 상태로 새벽에 책을 덮는다. 그녀는 상관들에게 팩스를 보낸다.

정말 중요한 것은 눈에 보이지 않아요.

답이 온다. **훌륭해.**

*

"《어린 왕자》. 이 소설의 감상문을 읽어볼 사람 있니?" 선생의 목소리는 피로로 날카롭다. 아디나가 손을 들자 반 친구들이 낄낄 웃는다.

아디나는 큰 목소리로 떨림소리를 살려 발음하고, 극적인 효과를 위해서 뜸을 들이고, 자신의 유머 감각에 싱긋 웃는 여유를 보인다. 전부 다 읽고서 그녀는 칭찬을 기다린다.

그런데 선생은 격분한다. "어떻게 한 거지?"

"공부했어요." 아디나가 말한다.

"너, 속임수를 썼구나."

이 학교의 어떤 선생도 학생에게 속임수를 썼다고 비난한 적은 없었다. 문 위의 커다란 시계가 똑딱 소리를 낸다. 아디나만큼이나 놀란 학생들이 자리에서 숙덕거린다. 선생은 아디나의 책을 뒤집어보더니 아무렇게나 책상 위에 떨어뜨린다. "어제는 아무것도 몰랐는데 오늘은 이렇게 유창하다고?"

그 문장은 점점 소리가 커져서 "유창하다고?"를 말할 때는 거의 비명 같다. 그것이 수업 종소리를 불러온다. 모두가 펄쩍 뛴다. "가봐." 껄끄러운 상황에서 도망친 학생들은 우울한 복도에서 서로 부딪친다. 눈물로 목이 멘 아디나는 사물함 앞에서 토니를 찾는다. 함께 부르릉거리는 버스들의 대열을 향해 걸어갈 때도, 도시로 향하는 조용한 귀가 동안에도, 또 정거장에서 내릴 때도 토니는 아디나에게 무슨 일이 있었는지 알아채지 못한다. 그저, "그럼 내일 보자, 아디나" 하고 말하며 마지막으로 의문 어린 시선을 던지고는 그녀를 혼자 둔다.

*

뷰티 잡지들은 주장한다. 입술 안쪽에 바른 색깔보다 세 톤

어두운 색감의 라이너로 입술 선을 그려라. 뷰티 잡지들은 아디나가 젊은 여자들 속에서 자신만의 인간형을 찾을 수 있게 도와준다. 기껏해야 그녀는 평범하다고 할 수 있을 것이다. 아디나는 배구공을 스파이크하기 위해 공중에 뛰어오르는 타입의 여자아이는 아니다. 아무도 보지 않기를 바라며 다리 사이에 낀 사각 팬티를 빼내는 타입이다.

어느 날 밤, 아디나는 자기 방 거울을 바라보며 선언한다. "이번 학기는 철저히 준비해서 완벽한 스타일을 선보이겠어."

한 뷰티 잡지는 뺨의 소위 '애플 존'이라는 부분에 볼터치를 펴 바르는 방법을 익혀야 한다고 주장한다. 립스틱 색상은 자신의 퍼스널 컬러에 맞춰야 하는데, 이는 원형 색상 팔레트를 연구해서 추정할 수 있다. 첫 번째 원에는 상아색, 난각색, 샴페인색 계열 색조가 있다. 두 번째 원에는 솜사탕, 플라밍고라고 이름 붙은 분홍 색조들이 있다. 세 번째 원은 베이지색 계열이다. 아디나는 더 짙은 색상이 있는 원을 찾아 페이지를 넘긴다.

그녀는 엄마가 세금 서식을 채우고 있는 부엌으로 잡지를 가져간다. 닭이 가스레인지 위에서 끓고 있다.

"난 무슨 색 볼터치를 써야 돼요?"

엄마는 세 개의 원이 있는 색상 팔레트를 들여다본다. 그리고 한숨을 쉬며 말한다.

"베이지색 계열에서 가장 어두운 걸로 써." 엄마는 그렇게 말하고 하던 일로 돌아간다.

"오트밀색이요?" 아디나가 묻는다.

"그래."

아디나는 오트밀 여름 타입이다. 이 말은 산호색 볼터치를 바르고, 대담하고 강렬한 색조의 화장품을 써야 한다는 뜻이다. 색조는 그림자의 그림자다.

*

인간이 화장을 하는 건 스스로 기분 좋기 위해서예요. 그녀는 팩스를 보낸다.

저녁 식사를 하고 돌아와보니 팩스 기계 트레이에서 종이 한 장이 기다리고 있다.

반어법인가.

*

"좋은 관객은 배우가 하지 않는 것을 볼 줄 알아야 해." 연기 선생이 말한다.

고등학교 2학년이 시작된 무렵, 금요일 늦은 오후다. 나이 미상에 길고 단호한 코와 꼬불꼬불한 회색 머리카락을 가졌고 플란넬 옷을 입은 연기 선생은 텔레비전과 비디오 녹화기를 교실로 끌고 들어와서 학생들에게 배우들이 보지 못한 것을 알아채

보라고 한다. 선생은 영화 〈영 프랑켄슈타인〉의 한 장면을 튼다. 매들린 칸이 연기하는 순진한 여인은 진 와일더가 연기하는 약간 정신 나간 과학자가 마을을 떠나자 안타까운 척을 한다. 그녀는 머리 모양을 망칠까 봐 걱정되어 그의 포옹을 거부한다. 옆에서 열차가 연기를 뿜는다. 화면은 흑백으로 촬영되었다. 매들린 칸은 사랑에 빠지지 않았다.

"여기서 매들린 칸이 하지 않는 게 뭐지?" 연기 선생이 묻는다. 선생은 가끔 체육관 뒤쪽 화재 비상구에서 우등생들과 함께 담배를 피운다. 그녀는 장면을 되돌려 다시 보여주며 화면 가까이 몸을 기울인다. 열차의 이미지가 선생의 코와 뺨에 반사된다. "매들린 칸이 빼놓고 있는 게 뭘까?"

학생들은 열차 장면을 직접 재현해보기 위해서 짝을 짓는다. 아디나의 짝은 머리를 새롭게 보라색으로 염색한 다코타다. 다코타는 여인이 정말로 사랑에 빠진 것처럼 그 장면을 연기한다. 선생이 요구한 것과는 다르지만, 아디나는 다코타를 칭찬하고 다코타는 얼굴을 붉히며 자랑스러워한다. 아디나의 차례가 되자, 그녀는 다코타처럼 입술을 떨거나 활짝 웃지 않고 우스꽝스럽게 여인을 연기한다.

연기 선생이 멈춰서 지켜보더니 말한다. "아디나는 뭘 빼놓았는지 아는구나."

열린 창문으로 풍요롭고 깨끗한 공기가 들어온다. 학교 언덕은 구름 사이로 고개를 내민 태양 빛에 줄무늬를 이룬다. 남은 평생 아디나는 이 이미지를 처음으로 남들 앞에서 칭찬을 받았던 순간과 함께 떠올릴 것이다.

*

봄이 되었고, 학교 연극부는 연극 〈우리 읍내〉의 오디션 소식을 발표한다. 연기 선생이 감독할 예정이며 관심이 있는 '젊은 여성'들의 지원을 기다린다는 내용이다.

아디나는 자습 시간에 그 연극의 대본을 읽고는 벅찬 감정으로 그것을 다시 선반에 올려둔다. 그녀는 뉴잉글랜드 동네의 지리와 인구에 관해 설명하는 서술자의 독백 장면이 좋다. 서술자의 신중하고 몰입감 있는 보고가 마음에 든다. 아디나는 그 배역에 지원서를 내고 재빨리 나와 무사히 버스에 올라타고, 토니에게 이 이야기를 하지 않는다.

*

달콤한 열여섯의 한때.

연회장, 유나이티드 스케이츠 오브 아메리카, 집의 거실. 사진 앨범, 파티 가방, 슬쩍 마셔본 보드카 한 모금. 아디나의 삶은 마치 완전히 다른 분위기의 에피소드들이 끝없이 이어지는 시트콤 같다. 서로 같은 세계관에 존재할 리 없는 일들이 불쑥 불쑥 생겨난다.

*

엄마가 좋아하는 시트콤 〈치어스〉의 마지막 에피소드가 방영하는 날이다. 무척 중요한 사건이라 아디나도 보는 걸 허락받는다. 시간이 되자 텔레비전 채널을 3번으로 돌린다. 텔레비전을 볼 때 쓰는 접이식 탁자에 올린 치킨 덮밥에서 모락모락 김이 나온다.

갈색 옷을 걸친 술꾼들이 추억을 나누고, 결국 따뜻하고 인간적인 결론에 이른다. 모든 것이 끝나자 아디나의 심장은 세차게 뛴다.

"난 다시는 텔레비전 드라마의 마지막 화를 보고 싶지 않을 것 같아요."

엄마의 뺨은 눈물로 발갛다. "괜찮니?"

아디나는 이 경험을 상관들에게 팩스로 보내기로 한다. 그녀는 우디에 대해 이야기한다. 미국 중서부 출신의 사랑스러운 바텐더로, 퉁명스럽지만 상냥하던 코치를 대신했던 캐릭터다. 그녀는 가슴께에 얹힌 듯한 압박감에 대해 설명한다. 외로움, 그리움, 메스꺼움, 그리고 눈시울을 뜨겁게 하지만 잘 표현되지 않는 어떤 감정에 대해.

이건 최악의 감정이에요. 그녀가 팩스를 보낸다.

잠시 후에 대답이 끽끽거리며 나온다.

끝은 힘들다.

아디나는 자신의 고통의 깊이를 무시하는 이 피상적이고 무의미한 대답에 화가 난다. 처음으로 그녀는 지구상의 누구도, 심지어는 그 너머의 존재들조차도 자신을 이해하지 못한다고 느낀다.

*

아디나는 오디션용 독백을 〈우리 읍내〉에서 고르지 않는다. 그 연극의 모든 배역이 '젊은 여성'을 위한 것임에도. 대신에 그녀는 영화 〈아버지의 이름으로〉에서 대니얼 데이 루이스가 연기한 캐릭터, 아일랜드 IRA의 테러 요원으로 오해받은 저급한 사기꾼 게리 콘론의 끝에서 두 번째 독백을 암송하기로 한다.

그녀는 마치 문장을 강하게 끝마칠 것처럼 마구 몰아치다가 마지막 순간 허공으로 발사되는 그의 말투를 연습한다. 그렇게 게리가 아버지의 잔인한 교육이 어째서 필요했는지 알아야겠다고 말하는 마지막 대사 직전까지 간다. 그는 축구 경기에서 우승할 정도로 훌륭한 운동선수였다.

그녀는 이 대사를 도미닉에게 전화로 들려준다.

"마지막을 제대로 살려야 돼. 아버지의 얼굴을 구겨지게 만드는 대사거든." 도미닉이 말한다.

아디나는 메모를 해둔다.

"있잖아." 도미닉이 말한다. "나 브루클린 대학 붙었어. 뉴욕으로 이사할 거야. 친구 통해서 살 방도 구했어. 차가 막히지만 않으면 겨우 두 시간 거리야. 거긴 내가 나답게 살 수 있는 곳이야."

"여기서는 그렇게 살 수 없어?" 대답이 없자 아디나가 말한다. "알아. 그럴 수 없지."

복도에서 아디나의 엄마가 말한다. "내가 사놓은 휴지가 계속 없어지네. 이 집에는 휴지 블랙홀이 있나 봐."

아디나는 도미닉의 작은 목소리가 이사를 망설이기 때문인지 아니면 그녀가 마음 상한 걸 알아챘기 때문인지 알 수 없다.

"네가 보고 싶을 거야, 아디나." 그가 말한다. "대답 안 해도 돼. 너한테 이런 말 어렵다는 걸 알지만, 난 네가 보고 싶을 거야. 정말로."

*

오디션 날, 아디나는 카펫을 깔아둔 강당 통로를 올라 무대로 향한다. 다코타는 무대 가장자리에 앉아 차를 마시고 있다. 그녀는 아까 전에 오디션을 봤고 열렬한 박수를 받았다. 아디나의 발은 쿵쿵 뛰는 두 개의 심장처럼 그녀를 무대까지 이끌어준다. 그녀는 기대에 찬 얼굴들의 바다로 향한다. 연기 선생은 강당 한가운데, 아디나의 존재를 암묵적으로는 알고 있는 듯한 학생들에게 둘러싸인 채 앉아 있다.

"준비되면 시작해." 선생이 말한다.

"왜 항상 저를 따라오시는 거죠?" 아디나가 대사를 시작하자, 자신의 목소리가 이 공간을 채우기에는 너무 작다는 걸 깨닫는다. 그녀는 오디션에 지원하게 만들었던 열망을 소환해보려 노력한다. 지금 이 독백을 전달하는 목소리는 그 열망에 맞게 전해져야 한다. 파울볼을 치는 부끄러움. 어느 순간 그녀는 스스로도 기억하지 못할 충동에 휩싸이고, 문득 자신이 무대 반대편에 서 있다는 것을 깨닫는다. 잠시 후 그녀는 무대의 또 다른 곳에 있다. 팔뚝이 저릿하다. 아버지의 무심함에 관한 대사를 하는 동안, 도미닉은 브루클린으로 이사한다. 여우는 초원에서 기다린다. 실망스러운 축구 경기 사건에 대한 대사를 읊으면서 그녀는 도미닉이 더 이상 살지 않는 토니의 집으로 걸어간다. 앞으로 도미닉 없이 어떻게 영화 연구를 계속하지? 브루클린이 어디야? 왜 자기 자신을 찾기 위해서 그렇게까지 멀리 떠나야만 하는 거야? 비록 조용한 강당에 상냥하지만 짜증 나는 아버지에 관한 말을 쏟아내고는 있지만, 사실 그녀는 도미닉에 대해 이야기하고 있다. 그녀가 축구에 대해 말할 때, 그건 브루클린을 의미한다. 연기 선생이 의자에서 몸을 앞으로 기울인다. 선생의 입술이 아디나와 함께 독백을 하는 것처럼 움직인다. "그리고 그때가 내가 도둑질을 시작한 때예요! 내가 아무 쓸모도 없다는 걸 증명하기 위해서!" 게리 콘론의 비참한 연설이 끝을 맺는다. 아디나는 아무 기억도 없는 상태로 강당에서 정신을 차린다. 연기 선생은 읽을 수 없는 표정을 하고 있다. 충격을 받은 것일까? 선생의 부하들은 말없이 자신들이 방금 경험한 것에 대한 해명을 그녀에게 묻는 듯하다.

연기 선생이 급하게 메모를 썼다가, 다시 생각한 다음 그것을 죽 긋더니 말한다. "〈문스트럭〉이 오디션 선택지로 나온 독백 중 하나였는데, 그거 읽어봤니?"

"선택지로 나온 건 전부 읽어봤어요." 아디나가 답한다.

"〈문스트럭〉은 한 남자와 결혼하고 싶지 않은 도시 출신 이탈리아 여자의 이야기지."

아디나와 엄마는 〈문스트럭〉의 모든 대사를 외웠다. 엄마가 웃느라 의자 등받이에서 몸을 떼게 만들었던 유일한 영화였기 때문이다. 하지만 로레타 역을 연기하는 건 너무 쉬웠고, 이미 도시 발음을 쓰지 않도록 연습한 학교에서 아디나를 지나치게 드러낼 것 같았다. 집에서 그녀는 로레타처럼 워터(water)를 우더(wooder)라고 발음한다. 학교 복도에서는 입을 크게 벌려서 좀 더 야심차고 교외적인 발음을 해야 한다.

"〈아버지의 이름으로〉가 선택지로 제시된 독백 중 하나였니?"

가상의 질문에 학생들은 커다래진 눈으로 강당 카펫을 쳐다보지만, 선생의 어조는 의도했던 것보다 더 퉁명스럽게 들린다. 그녀의 목소리가 부드러워진다.

"넌 이탈리아계지, 응? 성이 조르노지?" 선생은 보통 사람들이 아디나의 성을 말할 때면 마지막 모음을 강조하는 과장된 억양으로 발음한다. 하지만 이 선생은 그저 사실을 확인하려는 것뿐이다. "넌 로레타와 공통점이 있잖니."

아디나는 고개를 끄덕인다. 목소리가 도저히 나올 것 같지 않다.

"하지만 대신에 너는 북아일랜드에서 억울하게 감옥에 간 마약 판매상의 독백을 연기했지?" 이 부당한 사건의 감정이 강당의 분위기를 날카롭게 만든다. **어떤 일이 벌어지고 있다.** 다코타의 엄마가 기부한 피아노조차 침묵하는 것 같다. 아디나는 버스로 집에 귀가하는 한 시간 동안 더러운 좌석에 이마를 대고 있을 수 있도록 여기서 빨리 떠나길 바란다. 그녀는 무대의 묵직한 빨간 커튼에 놓인 자수만큼 명확하게 이해한다. 오디션 결과가 벽에 붙을 때, 다코타는 에밀리 역을 맡을 거고 아디나의 이름은 거기에 없을 거라는 것을.

"난 이런 경우를 한 번도 본 적이 없어." 연기 선생이 말한다. "이런 건 정말 처음이구나."

*

도미닉은 뉴욕까지 데려다줄 친구의 차에 더플백과 짐들을 신는다. 싸늘하고 추운 아침이다. 아디나와 도미닉의 가족들은 스웨터와 코트를 입고 모퉁이에 서 있다. 아디나 엄마의 정원에는 수선화가 옛날 전화기처럼 화려한 빛깔로 피어 있다. 뉴욕시 유료 고속도로를 타면 두 시간만에 갈 수 있는 거리지만 거의 해왕성이나 마찬가지다. 아디나는 거기 사는 사람을 아무도 모른다. 그곳에 있는 자유의 여신상은 아디나에게 열쇠고리에 달린 것일 뿐, 실제 사람들이 일하고 가족들과 살아가는 장소로서는 알지 못한다. 그녀는 도미닉이 이미 거리를 두고 있는지, 이 관계가 덜 소중해지고 있는지 그 징후를 찾아 그의 얼굴을 살핀다. 하지만 그는 마테오의 어깨를 한 대 치면서, 거대한 선글라스를 쓴 채 웃고 있고, 마틴 아쿠아리움 티셔츠를 입었다. 도미닉은 아디나와 토니가 그 "대도시"로 자신을 만나러 왔을 때 아디나와 함께 보고 싶은 영화 목록을 말한다.

"조만간 와." 그가 말한다. 토니는 도미닉이 없는 동안 그의 차인 머스탱을 쓰기로 했다. 아디나는 더 이상 버스를 탈 필요가 없다. 이제 아침에 15분이나 늦게 출발할 수 있다.

도미닉이 아디나에게 카세트테이프를 건넨다. "네가 힙합이랑 글래스라는 친구를 사랑하는 거 알지만, 이제 너도 R.E.M.(1980년대 미국의 초기 얼터너티브 록을 이끈 밴드)을 들을 때가 됐어. 어떻게 생각하는지 편지로 나한테 알려줘."

그는 차창 밖으로 몸을 내밀고 떠나는 동안 손을 흔든다. 상냥하고 진지한 눈. 도미닉처럼 인사하는 건 불가능하게 느껴진다. 아디나는 혀를 삐쭉 내민다. 차는 대로를 향해 덜컹이며 가는 수많은 차들 중 하나일 뿐이지만, 거기에는 아디나가 사랑하는 몇 안 되는 인간 중 한 명이 있다. 이 가족적인 순간, 그녀는 허블 망원경의 그 강력한 눈에 자신들의 모습이 보일까 궁금하다. 멀어지는 차를 향해 손을 흔드는 다섯 명.

*

〈우리 읍내〉 캐스팅 표가 연극부실 바깥에 핀으로 꽂힌다. 전혀 놀랍지 않게도 다코타가 에밀리 역을 맡게 되었다. 그리고 모두에게 놀랍게도 아디나가 동네의 서술자 역을 얻는다. 서술자는 마을에서 생기는 일을 관객에게 알려주는 캐릭터로, 극에서 가장 큰 역할이다.

아디나의 인간 몸은 너무 작아서 기쁨을 참을 수가 없다.

*

영화 〈부메랑〉(1992년에 개봉한 미국의 로맨틱 코미디 영화로, 아프리카계 미국인 배우인 핼리 베리가 주연을 맡았다)에서, 잘나가는 광고 회사 임원이자 나르시시스트인 주인공은 새로운 상사가 자신과 똑 닮은 성격을 가진 여자라는 것을 알게 된다. 이런저런 로맨틱한 우여곡절을 겪은 후, 주인공은 자신이 앤절라와 사랑에 빠졌음을 깨닫는다. 이 배역은 신인 배우인 핼리 베리가 연기했다. 뷰티 잡지에서 피부에 쓰는 화장품 색상 범위가 넓어지고, 곱슬머리, 붙임머리, 거칠고 구불거리는 머리카락을 위한 상품들이 구체적인 관리법과 함께 등장한다. 머리카락을 만 다음에 그대로 말리세요. 드라이를 할 때 둥근 빗을 써서 말린 다음에 고데기로 곧게 펴세요. 머리 가장자리에 수분을 공급하세요. 한겨울의 건조함을 피하기 위해서 칼라민 로션을 사용하세요.

*

〈우리 읍내〉에서 아디나의 의상은 단순한 검은색 정장이다. 무대화장은 직접 해야 한다. 토니와 집에서 함께 음영 화장을 연습하던 아디나는 엄마가 세금 계산을 하는 거실로 나온다.

"너 차 사고 당한 애 같아." 엄마가 일어나서 티슈를 부엌 수도 꼭지 아래 넣고 적신 다음에 아디나의 얼굴에 문지른다. 그러고 나자 아디나는 빨갛고 화장기 없는 얼굴이 된다. 엄마는 아디나의 뺨과 콧등에 파우더를 가볍게 두드리고, 나뭇잎이라는 이름의 아이섀도를 눈꺼풀에 톡톡 바른 다음, 뺨에 볼터치를 한다.

"눈꺼풀 안쪽에는 다른 색깔을 발라야 해요."

"넌 너무 어려서 여기서 더 안 해도 돼. 이 메이크업이 네 나이 여자애들을 위한 거야." 엄마의 뷰티 루틴은 이 동네 다른 여자들과 똑같다. 침대에 들기 전에 바셀린을 손가락으로 떠서 얼굴 전체에 바른 다음, 뷰티랜드에서 산 얇은 비닐 마스크 시트로 얼굴을 덮는다. "앞으로 평생 화장품 업계의 노예가 될 시간은 충분하니까."

방으로 돌아오자 토니는 아디나의 침대에 앉아 있다. 그 주위로는 아디나가 상관들에게 쓴 관찰 일지들이 흩어져 있었다. 부주의하게도 팩스를 모아둔 파일을 그대로 두고 말았다.

토니는 눈을 크게 뜨고 한 장을 살핀다. "이게 다 뭐야?" 아디나는 서둘러 토니 주위에 흩어진 종이들을 전부 모은다.

아디나의 상관들은 그녀에게 무조건 정체를 숨기라고 말하지는 않았지만, 그녀는 영화와 텔레비전 드라마에서 인간들이 외계 생명체에게 무슨 짓을 하는지 보았다. 〈E.T.〉, 〈미지와의 조우〉, 〈스몰 원더〉, 〈외계인 알프〉. 처음에는 좋은 의도로 가까워진다. 외계 생명체에게 의학적 도움을 주거나 그들을 핼러윈 행사에 데리고 다니거나. 하지만 곧 사회가 끼어든다. 인간과 외계 생명체의 관계는 결국 폭로와 착취를 불러온다. 취약한 순간에 누군가에게 비밀을 고백하면 결국에 들것에 묶여서 과학자들의 연구 대상이 된다. 대부분의 경우 남는 건 고통뿐이다. 가끔은 죽기도 한다. 미국인, 특히 교외에 사는 자들은 믿을 수 없는 존재들이다. 인간과 거리를 두는 것이 곧 안전이다. 아무리 외로워도, 아디나가 아무리 누군가와 이어지고 싶다 해도. 그녀는 자기 자신을 비밀로 해야만 한다.

그럼에도 토니는 아디나를 함부로 판단하지 않았다. 비좁은 주택단지에 살거나 이상한 엄마가 있다거나 풍선을 통해 지위를 확인받기를 내심 바란다는 이유로 그녀를 평가하지 않았다. 아디나는 새로운 생활과 다른 친구들이 끼치는 영향과 매일같이 고등학교에서 벌어지는 고난에 맞서 토니와의 우정을 더 단단히 쌓고 싶다. 견고한 우정을 맺고 싶다는 게, 비밀을 털어놓을 만한 타당한 이유가 될까?

토니는 그녀가 답변을 궁리 중이라는 걸 눈치챈다. "나도 해산물의 집에 있는 바닷가재에 대해서 너랑 똑같이 느껴."

"얘기해줄 수가 없어." 아디나가 말한다.

토니는 자신이 친구 사이의 역학에서 지고 있는 측임을 느낀다. "아무래도 이제 집에 가서 오빠들이 뭐 하는지 봐야겠어." 그녀가 말한다. 토니가 가족을 변명거리로 쓰는 것은 드문 일이다. 이건 불공평하다. 토니도 비밀이 있다. 토니는 아직 수영장에서 오드리와 무슨 일이 있었는지 이야기해주지 않았다. 오드리의 이름을 언급만 해도 태도가 바뀌고 지금처럼 황급히 도망치려 할 정도로 큰일이 있었던 거면서 말이다.

"네 화장품들 잊지 마." 아디나가 말한다.

"챙겼어."

아디나는 친구를 따라 방을 나와 거실을 통과한다. "너희 나가니?" 엄마가 묻는다.

"네, 전 돌아가야 해서요."

"안전하게 운전하렴. 잘 도착하면 전화벨 한 번만 울려줘."

"그럴게요."

현관문을 느릿느릿 열고, 쾅 닫고, 작별 인사. 엄마의 질문 너머로 아디나는 친구가 완전히 떠나기 전에 머스탱의 엔진 소리를 들으려고 귀를 기울인다. 그들의 대화는 기분 좋고 심지어는 다정하게 유지되었지만, 아디나는 가슴속의 불편한 응어리 탓에 잠을 잘 이루지 못한다.

*

다음 날, 아디나는 방과 후 주차장에서 머스탱 안에서 카세트테이프를 뒤적이고 있는 토니와 눈이 마주친다. 토니가 미소를 짓자, 아디나는 깨닫는다—토니는 완전 멋있다. 아디나가 연극에 정신이 팔려 있던 동안 이렇게 된 게 틀림없다. 토니는 자신의 숱 많고 두꺼운 머리카락을 정돈하길 관두었고, 그러자 머리는 얼굴 주위로 호를 그리며 토니의 턱선을 매혹적으로 돋보이게 했다. 토니의 코는 사랑스럽고 날카로운 시선을 가진 검은 눈과 마침내 합의를 이루었다. 아디나는 그 눈이 그 날카로운 빛을 띨 때면 탐조등을 피하듯이 시선을 피하곤 했다.

토니는 세븐일레븐에 가서 칩위치를 사 먹자고 한다. 칩위치는 두꺼운 쿠키 두 개 사이에 아이스크림 덩어리를 끼운 것이다. 이미 아디나는 이 간식에 대해서 몇 차례나 팩스를 보냈다. 둘은 칩위치를 먹으며 아디나가 '우리 엄마네'라고 부르기 시작한 아디나의 집으로 차를 몰았다.

"대부분의 사람들이 차를 타면 그냥 차에 타고만 있는 거 알아? 재밌는 농담 하나 안 하고 말이지. 가만히 앉아만 있대."

"그래서 내가 대부분의 사람들을 싫어하는 거야." 토니가 말한다. 그녀는 아디나의 메모가 어떻게 되어가느냐고 묻고 아디나가 "무슨 메모?"라고 묻자 토니는 인상을 찌푸리고 차의 속도를 높인다.

집에 도착하자 아디나의 엄마가 햇빛 아래서 토마토를 실은 카트를 밀고 있다. 그녀는 이리 오라고 손을 흔든다.

"토니, 이렇게 건강한 녀석들 본 적 있니? 전용 이동 수단까지 있어! 너희 엄마한테도 좀 보내려고 해. 이 바질을 다 쓰려면 페스토를 몇 리터쯤 만들어야 할 거야. 이건 아디나의 장미 덤불이란다. 처음엔 깍지콩 하나만 얻어도 아주 행복할 거라고 생각했는데, 이만큼이나 수확했어." 엄마는 둘을 식물 줄기와 덤불 사이로 데려가며 성공과 실패를 조목조목 말했고, 좀 더 보완하고 싶은 곳들을 알려주었다. 정원은 세 번째 전봇대 너머까지 확장된 상태였다. 요즘은 연립주택단지의 아이들이 주말마다 흙 나르는 걸 돕는다. 단지의 손재주 좋은 관리인은 얼굴이 불그스름한 남자인데, 이 정원을 좋아해서 최근에는 타이

머가 달린 산업용 스프링클러 두 개를 선물했다. 매일 늦은 오후가 되면 그것들은 자동으로 켜져서 하늘을 가로지르며 물을 뿜어낸다.

*

아디나와 토니 사이에 거리감이 생긴다. 친구라면 서로에 관해 모든 것을 알아야 할까? 중요한 경험들을 주머니에 감추면, 서로 공유하는 시간 역시 그만큼 줄어들게 되는 걸까? 아디나는 친구가 되기 위해 더 용감해져야 한다는 사실에 화가 난다. 분노와 애정은 친구에게 자신이 진짜로 누군지 말하고 싶은 욕망과 충돌한다. 그녀는 말할 것이다. 토니, 너 사람들이 지구 출신인 거 알지? 그런데 난 아니야. 그러면 토니는 이렇게 말할 것이다…….

*

고등학교 3학년이 끝나가는 어느 금요일 오후, 〈우리 읍내〉의 배우들과 스태프들은 강당의 딱딱한 바닥에 앉아 피자를 먹고 있다. 배우 중 몇 명은 이미 무대 의상을 입었고 몇 명은 여전히 학교용 옷차림이다. 아디나는 정장 바지에 브이넥 티셔츠를 입었고, 소스를 흘릴까 봐 냅킨을 목에 둘렀다. 친구들의 얼굴은 파우더를 칠하고 선을 그려서 한층 더 밝아 보인다. 모두가 평소보다 더 큰 소리로 이야기를 나눈다. 곧 그들은 준비를 마치고, 몸을 풀고 스트레칭을 하고, 서로에게 행운을 빌어주고, 중요 장면을 점검할 것이다.

아디나는 엄마가 추운 밤에 길을 잃을까 봐 걱정이다. 엄마는 아디나가 고등학교에 입학한 해, 1학년 생일날 딱 한 번 빼고는 온 적이 없다. 엄마가 혼자가 아니라 토니와 토니의 오빠들과 함께 앉기를 바란다. 공연이 끝나면 아디나는 다른 배우들과 함께 축하하러 아이스크림 가게에 가는 대신, 밤길 속에서 엄마를 집까지 안내해야 한다.

오후 6시, 스태프 한 명이 말한다. "아디나, 너희 엄마가 바깥에 계신 것 같아."

앞쪽 창문을 살짝 내다보자 깜박거리는 가로등 불빛 아래 폭스바겐 한 대가 서 있다. 시간 여유를 너무 많이 잡고 출발했는지 엄마는 한 시간이나 일찍 왔다. 아디나는 엄마가 라디오 토크쇼를 듣고 있는 차로 걸어간다. 아디나가 창문을 두드리자 엄마는 깜짝 놀란다.

"입구까지는 들어오셔도 돼요. 벤치가 있어요. 거기 앉아 계세요."

"난 라디오 듣고 있을 거야. 가서 연습하렴." 엄마가 손을 흔든다.

아디나는 배우들과 대사를 읊지만, 차가운 자동차 안에 있는 엄마에 대해서 생각한다.

*

〈우리 읍내〉의 주인공은 에밀리지만, 서술자는 이야기의 뼈대와 같다. 석 달간의 연습을 거치며 배우들은 점점 자신의 역할에 녹아들었고, 아디나는 그들을 진짜 깁스 부인, 웨브 부인, 조지 웨브로 여긴다. 그들은 대본에서 벗어나지 않으면서 대사를 까먹은 동료를 도울 줄 알게 되었고, 서로 동작을 맞추어 관객들에게 가장 좋은 구도를 만드는 법을 익혔다. 지난 석 달 동안 아디나는 자는 걸 제외하면 어떤 것도 혼자 하지 않았다. 연극 연습은 혼자만의 글쓰기와는 아주 달랐다. 대가족과 사는 건 이런 느낌일 거라고, 그녀는 무대의 밝은 빛 속으로 들어가기 전에 모든 배우의 뺨에 입을 맞추며 생각한다.

무대 위에서 아디나는 자신을 지우고 동네의 서술자가 된다. 그녀는 평생 그 동네에 산 것처럼, 목덜미에 내리쬐는 그곳의 태양을 느끼는 것처럼 대사를 읊는다. 관객이 웃을 때마다 짜릿한 전율이 혈관을 타고 흐른다. 마지막 장례식 장면에서는—강당을 감싼 고요 속에—눈물이 터지기 직전의 팽팽한 긴장감이 맴도는 것을 느낀다. 단 하나뿐인 전구 아래에서 아디나는 마지막 대사를 말한다. 전구가 때맞춰 꺼진다. 침묵이 강당을 채운다. 아디나는 어둠 속에 서서 우리가 극을 잘못 공연한 걸까 겁에 질린다. 대사가 잘 안 들렸거나 진실되지 못했나? 하지만 이 침묵은 단지 관객이 극이 끝났음을 깨닫기 위한 시간일 뿐이었다. 공연이 끝난 걸 알자 박수 소리가 무대를 뒤흔든다. 엄마와 토니가 맨 앞줄에서 일어선다. 아디나는 미소를 지으며 자신의 이름을 외치는 토니의 모습을 보고 안도한다. 길레스피 선생님. 다른 선생님들. 학교 여기저기서 보았고 한 번도 말을 나눠본 적은 없지만 아디나의 고등학교 생활이라는 합창을 채워준 엄마들. 조명, 의상, 소품 담당 여자아이들, 천장의 무대 조명과 박수 소리. 아디나는 무대에서 다른 사람의 말을 빌려 말했고, 그 덕분에 이렇게 수많은 사람들과 연결되었다. 관객들은 행사 차례표와 꽃을 들고, 팔뚝에 재킷을 걸치고, 손목을 맞부딪히며 박수를 치고, 믿기지 않는다는 듯이 고개를 저으며, 배우들이 무대로 다시 나오자 활짝 웃는다. 배우들은 맞잡은 손을 들어 올린 뒤 내리면서 함께 고개 숙여 인사한다. 박수 소리 속에 그들은 무대 뒤로 물러난다. 객석 조명이 켜진다. 모두가 일어난다. 하지만 아디나는 여기에 없는 사람들의 존재도 느낄 수 있다. 리프홀터 부인, J 걸스, 지금껏 만난 선생님들. 갑자기 익숙한 실루엣 하나가 관객 사이로 나타난다—강인한 갈색 손, 은근하게 기울어진 자세. 어째서 이 벅차고 근사한 순간에 그녀의 아빠가 문가에 서 있는 걸까? 왜 하필 여기서 떠오르는 사람이 아빠인 걸까? 하지만 그는 거기 있었다. 그가 어디에 있든 지금 이 순간처럼 행복하기를 바라는 마음과 함께.

*

연극으로 유명한 시립 대학에서 장학생을 뽑는다. 연기 선생은 연기가 자신에게 어떤 의미인지에 대해 세 페이지짜리 에세이를 쓸 사람을 찾는다.

"관심 있는 사람?"

다코타와 아디나가 손을 든다.

그날 저녁, 아디나는 에세이를 쓰기 시작한다. 마치 상관들을 위한 연말 보고서를 작성할 때와 비슷하지만, 이번에는 인간에 관해 보고하는 대신 무대라는 공간이 어떻게 사적인 동시에 연결의 장이 될 수 있는지에 대해서 설명한다. 그녀는 조명과 음향을 다룰 줄 알고, 간단한 옷은 직접 바느질할 수 있다. 엄마는 지역 대학에 다닐 돈밖에 없는 형편이라고 말했지만 장학금을 받는다면 반대할 수 없을 것이다. 연기 학교. 아디나는 그 말을 되뇌며 희망의 신호를 찾아 밤하늘을 바라본다.

*

1995년 입학생들의 졸업 파티 이름은 **참으로 길고 기묘한 여정이었네**이다.

하늘이 꼼짝도 않는 일요일, 토니는 아디나를 차에 태우고 좀 더 멀고 좀 덜 촌스러운 쇼핑몰로 향한다. 그곳은 2층짜리 건물인 데다, 조개 모양 저수조에서 물을 뿜어내는 분수가 있다. 두 사람과 합류한 것은 토니의 둘째 오빠인 마테오다. 그는 차가 고장 난 데다 동생과 동생 친구와 함께 밖에 있어야 한다는 사실에 벌써 짜증이 났다.

  마테오는 토니의 오빠들 중 아디나가 가장 좋아하지 않는 상대다. 그는 온갖 이유를 나열하며 혹독하게 생각을 내뱉는 가족 특유의 성향을 극단적으로 물려받았다. 그래도 일요일에 동네 바깥을 탐험한다는 것만으로 짜릿하다. 학교에서 지내는 마지막 몇 주 동안 토니는 신문부 친구들과 더 많은 시간을 보냈고, 아디나의 농담에 반응하지 않았다. 그녀는 이 쇼핑몰 여행이 둘 사이에 부글부글 끓는 분위기가 끝났다는 뜻이기를 바란다.

  2층 통로에서 마테오는 둘을 불러 모아 양팔로 어깨를 두르고서 말한다. (1)이제부터 나는 너희랑 모르는 사이이고 (2)스펜서스 매장(미국의 잡화 체인점)에 가서 안부 카드를 찾아야 하니까 정확히 한 시간 15분 후에 파고다 귀걸이 숍 앞에서 다시 만날 때까지는 계속 모르는 사이일 것이며 (3)**시간 정확히 지켜!**

  토니와 그 오빠들과 함께 외출할 때면 항상 토니네 엄마를 위한 안부 카드를 사러 가야 한다. 토니네 엄마는 언제나 막 병원에서 퇴원했거나 새로운 치료를 시도 중인 상태다. 아디나는 도미닉이 그립다. 도미닉이 함께였더라면 옷을 입어보는 동안 옆에서 정중하게 조언을 해주었을 것이다. 그에게서 온 엽서에는 뉴욕의 영화관은 정말 매혹적인 곳이라고 쓰여 있다. 그가 매혹적인 극장에서 영화를 보고 있다고 생각하니 눈이 따끔거린다.

백화점 주얼리 코너의 여자 직원은 진열대에서 감탄 중인 두 사람을 보자 억지로 미소를 지어 보인다. 토니는 그녀에게 구리지 않은 귀걸이를 찾고 있다고 말한다.

여자는 몇 개를 가져와보겠다며 자리를 뜨고, 토니는 아디나에게로 돌아선다. "나 네 메모에 관해서 이야기하고 싶어."

"그냥 장난으로 쓴 거야."

"하지만 답변도 있었잖아. 그것도 다 네가 썼다고?"

여자가 귀걸이 몇 개를 갖고 돌아온다. 토니는 긴 링 귀걸이를 골라 해보고 아디나에게 보여준다. 좀 더 나이 들고 프로페셔널해 보인다. "마음에 들어. 얼마예요?" 토니가 묻는다.

여자는 45달러라고 말한다. "말도 안 돼요." 토니가 세일 안내판을 가리킨다. "이건 다른 것들처럼 세일 안 해요?"

"아쉽게도요."

"이건 언제 세일하는데요?"

"그건 말씀드리기 어렵네요. 다른 귀걸이에 관심을 가져보시는 건요?"

갑자기 분위기가 어색해진다. 아디나에게 이 여자의 발랄한 말투가 심술궂게 느껴진다. 날카롭게 세운 여자의 목깃과 미용실에서 밝게 탈색한 머리를 쳐다보기 민망하다.

토니가 아디나에게로 돌아선다. "핫토픽(최신 유행 용품을 파는 미국의 패스트 패션 체인점)으로 가자."

걸어가는 동안 토니의 눈은 날아서 도망칠까 봐 걱정되는 새를 보는 것처럼 아디나에게 고정되어 있다. 갑자기 토니가 멈춰 선다. 2층 난간에 오드리와 다른 여자애 두 명이 기댄 채 어떤 작은 물건을 들여다보며 웃고 있다. 토니의 시선을 느끼고 그들이 고개를 든다. 세 얼굴의 당혹감은 가볍게 층을 낸 앞머리와 초록색 아이라이너로 살짝 감춰진다.

"안녕." 토니가 말한다. 오드리도 답한다. "안녕."

다른 여자애 둘은 잠깐 서로 눈빛을 주고받고는, 오드리의 얼굴에서 웃음이 사라지게 만든 토니를 본다. 토니는 기합을 넣듯이 몸을 쭉 편다. 주위에서는 가족들이 아이스크림을 먹으며 멍하니 허공을 쳐다보고 있다.

그들은 다시 서로에게 안녕, 하고 말한다. 토니가 몸을 틀어 브레첼을 먹는 가족을 피해서 빠르게 걷자 쇼핑몰의 바닥 타일 위로 스니커즈가 쩍쩍 소리를 낸다. 어린 남자애가 먹던 브레첼을 떨어뜨리고 아디나는 그것을 주워 건넨 다음 토니를 따라 잡기 위해서 더 빠르게 걷는다. 토니는 이미 가게 안으로 들어가서 번개, 구름, 달 등 날씨 관련된 모양의 플라스틱 귀걸이를 해보고 있다. 그녀는 태연한 척하지만 아디나는 토니의 어깨가 슬픔으로 굳어진 걸 알아볼 수 있다. 아디나는 친구에게 지금 뭐라고 말을 걸어야 할지 모르겠다.

"그거 아주 잘 어울려요." 카운터 직원이 말한다.

토니도 동의한다. 그녀는 귀걸이 두 쌍을 산다. 직원이 계산하는 동안 그녀가 말한다. "아디나, 나한테 네 메모에 대해 말해줘. 왜 나한테 그걸 숨기는 거야?"

아디나는 계속 친구를 쫓아다니는 것에 지쳤고, 비밀을 털어놓는 것에 대한 이중잣대도 짜증 난다. "난 아무것도 숨기지 않아. 너한테 아마데오의 페니스에 대해서도 말했었잖아. 넌 나한테 오드리와 무슨 일이 있었는지 말해주지도 않았는데."

토니의 얼굴이 벌게진다. 아디나는 그 이야기를 꺼내지 않아야 한다는 불문율을 어겼다. 사과하는 대신, 아디나는 더 밀어붙인다.

"우리가 서로한테 뭔가를 숨긴다면, 우린 친구가 아닐지도 몰라."

마테오가 입구에서 소리친다. "이런 제기랄, 너희 늦었잖아." 청바지를 입은 소녀 둘이 마테오를 향해 손을 흔들지만 아무도 알아채지 못한다. 그가 새 니트를 입고 있다는 사실도 마찬가지다. 진회색 은하 같은 바탕에 기하학적인 도형이 가득한 니트다. "네 귀에 그건 뭐야? 엄마가 보면 뭐라고 할까! 너 혼날 걸. 난 상관 안 할 거야!"

"오빠가 상관하든 말든 나도 상관없거든! 네 치졸한 인생이나 걱정하고 난 내버려둬." 토니가 말한다.

"엄마한테 혼나면 내가 어떻게 할 건지 알아? 잔뜩 웃어댈 거야." 그는 배를 쥐고 웃는 시늉을 한다.

토니와 마테오는 카드 가게로 가는 동안 놀리듯 빈정거린다. 아디나는 두 사람이 한 마디씩 뱉을 때마다 너무 심하게 말하지 않았는지 서로를 힐끗 살핀다는 것을 알아차린다. 그들은 서로 신경 끌 것들의 목록을 만들고, 상대가 언급한 건 전부 신경 끄기로 한다. 결국 두 사람은 이렇게 합의한다. 엄마는 토니를 결코 가만두지 않을 것이고, 마테오는 그에 신경 쓰지 않을 것이며, 토니는 엄마가 자신을 크게 혼쭐 내든 마테오가 모르는 척하든 전혀 개의치 않을 것이라고.

이번 안부 카드는 좋은 일을 위한 것이다. 최근 토니네 엄마의 수술이 잘되어서 침대에서 조금 쉬고 나면 운전도 할 수 있을 거라고 한다. 마테오는 엄마와 법률 회사 파트너가 결혼할 거라고 말하고 토니는 알 게 뭐야, 난 곧 대학에 갈 건데, 라고 말한다.

셋은 서로에게 안부 카드 속 문구를 읽어준다. 아디나는 앞치마를 두른 부인 닭이 아픈 남편 닭을 돌보는 그림이 있는 카드를 찾는다. 남편 닭의 무릎 위에는 수프 한 그릇이 있다.

"불평 그만하고 빨리 먹어! 첫째, 닭고기 수프는 독감에 좋아, 둘째, 이건 우리가 아는 닭이 아니야." 부인 닭이 말한다.

"무슨 말인지 모르겠는데." 마테오가 말한다.

토니는 카드를 자세히 살핀다. "이 카드, 훌륭한데."

"아, 그래." 마테오는 다시 생각하는 척하곤 말한다. "괜찮네. 이걸로 사자."

푸드 코트에서 그들은 에그롤을 사고, 차에 도착할 무렵에는 종이봉투 밑에 찌푸린 표정 모양의 기름 얼룩이 생겨나 있다.

*

셋은 버드나무 길로 차를 몰고 가서 머스탱의 후드 위에 앉아 음식을 먹는다. 나무에는 꽃봉오리가 맺혀 있다. 초원 건너편에서 마테오는 칠면조 떼를 향해 나뭇가지를 던지며 소리친다. "이 새들이 얼마나 멍청한지 좀 봐."

"칠면조들이 화낼 거야. 그리고 너네 오빠를 잡아먹겠지." 아디나는 이 농담에 토니가 웃어주길 바란다. 아까의 다툼 때문에 둘 사이가 완전히 멀어진 것이 아니라는 걸 확인받고 싶다.

"그랬으면 좋겠다." 토니는 포크로 에그롤을 찔러 가운데에 자국을 낸다. 그녀만의 의식이다. 포크로 찌른 부분을 열어서, 안에 있는 코울슬로를 접시 위에 펼쳐놓고, 바삭한 껍질을 먼저 먹은 후에 코울슬로를 먹는 것.

마테오는 칠면조와 노는 데에 질려서 바닥을 찬다.

토니가 말한다. "내가 저 인간이랑 피가 연결되어 있다는 걸 믿을 수가 없어. 에그롤 말인데……." 초원에서 새가 꽥 운다. 마테오가 멈춘다. 칠면조들이 머리를 들고 떨리는 목을 드러낸다. 나뭇가지들이 흔들린다.

"너 말하다가 까먹은 거야?" 아디나가 묻는다.

"먹고 싶은 대로 먹어도 된다는 말을 하려고 했어. 그 백화점 여자 생각에 잠깐 정신이 산만해졌어." 토니가 여자의 오만한 자세를 흉내 내며 말한다. "그건 말씀드리기 어렵네요."

아디나는 토니가 너무나 자연스럽게 귀걸이를 거절하고 아무렇지 않은 듯 나가버렸기 때문에 그 직원 여자를 의식하고 있는지조차 몰랐다. "그 여자는 외로운 거야."

"넌 항상 사람들의 최선의 면을 생각해, 아디나. 심지어는 끔찍한 사람들까지도." 토니가 말한다. 수십억 년이 지나면 태양은 팽창하여 지구를 잿더미로 태워버릴 붉은 초거성이 될 것이다. 하지만 오늘 밤에는, 너그러운 분홍빛으로 지평선 아래를 물들이며 머리카락을 모아서 하나로 묶어 올리는 토니의 얼굴을 창백한 정사각형의 빛으로 비출 뿐이다.

"좋아." 토니가 말했다. "오드리 얘기를 해줄게."

*

그해 여름이 시작될 무렵, 오드리는 토니를 자기 가족의 수영 클럽에 초대한다.

토니의 엄마는 그녀를 쇼핑몰로 데려가서 원피스 수영복과 위에 걸치는 옷, 라탄 가방을 사준다.

토니는 수영 클럽에서의 첫 번째 오후를 즐긴다. 그들은 또 그녀를 초대한다. 그 클럽에 완전히 합류할 때까지 매주 주말마다 초대는 계속된다. 토니는 매주 같은 수영복을 입는 부끄러운 일을 피하기 위해 옛날 수영복을 번갈아 입고, 엄마는 세 번째 수영복을 사준다.

수영 클럽의 수영장은 공용 정원처럼 운영된다. 모두에게 각자 자리가 있다. 최고의 자리인 남동쪽 구석은 스노 가족의 자리다. 스노 부부("그 사람들은 서로를 엄마 아빠라고 불러. 이런 식으로 말이야. 엄마, 태닝 로션 좀 건네줄래?")와 고등학생 자녀 둘은 의자에 앉아 다른 가족들을 맞이한다. 그들은 좀처럼 남의 집에 방문하지 않는다. 토니는 스노 가족이 찾아온다는 건 신(神)과 하이 파이브를 하는 것과 마찬가지라고 말한다.

수영장 정치 이야기는 이만하면 됐고, 토니는 오빠의 끈질긴 방해에서 벗어나 수영장에서 태닝을 하며 책 읽는 걸 좋아했다. "그때부터 일이 꼬이기 시작한 거야."

아디나네 가족은 시칠리아 출신이다. 그래서 아디나는 사계절 내내 피부가 짙은 갈색이지만, 토니네 가족은 이탈리아 북부 출신이다. 겨울이면 피부가 옅은 올리브색이지만 여름이 되면 아디나처럼 짙은 갈색으로 탄다.

"오드리와 난 가까워지기 시작했어. 너랑 친한 것처럼은 아니야. 좀 달라. 우리는 서로 옆에 앉았어. 가끔 개 손이 내 허벅지 옆에 있을 때가 있었고. 그때 스노 가족이 나타나. 참, 그 사람들의 진짜 성씨는 폴네체크인데 바꿨어, 스노로."

이 행동이 왜 별로인지는 토니가 자세히 설명할 필요도 없다. 이 동네에서는 잔디 대신 인조잔디를 깔아서도, 잘난 척을 해서도 안 된다. 프랑스어를 정확하게 발음하지 않아야 하고 아이를 사립학교에 보내지 않는 건 기본이다. 또한 자신의 출신과 뿌리를 숨겨서도 안 된다.

"어느 날 스노 가족이 오드리네 집에 왔어. 대통령이라도 온 것처럼 호들갑이더라. 오드리네 엄마가 나를 소개했는데, 나는 그냥 인사만 하고 계속 책을 읽었어. 그땐 이미 내 피부가 많이 타서 가무잡잡했어. 오드리는 수영을 하고 있었지. 스노 씨는 나한테 오드리네가 같이 놀게 해준 건 굉장히 친절한 일이라고 했어. 오드리 엄마는 고개를 끄덕이면서 내가 거기 사는 사람인 것처럼 얘기했지. 그리고 스노 씨가 나한테 이렇게 말했어. 태닝은 조심해서 하라고. 이제 곧 골프채를 들고 다녀야 할 테니까."

"무슨 채?" 아디나가 묻는다.

"골프채."

"네가 왜 골프채를 들고 다녀야—"

"백인들의 골프채를 들어주는 건 유색인종이니까. 애초에 개소리야. 내가 오드리한테 이 얘기를 전하니까 걔는 방어적으로 나왔어. 난 오드리한테 잊어버리라고, 이것 때문에 우리 사이가 나빠지는 건 바라지 않는다고 말했지. 난 걜 좋아했거든. 난 걔한테 말했어, 네가 정말로 좋다고. 걔는 내가 무슨 말을 하는지 모르겠다고 했어. 걔는 날 그냥 학교 친구로만 봤거든."

"넌 여자를 좋아하지." 아디나가 말한다.

"넌 알고 있었지?" 토니가 답한다.

아디나는 잠시 생각한다. "알고 있었지만 내가 아는 줄은 몰랐었어."

토니는 그렇게 예상했다는 듯이 고개를 끄덕인다.

"그래서 오드리가 자기 아빠한테 네가 동성애자라고 말해서 더는 수영 클럽에 초대를 못 받게 된 거야?"

"그 반대야." 토니가 말한다.

마테오는 점점 어두워지는 초원 건너편에서 칠면조들을 향해 오리걸음으로 다가간다. 토니는 그에게 칠면조 좀 그만 괴롭히라고 소리친다. "수영장 남자애들 중 하나가 나한테 핸드잡이 뭔지 가르쳐줬어. 난 오드리한테 너무 화가 나서 스낵바 뒤에서 그 남자애한테 그걸 해줬고. 누가 그걸 보고 오드리네 아빠한테 말했어. 그래서 수영 클럽에 초대를 못 받게 된 거야."

머스탱 위로 구름이 모여든다. 핸드잡과 아빠들과 야생동물을 향해 나뭇가지를 던지는 남자애들. 아디나는 리프홀터 부인이 했던 말을 떠올린다. 버터가 딱딱하면 빵이 찢어져버린다.

"가끔 난 아무것도 이해가 안 돼." 토니가 말한다.

마테오가 언덕 옆쪽으로 나무들이 만드는 작은 어둠 속으로 사라진다.

"토니, 난 여기 출신이 아니야. 난 아주 먼 곳에서 왔어." 아디나는 작동, 팩스 기계, 야간 교실, 롤러코스터에 대해서 설명한다. 그녀는 친구가 대답하기를 기다리며 둘 사이에 떠도는 차가운 분자들 하나하나를 느낀다.

토니가 말한다. "여기 있는 사람들 중에 너처럼 생각하는 사람은 아무도 없어, 아디나. 너는 여기에 안 어울리고, 또 거짓말도 안 해. 둘 다 칭찬으로 말하는 거야. 네가 쓴 메모들에는 모두가 공감할 만한 뭔가가 있어. 근데 네가 여기 계속 머문다면, 그게 사라져버릴 것 같아." 토니는 자신이 지금 아디나에게 얼마나 큰 마음을 줬는지 모른 채로 마지막 에그롤을 포크로 찌른다. 아디나는 세상에 더 이상 초원도, 칠면조도, 어둠도 없게 될 날이 찾아올 때까지 매일 하늘이 어두워졌다 밝아지리라는 걸 이해한다. 우리에게 결국 일어나게 될 일이 전부 일어날 때까지.

"핸드잡이 뭐야?" 아디나가 묻는다.

토니는 자신의 손을 오므리고 위아래로 움직인다. "남자가 사정할 때까지 이런 식으로 하는 거야. 걸쭉한 소금물 같은 게 나와. 손 위에 잔뜩 묻어."

마테오가 비명을 지른다. 그는 다리를 빠르게 움직여 반쯤 뛰고 반쯤은 쓰러지며 초원을 가로지른다. 몇 미터 뒤로 시끄러운 칠면조들이 쫓아온다. 기우뚱거리고, 꽥꽥대면서 빠르게. "차에 시동 걸어!" 마테오가 소리친다. "얼른 시동 걸어!"

∗

다음 날 아침, 펜실베이니아주에서 선발된 연기 학교 장학생이 발표된다. 다코타의 승리다. 그녀는 필라델피아 최고의 연기 학교에 갈 것이다. 아디나는 지금 집에서 살며 식당 '레드 라이언'에서 아르바이트를 하고, 지역 전문대에서 야간 강의를 들을 것이다. 아디나는 결과가 발표되었을 때 다코타의 표정이 의아하다. 친구들이 몰려들어 어깨를 두드리자 다코타는 정말로 멋쩍은 표정을 지었다. 아디나는 높은 건물에서 떨어지는 나뭇잎이 된 심정이다. 하지만 친구에게 교실 맞은편에서 엄지손가락을 치켜올려 보인다.

∗

그날 저녁, 아디나는 솔로몬의 방문을 받는다. 그녀는 끝없이 이어진 탁자에 앉아 있는 그들의 모습을 보고 안도한다. 솔로몬의 형체 중심부 안쪽으로 건반 같은 갈비뼈가 빛난다. 그들도 그녀를 만나 기뻐한다. 하지만 솔로몬은 슬픈 소식을 전한다. 이것이 그들의 마지막 수업일 것이다. 그녀는 잘 배워왔다고, 그들은 나름의 방식으로 자부심을 표현한다. 그것은 다른 모든 감정처럼 분명하게 전해진다. 솔로몬은 그녀가 수업을 계속하고 싶다고 애원하는 것을 들어주지만, 곧 일깨워준다. 아디나는 평범한 어린 시절이나 평범한 어른의 삶을 가질 운명이 아니라는 것을. 그녀는 임무를 위해 보내졌다. 데이터를 모으고, 경험을 쌓고, 보고하고, 언젠가 그들이 떠나라고 하면 떠나야만 한다. 그녀에게는 자유의지가 없다. 반면 같은 반 친구들은 새로운 기숙사 방을 포근하게 꾸며줄 전등과 의자를 고르느라 벌써부터 바쁘다.

친구들은 떠날 거고, 아디나는 지구에서의 사정 때문에 그들을 따라갈 수 없다. 그녀는 위축되는 느낌이다. 뒤에 남겨지는 것 같다. 솔로몬은 아디나의 마음속 얘기를 들어준다. 그들이 그녀의 감정을 이해하자 그들의 형체 안에서 색깔이 피어난다. 그녀가 말을 마치자 그들은 연보랏빛으로 떨린다. 이 세계 출신이 아닌 것에 때로는 장점이 있다고 그녀는 생각한다. 그리고 좋은 소식도 있다. 비록 그들의 수업은 끝나지만, 아디나는 이제 성장의 문턱을 다다랐을 때 들려오는 소리를 들을 준비가 됐다. 솔로몬이 아디나에게 그녀의 진짜 이름을 알려줄 것이다.

필라델피아 북동부 지역의 한 침대 속에서, 그녀는 꿈속에서 양 주먹을 쥔다.

솔로몬은 세 개의 음을, 즉 세 개의 음절로 이루어진 소리를 낸다. 첫 번째는 풀밭 위로 유리병이 떨어지는 소리. 두 번째는 레코드판이 긁히는 소리, 세 번째는 바다에서 파도가 몰아치는 소리. 이 소리들은 아디나가 마음속 깊이 품고 있던, 자신이 어딘가 바다와 연결되어 있다는 믿음을 입증해준다.

솔로몬은 다시 한번 그녀의 이름을 말한다. 유리병, 긁히는 소리, 밀려오는 파도. 그녀는 이 소리들을 계속, 계속해서 듣고 싶다. 하지만 곧 그것들은 좀 더 인간적인 소리로, 불꽃놀이가 시작될 때 군중이 환호하는 소리로 바뀌어간다. 이는 작별 인사다. 항의할 틈도 없이 아디나는 침대에서 깬다. 뺨이 눈물로 뒤덮인 채, 여전히 자신이 지구에 있다는 사실에 절망하면서.

*

아디나와 토니는 플라스틱 날씨 귀걸이를 하고 졸업 파티가 열리는 체육관 바깥 복도에 앉아 있다. 아디나는 먹구름 모양, 토니는 번개 모양을 했다. 두 사람은 사물함에 기대어 있고, 둥둥 울리는 베이스음이 등뼈를 주무르듯 진동한다. 그들은 〈춤을 추자Bust a Move〉(영국계 미국인 래퍼인 영 MC가 1989년 발표한 노래)의 랩 가사를 빠짐없이 따라 한다.

다코타가 체육관에서 나온다. 장학금 결과가 발표된 후로 어딘가 서먹했지만 지금은 결심한 듯 단호하게 다가온다. "아디나." 그녀가 그들 옆에 앉는다. "장학금 말이야, 정말 미안해."

"네 잘못도 아닌걸. 내 에세이가 네 것만큼 훌륭하지 않았나 보지. 너무 개인적이었거나 멍청했거나 그랬나 봐."

다코타는 불안한 듯 손을 만지작거리며 입을 열었다가 도로 다문다.

"무슨 일인데 그래?" 토니가 묻는다.

"난 연기 학교에 가고 싶지 않아! 우리 엄마가 억지로 지원하게 했어!"

아디나는 이것이 관대함의 표현이라고, 자신이 느끼는 영예를 겸손하게 말하는 거라고 생각한다. "정말로 멋질 거야. 셰익스피어 연극 배우들 중에 거기 출신이 많아." 아마 아디나가 이렇게 말할 수 있는 것은 자신이 원하는 장학금을 받은 친구를 응원해야 한다는 인간적 공감 능력 때문일 것이다. 그녀가 그걸 지구에서 배운 건 아니지만 말이다.

"넌 이해 못 해." 다코타가 말한다. "내가 에세이를 쓴 게 아니야. 심지어 지원서도 내가 쓰지 않았어. 엄마가 어떤 대학 교수한테 500달러를 주고 쓰게 한 거야."

노래 속에서 영 MC는 여러 번의 실망스러운 연애가 끝났고,

어느 날 친구의 결혼식에서 들러리를 서게 되었다고 랩을 한다. 그는 우연히 신부 측 들러리와 눈이 맞는다. 그녀는 다른 삶을 원한다. 그도 그걸 원한다. 그는 갖는다. 그는 그걸 원한다. 그는 갖는다. 아디나는 이 노래를 백 번쯤 들었다. 영 MC는 그게 현재 시점에 일어나고 있는 일인 것처럼 현재형으로 가사를 썼다. 마치 그가 사랑의 화살을 맞을 때, 아디나도 옆에서 함께 맞기를 바라는 듯이.

"그거 멋지네." 토니가 말한다. "그럼 장학금 담당자에게 얘기해서 철회해. 그러면 장학금을 아디나에게 줄지도 몰라."

"이미 받았어." 다코타가 답한다.

"하지만 네 실력으로 받은 게 아니잖아. 결국 들킬 거야, 안 그래?" 토니가 말한다.

"합격한 학교가 거기뿐이야. 난 거기 가야 돼. 아디나, 너한테도 멋진 기회가 올 거라고 생각해. 인생은 파이가 아니잖아."

아디나는 다코타의 의도를 깨닫는다. "넌 장학금을 거절할 마음이 없잖아. 그런데 왜 나한테 이 얘기를 해?" 아디나가 묻는다.

다코타가 그들 앞에서 얼굴을 일그러뜨린다. 그녀의 레이스 목깃이 그녀의 가슴에서 구겨진다.

"우리한테서 꺼져." 토니가 말한다. 토니가 욕을 할 정도로 화내는 모습은 처음이다.

다코타는 일어나 돌아서다가 마음을 바꾸고 말한다. "너네 정말 못됐다." 그리고 체육관으로 사라진다. 음악이 다른 곡으로 바뀐다.

아디나와 토니는 머스탱을 주차한 곳으로 걸어 나간다. 밤하늘은 짙은 남색이고 달빛조차 없다. 토니는 〈소풍Excursions〉을 틀고 볼륨을 높인다. 아디나가 큐팁의 목소리를 좋아한다는 걸 알기 때문이다. 특히 *거짓을 뱉고 대가를 바라지 마라*고 말할 때. 차를 타고 떠나는 동안 아디나는 언덕과 테니스장, 널찍한 문들, 그리고 여전히 의미를 알 수 없는 동상을 기억 속에 새긴다. 이 구조물들은 입학 첫날 그들이 차를 앞에 세워놓고 함께 축축한 베이글을 먹던 때부터 그 자리에 있었다. 낯선 은하계의 벼랑에 선 것 같았던 날. 뚫고 나갈 수 없어 보였던 새로운 은하는 생각보다 훨씬 더 뚫기 어려운 곳이었다.

*

토니의 엄마는 법률 회사의 파트너와 결혼한다. 그는 새로운 딸이 원하는 어느 학교든 기꺼이 보내주고자 한다. 1995년 7월, 짐이 머리 높이까지 꽉 찬 머스탱을 타고 토니는 뉴욕으로 이사한다. 아디나는 웨이트리스 유니폼을 입는다. 하얀 버튼다운 셔츠를 밋밋한 검은색 바지 안으로 넣은 차림이다. 그녀는 엄마가 선물에 리본을 매서 보관했던 것처럼 토니를 그 자리에 붙잡아놓고 싶다. 하지만 그러는 대신, 그녀는 모퉁이에 서서 멀어져가는 친구의 차를 향해 손을 흔든다. 떠나는 사람이 그간의 시간이 헛되지 않았다고 느낄 수 있도록, 모든 출발을 꼭 참고 지켜보겠다는 약속을 지키기 위해서.

*

잔인한 초승달 같은 여름이다. 아디나는 침대에 누워 대학과 웨이트리스 일에 대한 불안에 시달린다. 이 모든 게 과연 어떻게 흘러가게 될까? 사람들과 이야기를 주고받을 때면, 가끔 탄산이 톡 하고 튀는 듯한 순간이 있다. 마치 하루가 형태를 갖추고 주변을 살펴보는 느낌. 누군가 지켜보고 있는 듯한 감각. 그러면 중요한 막이 벗겨져 누구와 무슨 말을 하고 있든 그때 함께 있던 사람과 그와 주고받은 모든 말의 허무함이 적나라하게 드러나고 만다. 그 모든 것이 결국은 아무 의미도 없을 가능성은 얼마나 높은가. 톱니로 찌르는 듯한 통증이 눈과 목 뒤에 쌓여간다. **뭔가 다른 것**. 그것은 지속될 것만 같은 감각을 지닌 채로 나타난다. 꿈꾸는 이에게 그 꿈이 계속 반복되고 있다고 믿게 만드는 꿈처럼. 처음에, **다른 것**은 그녀의 마음속을 잠시 동안 뒤적거린다. 엄마가 쿠폰북을 다음 장으로 빠르게 넘기는 시간만큼 짧은 찰나 동안. 하지만 시간이 지나면서 그 방문은 오후 내내 머무를 만큼 길어진다. 그것이 악의적으로 다가오는지, 얼마나 날카롭게 파고들어 상처를 주는지는 매번 다르다.

그 감각은 카붐에서의 밤과 연결되어 있다. 자동차들이 하나하나 떠나는 것을 바라보고 있던 순간.

✶

토니는 편지로 장황한 독백을 보내온다. 대학에서 점점 변해가는 자신의 모습에 관한 이야기가 담겨 있다. 아디나는 오토월드의 날아다니는 풍선 남자나 일요일에 유명한 동네 밴드를 기다린 일에 대해 답장을 쓰지만, 그해 크리스마스가 지나자 더는 쓸 말이 떠오르지 않는다. 그녀는 토니의 편지에 답장하는 걸 그만두고 대신에 상관들에게 보고서를 쓴다. 어느 날 오후, 일하는 식당 화장실에서 마스카라를 고치고 있던 그녀는 토니와 몇 달째 연락하지 않았음을 문득 깨닫는다. 한때는 단 하루라도 토니와 이야기하지 않는 걸 상상조차 할 수 없었는데. 하지만 근무를 마치고, 랜치 드레싱 냄새를 풀풀 풍기며 전화기를 들어 친구의 뉴욕 생활에 관해 묻는 일은 이제 그만큼이나 불가능하게 느껴진다.

✶

소외(alien-ated)라는 말에는 이유가 있어요. 나는 외계인(alien)이고, 그래서 혼자거든요. 혼자일 때는 아무도 말해줄 사람이 없죠. 후-웨어-라-후 하고 우는 새가 있대! 네 머리 위에

거미가 앉았어. 이런 말들을요. 그래서 스스로에게 말해요. 내 머리에 거미가 내려앉았어. 다른 데로 가야겠어.

혼자라는 건 탁 트인 들판 위로 슬픔이 먹구름처럼 몰려오는 걸 지켜보기에 가장 알맞은 장소예요. 당신은 의자에 앉아 그것을 맞이할 준비를 할 수 있죠. 먹구름이 당신을 통과할 때면, 손을 내밀어 그 구석구석까지 느껴볼 수도 있어요. 그렇게 먹구름이 지나가고, 당신이 다시 커피를 마실 수 있게 되면 심지어는 그 슬픔이 그리워지기도 해요. 왜냐하면 그건 연인처럼 내 곁을 지켜줬거든요.

잘하고 있다.

RED SUPERGIANT

붉은 초거성

(직장)

1990년대의 어느 알 수 없는 날, 보이저 1호 우주선은 파이어니어 10호의 기록을 뛰어넘어 인류가 만든 물체 중 우주에서 가장 멀리까지 간 존재가 된다. 그 먼 거리에서도 루즈벨트 대로변에서 하루 24시간 빛나는 식당, 레드 라이언의 네온 간판과 거대한 건물은 분명 보일 거라고 아디나는 생각한다. 아디나는 '얼리버드 타임' 근무를 한다. 오후 4시에 일을 시작해서 자정에 고스족 스타일 여자아이들이 취객들을 상대하러 도착하면 교대한다. 매일 오후 5시가 되면 팔십대 노인들이 식당과 인접한 양로원에서 우르르 몰려온다. '얼리버드 스페셜'은 7.99달러에 네 코스로 구성된 저녁 식사 메뉴이고, 메인 요리로 닭이나 스테이크, 새끼 대구라는 단백질 3종 중 하나를 선택할 수 있다. 가장 인기 있는 선택지인 새끼 대구에는 끝없는 후속 질문이 필요하다. 그릴에 구울까요, 팬에 구울까요, 아니면 튀길까요? 소스 얹어서, 아니면 소스 빼고? 소스를 얹는다면 크림소스, 버터소스, 타르타르소스 중 어떤 걸로 하시겠어요? 가장 인기 있는 건 타르타르소스다. 식사를 준비하는 동안에는 시큼하고 허브 향이 나는 크림을 담은 작은 그릇들이 뒤쪽 카운터에 줄줄이 놓인다.

아디나는 모든 얼리버드 고객들의 엄격한 취향을 일일이 기억한다. 가끔 장난 삼아 소스 없는 것과 크림소스 중 어떤 것이었는지 헷갈리는 척하면, 노인들은 상냥하고 반짝이는 눈으로 그녀를 본다. 아디나가 제일 좋아하는 얼리버드 고객은 로티다. 매일 오후 그녀는 잘 어울리는 바지 정장을 입고 나타난다. 그리고 가방에서 리넨 냅킨을 꺼내서 셔츠 앞에 끼우고 날카로운 목소리로 선언한다. "새끼 대구, 그릴에 구워서, 사이드는 매시드 포테이토랑 시금치로. 아주 뜨겁게! 소스 없이 바짝 익혀줘!"

"타르타르 말고요? 레몬도 없이요?" 아디나가 일부러 확인해본다.

"내가 소스 한 방울도 안 넣는다는 거 자기도 알잖아." 로티가 말한다.

"전 확인하는 게 일이에요. 미지근하게 하는 거 맞죠, 로티?"

"이 꼬마가 정말. 난 아주아주 뜨겁게라고 말했어!"

아디나는 웨이트리스 일이 즉각적인 성취감을 줘서 좋다. 네 개의 구역으로 나뉜 커다란 식당 공간 전체를 등뼈처럼 가로지르는 긴 카운터가 이전 교대 근무자들이 남긴 얼룩으로 더러워져 있으면 젖은 행주로 윤이 날 때까지 닦는다. 이것은 대학 공부 스트레스와 끝없이 하늘로 소용돌이치는 초조함으로부터 한숨 돌릴 수 있는 반가운 변화다.

아디나가 로티에게 새끼 대구 요리를 나르면 그녀는 매번, "복 받을 거야"라고 말한다.

'얼리버드 타임' 근무를 관리하는 웨이트리스들은 베테랑이다. 그들은 팁을 세면서 라이스푸딩을 먹고, 동시에 담배까지 피울 수 있다. 헤더의 두 번째 남편은 첫 번째보다 훨씬 낫고 그녀는 그것이 오로지 신의 은총 덕분이라 믿는다. 필리스는 남편이 주말마다 아이들의 아침 식사를 챙겨주면 한 시간 동안 수채화 그리기에 몰두할 수 있다. 멀리사는 아디나가 어떻게 이 근무 타임에 들어왔는지 이해할 수 없다—웨이트리스는 최소 1년은 일해야 '얼리버드 타임' 근무를 선택할 수 있기 때문이다. 아디나는 끼어들지 않고, 잘난 척하지 않으며, 남을 함부로 재단하지 않고, 불평하지 않고, 자신에 대해서 지나치게 떠들거나 그들이 멍청하다고 여기는 질문을 하지 않는다. (아디나의 촉에 의하면 그 베테랑들은 거의 모든 질문을 멍청하다고 여긴다.)

"내 디저트는 언제 준비되는 거야?" 한 얼리버드가 묻는다.

멀리사는 스페셜 요리를 담은 쟁반 다섯 개의 균형을 잡으며 대답한다. "언제든지요."

"언제든지가 언제야?" 얼리버드가 묻는다.

멀리사는 황당하다는 얼굴로 말한다. "언제든지라니까요."

곧 베테랑 웨이트리스들은 아디나에게 짜증을 잘 내는 단골들에 관해 일러주며, 그녀가 맡은 드레싱 코너를 조용히 대신 채워준다. 그들은 아디나를 '막내'라는 별명으로 부른다.

*

화요일과 목요일에 아디나는 버스를 두 번 갈아타고 본교가 아닌 지역 캠퍼스에서 수업을 듣는다. 벽돌 건물 네 개를 야심만만한 나무들이 둘러싸고 있다. 영어 작문, 고대·중세·르네상스의 사상, 사회학. 그녀는 초기 인류의 사냥 일과에 대해서 배우지만 그들이 어떤 농담에 웃었는지, 그들이 섹스를 좋아했는지, 아이들에게 노래를 불러줬는지는 배우지 않는다.

아디나는 팩스를 보낸다.

인간은 본질적으로 사회적이에요. 야생 속에 사는 소위 은둔자들도 마음으로는 다른 인간들과 연결되어 있어요. 초기 인류는 함께 모여 지낼 오두막을 만들어 무리 짓고 살았대요.

즉각 답이 돌아온다.

그 부분은 이미 다른 존재들이 조사 중이다.

너는 네 삶에 집중하라.

이번 팩스는 꾸중과 안도, 그리고 무엇보다도 중대한 계시였다. 아디나가 평생 들어본 것 중에서 가장 아름다운 단어를 포함하고 있었기 때문이다. 다른 존재.

그 다른 존재들은 어디 있어요? 그녀는 다시 팩스를 보낸다. 이 질문의 실용적인 측면을 강조하면 대답을 받을 가능성이 더 높아질 거라고 생각하고 그녀는 덧붙인다. *지금 단계에서 서로 메모를 비교하고 합친다면 더 유용할 거예요.*

그럴 필요는 없다.

늘 그렇듯 쌀쌀한 투다. 하지만 아디나는 다른 요원들의 메모가 궁금하다. 그날 아르바이트가 끝나고, 그녀는 청소용 표백제 냄새로 뻣뻣해진 상태로 팁을 세고 집으로 와서 어린 시절의 방으로 들어간다. 가끔 엄마와 함께 간단히 저녁을 먹기도 하지만 대체로 엄마는 직장에 있다. 아디나에게 엄마는 이제 동료에 가깝다. 필요할 때 상의할 수는 있지만 중요한 일만 대략적으로 보고해도 충분한 상대. 엄마는 인사과 부장의 보조로 직급이 올랐지만, 마지막 승진일 거라는 말을 들었다고 했다. 고등학교 졸업장이 없기 때문이다. 아디나는 윗몸일으키기를 하고, 샤워하고, 상관들에게 팩스를 보내고, 밤하늘을 바라보고, 심야 텔레비전 프로그램을 보고, 그동안 보낸 메모들을 날짜별로 파일에 정리한다. 그녀는 지구 나이로 19세지만, 마치 중년 이혼녀의 삶을 사는 것 같다. 이게 전부일까?

*

2년 동안 암과 싸우며 세 번의 골수이식을 받은 끝에, 칼 세이건이 죽는다.

그의 이름은 최소 40억을 의미하는 단위가 된다. 뉴스에서는 그가 블랙홀로 미끄러져 들어가는 장면을 보여준다. 그 이미지는 아디나에게 어린 시절 장난감만큼이나 강렬하고 친밀하다.

어릴 때의 슬픔은 놀이에서 쫓아낼 수 있는 아이 같은 거였어요. 괴롭히는 아이만 사라지면 금세 사라지는, 단순하고 패스트푸드적인 감정이죠. 하지만 더 깊은 슬픔은 사람의 대륙붕 아래에 묻혀 있어서 어른이 된 후에야 꺼내볼 수 있어요.

아디나는 매일 밤 하던 윗몸일으키기를 미처 다 끝내지 못한다. 그녀는 눈물로 젖은 뺨을 하고서 침대에 기대 앉는다. 아버지 중 한 사람이 죽었어요. 칼 세이건은 평생 멈추지 않고 그녀를 찾았다. 그는 미래에도, 과거에서도, 영원히 그녀를 찾아갈 것이다.

*

자원이 한정돼 있고 인간의 삶이 유한한 이상 인간에게 기회는 파이와 같아요. 다만 아버지 파이나 친구 파이와는 달라요. 왜냐하면 그건 어떻게 나눌지 당신이 정할 수 없고, 한정된 조각만 있기 때문이죠. 기회가 파이가 아니라고 주장하는 사람들은 보통 대부분의 조각을 차지하고 있는 쪽이에요.

★

어느 날 밤, 아디나의 근무 시간에 나이 든 남자가 들어와 그녀의 담당 테이블에 앉더니 스페셜 메뉴가 정말로 특별하냐고 묻는다. 민트색 칸막이 좌석으로 된 가게 한쪽에서 헤더가 그 말을 듣고 눈썹을 치켜올린다.

"네 종류가 나오는 코스예요." 아디나가 답한다. "음료는 차, 커피, 오렌지 주스 중 하나, 수프 또는 샐러드, 메인 요리, 디저트까지요. 7.99달러이고요."

"세 종류잖아." 그가 말한다.

"음료도 코스에 포함돼요."

"주스가 코스라고, 허? 이런, 이런, 주스도 코스라는군."

이 남자는 자기 목소리를 듣는 게 좋은 모양이다. 아디나는 노트에 그렇게 쓴다. 이런 사람들은 흔하다. 얼리버드 손님 다수는 자신들의 나이 자체가 일종의 무대 티켓이 된다고 생각한다. 그녀는 그들의 고관절 고장과 자녀들의 실패에 관한 공연을 관람해주는 훌륭한 관객이다.

남자는 디카페인 커피, 스테이크, 라이스푸딩을 주문한다. "자기는 귀여운 갈색 머리군그래."

왜 어떤 남자들은 일상적인 말조차도 판결문처럼 권위 있게 말하는 건지 의아하다. 마치 상대가 자기들의 판결만을 기다려왔다는 듯이. "주문 넣을게요."

주방 안에서 지저분한 농담 중이던 필리스와 셰프들이 위협적인 조리 도구를 든 채로 멈춰서 묻는다. "막내야, 괜찮은 거야?"

아디나는 남자의 스테이크를 나르고서 디카페인 커피를 다시 채워주기 위해 돌아온다. 그는 아디나가 알아들을 수 없는 멜로디를 흥얼거린다. 웅얼대는 가사 몇 마디. 가수인가, 그녀는 생각한다. 가끔 뉴욕에서 온 음악가들이 식당에 오기도 한다. 그는 계속 흥얼거리는 투로, 내 성기가 네 입에 들어가면 어떨 거 같냐고 묻는다.

그녀는 멀리사, 필리스, 헤더가 뒤에 서는 것을 느낀다.

"뭐 하는 거죠?" 헤더가 말한다.

그는 항의하듯 포크를 들어 올린다. "난 그냥 스테이크를 먹는 중인데."

헤더는 주문서를 허리띠에 꽂아 양손을 자유롭게 만들고는 말한다. "다시 말해봐요."

남자는 사과하고, 농담이었다고 주장한다. 그가 식사를 마치자 헤더가 대신 계산을 맡는다.

"그놈이 앉자마자 난 그럴 줄 알았다니까." 남자가 나가자 헤더가 말한다.

그 멜로디는 아디나의 머릿속에 남는다. 그날 밤 근무 마지막에 테이블을 행주로 닦을 때. 버스를 타고 집으로 갈 때. 심지어 다음 날 아침 그 모든 걸 다시 반복할 때에도.

*

키스 응우옌은 사회학 수업을 함께 듣는 남자로, 교내 신문을 운영한다. 그의 이름을 부를 때는 무조건 성(姓)과 함께 말해야 한다. 대학교 2학년 어느 날에 그는 강의실에서 주말에 열리는 라크로스 경기를 취재할 리포터가 필요하다고 공지한다. 온 도시에 녹이 슨 것 같은 늦가을의 하루, 아디나는 버스를 타고 운동하는 소녀들이 팔다리를 이리저리 구부리고 흔드는 교외로 향한다. 잔디밭에 팔다리가 스치는 모습과 참나무에 공이 부딪히는 소리에 즐겁게 경기를 지켜본다. 그리고 그녀는 대학교 컴퓨터실에서 기사를 쓴 다음, 인쇄해서 키스 응우옌의 사물함에 넣어둔다. 겨우 몇 분이나 지났을까, 그가 당황한 듯 벌게진 얼굴로 복도에서 그녀를 쫓아온다.

"너 라크로스 경기에 대한 기사를 쓰기로 했었잖아." 그가 말한다.

아디나는 자신이 다른 인쇄물을 잘못 넣었나 생각하며 대답한다. "그랬는데."

키스 응우옌은 기사의 일부를 읽는다. "'소녀들은 다른 팀이 활약할 때 개의치 않는 척하지만 사실 극도의 질투심으로 휩싸여 있다'? '늦가을의 햇빛이 잔디밭을 우유처럼 빛나게 했다'? '코치 한 명이 심술궂게 말한다. 너희들 간이 부었구나. 하지만 소녀들은 웃는다'? '그녀는 당신이 막 합류한 대화에서 앞의 이야기를 알려주지 않을 타입의 여자 같다'?" 그는 모든 문장을 질문처럼, 아디나에게 *이게 뭐야?*라고 묻는 것처럼 읽는다. "점수가 없잖아. 심지어 넌 팀 이름조차도 안 썼어!"

"어차피 다들 그 애들을 알지 않아?"

"사람들은 이미 아는 걸 읽고 싶어 해."

"이미 아는 걸 왜 읽고 싶어 하는 건데?"

"편안함! 안정감 때문에!"

"잔디밭 얘기를 조금 더 써넣을 수는 있는데, 그렇게 해?"

키스 응우옌은 자신이 처한 상황에 망연자실한 듯하다. "다른 사람한테 새로 써달라고 할 시간이 없어. 이걸 인쇄해야 된다고. 신문에다가." 그는 그녀가 어떻게든 해주길 바라는 것 같지만 아디나는 자신의 글이 자랑스럽다. 소리 내서 읽는 걸 들으니 더더욱 마음에 들었다. 그는 뒤돌아 걸어가고, 가끔씩 그녀의 기사를 움켜쥔 주먹으로 자기 엉덩이를 툭툭 때린다.

*

그날 오후, 아디나는 단골들에게 커피를 따라주고 이야기를 나눈다. 로티가 일주일 동안 찾아오지 않아 걱정된다는 얘기

중이다. 새끼 대구 요리에 무슨 소스를 곁들일지 묻자 "마음대로 해줘요"라고 답한 나이 든 여자가 아디나의 손에 자신의 손을 얹는다.

"너처럼 생긴 여자애를 기억해. 낸시 드루가 나오는 책을 좋아했지."

그녀는 캠핑용 밴에 중고 책을 싣고 가서 루즈벨트 벼룩시장에서 팔던 골드먼 부인이다. 부인은 요즘은 도시의 한 소매점에서 책을 판다고 말한다. 더 이상 밴에 늘어놓고 파는 게 아니다. "네 열정이 기억나. 난 네가 작가가 될 거라고 생각했단다." 부인이 말한다.

아디나는 부인이 매주 일요일마다 밴의 문을 열 때 느꼈던 설렘을 떠올린다. 그녀에게 애정 행각이라는 단어를 가르쳐주었던 책. 이른 아침부터 담요 위에 놓고 팔던 온갖 금속 물건들.

"아뇨. 전 그냥 웨이트리스예요." 그녀가 대답한다.

"웨이트리스도 아주 문학적일 수 있지."

"그렇겠죠." 아디나는 셰프가 주방 마이크로 자신을 호출하는 소리를 듣는다. "막내야, 새끼 대구 다 됐어." 막내. 새끼 대구. "저 가야 돼요. 만나서 반가웠어요, 골드먼 부인."

부인의 눈에 떠 있던 희망, 아디나에게서 멋진 소식을 듣길 기다리던 빛이 흐릿해진다. "만나서 정말 반가웠단다, 아디나."

아디나는 새끼 대구를 나르고 주방으로 돌아온다. 그녀는 수

표와 팁으로 주머니를 두툼하게 채우고 문에 몸을 기댄다. 골드먼 부인이 코트와 가방을 챙겨서 일어나자 그녀는 안도한다. 하지만 부인은 아디나가 나와서 뭔가 더 나은 말을 전해줄 기회를 주려는 듯 주방 쪽을 바라보며 뜸을 들인다.

*

토요일 아침, 아디나는 아침 근무를 한다. 이 시간대 근무는 달걀 요리에 관한 온갖 새로운 규칙과 걱정으로 이루어진 태양계 시스템처럼 돌아간다. 집에 돌아오자 연립주택단지 앞에 낯익은 차가 주차되어 있다.

잔디밭 건너편으로 엄마가 도미닉에게 미래에 식물들이 자랄 화단을 보여주는 모습이 보인다. "누가 왔는지 보렴! 가족 보러 왔대." 엄마가 외친다.

"드라이브나 갈까 해서." 도미닉이 머스탱을 가리킨다.

"나 지금 유니폼 차림인데."

"그래서? 갈아입어."

차를 몰고 가면서 도미닉은 마리화나용 담뱃대와 화장실 두루마리 휴지, 그리고 은박지 모자 두 개를 뒷좌석에서 꺼낸다. 두루마리 휴지 심 안에는 섬유 향수가 끼워져 있다. "이게 냄새를 없애줄 거야. 모자는 다른 행성에서 보내는 정신 조작 신호를 막아줄 거고." 그는 UFO에 관한 책들을 읽었다며 뉴멕시코가 UFO가 주로 목격되는 온상이라고 말한다.

"그거 다 가짜야." 아디나가 머리에 은박지 모자를 쓴다.

"놈들은 우리가 그렇게 생각하길 바라는 거야!"

그들은 차를 세우고 머스탱 트렁크에 앉는다. 버드나무들이 하얗게 쌓인 눈 풍경 속에서 선명하게 모습을 드러낸다. 춥지만 태양이 있다. 도미닉은 그녀에게 마리화나 연기를 연통으로 끌어당겨서 피우는 법을 알려준다.

"네가 도둑질을 하다가 잡히기 일보 직전이라고 생각해봐. 숨을 헉하고 폐까지 들이켜."

그렇게 해봐도 연기가 숨을 따라 들어오지 않는다.

"다시 해봐." 여전히 효과가 없다. "다시."

그녀는 도미닉이 뉴욕에서 본 모든 영화에 대해 듣고 싶다. "우리 잠깐 여기 있다 가자." 좋아하는 극장이 있을까? "물론이지. 뉴욕은 멋진 곳이야." 그가 말한다. "그리고 외로워."

"천만 명이 사는 도시에서 어떻게 외로울 수가 있어?"

떠나 있는 동안 도미닉은 자신의 곱슬머리를 어떻게 정리하면 좋을지 알아냈다. 자연스럽게 내려뜨린 고불거리는 머리카락 덕분에 검은 눈동자가 반짝인다.

"상상이 안 돼. 난 외로워본 적이 없어." 그녀가 말한다.

"그거 멋지네."

"그게 좋은 건지 아닌지 모르겠어. 난 지금과 다른 상태를 경험해본 적이 없으니까." 도미닉의 미소가 사라진다. 아디나는 허풍을 치고 있다.

"난 항상 외로운 것 같아." 도미닉은 말한다. "늘 언제나 그래."

아디나는 문득 인간의 몸이 파스타 면의 종류를 뜻하는 이름들로 이루어져 있다는 이야기를 떠올린다. 이탈리아어로 스파게티는 가늘고 긴 실들. 오레키에테는 귀. 뇨끼는 손가락 관절들. 링귀네는 작은 혀. 엘보 마카로니는 굽힌 팔꿈치. 그녀는 몸 구석구석을 가리키며 도미닉에게 이 얘기를 해준다.

"너 때문에 배고파졌잖아." 그가 말한다.

그들은 터우드 로드 경사로를 따라 집으로 돌아간다. 드넓은 초원에는 밤마다 달빛에 진주 빛깔로 물드는 사슴이 있는데, 그날 밤에는 보이지 않는다. 경이로울 만큼 커다란 달 아래에서 두 사람은 조용해진다.

아디나는 도미닉에게 뉴욕에서 누군가와 데이트를 하는지 묻는다. 그는 특별한 사람은 없다고 말한다. 그러고는 인체 드로잉 수업에서 좋아했던 남자애가 있었지만 알고 보니 마약과 지나치게 사랑에 빠진 사람이었다고 덧붙였다. 도미닉이 아디나에게 커밍아웃하는 순간이다. 그 얘기를 듣고 아디나는 대답한다. "그거 정말 안됐다."

결국 사슴은 있었다. 똑같은 몸집에 똑같이 생긴 사슴 두 마리가 반복되는 생각처럼 서로 가까이 서 있다. 녀석들은 차를 쳐다본다. 한 마리는 아디나가 비판적인 방식임을 직감한 형태의 입으로 뭔가를 씹고 있다. "쟤네들 우리가 취한 거 아는 걸까?"

"네가 취한 건 알걸."

초원 끝에서 터우드 로드 경사로는 날카로운 절벽처럼 간이 떨어질 듯한 경사로 치솟아 있다.

"아악!" 아디나가 외친다.

도미닉이 속도를 높인다. "'아악!'인 상황이긴 해."

높은 언덕, 공중에 떠 있는 듯한 감각, 두려움의 중력. 도미닉은 머스탱의 새로운 카세트로 노래를 틀더니, 원래 재생되고 있던 CD를 뒷자리에 산처럼 쌓아둔 CD 더미 위로 던지고 다른 노래를 튼다. 아디나는 뉴욕에 살며 자신을 만나러 오는 친구가 있다는 사실이 감사하다. 그녀는 차의 온기가 감사하다. 비록 진흙과 잉크 냄새가 난다 해도. 그녀는 이 차를 영원히 탈 수 있으면 좋겠다고 생각한다. 두 사람은 아디나의 집으로 돌아간다.

남의 차를 얻어 타는 건 불편한 일이지만, 아디나는 차에서 내리기 직전의 순간을 좋아한다. 그녀가 자라오며 만난 내성적인 사람들은 차를 세우고 내리기 전에만 유독 편안하게 속내를 털어놓곤 했다. 솔직함을 허용하는 그 짧은 시간은 운전하는 사람―친구의 부모님, 오빠, 언니 또는 선생님―의 일상을 이루는 거짓을 깨뜨리는, 심지어는 여태 그들이 살아온 삶의 방식을 부정하는 말을 종종 내뱉게 하곤 했다. 어쩌면 그 순간이 곧 끝날 거라는 확실함이, 나중에 서로가 그 얘기를 꺼내게 될 때 발뺌할 수 있는 여지를 주었기 때문인지도 모른다. 가령 다른 곳, 거실이나 부엌 식탁처럼 좀 더 트인 공간에서는 감히 꺼내지 못할 말도 그 순간에는 흘러나왔다. 이야기를 털어놓은 쪽은 나중에 아디나가 잘못 들었다고, 혹은 나는 절대로 한 적이 없다고 말할 수도 있다―**그런 말들을**. 아이를 키우는 건 내가 생각했던 것만큼 좋지 않아. 내 남편 말고도 다른 남자가 있었어. 그렇게 그들이 속마음을 털어놓자마자 서둘러 부정하려 하거나, 오히려 아디나가 그들을 계속 붙잡고 있었던 것처럼 군다고 해도 그녀는 개의치 않았고, 손을 차 문손잡이에 올린 채 언제나 그래왔듯 온 마음을 다해서 이야기를 들었다. 아디나는 이렇게 누군가의 현관이 열리는 듯한 순간들이 주는 비밀스러움에 잘 어울리는 사람이었다. 오히려 그런 순간들―어른들이 인간으로서의 자신을 자각하며 스스로를 또렷하게 드러내는 유일한 순간들―을 위해서 살아간다고 할 수도 있었다. 이 순간들은 마치 그들이 이렇게 말해주는 것만 같아 묘한 위안이 되었다. *괜찮아, 아디나. 우리는 살아 있고, 너와 함께 여기에서 이 세상을 걷고 있어.* 가끔 현관이 열리는 듯한 순간이

한 번도 없을 것 같을 때면, 아디나는 일부러 차에서 내리는 시간을 끌곤 했다. 그 순간이 찾아오기만을 바라면서.

"모자는 가져도 돼." 도미닉이 말하고 그녀가 묻는다. "무슨 모자?" 그녀는 머리에 쓴 은박지 모자를 잊고 있었다.

그녀는 차에서 내려서 돌아서며 열린 창문을 향해 말한다.

"다음에 돌아오면 돌려주는 걸로 할까? 잠깐 빌릴게."

그는 방학 동안 뉴욕에 머물며 중국 음식을 먹고 돌리 파튼 노래를 들을 거라고 말한다.

"아주머니는 뭐라고 하셔?"

도미닉이 대답한다. "우리 엄마는 그대로지."

이것은 그들이 토니를 유일하게 언급하는 순간이다. 불필요하고, 명백한 1인칭 복수형.

*

아디나는 마리화나에 취한 채로 밤늦게 팩스를 보낸다.

식물은 땅의 머리카락이에요. 총명함과 총랑함은 같은 걸 의미해요! 녹인다와 눅인다도 그렇죠! 어째서 냉동 치킨에 하는 행동에 대해서는 단어가 두 개나 있는데, 가장 친한 친구를 그리워할 때나 〈운명의 바퀴〉의 매 에피소드 초반마다 바나 화이트가 다른 역으로 걸어갈 때 팻 사자크가 보내는 눈길을 뜻할 때 쓰는 단어는 하나뿐일까요? 기다림을 나타내는 말은 왜 기다리

다 한 단어뿐인 거죠? 그리고 시리얼을 붓고 나서야 우유가 없다는 걸 알았을 때를 묘사하는 단어는 왜 아예 없는 거죠?

끽끽거리며 기계로 들어오는 답신에 아디나는 잠에서 깬다.

이 관찰 내용들은 하나도 놀랍지 않으며 평범할 뿐이다.

어디 아픈 건가?

*

키스 응우옌은 멍한 얼굴을 한 채 학교 식당에 있는 아디나를 찾아온다.

"모두가 네 기사를 좋아했어. 이렇게 많은 칭찬을 받아본 건 처음이야." 그가 말한다.

"잘돼서 다행이야. 너 정말로 짜증 난 것 같았는데." 아디나가 답한다.

"신문이 나온 이래로 가장 인기 있는 기사였어. 사람들이 라크로스 경기를 다루지 않는 라크로스 기사를 이렇게 좋아할 줄 몰랐어."

"사람들은 괴상해." 아디나가 말한다.

"이번 주말에 수영 대회가 있어. 그거에 대해서도 써볼래?"

아디나는 수영장의 타일 벽면에서 물이 찰랑거리는 것을 상상한다. 수영 선수들이 팔꿈치를 휘두르며 나아가는 동안 손에서 튕겨 나온 물이 흘러내리는 모습을. 시끄러운 식당 안에서도 그녀는 수영 선수들의 휘어진 팔꿈치와 공기를 빨아들이는 입 모양을 볼 수 있다. 물안경의 찰싹 소리. 화려한 색깔의 수영모.

*

엄마의 정원은 세 번째 전봇대를 넘어선다. 빨간색, 분홍색, 노란색 장미 덤불과 한 다발의 수선화, 세 종류의 민트, 특정 시간 나팔처럼 벌어지는 원추리와 밤나팔꽃, 깍지콩, 래디시가 자라는 중이다. 매주 엄마는 연립주택단지 주민들을 위해서 수확한 것들을 상자에 채워둔다. 돈을 받지는 않는다. 덕분에 이웃들의 잘 자란 바질 너머로 칭찬을 나누며 문가에 서서 구경할 수 있다고 엄마는 말한다. 정원의 가운데를 향하게 위치한 벤치에 매일 오후 앉아 꿈꾸듯 꽃봉오리나 벌들을 바라보는 사람도 있다. 오토월드와 아주 가까이서.

어느 더운 8월 오후, 아디나의 엄마에게 리프홀터 부인의 전화가 걸려 온다. 부인은 자신의 심장이 좀 이상하다며 이번 주 상자에 깍지콩은 넣어두지 않아도 된다고 말한다. 엄마가 좀 더 캐묻자 부인은 꼬치꼬치 묻지 말라며 전화를 끊는다. 부인의 집으로 향한 엄마는 부인이 부엌 바닥에 쓰러져 있는 걸 발견한다.

리프홀터 부인의 유언장에는 화장을 해서 대서양에 뿌려달라는 바람이 적혀 있다. 한 번도 방문한 적 없는 가족들이 도착해서 부인의 짐을 싼다. 그들은 리프홀터 부인의 웃지 않는 얼굴의 변종들처럼 생겼다. 그중 한 여자가 이끼빛 초록색 텔레비전을 들고 아디나의 집으로 찾아온다.

"고모는 네가 이걸 갖길 바랐단다."

아디나는 별장 사진에 있던 그 여자를 알아본다. 사진 속에서 웃는 부엉이가 그려진 스웨터를 입고 있었던 사람이다. 아디나는 여자에게 고맙다고, 소중하게 쓰겠다고 말한다. 여자는 고개를 끄덕이고 가족에게로 돌아간다.

한여름이었지만 엄마는 욕조에 목욕물을 받은 뒤 욕실 문을 닫는다.

*

텔레비전은 채널 세 개가 잘 나오고, 다섯 개는 흐릿하게 나온다. 아디나는 한 자연 다큐멘터리를 본다. '판도'라는 이름의 사시나무 군락에 대한 내용이다. 그것은 겉보기에 숲이지만, 유전적으로는 벼룩 크기의 씨앗 하나에서 자라난 한 그루의 나무일 뿐이다. 단수형 복수인 존재. 부모 나무는 수컷이라, 이 숲에 앉는다는 건 수십만 평에 걸쳐 똑같은 남자들 사이에 앉아 있는 것과 같다. 아디나는 토니의 오빠들과 새아버지, 함께 학교를 다녔던 남자아이들을 떠올린다. 남자들, 남자들, 남자들.

아디나는 일주일 내내 그/그들에 대해 읽는다. 책에서는 이 사시나무 숲을 통과하는 바람 소리가 마치 물이 흐르는 소리 같다고 묘사하지만, 그것은 사실 지구상에서 가장 거대한 하나의 생명체에 유기적으로 엉킨 목소리들이 복합적이고 다발적으로 내는 불협화음이다. 사시나무처럼 흔들리는 남자들. 여럿이 모여 있지만, 별처럼 외로운 존재. 아디나는 안다. 은하계라는 스튜 속에서 하나의 의식 있는 존재로서 살아가는 게 어떤 느낌인지. 그녀는 그/그들의 소리를 정말 듣고 싶다. 판도에 대해 읽게 되었을 무렵, 그것은 이미 지구상의 수많은 아름다운 것들처럼 죽을 위협에 처해 있다. 인간의 압박이 산불이 일어날 조건, 과도한 방목, 나무껍질 병을 만들어냈다.

아디나는 밤새 깨어 흘러가는 일분일초를 느껴본다.

개인이라는 건 대체 무엇일까? 유타(미국 서부에 위치한 주(州). 8만 년 역사의 사시나무 군락이 있다)라는 곳은 어디일까?

그녀는 솔로몬과 고향의 종족이 그립다. 서로에게 깊이 뿌리내린 채, 여러 개의 소리를 하나처럼 울리는 존재들.

*

인간은 가벼운 걱정이나 동정을 표현할 때 "오, 넬리", "어어", "헐" 같은 말을 써요. 이런 말들은 관용적 표현이라 불리고, 직접 대응하는 번역어가 없어요.

왜 넬리인가? 왜 "오, 소화전"은 안 되지?

사람들은 종종 욕설을 피하기 위해 이름을 써요. "성 베드로!" "이런, 샘 힐!" 이런 표현들로 말 사이의 공백을 채우곤 해요. 물론 사람들도 이런 말이 딱 들어맞는 감정 표현은 아니라는 걸 알지만, 아무 말도 하지 않는 건 더 나쁘죠. 예를 들어 누군가가 자신의 보험이 산부인과 정기검진은 포함되지 않는다는 얘기를 할 때 아무 반응도 하지 않거나 가만히 있으면 차갑고 무례해 보일 수 있어요. 그래서 이런 의미 없는 표현들이 사실은 친절과 참여의 행위인 거예요.

오, 창고? 오, 로런?

그들의 통신을 누가 담당하고 있는지는 몰라도 마치 일곱 살짜리 아이처럼 문자 그대로 받아들이는 모양이다. 보통 상관들의 질문에 대해 아디나는 그것이 인간이에요, 라고 답하곤 하지만 인간이라는 개념이야말로 그녀가 지구에 와서 정의하려는 것인데, 그 단어를 사용해서 인간의 행동을 정의할 수는 없는 노릇이다.

내가 인간의 행동을 설명할 때 당신이 논리만을 고집한다면, 우린 별로 진전을 보지 못할 거예요.

*

아디나의 대학교 3학년 1월, 레드 라이언 식당은 얼리버드

영업 도중에 전기가 나간다. 단골들은 베테랑 웨이트리스들과 함께 카운터에 앉아서 카드놀이를 하고 농담을 나눈다. 로티는 자신이 도시에 있을 때 추곤 하던 춤을 설명하고 아디나에게 시범을 보인다. 인간은 즐거울 때면 시간의 흐름을 더 이상 느끼지 못한다. 그들은 물리적 육체의 제약이나 실패를 잊는다. 훔친 시간을 즐기고 있던 그들은 떨리는 팟 소리와 함께 전기가 돌아오자 실망한다.

아디나는 웨이트리스 근무를 마친 후의 만족감을 좋아한다. 전표를 쌓아두고, 드레싱을 채워두고, 앞치마는 접어두고, 이제 퇴근하라고 말하는 사람들에게 인사를 한다. 이 믿음직스러운 자유의 해방감은 매일 하루가 끝날 때마다 안도감과 함께 찾아온다. 대학에서 보내는 시간보다 훨씬 더 낫다.

*

아디나는 대학 도서관에 앉아서 새로운 이메일 계정에 접속한다. 그 계정을 만든 건 편지함을 가지고 싶었기 때문이다. 반짝이는 봉투 모양 아이콘 옆의 '편지함'에 들어가자, 이 내용을 다른 사람에게 전달하지 않으면 죽을 거라고 위협하는 행운의 편지들이 쌓여 있다. 누가 이런 짓을 하는 걸까? 그녀는 다른 인간들로부터 멀리 떨어져 있다고 느끼며, 우주적 감각에서도 멀어진 듯한 기분을 느낀다.

아디나는 수신인에 토니의 이름과 뉴욕 대학 이메일 주소 'nyu.edu'를 친다.

안녕, 이거 제대로 되나?

아디나는 이렇게 쓴 다음 보내기를 누른다.

10분이 지나도 답이 없자, 그녀는 도서관을 나와 집으로 간다. 도미닉과 함께 영화를 볼 수 있다면 좋을 텐데. 극장의 다정한 침묵과 영화 예고편들, 심지어 어둠 속에서 시끄럽게 팝콘을 먹던 사람들이 그립다.

*

또래로 보이는 두 여자가 아디나의 담당 테이블에 앉는다. 한 명은 자신을 감탄하게 해보라는 듯이 깐깐히 메뉴판을 살피는 방식이 낯익다. 자나에다. 헤더는 일이 너무 많아 바쁘고 멀리사는 뒤쪽에서 학교에 있는 아이를 픽업하는 문제와 관련해 남편과 통화 중이기 때문에 아무도 아디나를 대신해줄 수 없다. 아디나는 살면서 자기한테 가장 심하게 굴욕을 주었던 상대가 아니라 마치 낯선 사람을 상대하는 것처럼 테이블에 다가간다.

"아디나. 어머, 세상에!" 자나에가 말한다.

자나에는 맞은편에 앉은 여자를 대학 친구라고 소개한다. 학교가 있는 뉴욕의 시러큐스 지역에서 이곳으로 드라이브를 왔다고 한다.

"아디나와 난 예전에 학교를 같이 다녔어. 너 아직도 여기 사니? 고등학교는 어땠어?" 자나에가 묻는다.

"좋았지." 아디나가 대답한다. "너는?"

"어떤지 알잖아. 너무 좋았지. 와, 우리 전에 엄청 재밌게 놀았었잖아."

"아닌데." 아디나가 대답한다.

자나에의 미소가 약간 사라진다. "그래? 난 인생 최고의 시절이었는데."

"우린 같은 경험을 한 게 아니니까."

"그래?" 자나에가 친구를 향해 말한다. "난 좋은 기억밖에 없거든."

"댄스장에서. 아마데오랑. 기억나?" 아디나가 말한다.

자나에가 메뉴판을 테이블 위에 떨어뜨린다. 자리에서 자세를 고쳐 앉는다. 친구는 말없이 왜 그러냐는 표정을 짓고 자나에는 예쁘게 눈을 깜박인다. 그 시커먼 속눈썹에 농담의 낌새는 전혀 없다.

"난 기억 안 나. 근데 네가 아직도 여기 산다는 거 참 신기하다. 난 다들 최대한 빨리 여기서 떠날 거라고 생각했거든. 심지어 그 이상한 애, 토니조차도 지금은 뉴욕에 산다고 들었어. 아디나! 난 믿을 수가 없어. 이렇게 세월이 지났는데."

주방으로 돌아가니 웨이트리스들이 드레싱 바 주위에 모여 있다. 아디나를 보자 멀리사가 뺨의 눈물을 닦는다. "로티 일이야."

로티는 1년이 넘게 투석 치료 중이었지만("그래서 우리가 한동안 그분을 볼 수 없었던 거야"라고 필리스가 말한다) 예후는 좋아지고 있었다. 그러나 지난주에 갑자기 상태가 안 좋아졌고(정전됐던 날만 해도, 로티는 아디나의 허리를 잡고 식당을 가로지르며 "차 차 차" 하고 춤을 췄다) 빠르게 악화되어 세상을 떠났다("평화로웠대." 헤더가 말한다. "다행인 일이야." 멀리사가 덧붙인다). 로티의 아들이 방금 전에 들러서 소식을 전했다고 한다.

아디나는 충격으로 멍한 채 바닥에 주저앉는다. 그녀는 유감이라고 말하지만 필리스는 그렇게 말하지 않아도 된다고 한다. 그냥 개떡 같을 뿐. 헤더가 영수증을 찢으며 말한다. "내가 쉰 살이 되고 나니까 주위 사람들이 계속 사라져."

로티가 쉰 살보다 훨씬 나이가 많았다는 필리스의 말에 헤더가 대답한다. "내가 무슨 말 하는지 알잖아. 쉰 살쯤부터 사람들은 하나둘씩 여길 떠나기 시작해."

*

인간이 심장보다 더 집착적으로 숭배하는 기관은 없어요. 이건 언어에도 드러나 있어요. 심장이라는 말에는 고유한 쓰임새가 있거든요. 누군가를 좋아하면 사람들은 이렇게 말해요. 저기 내 심장을 훔쳐 간 여자가 있어. 사랑하는 사람의 옆에 설 때나 앉을 때는 심장 가까이 있으려 해요. 네 심장에 축복이 있기를. 내 심장을 걸고 맹세해. 슬플 때면 이렇게 말해요. 내 심장이 부서졌어. 스스로 믿지도 않는 말을 여러 사람들 앞에서 하곤 하죠. 하지만 심장은 단지 중요한 일을 하는 하나의 근육일 뿐이에요. 몸속의 특정한 한 장소일 뿐.

눈 또한 인간이 집착하는 신체 부위예요. 무언가를 보는 기관이죠. 하지만 원래 그건 태고의 물고기 이마 위에 있던 예민한 원자들의 주머니일 뿐이었어요. 빛을 향한 열망으로 가득 찬, 아무것도 보지 못하는 피부였죠. 보기 위해서는 무언가를 본다는 개념 자체를 발명해야 했어요. 그래서 우선 자신을 뒤집어 바깥으로 나왔죠. 그런 다음 빛이 스며들어 변형을 일으키게끔 반투명한 부분을 만들었고, 그 과정을 통해 감각이 형성되고 조절되면서 뚜렷한 형체로 발달했어요. 결국 그것은 더 이상 단순한 피부가 아닌 무언가를 포착하고 깜박이는 막이 되어, 계속해서 보고 보고 보고 또 볼 수 있는 존재가 됐어요. 빛만이 유일한 예술가예요. 빛은 스스로를 볼 수 있는 도구까지 창조했죠.

팔도 인간이 집착하는 부위예요. 무언가를 안는 부분이죠.

＊

아디나의 엄마는 질긴 진달래 뿌리를 파내며 외친다.

"솔트레이크시티(미국 유타주의 주도) 어디?"

아디나는 나흘 동안 떠날 것이다. 헤더가 근무를 대신해줄 예정이다. 충분히 여유를 갖고 유타에 도착해서 판도 외곽에 있는 한 호스텔로 가는 버스를 탈 것이다. 그 호스텔에서는 사시나무 숲으로 가는 셔틀을 운영한다. 그녀는 사시나무 이파리 색깔의 파일에 공항, 호스텔, 셔틀 회사의 이름과 전화번호를 포함한 여행 일정표를 넣어 엄마에게 주었다. 그녀는 FAA(미국 연방 항공국)의 연례 보고서와 항공학 교과서를 읽는 중이다.

＊

아디나의 엄마는 그녀를 공항까지 태워다 준다. 아디나는 지구 나이로 스물두 살이고 이번이 생애 첫 비행이다. 늦봄의 어느 날, 바람은 시속 8킬로미터 이하로 서쪽에서 불어온다. 오늘 하늘의 구름은 낮게 내려앉아 있다.

공항 카펫은 청록색이고 갈색 야자수들이 그려져 있다. 과하게 큰 선글라스를 쓴, 마르고 햇볕에 그을린 한 가족이 공항 카페 줄에 서 있다. 엄마, 아빠, 딸, 딸. 아빠는 유리 진열대 앞에서 딸들에게 빵 종류를 외친다. 크루아상 먹을래? 머핀? "저건 무슨 빵이죠?" 그가 점원에게 묻는다. "아니, 저거요. 저거. 레몬 뭐요?" 그가 딸들에게 소리친다. "레몬 포피래." 아빠는 딸들이 이 대화에 참여해주기를 바란다. 장난으로 하는 게임이 아니라 진지하게 임하는 연극처럼. 터미널 D의 12번 게이트가 그들의 무대다. 딸들은 잡지를 넘기는 몸짓 연기를 하고, 엄마는 핸드백 안의 물건들로 개념 예술 퍼포먼스를 한다. 물건을 하나씩 꺼내서 카페 테이블 위에 놓고, 마치 실망스럽다는 듯 얼굴을 찌푸리며 피곤한 표정으로 고개를 젓고 가방에 도로 넣는다. 다른 여행객들의 느긋한 자세와 몸짓들 사이에서 이 가족은(아디나는 이들이 분명 유명인일 거라고 생각하지만, 누구인지, 어디서 왔는지는 모른다) 감독이 의도적으로 배치해놓은 것처럼 보인다. 뭔가 인간이라기보다는, 이국적이고 과하게 치장한 곤충들 같다. 그들은 친절하지도 편안하지도 않다. 매끈한 연기 아래에는 초조한 긴장이 흐른다. 자기들의 영향력을 의식하느라 몹시 산만하다는 듯. "정말 필요한 거 없어?" 아빠는 남들이 자신을 쳐다보고 있는지 확인한다. 크림처럼 부드러운 부유함의 층 속에 갇힌 그 가족은 어딘가 어색하고 동떨어져 보인다. 끔찍한 광경이다.

동시에 아디나의 머리 꼭대기에서 복부 깊숙이까지 깨달음이 내려앉는다. 이 비행기를 타면, 나는 죽을 것이다. 얼른 여길 떠나서 한 시간 동안 버스를 타고 다시 동네로 돌아가야 한다.

엄마가 이유를 물으면 공항 카펫이 청록색이었고 갈색 야자수들이 그려져 있었다고 하자. 지금의 이 불길한 느낌과 이어지는 섬뜩한 이미지. 야자나무는 필라델피아에 존재하지 않으니까. 하지만 그녀는 통로로 걸어간다. 비행기 탑승구에 도착하자 그녀는 뒷사람들이 먼저 가도록 비켜선다. 비행기 승무원이 나선형 코드가 달린 전화기로 방송하고 있던 중 아디나를 보더니 멈추고 묻는다. "괜찮으세요?"

아디나는 자신의 자리를 찾아 앉고, 허리에 안전벨트를 맨다. 한 번 더 확인하고 단단히 조인다. 비행기가 점화되며 기체 내부의 몇 가지 물질을 태운다. 그리고 뒤쪽에서 들려오는 철커거리는 충격음과는 어울리지 않게 부드럽게 후진한다. 이윽고 활주로를 가로질러 달린다. 하늘로 날아오를 수는 없을 것이다. 하지만 곧 비행기는 가볍게 몸을 떨더니 기체 일부를 접어 넣은 다음 하늘로 떠오른다. 창가 자리에 앉은 사람들은 구름을 가리킨다. 아디나는 눈을 감는다. 비행기가 하늘로 치솟는다. 그녀는 100까지 센다. 공항 서점에서 고민 끝에 산 뷰티 잡지에서 나온 방법이다. 그런 걸 읽어본 지 수년이 지났지만, 비행기가 구름을 뚫고 밝은 곳으로 올라갈 때까지 그 경박함만이 이륙의 고통을 견디게 해줄 유일한 것이다.

난기류를 지나는 동안 아디나는 화장실에 틀어박혀 숫자를 500까지 센다. 관찰력이 제대로 작동하지 않는다. 엔진의 모든 부분의 소리가 들려온다. 재앙을 알아채지 못한 승무원이 음료를 권하는 동안 난기류로 그녀의 등이 의자에 부딪친다.

아디나는 차분한 목소리로 묻는다. "우리 추락하나요?"

승무원이 미소를 짓는다. "물 드시겠어요? 커피는요?"

"샤도네이요." 그녀가 말한다.

아디나는 화이트와인을 마시며 공격적으로 벨트를 재차 고정한다. 비행기는 난기류의 문턱을 넘는다.

갑자기 나타난 승무원의 목소리에 그녀는 깜짝 놀란다. 그는 그녀의 옆에 쪼그리고 앉아 말한다.

"순항고도에 도달한 다음에는 어떤 것도 비행기를 하늘에서 몰아낼 수 없어요. 뭐가 두려우신 건가요? 바람이요, 아니면 엔진 고장이요?"

그녀가 대답한다. "같은 상태로 영원히 머무는 거요…… 그리고 바람이요."

*

솔트레이크시티에 도착하자 아디나는 가방을 등에 메고, 기장과 승무원들의 인사를 지나쳐(안전하게 데려다주셔서 감사합니다, 그녀는 승무원에게 말하고서 그가 불편한 기색으로 다음 승객에게 시선을 돌릴 때까지 빤히 쳐다본다) 여러 여행객과 각종 소리로 생기 넘치는 공항의 중심부로 들어선다. 지상

교통 안내 표지판을 따라 지하로 내려가서 다양한 열차 노선을 제안하는 사탕 색깔 카운터로 향한다. 아디나는 질문을 가장 안 할 것처럼 보이는 직원을 골라 뉴욕행 편도 티켓을 요청하고, 호스텔을 위해 준비했던 현금 봉투를 열어서 알맞은 금액을 건넨다.

 아디나는 고귀한 사시나무 숲 한가운데에서 숨을 쉬지 않는다. 그 나무들이 내는 신비로운 호흡을 듣지 않는다. 대신 그녀는 레몬 포피 머핀을 사서 에스컬레이터를 타고 숨 가쁘게 움직이는 열차 플랫폼으로 내려가 횡단 열차 '캘리포니아 제퍼'를 탄다. 열차는 유타를 가로질러 달린다. 아디나는 냅킨 위에 머핀을 놓고 먹으며, 이렇게 먼 곳까지 모험을 온 자신이 자랑스러운 한편 두려움 때문에 목줄이 달린 개처럼 길을 빙 돌아가는 스스로가 부끄럽다. 그래도 머핀의 맛은 훌륭하다. 달콤하고, 포피(양귀비) 씨앗이 고르게 섞여 있다. 그날 오후, 콜로라도의 지평선 너머로 보이는 산맥은 마치 여기를 향해 소리 내서 외치는 것처럼 대담한 존재감을 드러낸다. 열차는 완만한 나무들을 지나가고 산꼭대기로 향할수록 나무들은 점점 작아진다. 나무를 이렇게 많이 본 건 처음이다. 삶은 브로콜리 같은 초록색에 보초병처럼 꼿꼿한 나무들. 그녀는 노트에 메모를 쓰고 노을에 물든 나무 색깔을 묘사해보려 노력한다. 이제 아디나는 유타뿐 아니라 콜로라도, 네브래스카, 미주리, 일리노이,

오하이오, 그리고 펜실베이니아의 다른 한쪽까지 보게 될 것이다. 두려움은 더 넓은 모험을 가능하게 만들었다.

열차가 오마하에서 끽 소리를 내며 멈춰 선다. 승객들은 나가서 다리를 스트레칭하고 오겠다고 떠든다. 아디나는 공중전화로 엄마에게 전화를 건다. 밤이라 수화기는 차가운 금속 막대 같은 감촉이다. 그녀는 절벽 위에 위태롭게 선 염소들, 연기로 가득한 지평선, 바람을 향해 속삭이는 창백한 밀밭을 본다. 여행은 벌써 그녀의 직감을 날카롭게 벼려놓았다. 그녀는 자신을 둘러싼 어둠 속에 거대한 무언가가 다가오고 있음을 느낀다.

엄마는 반쯤 웃으면서 전화를 받는다.

"내가 어디 있게요?" 아디나가 말한다.

"글쎄, 유타겠지? 그래야 할 텐데."

아디나는 초조한 생물처럼 식식거리는 밤의 열차 소리를 엄마가 들을 수 있도록 수화기를 내민다. 그리고 말한다. "다시 맞혀보세요."

*

필라델피아의 집으로 돌아온 아디나는 짐을 내려놓기가 무섭게 상관들에게 팩스를 보낸다. 그녀는 기쁘고 들뜬 상태다.

모두에게, 난 학교를 관두고 뉴욕으로 떠날 거예요.

그녀는 신난 나머지 팩스 첫머리에 인사말을 붙인다. 여태 그렇게 해보고 싶었지만 참고 본론부터 시작하곤 했다.

잠시 후 도착한 팩스 답장. **오, 넬리.**

✶

아디나는 젠킨타운으로 가는 버스를 탄다. 교외 주택 앞에 도요타 터셀이 주차되어 있다. 곧 주택에서 나이 든 남자가 나온다. 옆에 선 아들은 차를 판다는 사실에 못마땅한 표정이다. 현금 봉투를 받고 남자는 그녀의 손바닥에 자동차 키를 올려놓는다. 가벼운 니켈 소재다. 아디나는 이 차가 이제 자기 것이라는 게, 백미러에 원하는 것은 맘대로 달 수 있다는 게 믿어지지 않는다. 이것이 돈이다. 돈만 충분하다면 원하는 걸 뭐든 가질 수 있다. 자동차 내부의 카세트로 제일 먼저 들을 노래도 정해두었다. 트라이브 콜드 퀘스트의 〈소풍〉이다. 날씨는 따뜻하다. 그녀는 재킷을 벗어 친구처럼 조수석에 놔둔다. 액셀을 밟아 힘의 압력을 즐겨본다. 언제든 브레이크를 걸 수 있다. 그녀는 터우드 도로의 언덕을 지나 집으로 향하며 목구멍까지 치솟는 두려움을 느낀다.

✶

키스 응우옌은 식당에서의 마지막 근무일에 찾아온다. 아디나의 글이 굉장한 인기를 얻어서 대학 캠퍼스에서 그를 붙잡고 그녀에 관해서 묻는 사람들까지 생겼다고 한다. 그것은 아마 솔직함과 간결함 때문일 것이라고 말하며, 키스 응우옌은 그녀에게 학교를 떠나더라도 뉴욕에서 기사를 계속 써주면 좋겠다고 말한다. 그는 어리벙벙한 표정을 유지하지만 그녀가 거절하자 실망한 기색을 감추지 못한다.

"네 목소리가 그리울 거야, 아디나. 넌 내가 만난 그 어떤 사람하고도 달라."

"고마워. 영광이야."

키스 응우옌은 아디나가 포장해둔 치킨텐더가 필요없다며 고개를 가로젓지만, 문을 열고 나가며 기쁜 표정을 짓는다.

★

베테랑 웨이트리스들이 라이스푸딩에 초를 꽂고 노래 〈뉴욕, 뉴욕New York, New York〉을 함께 부른다.

특이한 색으로 머리를 염색하고, 주문서를 꽂아둔 허리에 서로의 팔을 두른 앞치마 차림의 여자 셋이서 뒤죽박죽 음정으로 노래하는 클래식 메들리.

"빅애플(뉴욕의 별칭)로 가더라도 우리 잊지 마." 헤더가 말한다.

"우린 잊어, 막내야." 멀리사가 말한다. "떠나자마자 잊어버려."

*

도시로 떠날 결심은 아디나에게 마음의 현관을 만들어준다. 그녀는 떠나기 전 마지막으로 해야 할 일을 떠올리고, 마음에 따르기로 한다.

엄마, 나 얘기할 게 있어요. 그녀는 그렇게 말할 것이다.

그 순간은 엄마가 새로 산 얇은 텔레비전으로 자주 보는 영화 속 한 장면 같을 것이다. 잿빛 금발의 여자가 거대한 부엌 조리대 앞에 앉아 비밀을 털어놓는 장면. 당신 남편은 진짜 당신 남편이 아니야. 당신 아버지는 사실 당신 형제야. 다만 이번엔 그 여자 배우가 아닌, 그녀의 딸이 말할 것이다. 더 분명한 목소리로.

*

아디나는 필라델피아 북동부 지역에서의 마지막 토요일을 엄마와 짐을 정리하고 상자에 담으며 보낸다. 스키볼 경기 티켓, 가져도 가져도 끝이 없던 거미 모양 반지, 길거리 부스에서 찍은 사진들, 책과 카세트테이프 컬렉션들.

그들은 네모난 피자를 주문하고 반달형 탁자에 앉는다.

"내 딸이 뉴욕에 간다니." 엄마가 말한다. 마치 자신에게 딸이 있다는 것, 딸이라는 존재, 뉴욕이라는 도시, 자란 곳이 아닌

다른 곳으로 간다는 행위 자체를 이해하려고 애를 쓰는 듯한 목소리다.

"그럼 내가 뭘 할 거라고 생각하셨어요?"

"애를 낳는다든가." 엄마가 말한다. "결혼을 한다든가 그럴 줄 알았지. 하지만 너는 한 번도 남자 친구를 사귄 적이 없었으니까."

아디나는 고개를 젓는다. "관심이 없었어요."

"아무한테도?" 엄마가 말하고 아디나는 엄마가 답을 기다리고 있었음을 깨닫는다. "그럼…… 여자들이라든지?"

"관심 없어요. 실망스럽다면 죄송해요."

"얘, 넌 실망스럽지 않아." 엄마가 말한다.

"엄마, 나 얘기할 게 있어요."

그녀는 피자 조각을 내려놓고 물을 한 모금 길게 마신다. "말해보렴."

"사실 나는 여기 출신이 아니에요."

"여기? 필라델피아 말이니?" 엄마는 십대처럼 다리를 꼬고 앉아 있다. 아디나는 기름기가 묻어 미끄러운 접시들과 탁자 위에 흩어진 집 열쇠, 머리끈, 매트리스 접는 도구, **이걸 컴백이라고 부르지마**(LL 쿨 J의 노래 가사)라는 문구가 적힌 열쇠고리에 매달린 그녀의 자동차 키를 가리킨다. 작고, 잃어버리기 쉽고, 생활에 꼭 필요한 물건들. "네, 여기요."

아디나는 작동, 팩스 기계, 야간 교실, 롤러코스터에 대해 설명한다. 엄마는 멍하니 피자를 베어 물고, 혼란으로 표정이 점점 더 찌푸려진다. 어떤 말은 입 밖으로 꺼내기가 더 어렵다. 아빠. 임무. 그녀는 엄마에게 덜 무섭게 들리기를 바라며 지구 밖 생명체(extraterrestrial)라는 단어를 쓴다. 왜냐하면 외계인(alien)이라는 단어로는 자신이 무엇에 이방인(alien)인 건지 이해받을 수 없을 거였기 때문이다. 그 단어에는 경멸이 담겨 있고 지나치게 포괄적이다. 적어도 지구 밖 생명체라는 단어에는 최소한 어떤 기준과 틀이 있다. Extra — 추가로 더해진 것. Terre — 지구에. 그렇다. 그녀는 완전히 지구인이면서 동시에 지구인이 아니다. 엄마에게 모든 것을 털어놓자 안도감이 밀려온다. 마치 단어 하나하나가 날씨를 느낄 수 있는 그녀의 능력을 방해하던 장애물인 옷을 한 겹씩 벗겨내주는 것처럼. 이야기를 마칠 무렵, 아디나는 더 이상 엄마의 반응이 두렵지 않다. 더 가볍고 더 자기 자신이 된 느낌이다. 껍데기 벗은 달팽이처럼.

"네가 태어나던 날에, 난 여자 친구들이랑 손톱 관리를 받고 있었어. 걔네는 클럽에 갈 예정이었지. 그때 배가 당기는 느낌이 들었어." 엄마는 자신의 배를 가리키며 말한다. "친구들은 그게 소화불량이라고 했지만, 난 알았어. 네가 일찍 나오는 거라는 걸."

지나가는 차의 808 드럼머신 같은 소리가 집 안을 흔든다.

"여기서 태어난 건 맞아요." 아디나가 말한다.

"그게 내가 하려는 말이야. 여기서 3.5킬로미터 떨어진 곳에서. 누군가가 너희 아빠를 찾으러 갔지만 도와주는 사람이 아무도 없었어. 가족도 없었지. 너는 나에게서 태어났어. 난 거의 죽을 뻔했어. 빛이 보이고 뭐 그랬다고. 내가 거기 있었어."

"알아요. 하지만 내가 말하는 것도 사실이에요."

"네가 외계인이라고 생각한다는 거?" 엄마의 말투는 명확하다. 이것은 아디나 혼자 세운 이론이라는 거다.

아디나는 엄마가 J 걸스 그룹의 여자애들과 뷰티랜드의 점원 남자, 토니의 오빠들, 그리고 현상을 유지하기 위해서 인간의 고통을 무시하려는 다른 모든 사람들과 같은 편이라고 믿고 싶지 않다. "진짜란 말이에요." 상처를 받아 말투가 굳어진다.

"이해하기가 참 어렵구나." 엄마가 말한다. 밖에서는 엄마의 정원이 가을에 대비해 잠들 준비를 하는 중이다. "뉴욕은 이해해. 학교를 관두는 것도 이해는 해. 마음에는 안 들지만. 하지만 지금 얘기는 꼭 네가 이 세상에 있고 싶지 않다는 것처럼 들려. 내가 뭘 잘못해서 네가 이 세상에 있고 싶지 않게 된 거니?"

아디나는 자신의 순진함을 깨닫는다. 모든 것이 노력으로 귀결된다 믿는 환경에서 자라난 엄마가 그녀의 이야기를 한 개인의 정신적 실패라는 범주로 받아들이는 건 당연한 거였다.

"엄만 아무것도 잘못하지 않았어요." 그녀가 말한다.

"뭐가 됐든 간에—" 엄마는 일어나서 아디나의 접시를 자기 접시 위에 올리고, 피자 박스를 치우고, 대화를 끝내버린다. "그건 너 혼자만의 비밀로 간직하는 게 좋겠구나."

*

다음 날 아침, 이른 시각의 정원에는 서리가 맺혀 있고 오토월드는 닫혀 있다.

책들, 메모들, 텔레비전, 팩스 기계. 여행은 카세트 세 개(트라이브, 데 라 솔, R.E.M.)를 재생하는 시간만큼 걸릴 것이다. 많은 사업들이 온라인으로 옮겨 가고, 전화기 크기는 점점 작아지고 있으나, 날아다니는 풍선 남자만은 바뀌지 않고 그대로다. 아디나가 마지막 짐 상자를 차에 싣는 동안 풍선 남자는 길 맞은편에서 이쪽의 가라앉은 분위기와 다르게 과장된 목소리로 작별 인사를 던진다. *어디로 가? 풍선 남자가 묻는다. 저쪽으로? 무려 뉴욕까지? 안녕, 아디나. 잘 가.*

엄마는 도로변에 서서 잔말을 늘어놓는다. 과속하지 말고, 빨간불에 우회전하지 말고, 도착하면 전화할 것. "내가 학교 다니는 거 어떻게 생각하니? 생각 중이거든. 야간으로. 먼저 GED(고졸 학력 인증 시험)를 따고, 그다음에는 어쩌면 대학도."

아디나는 엄마가 교실 책상 앞에 앉아 있는 모습을 상상한다. 유쾌한 말을 하고, 연필을 깎으면서. 또 다른 교차로다. 딸은 대학을 관두고 엄마는 대학에 등록하고. 그녀는 아디나의 대답을 기다리는 동안 초조한 표정을 짓고 있다.

"엄만 아주 잘할 거예요." 아디나가 말한다.

엄마는 굉장히 안도하는 것 같다. 아디나는 자신이 엄마에게 받고 싶었던 인정의 말을 도리어 건네야 했다는 것에 드는 화를 날려버리고 차에 시동을 건다. 조수석 창문으로 엄마가 은박지에 싼 구운 베이글을 건넨다. 아디나는 그 빵이 이미 눅눅해졌을 거라는 걸 안다. 그리고 정원에 있던, 아직 어린 알로에 화분을 준다. "화상을 입으면 쓰렴." 엄마는 가운 소매를 더 꼭 감싸고 이웃집 신문을 그들의 층계참에 던진 다음 집 안으로 들어간다. 전자레인지에 홍차를 데우는 엄마. 솔이 오래되어 갈라지고 잘 쓸리지 않는 빗자루로 뒷계단을 쓰는 엄마. 정원에서 마치 응원단처럼 파를 양손에 쥐고 치켜드는 엄마. 부엌을 향해 "내 주민등록번호가 뭐였지?", "피보나치수열이 뭐예요?", "캐나다는 얼마나 커요?"라고 외치던 딸은 더 이상 없다. 다른 방에서 숙제를 하다가 자기 이름이 들리는 소리에 뛰쳐나오던 딸은 더 이상 없다.

아디나는 펜실베이니아 유료 고속도로를 지나 뉴저지 유료 고속도로를 지나 13번 출구인 베라차노 다리로 향하는 대로를 탄다. 고속도로 톨게이트에서 그녀는 창문을 열고 배기가스의 냄새를 즐기며 동전 한 움큼을 내민다. 그녀는 엄마 집 말고 다른 데에서 살아본 적이 없다. 길은 막히지 않는다. 여정은 북쪽으로 겨우 두 시간이지만, 브루클린-퀸스 고속도로의 복잡한 차선을 가르며—경적을 울리고, 끼어들고, 도미닉이 조언해 준 대로 약간은 공격적으로 몰면서—자유의 여신상이 낯선 건물들 사이로 그녀를 비껴 가는 그 순간, 아디나는 마치 자신의 고향의 익숙한 장소들부터 수 광년은 떨어진 것처럼 느껴진다. 이것은 아디나가 세 번째이자 마지막으로 고향을 떠나는 순간이다. 혜성과 엄마의 백합들. 오토윌드. 그리고 별들.

뭐가 됐든 간에— 아디나는 생각한다. 그건 너 혼자만의 비밀로 간직하는 게 좋겠구나.

S U P E R N O V A

✷

초신성

(뉴욕)

천문학자들이 물병자리 은하에서 일곱 개의 지구 크기 행성들이 주위를 도는 아주 차가운 적색왜성을 발견한 달에, 아디나는 뉴욕의 존 F. 케네디 공항과 라과르디아 공항의 비행 경로 아래에 위치한 방 한 개짜리 작은 집으로 이사한다. 새로운 동네의 주된 특징은 소음이다.

아디나가 사는 아파트 건물은 지하철 7호선의 고가 철로와 할랄 고기 카트 노점상들의 창고에 둘러싸여 있다. 매일 아침, 해가 7호선 열차의 은색 몸체를 비출 때면 할랄 상인들은 마치 고대의 공룡처럼 무겁고 말을 듣지 않는 금속 카트를 끌고 아디나의 방 옆 골목을 지나 거리로 나가서 커다란 트럭에 싣는다. 그 후, 이 카트들은 도심으로 운반된다. 트럭은 도시 곳곳의 정해진 위치에 카트를 내려놓는데, 위치 배정은 상인의 경력에 따라 결정된다. 베테랑 상인은 월스트리트 같은 번화가의 모퉁이를 차지하고 신참들은 사람들이 더 적게 다니는 주변부 길로 밀려난다. 아디나는 이른 아침에 트럭을 몰고 다니는 노점상인 라이오넬과 이야기를 나누며 이 사실을 알게 되었다. 노점상들은 하루 종일 도시 회사원들의 점심 주문을 처리한다. 비행기, 지하철, 카트. 몇 분 간격으로 아디나의 아파트는 급히 지나가는 온갖 이동 수단들 때문에 흔들린다. 하지만 이 소음들은 딱히 아디나를 괴롭히지 않는다. 그것들은 사람들이 나긋나긋하게 음식을 씹어 먹는 소리도 아니고, 오히려 끊임없이 움직이는 세상의 신호라서 듣고 있다 보면 왠지 성공한 기분이 들기 때문이다. 마치 일종의 중심지가 된 느낌이다.

라이오넬은 뉴욕 토박이다. 아디나는 막 이 도시에 도착한 사람에게 해줄 조언이 있느냐고 묻는다.

그가 말한다. "무리를 믿어요."

✱

아디나는 책장을 두 개 조립한 뒤 아래쪽 선반, 깔끔하게 쌓아둔 종이 더미 옆에 팩스 기계를 밀어 넣는다. 책들은 저자별로 꽂아두고, 메모가 든 파일들은 시간순으로 정리하고, 엄마가 챙겨준 줄전구를 매단다. 아파트 내부는 대문자 L 모양이고, 작은 쪽 공간에 침대를 밀어 넣어두었다. 나머지 공간은 전부 거실이다. 벽난로는 꺼져 있지만, 워낙 공간을 크게 차지해서 마치 나에게 말을 걸지 않는 친구처럼 눈에 띈다. 하지만 이런 느낌은 어쩌면 이 도시의 투영(投影)일지도 모른다. 이곳에서 인간들은 걷고, 소리치고, 먹고, 마치 싱글맘이 시간에 쫓기듯 정신없이 빠르게 돈을 지불한다. 이 속도라면 엄마조차 따라갈 수 없을 거라고 아디나는 생각한다. 침대 위에 서면, 몸을 많이 기울이지 않고도 양쪽 벽에 거뜬히 손이 닿는다.

*

아디나는 랜드리 설루션 회사에서 안내 직원으로 일한다. 이 회사가 정확히 뭐 하는 곳인지는 모른다. 누군가 물어보면, 아디나는 사업에 문제가 있을 때 해결책을 제시해준다고 대답한다. 만약 더 캐물으면, 위탁 업체의 요구에 따라 달라진다고 말한다. 랜드리 설루션 회사에서는 모두가 이메일을 쓰기 때문에 팩스 기계가 없다. 그녀의 업무는 전화를 받고, 사탕병을 채우고, 화장실 열쇠를 관리하는 것이다. 20분짜리 신입 교육 중 10분이 사탕병에 관한 내용이었고, 나머지 10분은 화장실 열쇠 단속 전략을 가르쳐줬다. 사람들은 항상 화장실 열쇠를 잃어버리는데, 아디나 전에 일했던 안내 직원은 질려버렸는지 아예 열쇠를 뉴욕 차량 번호판에 강력 접착제로 붙여버렸다. 아디나는 회사에서 친구가 없다. 동료들은 위탁 업체 사람들과 소통을 하거나 해결책을 생각하느라 무척 바빠 보인다. 그들은 페덱스 택배를 받을 때가 아니면 그녀를 신경 쓰지 않고, 그녀도 그들에게 상관하지 않는다.

아디나는 7호선 열차를 타고 출퇴근하는 것을 좋아한다. 이 열차는 급행과 완행이 함께 운행된다. 급행은 다이아몬드 모양, 완행은 원 모양 기호가 그려져 있다. 이는 승객들이 어떤 열차가 자신이 내릴 역에 멈출지, 아니면 멈추지 않고 노래하듯 지나쳐버릴지를 구별할 수 있는 유일한 방법이다. 아디나는 승강장에서 승객이 뛰어 올라타며 마치 줄 위를 걷듯이 균형을 잡고는 "급행인가요, 완행인가요?"라고 외치는 순간을 좋아한다. 관광객이거나, 열차 표시 기호가 세월과 도시 오물로 인해 알아볼 수 없게 된 경우다. 아디나는 누군가가 "급행이요!"라고 소리치면, 승객이 기뻐하며 비틀비틀 자리를 찾아 앉는 모습을 보는 것도, "완행이요!"라고 외치면 나방처럼 밀려 들어오는 사람들을 헤집고 열차에서 뛰쳐나가는 모습을 보는 것을 좋아한다.

*

 아디나는 출근하고, 집으로 돌아오고, 브로콜리와 축 늘어진 닭가슴살을 찐다. 그리고 도미닉에게 전화하지도, 친구를 사귀려 하지도 않는다. 뉴욕을 배우려면 이탈리아어를 배울 때처럼 계속해서 듣고, 단련하고, 번역해야 한다. 다행히도 뉴욕에는 그녀를 고쳐주려고 안달이 난 800만 명의 선생이 있다. "여기서는 그거 못 써요." 어느 뉴요커가 아디나의 커다란 장우산을 보고 말한다. "잔돈 없으면 비켜." 아디나가 매표기 앞에서 잔돈을 찾는 데 오래 걸리자 어떤 사람이 말한다. 필라델피아식

생활 속도, 액세서리, 태도는 뉴욕에서 통하지 않는다. 엄마와 함께 간 쇼핑에서 큰맘 먹고 정가를 주고 산 부츠는 뉴욕에서 걷는 데에 맞지 않아서 겨우 한 달 만에 굽이 닳아 문가에 구겨져 있다. 싸구려 스니커즈가 가장 적합하다. 그녀는 매일같이 몇 킬로미터를 걸으며 하나의 자치구처럼 커다랗게 펼쳐진 도시의 공원들, 동굴과 해변, 무시무시하지만 때로는 도움이 되는 시민들과 살아가는 데에 점점 익숙해진다.

*

워싱턴에서 열린 기자회견에서 지구 크기의 행성 일곱 개가 도는 적색왜성, 트라피스트-1이 공개된다. 아디나는 회사 로비에 걸려 있는 텔레비전으로 이를 지켜본다. 옆에서는 세련된 바지 정장을 입은 한 여자가 해결책을 기다리고 있다.

행성들은 물이 발생할 수 있을 만큼 온화한 기후를 가졌고, 이 말은 거기에 생명체가 존재할 가능성이 있다는 뜻이다. 심지어는 바다가 있을 수도 있다. 학자들은 트라피스트-1의 둘레를 매우 가까이 공전하는 행성들은 조수가 고정되어 있는 상태일 것이라고 추측한다. 그래서 한쪽은 항상 태양을 향하는 반면, 반대쪽은 항상 영구적인 어둠 속에 갇혀 있을 거라고.

천문학자 대표가 "'우리는 혼자인가?'라는 질문에 답하는 것은 과학계의 최우선 과제입니다. 우리는 저 바깥에도 생명체가 존재하는지를 알아내는 데에 중대한 한 걸음을 내디뎠습니다"라고 말하는 순간, 전화벨이 울린다.

"전화 받았습니다." 아디나의 상사인 산티노다. 그는 아직도 고객이 해결책을 기다리고 있느냐고 묻는다.

"네, 아직 계십니다." 아디나가 대답한다.

아디나는 우주로 전화를 걸면 누군가가 응답해주기를 간절히 바란다. 하지만 천문학자가 '생명체'라고 말할 때, 그건 자신과 닮은 존재만을 뜻한다. 아디나는 텔레비전 채널을 〈프렌즈〉 재방송으로 바꾼다. 1999년이고 미국인들은 이 도시에 사는 여섯 명의 부유한 백인들에 관한 시트콤에 열광하고 있다. 아디나는 왜 이 쇼가 웃긴 건지 이해할 수 없다. 캐릭터들은 삶의 무의미함 아래에서 심각하게 발버둥 치고 있으며, 출입 통제선을 친 채 자기들만의 터무니없는 연극 무대를 보호하려고 필사적이다. 아디나는 그들의 끔찍한 크리스마스, 망친 소개팅, 신경질적인 아버지들에 대해 설명하는 팩스를 얼마나 많이 보냈는지 모른다. 가장 웃긴 캐릭터 역할인 챈들러는 블랙홀처럼 공허한 눈으로 대사를 던진다. 어떤 캐릭터도 성공과 멀다. 이 에피소드에서 피비는 모니카에게 격투기 선수와 사귀지 말라고 조언하며, 자신의 슬픈 어린 시절 일화를 들려준다.

"너 정말 분위기 깬다." 레이철이 말한다.

*

 랜드리 설루션 회사로 걸려 오는 전화를 받는 업무 틈틈이, 아디나는 워드 프로그램으로 팩스로 보낼 문장을 쓴다. 한 페이지를 끝내고 나면 완료라는 폴더에 저장한다. 몇 달 동안 아디나는 베타 물고기, 날아다니는 풍선 남자, 아마데오, 춤을 좋아했던 과거의 기억을 다시 마주한다. 그녀는 위아래로 강렬하게 흔드는 오프닝 동작부터 위협적인 엔딩 포즈까지, J 걸스의 춤을 전부 다 세세하게 쓴다. 과거에는 끈기 있게 디테일 하나하나 묘사하곤 했지만 더 이상 신경 쓰지 않는 기억들에 사로잡혀, 때로는 회사 대기실에서 문득 멈춰 서기도 한다. 마트가 고객들을 사랑하기 때문에 세일을 한다고 생각했던 적이 있었나? 풍선을 들고 있으면 절대 불행해질 수 없다고 믿었던 게 언제였을까? 푸른빛 베타, 빨간 안경, 달. 그녀의 지나간 열정들은 시간이라는 유리병에 부딪히며 얇고 가볍게 울린다. 하지만 그것들은 계속해서 써 내려가는 그녀의 팔꿈치 옆에 쌓인 종이 더미가 되어, 스스로 그렇게 믿을 수만 있다면 중요한 의미를 갖게 될지 모르는 욕망과 통찰의 컬렉션이 되어간다. 금요일 오후와 폴더 하나가 완성되는 시점이 우연히 맞물릴 때면, 그녀는 퇴근길에 지하철 플랫폼 아래 동굴 속 꽃처럼 모여 있는 잡화점 중 한 곳에서 커다란 쿠키를 사 먹는다. 열차가 요란하게 달려가자 자몽들이 흔들린다.

 *

아디나의 이웃 중에는 아파트 입구 계단에 있는 도자기 거위 세 마리에게 계절에 어울리는 옷을 입혀두는 사람이 있다. 아빠, 엄마, 새끼 거위들. 매년 7월 4일(미국의 독립기념일)에는 미국 국기 무늬가 들어간 점프수트를 입는다. 계절마다 달라지는 거위 가족의 옷차림은 이 혼잡스러운 동네에서 예상치 못한 유쾌한 분위기를 자아낸다. 추수감사절이 되면 부모 거위는 청교도 복장을 하고, 새끼 거위는 칠면조처럼 꾸민다. 아디나는 도자기 거위를 그 사촌 격인 다른 새로 분장시키는 인간의 사고방식에 경악한다. 알고 보니 그 이웃은 맨해튼의 회계 사무소에서 일하는 현실적인 성격의 여자였다. 그녀는 거위들의 옷을 인터넷에서 산다고 했다.

"중서부 지역에서는 유행이거든요." 그녀가 말한다.

아디나는 예고 없이 거위들이 옷을 바꿔 입은 순간을 기다리곤 한다. 마치 자신의 삶에서 새로운 계절이 시작되게끔 해주는 순간 같다고, 그녀는 노트에 쓴다. 아디나는 혼자가 아니다. 어느 봄날 오후, 그녀는 집으로 돌아오는 길에 아파트 입구 계단에 옹기종기 모여 피크닉용 담요로 만든 옷을 입고 플라스틱 수선화가 담긴 조그만 바구니를 들고 있는 새끼 거위의 모습에 감탄하고 있는 이웃들을 본다.

한 사람이 아디나 쪽으로 돌아서서 활짝 웃는다. "이번엔 정말 대단한데요."

*

아디나의 상사 산티노는 랜드리 설루션 회사의 별 특징 없는 복도를 서성거리며 가상의 질문들을 던진다.

"복도에 종이가 상자째 쌓여 있는데, 왜 종이 주문 결재가 올라와 있는 거지?"

"왜 프레스턴 건의 서류가 내 책상 위에 없을까?"

산티노는 가상의 질문들을 혼자 중얼거림으로써 자신은 "불필요한 커뮤니케이션"을 좋아하지 않는다는 사실을 표현하곤 했다. 직원들이 용기를 내서 질문을 하면 그는 자신의 딸 켄드라에 대한 일화를 이야기한다. 어쩌면 경영 원칙 첫째, 모든 상황에서 *가족을 예로 들어라*라고 적힌 경영서를 읽었는지도 모른다. 그는 켄드라가 말했거나 행한 일상적인 것을 통해서만 자신의 생각을 정리할 수 있는 듯하다. 랜드리 설루션 회사의 어느 직원도 켄드라를 본 적이 없지만, 산티노의 일화들에 따르면 켄드라는 마감 날짜가 되기 며칠 전에 미리 리포트를 제출하고, 그가 집에 돌아와도 질문을 쏟아붓지 않으며, 다른 사람들이 사무실에서 생선을 데워 먹는 것을 극도로 싫어하는 사람이다.

사무실의 주방 전자레인지에는 활짝 웃고 있는 연어 위에 두껍게 X 표시를 친 컴퓨터 그래픽 이미지가 붙어 있다. 산티노가 직접 붙인 것이지만, 그는 지난 몇 주 동안 생선 냄새를 혐오하는 다른 직원이 익명으로 벌인 일이라고 주장해왔다. 휴게실에서 누군가를 마주칠 때마다 산티노는 생선 냄새를 싫어하는 익명의 혐오 동지의 정체를 추측해보곤 한다.

"난 그 친구를 화나게 하고 싶지는 않네." 산티노가 말한다. "혹시라도 날 포스터로 만들어 붙여놓을 수도 있다고."

자리에 앉아 자신의 가장 은밀한 생각을 회사 컴퓨터에 타이핑하고 있던 아디나는 이 말에 웃는다. 그리고 상상해본다. 1990년대에 유행한 지갑 체인을 아직도 달고 있는 큰 덩치의 남자 위에 커다랗고 널찍한 X 표시가 그려진 포스터를.

*

인류 사회에서 가장 위험한 요소는 단연코 남성의 자아예요.
이미 충분한 증거가 아주 많이 쌓인 사실이다.

*

1년이 흐른다. 그리고 다시 1년이 흐른다. 컴퓨터는 더 작아지고, 자동차용 전화기는 더 커지며, 인터넷은 그녀가 손에 쥘 수 있는 은하계로 확장된다. 트라피스트-1은 천문학자들이 기대했던 만큼 흥미로운 존재는 아니었음이 밝혀진다. 그 왜성에 물은 없었다. 낮게 걸쳐 입는 청바지를 대체했던 부츠컷 청바지는 스키니진에 밀려난다. 스키니진은 부츠를 바지 안으로 넣어 입기 어렵기에, 사람들은 대신 슬림한 첼시부츠나 얌전한 하얀색 스니커즈를 신는다. 아디나의 엄마는 고졸 학력 인증 시험인 GED를 통과하고 지역 대학의 야간 수업에 다닌다. 온라인 쇼핑이 발명된다.

의류 브랜드 안트로폴로기의 웹사이트의 한 여자 모델은 영원한 고통 속에 갇혀 있는 듯하다. 아디나는 스크롤을 내리며 상품들을 둘러볼 때마다 깜짝 놀라곤 한다. 어떤 상품에서는 미소 짓고, 어떤 상품에서는 기쁨 넘치는 눈빛을 보이던 그녀는 갑자기 완전히 절망에 빠진 표정을 짓는다. 엉덩이 길이의 상의, 하늘하늘한 점프수트, 허리선이 낮은 랩 드레스를 입고도 그녀는 슬픔을 가누지 못한다. 화보 속 세계에서 쾌활하게 고립되어 있는 듯한 다른 모델들과는 다르다. 그녀는 엄지손가락을 느슨한 청바지 허리춤에 걸고, 공포에 질린 채 허공을 응시한다. 그녀가 몸을 굽혀 보이지 않는 물건을 줍는 척할 때, 왜 아무도 도와주지 않는 걸까? 이 여자의 악몽 한복판에서 도대체 누가 스키 뒤풀이용 옷을 생각할 수 있단 말인가?

*

 새로운 도시에서의 오래된 의식. 매주 아디나는 동네의 동물 보호소에 들러서 물고기를 본다. 어느 날 저녁, 작은 개 한 마리가 그녀가 늦기라도 한 것처럼 짜증 섞인 태도로 앞발을 꼰 자세로 작은 케이지 안에 앉아 있다.

 보호소 직원이 케이지 문을 열자 개가 재빨리 밖으로 나온다. 땅콩 호박이 연상되는 털빛과 크기의 개다. 7호선 열차의 요란한 소리에 침대와 장난감이 흔들린다. 보호소 직원이 한 손으로 녀석을 가볍게 들어 올려 아디나에게 건넨다. 개는 아디나의 팔 안쪽에 몸을 웅크리고는, 한숨을 내쉬고, 눈을 감는다. 녀석은 파피용이다. 프랑스어로 나비라는 뜻의 종으로, 반려동물이 허가되지 않는 아파트로 이사를 가게 된 간호사가 오늘 데려왔다고 했다.

 "이 녀석의 커다란 귀 때문에 나비라는 이름이 붙었죠."

 여태 아디나는 살아 있는 한 생명체를 죽음으로부터 떼어놓을 수 있는 유일한 존재가 되어본 적이 없다. 하지만 녀석은 분명 그녀의 것이었다. 아디나와 같은 계열의 갈색 눈을 가졌고, 보호소 직원의 굼뜬 행동에 짜증이 난 모습도 그녀와 똑 닮았기 때문이었다.

 그녀는 입양비를 지불했지만 녀석을 하룻밤 더 맡겨두고 저녁 동안 도시를 돌아다니며 가장 부드러운 것들을 사 모은다. 베이컨 모양의 부드러운 간식과 녀석의 잠자리를 위한 아이용 담요를 산다. 사슴이 수놓인 작은 스웨터도.

"겨울용이에요." 그녀는 가게 직원에게 말한다.

다음 날 아침, 보호소로 돌아가자 작은 개는 케이지에서 아디나를 노려보고 있다.

"당신이 떠난 후에 한바탕 소란을 피웠어요. 짖는 문제는 훈련을 하셔야 할 거예요."

아디나는 이 작고 온순한 개가 소란을 피웠다는 걸 상상할 수 없었다. "아마 엄청 기대하고 있었나 봐요."

직원은 어깨를 으쓱인다. 검은 새끼 고양이가 매니저처럼 그의 어깨 너머로 나타난다.

집에서 입혀보니 겨울 스웨터는 다행히 잘 맞는다. 작은 개는 등에 자수로 새겨진 사슴을 깨물려고 몇 바퀴를 빙글빙글 돌다가, 꺼진 벽난로, 그녀의 책들과 메모를 쌓아둔 상자를 쿵쿵대며 살펴본다.

아디나가 말한다. "여기가 네 집이야."

그날 밤 그녀가 침대로 가자, 작은 개도 자기 잠자리로 간다. 녀석은 몸을 웅크리고 잠이 든다. 아디나는 녀석의 보송보송한 가슴이 오르락내리락 움직이는 것을 바라본다.

*

아디나는 작은 개에게 앉기, 돌기, 앞발 내밀기를 가르친다. 그녀의 팔꿈치 옆에 쌓이는 종이 더미는 점점 높아져간다. 동네 식료품점 직원들과도 점점 친밀해진다. 그중 가장 좋아하는 사람은 에밀리오다. 그는 둥근 롤빵 두 개를 1달러에 팔고, 딸이 있는데 데이트하는 남자애가 마음에 안 든다고 한다. 아디나가 두 번째로 사과 주스를 산 날, 에밀리오는 말했다. "아, 이제 단골이여."

아디나는 패션을 전공하는 한 학생을 만나 가까워지게 된다. 그는 그녀에게 "너만의 시그니처 청재킷"을 찾아야 한다고 부추긴다. 그의 아파트에 있는 모든 것은 빈티지다. 껌 자판기, 코트 걸이, 우유 잔. 오래되면 오래된 것일수록 더 좋다고 그는 말한다. 그들은 뉴욕 곳곳의 빈티지 가게의 좁은 통로를 누비며, 여기저기서 옷을 들어 올렸다가 도로 내려놓는다. 그는 우리가 잘 맞을 줄 알았다고, 왜냐하면 나는 게자리이고 너는 천칭자리니까, 라고 말한다. 천칭자리는 아름다움을 알아볼 줄 알거든. 두 사람은 오래된 영화를 상영하는 옥상에서 맥주를 마신다. 샘 셰퍼드가 가죽 코트를 입고 나오는 영화다. 샘 셰퍼드는 죽어서도 그 가죽 코트를 입고 무덤에 묻힌다.

*

가끔 **다른 것**에 대한 감정이 아디나를 관통하지만, 좋아하는 가게에서 산 베이글 하나면 충분히 가라앉는다.

*

패션 전공 학생이 삶은 달걀을 까는 모습이 어딘가 익숙하다고 생각하며, 아디나는 우정이 환생이라는 사실을 깨닫는다. 세상 사람들은 모두 그녀가 이전에 알았던 누군가를 떠올리게 한다. *세상이 20년 주기로 반복되는 걸까, 아니면 인간의 뇌가 연결 고리를 만들어낼 수 있는 능력이 한정되어 있는 걸까?* 직장 동료 딜라일라는 자나에의 세 번째 환생이고, 패션 전공 학생은 도미닉의 환생이다. 그도 도미닉처럼 파티의 영혼을 갖고 있다. 아디나에게 미치는 영향력도 똑같다. 아디나는 도미닉에게 했던 이야기들을 그에게도 한다. 그들은 새로운 친구가 아니다. 이미 긴 역사를 공유하고 있는 사이다.

*

어느 날 도심의 빈티지 가게에서 아디나와 패션 전공 학생은 완벽한 청재킷을 발견한다. 허리가 우아하게 드러날 정도로 짧게 크롭되어 있고, 소매는 그녀의 짧은 팔에 딱 맞는다. 패션 전공 학생은 마치 그것이 신성한 유물인 것처럼 머리 위로 들어 올리고 계산대로 걸어간다. 아디나는 그가 지갑에서 과장된 몸짓으로 돈을 꺼내는 모습을 보면서 그가 이미 둘 사이의 관계를 정리하고 있음을 직감한다. 그들이 알고 지낸 한 달 동안 섹스는 없었고, 그중 대부분의 시간은 몇 번도 되지 않은 만남을 계획하는 데만 쓰였다. 아디나는 그들이 친구인지, 데이트하는 사이인지조차 알 수 없었다. 최소한 그의 점성술 해석을 정정해줄 정도로 그를 편안하게 느낀 적이 없었다. 아디나는 사실 처녀자리다. 결국 이 관계에서 남은 것은 청재킷이었다. 그녀가 항상 입고 다니는 청재킷. 크리스마스에 집에 갔을 때 엄마가 칭찬했던 그 옷. 원피스 위에, 터틀넥 위에, 스카프 아래에, 잠옷 위에 걸쳐 입던 것. 만약에 *아디나를 그려라*라는 과제가 있다면 빼놓고 그릴 수 없는 것.

*

랜드리 설루션 회사의 직원들은 회색빛의 별 특징 없는 회의실에서 커다란 회의용 탁자 주위에 모여 앉는다. 반으로 자른 베이글들이 형광등 불빛 아래서 축 시들어 있다. 아디나는 구석에 앉아 회의 기록을 하며 졸음과 사투 중이다.

산티노는 자신의 딸 켄드라의 남자 친구에 관한 일화를 들려주며, 왜 랜드리 설루션 회사 직원들이 크리스마스와 새해 사이의 일주일 동안 쉴 수 없는가를 설명한다. 이 이야기를 위해서 산티노는 자신과 딸이, 그의 말에 따르면, "스누피의 열렬한 애호가"라는 사실을 언급한다.

흐릿했던 직원들의 눈동자에 갑자기 초점이 돌아온다.

"스누피라고 하셨어요?" 사무실 매니저 소런이 묻는다. 빈 시간에 지구온난화를 주제로 1인극을 하는 사람이다. 그의 질문은 '도대체 왜?'라는 뜻이지만 산티노는 문자 그대로 대답한다. "찰리 브라운의 개 말이야."

"스누피 애호가라고요?" 딜라일라가 묻는다. "그럼 그거 보러 여행도 다니셨어요?"

산티노는 직원들이 처음으로 보여주는 관심에 기분이 붕 뜬다. "어디든지 다 다녔어. 작년에 우리는 도쿄에 갔지. 켄드라의 고등학교 졸업 기념 여행이었어. 스누피 타운에 가는 건 엄청난 일이야."

딜라일라가 회전 의자에 몸을 기대고, 소런이 말한다. "스누피 타운에 대해서 전부 다 말해주세요."

랜드리 설루션 회사의 직원들이 산티노에게 더 자세히 이야기해달라고 한 것은 이번이 처음이었다. 마치 회의용 탁자가 갑자기 불타오르는 것이나 다름없는 일이다. 아디나는 초등학교 때 반 친구들이 북극 토끼를 상상해보려 했던 날을 떠올린다.

산티노는 이야기를 이어간다. 그의 입가에 기쁨의 침이 고인다. 그는 카고 팬츠의 바짓단을 걷어 올린 뒤, 스누피가 개집 위에 앉아 있는 종아리 문신을 보여주며 자신의 전 부인은 "이 매력을 이해하지 못해서" 떠났다고 말한다.

그때 회의실 문이 열리는 소리에 모두가 깜짝 놀란다. 동료 직원들의 소리가 들리지 않도록 커다란 헤드폰을 쓰고 매일 자기 자리에서 점심을 먹는 루가 급히 들어온다.

"무슨 일이야, 루?" 산티노의 종아리는 여전히 드러나 있다. 스누피가 별처럼 반짝이며 윙크한다.

루는 의자 위에 올라가 구석의 텔레비전을 켠다. 그러고는 채널을 돌리다 뉴스 채널에서 멈춘다. 누군가가 여객기를 몰고 뉴욕 로어맨해튼의 세계무역센터 건물에 돌진했다.

"10분 전이에요." 루가 말한다.

"사고예요? 우리한테 영향이 있을까요?" 소런이 묻는다.

"아닐 것 같은데. 저긴 여기서 꽤 멀리 떨어져 있는 곳이야." 산티노가 대답한다.

머리 위 조명이 마치 다시 생각해보라는 듯이 희미해진다. 랜드리 설루션 회사의 직원들은 서로를 쳐다보다가, 다시 텔레비전을 올려다본다.

"전 일하러 돌아가야겠어요." 딜라일라가 말한다.

"괜찮겠지." 산티노는 걱정스러운 눈길로 엘리베이터의 도착음이 땡 하고 울리는 앞쪽을 쳐다본다. "계속 지켜보자고."

리포터의 얼굴이 멍해진다. 그 뒤로 혼란스러운 소동이 인다.

"맙소사." 소런이 말한다.

산티노가 말한다. "다들 짐 챙겨."

랜드리 설루션 회사의 직원들은 각자 자기 자리로 달려갔다가 바로 뛰쳐나온다.

산티노는 사람들을 대피로 계단 쪽으로 이끈다. "천천히 가. 침착하게." 스누피 열성 애호가가 외친다. 스누피. 아디나는 생각한다. 만화 캐릭터를 사랑하면 비상사태 매뉴얼 훈련이라도 받게 되는 걸까? 산티노가 이렇게 단호하게 리더십을 발휘하는 건 처음이다. 매 층마다 다른 사무실 직원들이 합류한다. 아디나가 아침마다 보던, 점심시간에 종이에 싸인 샌드위치를 먹는 기술부와 업무부, 위탁 업체 분야 쪽 사람들이다. 행렬이 행렬과 만나며 기나긴 행렬을 이룬다. 그들은 1층에 도착한다. 산티노는 로비에 있는 경비원에게 직원들이 전부 나왔다고 말한다.

"지하철은 타지 마. 다들 걸어야 해." 산티노가 말한다.

아디나와 딜라일라는 발길을 돌려 동쪽의 59번가 다리로 향한다.

"오, 세상에." 딜라일라가 가리킨 곳에는 거대한 먼지구름이 도시의 중심지 위로 피어오르고 있다. 아디나는 머릿속이 천둥처럼 울리는 걸 억누를 수가 없다. 토니와 도미닉이 무사한지,

필라델피아도 공격받았는지 전혀 알 수가 없다. 누구의 전화기도 작동하지 않는다. 둘은 다리 쪽으로 향하는 인파 속에 합류해 걷는다. 낮은 쪽 거리에서 대피한 몇몇 사람들은 검은 먼지와 잔해를 뒤집어쓰고 있다.

다리 위에서는 운전자들이 차에서 내려 멍하니 도심을 쳐다본다. 공기는 모닥불 타오르는 냄새로 가득하다.

한 여자가 아디나와 딜라일라를 돌아본다. 충격에 휩싸여 굳은 얼굴이다. "어디 갔어요?"

"누구 잃어버렸어요? 부인, 누구를 찾으시는 거예요?" 딜라일라가 묻는다.

"그 빌딩들 말이에요." 여자가 말한다. "어디로 사라진 거죠?"

걸음걸음마다 아디나는 다리가 폭발할까 봐 두렵다. 동쪽으로 다리를 건너 퀸스에 도착하자, 사람들이 줄을 서 있고 생수병을 건네준다. 식당 주인들은 무료 음식과 음료를 나눠주고 있다고 소리친다. 몇 시간 후에 아디나는 자신의 아파트에 도착한다. 작은 개는 아디나를 다독이듯 뒷다리로 일어서서 앞발을 힘차게 흔든다. 도미닉과 엄마에게서 문자가 와 있고, 놀랍게도 토니에게서도 와 있다. 전화해줘. 아디나는 바깥으로 나가서 계단을 통해 텅 빈 지하철 플랫폼에 올라간다. 그녀는 작은 개를 심장에 닿게 껴안고 연기가 솟구치는 하늘을 바라본다. 지하철은 운행을 멈췄다. 상공을 나는 여객기도 없다. 할랄 고기 카트들은 가만히 놓여 있다. 거리에는 아무도 없다. 언제나 북적거리며 시끄러웠던 아디나의 동네는 정적에 잠겨 있다.

∗

그녀의 상관들은 이 사건의 엄중함을 직관적으로 깨닫는다. 이후 몇 주 동안, 귀뚜라미 쌀 행성과의 꾸준한 통신이 이어진다. 대답은 좀 더 친절해졌다. 아디나의 인간적 편견이 관점을 흐린 탓에, 그녀는 예전보다 수다스러운 담당자가 팩스에 답장하고 있는 거라고 생각한다. 귀뚜라미 쌀 행성에는 개별적 존재가 없다. 가장 가까운 인간적 개념을 대입하자면, 각각의 답장들이 복수형 단일체의 다른 부분에서 발신된다는 것 정도일 것이다. 그녀는 연결감과 평온함을 느끼는 시기를 보낸다. 이로 인해 대담해진 아디나는 여태 수많은 작가들이 저질렀던 실수를 반복하게 된다. 그녀는 뉴욕에 대한 글을 쓰려고 한다.

뉴욕이라는 도시는⋯⋯.

아무리 시간이 흘러도 그녀는 그 문장의 끝을 떠올릴 수가 없다. 무슨 말을 쓰든 너무 축소하거나 과장한 것이 된다. 광활한 바다, 관람차, 영양가 많은 당근. 결국 긴 시간을 허비해 아디나가 쓴 것은 아무짝에도 도움이 되지 않는 이 도시의 법규에 대한 것뿐이었다.

★

그녀는 팩스를 보낸다. 뉴욕에서 가장 복잡한 단어 활용법을 가진 건 단연코 요일별 교대 주차 규정(ASP)일 거예요.

ASP는 특정 두세 시간 동안 도로에 주차하는 게 불법이 되는 제도예요. 이 시간에는 청소 트럭이 커다란 회전 솔을 끌고 도로변 곳곳을 돌아다녀요. 주차 제한 규칙은 도로마다 다르게 적용돼요. 어떤 곳은 일주일 간격으로, 또 어떤 곳은 격주 간격으로 규제를 지켜야 하죠. ASP 시간에 뉴욕 시민들은 차를 길 맞은편으로 옮기는데, 원래 주차되어 있던 차들의 통행을 막게 돼요. 이걸 이중 주차라고 하죠. 이중 주차된 차는 가끔은 딱지를 떼이고, 가끔은 그냥 넘어가요. 어떤 운전자들은 ASP 시간 동안 차에 머물며 업무 전화를 하고, 책을 읽고, 라디오를 들어요. 내가 사는 아파트는 격주 규제가 적용되는 도로에 있어요—동쪽 도로변은 월요일과 수요일 정오부터 낮 2시 사이에 차를 옮겨야 하고, 반대쪽은 화요일과 목요일 낮 2시부터 4시까지예요. 월요일과 수요일이면 정오 5분 전, 운전자들이 차로 서둘러 달려가기 때문에 우리 동네 건물들은 텅 비어요. 그들은 농담과 오븐 요리법과 소문을 서로 나누죠. 청소 트럭은 먼지를 일으키면서 지나가요. 규제가 없는 일요일은 내가 가장 좋아하는 날이에요. 그때를 빼고는 하루 종일 쭉 머물 수 있는 날이 없어요. *ASP*를 피하기 위해서 차를 타고 출근해보기도 했지만, 맨해튼 운전자들은 *ASP*뿐만 아니라 짐 싣는 구역, 상업 지구, 그리고 드라마 〈로앤오더〉 촬영으로 인한 도로 규제까지 감당하고 있었답니다. 그래서 난 일찍 퇴근해서 알람을 새벽에 맞추고 모든 도로의 *ASP* 시간을 알아뒀어요. 내가 사는 동네 말고 다른 곳은 가지 않는다 해도요. 차를 옮기고, 몇 시간을 기다리고, 다시 차를 옮기고. 다음 날 그걸 또 반복하고. 춤 같아요. 지금까지 난 차를 5분 일찍 옮기거나, 10분 늦게 옮기거나, 내가 차를 댄 다음에 생겨난 게 분명한 차고 앞에 주차를 했다고 딱지를 떼여봤어요.

뉴욕은 필라델피아와 어떻게 다른가?

아디나는 그 질문에 대해 고민해보다 쏜다. 길이 더 좁아요.

★

9/11 이후: 미국 국기들, 대중의 분노, 곳곳에 넘쳐나는 *사랑해*라는 말. 아디나는 이 세 가지가 좀 더 진실된 표현을 감추고 있는 게 아닐까 생각한다. 사람들은 *사랑해* 대신에 뭐라고 말할 수 있을까? *나 무서워. 내가 나아지지 않을까 봐 걱정돼. 사랑해*라는 말은 모든 식사에 공짜로 딸려 나오는 소다수 같다. 하지만 매일 수많은 사람들이 이 말을 듣지 못해서 고통받는다.

*

둘 다 약속 장소에 일찍 도착하고, 둘 다 청재킷 차림이다. 그들은 해치우듯 재빠르게 포옹을 하고, 자리를 찾아 앉고, 물을 주문한다.

"가장 유명한 피자가 뭐죠?" 토니가 웨이터에게 묻는다.

"버섯 피자요."

"포타벨라 버섯인가요?"

"그건 포타벨라 피자죠."

"스페셜 메뉴로 먹자. 피자, 샐러드, 와인 한 병이래." 아디나가 말한다.

웨이터가 주문을 받고 메뉴판을 가져간다. 뭔가 중대한 업무상의 방해물이 사라진 듯한 순간, 그 자리에 어색함이 놓인다. 아디나는 토니의 단호한 시선을 마주할 수가 없다.

"나 너한테 이메일 보냈었어." 토니가 말한다. "거의 백 번쯤."

"그랬어?" 아디나는 대학 컴퓨터실에 갔던 그때 빼고는 이메일을 열어보지 않았다. "미안해. 너한테 메일을 보내고는 그걸 다시 확인해볼 생각을 전혀 못 했어."

"너 이메일을 어디에 보낸 거야?"

"네 이름에 너희 학교 이름을 붙인 주소에."

토니는 눈을 감고, 얼굴에는 어이없는 좌절감 같은 게 스친다. "그거 내 이메일 아니야. 정말…… 너답다. 도미닉 오빠가 그러는데, 너 개 키운다며? 늘 멀찍이 숨어서, 글을 쓰고, 언제나 딴생각에 빠져 있지." 웨이터가 와인을 가져온다. 토니가 말을 잇는다. "그건 좋지 않아. 모두로부터 숨는 거 말이야."

"미안해." 아디나가 말한다. 아마 오늘 밤 가장 많이 하게 될 말이다.

"미안해." 토니가 말한다. "내 마음속 생각들을 제대로 표현했어야 했는데. 요즘 그걸 잘해보려고 노력 중이야."

"난 '사랑해'라고 말하기를 열심히 노력 중이야." 아디나가 말한다. 이 생각은 지금 처음 했지만 그래도 거짓말은 아니다. 어색함이 가시며 토니의 얼굴에 미소가 떠오른다.

"이메일 답장 좀 잘해보려고 노력해봐."

"사랑해 쪽이 차라리 나을 것 같은데. 어쩌면 오늘 밤에 말할지도 몰라."

"장난치지 마. 나 화났다고. 너 없는 동안 아주 많은 일이 있었단 말이야. 나 승진했어. 이제 편집장 보조야. 그리고 오드리랑 데이트해."

"토니, 뭐!"

"너 이 얘기 절대로 어디 가서 하면 안 돼." 그녀가 말한다.

아디나는 토니에게 매일 밤 버터넛이 이불 속으로 파고들어 옆에서 심장이 꾸준하게 뛰는 소리를 들으며 잠에 든다고 이야기한다. 토니는 언젠가 자신만의 담당 책을 만들 수 있기를 바란다고 말한다. 그리고 자신이 뉴욕의 L 열차를 타고 몇몇 여자들과 데이트를 하고 다니던 때, 오드리에게서 연락이 왔다고 했다.

아디나가 말한다. "그게 왜 별로인지는 내가 말 안 해도 이미 알지?"

"그래, 말 안 해도 알아."

식사가 끝나고 둘은 길에서 한참을 맴돌며 머뭇거린다.

"이제는 인사하고 가야겠지." 아디나가 말한다. 하지만 토니가 너무 가까이 있어서 도저히 말이 나오지 않는다. "이거 되게 어렵다."

토니가 말한다. "내가 돌아서서 셋을 셀게. 셋에 내가 다시 돌아볼 테니까 그때 말해."

아디나는 동의한다. 토니가 돌아선다.

그들 사이에 쓰라리고 마음 상하는 말은 하나도 오가지 않았다. 그저 서로가 없는 동안, 함께했던 모든 경험을 얼려버린 널따란 빙하 지역이 생겨났을 뿐이었다. 그런데 지금 아디나는 여기에 있다. 그녀의 오랜 친구는 바로 옆에서 익숙한 얼굴로 익숙한 표정을 짓고 있다. 아디나의 어깨가 따끔거린다. 마치 예전으로 돌아온 것 같은 감정이 스친다. 토니는 크게 천천히 숫자를 센다. 하나, 둘…… 아빠와 아들이 커다란 풍선을 들고 지나간다. 공원의 가로등이 켜진다. 전기가 흐른다는 것은 전하를 띤 입자들로 이루어진 존재 속에 힘이 머무르고 있다는 뜻이다. 아디나는 그 느낌이 뭔지 안다.

∗

9/11 이후: 무언가를 미루고 있다면, 당장 하라. 아디나는 헬스장에 등록하고 대리석 빛깔의 최신형 핸드폰을 산다. 그것은 물수제비 뜨기 좋은 돌처럼 그녀의 책상 위에 놓여 있다.

음성 사서함에 남겨진 엄마의 목소리. "누군가가 운전하다 졸기라도 한 모양이야. 나 지원 프로그램에 합격했거든. 밤에, 일 끝난 다음에 교육학 공부를 하게 됐어. 대단한 건 아니고, 그냥 혹시 네가 전화했는데 내가 안 받으면 걱정할까 봐 알려주고 싶었어. 난 죽은 게 아니야. 배우는 중이지."

∗

헬스장 '부숴버려'의 트레이너들은 이름과 성에서 각각 첫 글자를 따서 만든 별명을 사용한다. 회원이 된 처음 몇 주 동안 아디나는 오싹한 이름의 수업을 전부 들어본다. 몸매 갈아버리기, 찢어버려 2002년 버전, 지방전멸.

그중 가장 부드러운 이름의 해변가 몸매 만들기라는 수업에 갔더니, 원더우먼 복장을 한 여자가 교실 앞에서 90년대 라디오 카세트를 콘센트에 꽂고 있다. LL 쿨 J의 〈엄마가 널 쓰러뜨리라고 했어 Mama said knock you out〉가 천장 스피커에서 요란하게 울린다. "제 이름은 욜란다 K예요!" 그녀가 소리치며 불을 꺼버린다. 창문 없는 방이 어둠에 잠긴다. "저는 이중 게자리(점성술에서 태양별자리와 달별자리 둘 다 게자리임을 뜻함)예요. 여러분이 스스로를 사랑할 수 있도록 도와주러 왔답니다."

★

인간은 자신이 태어난 날 별의 위치가 고유한 기질을 결정한다고 믿어요. 책을 좋아하는지, 안정을 추구하는지, 혹은 주변 사람들 모두가 최선을 다하는 타입이기를 바라는지 같은 것들이요. 하지만 서양 점성술은 고대 점성술사들이 수천 년 전에 보던 하늘의 모습에 기반한 태양년에 의존해요. 반면 항성년은 시간이 흐르며 변하는 하늘의 위치를 반영하죠. 대부분의 사람들이 자기 별자리라고 알고 있는 건 사실 틀렸어요.

오랜 시간 세상에 존재한 것이기만 하면 인간은 어떤 것에든 의미를 부여해요. 참 마음 여린 필멸자들이라니까요!

★

아디나는 문제가 있어 해결책을 기다리는 고객들을 자리로 안내한다. 가끔 해결책을 줄 사람이 늦을 때도 있다. 인간은 다른 사람이 늦는 것을 좋아하지 않는다. 그들은 인상을 찌푸리고 투덜댄다. 그래서 아디나는 그들을 즐겁게 해준다. 사탕병 이야기를 하거나 빈티지 얼음 제조기를 가진 친구가 있다고 말을 꺼낸다. 은제 손잡이를 당기면 얼음이 나오는 방식이다. 그리고 이렇게 묻곤 한다. "빈티지 얼음 제조기 하나 갖고 싶지 않으세요?" 대체로 그들은 그렇다고 말한다. 기다리고 있을 때 인간은 굉장히 상황에 잘 참여하기 때문이다. 그러면 아디나는 "전 아니에요! 얼음 하나 얼리는 게 굳이 멋진 경험일 필요는 없잖아요!" 하고 말하며 능청스럽게 빈티지 얼음 제조기에 반대하는 척 연기한다. 이런 식으로 대화라는 와인병과 촛대 아래에서 식탁보를 획 잡아 빼버리는 것이다. 해결책을 기다리는 사람들은 그때쯤 깨닫는다. 자신이 지금 별 특징 없는 대기실에 앉아서 스웨터에 오렌지색 개털이 붙어 있는, 세심하게 차려입고 따뜻하게 미소 짓는 안내 직원에게 농담을 듣고 있다는 사실을. 이런 순간이면 그들이 예상했던 랜드리 설루션 회사 사무실 방문에 대한 경험은 뒤집힌다. 산티노나 다른 영업 담당자가 고객을 데리러 오면, 그들은 마치 감탄하며 불꽃놀이를 볼 때처럼 어리벙벙한 얼굴을 하고 있다.

*

두려움조차 뉴욕을 영원히 멈춰 세우지 못한다. 잠시 중단된 ASP 규정이 다시 시행된다. 에밀리오는 롤빵 하나에 온 가족이 먹을 수 있을 만큼 가득 칠면조 고기를 넣어준다. 세계무역센터에 난 불의 온도가 화장터에서 쓰는 불길의 온도보다 훨씬 뜨거웠다는 사실이 미국의 지식에 포함되면서, 이런 일상의 장면들은 깊고 무거운 기억과 나란히 존재한다. 랜드리 설루션 회사의 직원 중에서 유일하게 유머 감각을 가진 소런은 자신을 9/11 이후의 존재라고 지칭하기 시작한다. 9/11 이후의 소런은 비싼 술에 아낌없이 돈을 쓸 것이고, 언제나 자기들이 있는 곳으로 와주기만을 바라는 사람들과의 우정을 끊을 것이다. 가끔은 중간에서 만나야지, 그러지 않으면 더는 안 만날 거라고 9/11 이후의 소런은 말한다.

★

아디나의 연례 평가서 맨 아래, 전체적인 평가라는 항목에 산티노는 이렇게 쓴다. *사람들과 잘 어울림.*

아디나는 이 말이 마음에 걸린다.

엄마에게 전화를 걸어 털어놓자, 엄마는 이렇게 말한다. "그럼, '사람들과 못 어울림'이 더 좋았겠니?"

★

욜란다 K가 외친 말들.

여러분은 인간입니다! 여러분에게 일어나는 일은 진짜니

까, 기계처럼 무심히 반응하지 마세요! 모든 움직임에는 의도가 있고 모든 의도에는 목적이 있어요! 오늘은 이두박근의 날이에요! 여러분의 몸에 예스라고 답할 방법을 찾아보세요! 일단 예스라고 말하고 보는 거예요! 녹차 마실 거냐에도 예스! 동작 열 번 더에도 예스! 뭔가 불편하다면, 노 버튼을 쓰세요! 여러분 모두 가지고 있는 거예요. 마를레네, 당신 버튼은 '절대 노 노 노!' 버튼이죠. 나도 알고 있어요. 우리가 절대 쓰지 않을 말은 거의 다 했어요, 예요! 거의 다 했다는 말은 세상에 없어요! 거의 다 왔다는 건 안 온 거랑 똑같으니까요!

✶

직장을 계속 다니다 보니 마침내 아디나는 기적을 얻는다. 저축할 돈이 생긴 것이다. 저축 계좌를 개설하자 돈의 자취를 기록할 얇은 기록장을 받는다. 계좌는 팔찌처럼 그녀의 당좌예금과 연결되어 있어, 한쪽에서 다른 쪽으로 돈을 옮기려면 은행에서 달빛 같은 푸른색 입금전표를 써야 한다. 아디나는 거래 내역서랑 비교해서 계산을 다시 확인하는 일을 좋아한다. 늘 정확히 맞아떨어지지만.

✶

어느 날 아침, 랜드리 설루션 회사의 화장실 열쇠가 사라진다. 아디나는 여태 한 번도 쓸 일이 없었던 확성 장치로 방송을 한다. 직원이 겨우 열두 명뿐이고, 모두가 회의실에 함께 있었는데 방송이 왜 필요한지는 의문이다. 그냥 회의실로 들어가서 적당한 크기의 목소리로 물어볼 수도 있었으나 자리를 떠나는 게 허용되지 않았다. 그녀는 확성 장치에 대고 말한다. *화장실 열쇠를 가져간 분은 즉시 반납하세요!* 세 시간 후 딜라일라가 나타나, 아디나의 책상 위에 열쇠를 세게 내려놓는다. 문이 고장 나는 바람에 몇 시간이나 화장실에 갇혀 있었던 것이다. 아무도 그녀가 소리치는 걸 듣지 못했다. 갑자기 회의에 빠졌는데도 아무도 그녀를 찾을 생각조차 하지 않았다. 그녀는 화장실에 앉은 채 아디나의 방송을 들었고, 아디나가 미웠다. 다른 사무실의 누군가가 우연히 그녀의 목소리를 듣고 난방 배관을 통해 올라가서 그녀를 구해주었다.

*

딜라일라는 일찍 퇴근했어요. 자신이 중요하지 않다는 걸 깨닫는 날은 최악이죠.

삐걱거리는 바퀴처럼 구는 인간은 원하는 걸 전부 얻어요. 한편 불평하지 않는 조용한 인간은 아무것도 얻지 못하고요. 시끄러운 바퀴들은 영화 스크린을 가리는 자리에 앉으면 더 나은 자리를 얻을 때까지 불평할 거예요. 더 나은 자리로 옮기고

나서도 또 다른 불평거리를 찾겠죠. 바닥이 너무 끈적해. 컵 홀더가 너무 작아서 내 특대 사이즈 사이다가 안 들어가잖아. 조용한 인간들은 불평하지 않고 스크린의 절반만 보이는 자리에 앉아 있어요. 저는 그들이 더 행복할 거라고 믿고 싶어요. 하지만 아닐지도 몰라요. 어쩌면 그들은 평생을 영화에 대한 수다에 끼지 못해서 슬퍼할지도요. 그 영화에 해리슨 포드가 나왔다고요? 전혀 몰랐는데.

대답은 즉시 도착한다.

자기만의 몸을 끌고 걸어다니는 사람들.

아디나는 이게 위로하는 말인지, 아니면 단순히 그녀의 생각을 반복한 건지 알 수 없다. 팩스에 어떤 답을 해야 할지 항상 오래 고민하곤 하지만 오늘만큼은 그 시적인 무관심이 대담한 용기를 준다.

나 잘하고 있나요?

그럼.

그 말은 위안이 된다. 할랄 고기 카트가 그녀의 방 창문 옆을 덜커덩거리며 지나가고, 방에는 돼지고기 냄새가 가득 찬다. 저녁 7시 30분쯤 되었을 것이다.

당신도 잘 지내나요?

그녀는 차를 끓이며 답을 기다린다. 덜커덩거리는 트럭 소리가 멈춘다. 노점상 한 명이 정확히 뭔지는 떠오르지 않는 유명한 텔레비전 드라마 주제곡을 휘파람으로 분다.

팩스가 삐걱거리며 나온다.

우린 죽지 않기 위해 애쓰는 중이지.

아디나는 그 문장 속에서 직감적으로 무언가를 더 읽어내보려 하지만 더 알 수 있는 건 없다.

말 그대로, 죽지 않기 위해서요?

그럼.

무슨 일이에요? 행성이 위험해진 건가요? 좀 더 말을 해줘요.

그녀는 종이 위에 적힌 글자를 응시한다. **죽지 않기 위해 애쓰는 중이지.** 그녀는 차를 다 마시고, 방 안을 서성이다가, 바닥에서 잠이 든다. 작은 개가 그녀의 곁에 누워 쉼표처럼 몸을 만다.

★

아디나가 엄마의 집으로 찾아오고, 몇 시간 만에 버터넛은 새로운 꽃무늬 스카프를 두르고 있다.

"여름용이야." 엄마가 말한다. 그녀는 버터넛을 털 달린 브로치처럼 가슴에 안은 채 아디나에게 정원을 구경시켜주며 자신의 성공과 실패, 희망을 가리킨다. 정원은 작년보다 폭이 30센티미터쯤 넓어졌다. 참나리 길, 장미 덤불 구역, 엄마가 '이탈리아 필수 향신료'라고 부르는 여러 가지 식물들이 있는 허브 동네. 색색의 채송화들은 여전히 알록달록한 경계를 이루고 있다. 주택단지에 사는 십대들이 잡초를 뽑고, 엄마는 수고비 대신 허브를 준다.

나이 지긋한 여자가 밖으로 나와, 이번 주에 받은 상자의 래디시가 무척 신선했다고 감사 인사를 한다.

"커다란 래디시 받은 게 그쪽이에요? 우편번호까지 따로 있어야 할 크기였죠!" 엄마의 뺨이 달아오른다.

"그런데 이쪽은 누구죠?" 여자가 눈을 감고 입맞춤을 바라듯이 작은 개를 향해 몸을 기울인다.

"내 손자 강아지예요. 그리고 내 딸 기억하죠? 지금은 뉴욕에 살아요."

"뉴욕? 나도 오래전에 거기서 댄서를 했었죠."

"우리한테도 춤 좀 보여줘요." 엄마가 말한다.

여자는 장난스럽게 엄마를 미는 시늉을 한다. 농담 때문에 여자는 아파트로 도로 들어간다. 아디나는 엄마에게 뉴욕에서는 사람들이 돈을 내고 땅을 나눠받는 공동 텃밭이 있고, 거기서도 수확한 것들을 상자에 담아 구독자들에게 준다고 말한다.

"이건 이웃을 돕는 것 이상이야." 엄마는 하늘로 시선을 들어 올린다. "학교도 잘 다니고 있어. 언젠가는 우등상을 받고 졸업할지도 몰라." 아디나가 감정적으로 솟구치는 듯한 기색이 보이자, 서둘러 덧붙인다. "호들갑은 떨지 말자꾸나."

*

주말이 끝나고, 아디나는 엄마에게 작별 인사를 하며 볼에 입맞춤을 한다. "사랑해요."

"이제 우리도 그런 말을 하는 거니?" 엄마는 거의 겁에 질린 표정이다. "뉴욕에 몇 년 가 있더니 애가 '사랑해요'라고 하기 시작했어."

"거의 5년 됐어요." 아디나가 말한다.

"거의 5년." 엄마가 따라 말한다. "몇 년이 지나면 뉴욕 사람이 되는 거니?"

"영원히 못 돼요."

아디나는 차를 몰고 떠나며 경적을 울린다.

*

아디나의 뉴욕 생활이 5년째에 접어든 어느 날, 퇴근해서 집에 오니 현관문이 비스듬히 열려 있고 자물쇠는 부서진 채 매달려 있다. 작은 개는 거실 러그 한가운데에서 춤을 춘다. 그녀의 상관들은 여전히 그들의 상황이 긴급한지 농담인지 아무런 답장도 하지 않고 있다. 매일 아침 팩스를 보내고 있는데도.

그녀에게는 남들이 귀하게 여길 만한 것이 하나도 없다. 그래서 도둑은 앞으로 다른 사람 집에서 훔칠 것들을 담기 위한 베개 커버 하나만 훔쳐 간 모양이다. 팩스와 파일들은 그대로다. 그녀는 심판을 받은 것처럼 취약해진 기분이다. 자물쇠 수리공은 내일까지 문을 고쳐줄 수 없다고 한다.

"내가 주유소가 된 것 같았어. 물품 창고가 된 기분이랄까."
아디나는 밤을 보내기 위해 토니의 아파트에 도착해서 그렇게 말한다.

∗

돈을 더 벌수록 삶에 더 많은 요소들을 더할 수 있어요. 대부분은 텔레비전, 차처럼 뻔한 것들이지만, 갑자기 일상에 들어오는 새로운 활동들도 있어요. *헬스장! 트레이닝 수업! 물병!*

팩스에 전송하는 내용은 어린 시절 엄마가 매일 같은 원피스를 입고 출근했던 모습과 이번에 새로 산 요가 전용 브라에 관한 생각 사이를 불편하게 떠도는 날카로운 가시를 정확하게 묘사하지 못한다.

∗

그녀는 팩스를 보낸다. *저녁 식사를 몇 시에 하느냐는 계급의 징후예요.*

저녁 식사를 할 수 있느냐 없느냐도 계급의 징후예요. 호텔 방에 머물 수 있느냐도 계급의 징후죠. 어떤 호텔에 머무느냐도

계급의 징후예요. 당신의 이름도 계급의 징후예요. 몇 살에 커피를 마시기 시작했는지, 어떤 식으로 마시는지도요. 차[茶]는 계급의 징후예요. 옷도 계급의 징후죠. 당신에게 아이가 있는지, 몇 명이 있는지도 계급의 징후예요. 몇 살에 처음 비행기를 타봤는지도 계급의 징후예요. 학교는 계급의 징후예요. 당신이 어디 사느냐도 ― 맨션인지, 아파트인지, 판잣집인지, 주택인지도 계급의 징후예요. 집을 몇 채나 가졌는지, 혹은 갖지 않았는지도요. 당신이 사는 곳에 몇 명이, 어떤 인종이 사는지도요. 당신이 사는 곳에 조경 고속도로가 있는지도 계급의 징후죠. 포크와 나이프를 어떻게 쥐는지도 계급의 징후예요. 당신이 식사 후 얼마나 오래 머물며 종업원을 기다리게 만드는지도요. 당신이 매력적이라고 생각하는 사람. 당신의 머리 모양. 당신의 연인. 당신 집이 지저분한지 아닌지. 당신이 탄산음료를 마시는지 아닌지. 당신이 무엇을 기억하고 있는지도 계급의 징후예요. 당신이 분노를 통제할 수 있는지 없는지도요. 범죄는 계급의 징후예요. 감옥에 가는지 안 가는지, 얼마나 오래 있는지도요. 가정 폭력을 어떻게 다루는지도요. 어떤 도시에 가봤는지도 계급의 징후예요. 여행을 할 수 있는지 없는지. 왜 여행을 하는지. 어떤 종류의 배를 타봤는지. 집단으로 만나는 친구들이 있는지, 아니면 바다의 등대처럼 개개의 친구들이 흩어져 있는지도. 거실 바닥을 맨발로 밟고 다니는지 슬리퍼를 사용하는지도. 당신의 개도. 색

조는 색의 음영에 따라 여러 개로 나뉘고, 이 또한 계급의 징후예요. 당신이 병원에 가야 할 정도로 아프다는 걸 깨닫는 순간부터 의사를 찾아갈 때까지 걸리는 시간도 계급의 징후예요. 당신이 편안하게 느끼는 곳이 어디인지—결혼식이 열리는 대형 연회장인지, 미용실인지, 슈퍼마켓인지도. 당신이 말[馬]을 보면 어떤 감정을 느끼는지. 안경을 쓰는지도. 치아를 고르게 교정했는지도. 베개를 몇 개나 쓰는지도. 코 모양은 어떻게 생겼는지도. 휠체어를 타는지 안 타는지도. 어떤 종류의 휠체어인지도. 당신의 교정 렌즈도. 비행기에서 앞, 중간, 뒤 중 어디 앉는지도. 당신이 얼마만큼의 공간을 쓰는지도. 당신 동네의 나무도. 당신 속옷도. 손목시계를 차는지 안 차는지도. 아이의 숙제를 도와주는 데에 시간을 얼마나 쓰는지, 혹은 전혀 안 쓰는지도. 낙관주의도 계급의 징후예요. 친절함도. 어떤 종류의 하이힐을 신는지도. 피로감도. 춤을 출 때 엉덩이를 흔드는지, 그렇다면 얼마나 잘 흔드는지도. 음악을 얼마나 잘 이해하는지도. 어떤 상황에서 음악을 듣고 춤을 추는지도. 얼마나 많은 예술가를 아는지도. 얼마나 많은 과학자 이름을 댈 수 있는지도. 당신이 돈을 '볼' 수 있는지 아닌지도. 비히모스(behemoth)라는 단어를 발음할 줄 아는지도. 당신이 이것들을 계급의 '지표'라고 표현하는 게 더 정확하다는 걸 아는지도. 당신에게 겨울 코트, 선택권, 다른 대안, 지팡이, 잠옷, 수면 유도제, 보청기, 연인, 은퇴, 당좌예금, 신용

평가 보고서, 주민등록번호가 있는지 없는지, 손톱 관리를 받았는지, 그렇다면 어떻게 했는지—깔끔하고 투명하게 했는지, 색을 입혔는지 아니면 키보드를 치기 어려울 정도로 아크릴 손톱을 붙였는지. 기나긴 밤에, 당신이 자는 곳과 아이들이 자는 곳 사이에서 들려오는 소리를 들을 때 그것이 점점 선명해지며 위협적인 힘으로 변하는 걸 상상하는지, 아니면 달빛 속에서 조용히 서 있는 둥근 어깨의 사슴을 떠올리는지.

우리도 이해한다.

*

아디나의 상관들은 생존에 관계된 이 팩스에 결코 명확한 설명을 하지 않는다. 그래서 마음을 멍들게 하는 다른 사건들과 마찬가지로, 결국 그녀는 그것을 하나의 파일에 끼워 넣고 그냥 계속 살아가야 한다.

*

결혼 시즌이다.

격식 차린 옷을 입고 엉덩이를 흔들며 미소 짓는 사람들. 여러 가지 기술적 발전이 이루어져서, 음악가들은 같은 보컬이 반복적으로 겹쳐 나오도록 음향을 재생하고 오토튠을 사용해서 마치 동시에 열 명의 사람들에게 이별 통보를 받는 것처럼 들리는 노래를 만든다. 아디나는 소란스러움 속에서도 미묘한 소리를 들을 수 있는 능력을 얻게 된다. 7호선 열차가 지나갈 때, 중간 칸 어딘가에서 이야기하고 있는 여자의 목소리가 순간적으로 들려오는 것처럼.

∗

아디나와 토니는 거의 매주 목요일마다 같이 참깨 피자를 먹으러 간다.
"오드리가 뉴욕으로 이사 올 거야."
"이럴 수가." 아디나가 말한다.
토니가 한숨을 쉰다. "그렇게 반응할 줄 알았어."

∗

블리커 스트리트 지하철역에서 아디나는 철제 기둥에 기대 선다. 심장이 요동치고, 열차가 들어온다. 이곳 특유의 소리들이 열차의 브레이크 소리—미끄러지듯 사라지는 소리—와 합쳐지며 그녀의 모국어에서 세 음절로 이루어진 단어를 만들어낸다. 그 단어는 귀뚜라미 쌍 행성에서 가장 깊은 조화를 뜻하는 개념이다. 생각의 일치, 즉 서로의 감정이 맞아떨어지는 순간을 뜻하기도 하고, 혹은 애정의 표현으로도 쓰인다. 또한 눈에 보이지는 않지만 행운이 깃든 미래를 향해 분투해가는 공동의

합의를 나타내기도 한다.

블리커 스트리트 역의 선로에서 들려오는 소리만이 그 단어의 느낌을 표현할 수 있다. 그 소리는 헬스장과 집을 오가는 아디나의 발걸음을 멈추게 한다. 한 손에는 메모를 쓴 노트와 반쯤 남긴 점심이 든 가방을, 다른 한 손에는 스포츠 브라와 운동용 반바지, 스니커즈가 든 가방을 들고 있다. 그녀는 욜란다 K가 외쳤던 대로, "런지 동작으로 몸을 정화"하느라 땀으로 축축하다. 사랑과 함께, 지쳐 있지만, 아끼는 것들을 손에 쥔 채, 아디나는 고향 행성의 그 단어를 들으며 서 있다. 그 명백한 의미가 점점 사라지고 열차가 도착하는 단순한 소리로 바뀔 때까지. 비록 혼자지만 그녀는 잠시 동안 가족들에게 둘러싸인 기분을 느낀다.

*

다른 존재들. 그 단어는 아디나의 삶 전체를 관통하는 노란 실과 같았다. 특별한 빛을 내는 사람들을 만날 때마다 그 실은 옷감 사이로 은은히 비쳤다. 그들은 누굴까? 어머니의 사랑이나 의학에 대해 취재하는 기자들? 위험 지역을 누비는 전쟁 특파원들? 왜 그녀는 그런 이들을 한 번도 만나보지 못했을까? 왜 항상 혼자여야만 할까? 그녀는 인간과 깊은 열망을 공유한다. 다른 외계인을 찾아 덜 외롭다고 느끼는 것. 그녀는 정말 혼자인 걸까? 다른 존재들은 있을까? 어디에 있을까? 도대체 어디에?

*

모든 인간은 중력에 영향을 받아요. 어떤 인간도 날 수 없어요. 어느 누구도 물질을 창조하거나 파괴할 수 없어요. 물리학 법칙은 불가지론(不可知論)이에요.

답은 이랬다. **꼭 그렇진 않다. 네가 왜 그렇게 생각하는지 이해할 수는 있지만.**

*

어느 날 지하철 열차에서 한 남자가 아디나에게 원래 있던 곳으로 돌아가라고 말한다.

"필라델피아 북동부 쪽인데요." 그녀가 말한다.

"그럼 거기로 꺼져." 그가 말한다.

그녀는 상기된 상태로 토니와 커피를 마시기로 한 곳에 도착한다. 점심시간에 각자의 사무실에서 나와 중간 지점에 있는 커피숍에서 만나기로 했다.

"뉴욕에 있을 때는 필라델피아가 집 같아." 토니가 말한다. "거기 있을 때면, 또 여기가 그립고."

"아까 열차에서 그 남자한테 그렇게 말했어야 했는데." 아디나가 말한다.

"잠깐만, 돌아보지 마." 토니가 말한다. "구석 자리에 가브리엘 가르시아 마르케스랑 완전 똑 닮은 남자가 있어."

아디나는 슬쩍 둘러보는 척을 한다. "너 지금《콜레라 시대의 사랑》을 다시 읽고 있어서 착각하는 거 같은데."

"마술적 현실주의를 창조한 사람이야, 아디나. 지금 모퉁이에 있는 남자랑 완전 똑같다니까."

토니는 사무실로 돌아가고, 아디나는 크루아상을 사두기 위해 남는다. 몸이 반발하지 않도록 운동 후 한 시간 안에 음식을 먹으라는 욜란다 K의 조언 때문이다.

그녀는 토니가 집에 대해 한 말을 생각한다. 집이라는 개념이 이렇게 모호해도 괜찮은 걸까? 내가 온 행성이 있다는 걸 알지만 그 위치는 모른다는 것이? 만약 귀뚜라미 쌀 행성을 어떻게든 찾아내 돌아가게 되면, 그곳에서 지구에 대해 향수를 느끼게 될까? 지구병에 걸린다든가?

"언젠가 네가 스스로의 아름다움을 깨닫게 될 날이 오면, 난 네 사진을 찍을 거야." 어떤 목소리가 들려온다. 아디나는 돌아본다. 가브리엘 가르시아 마르케스를 닮았다는 그 남자가 그녀를 바라보고 있다. 그는 진지한 표정을 하고 목에는 오래된 카메라를 걸고 있다. "내가 누군지 알아?"

아디나가 말한다. "마술적 현실주의를 발명한 사람이요."

그가 말한다. "난 네 아버지야."

*

아디나는 헬스장에서 엄마에게 전화를 한다. "어떻게 내가 그 사람이 진짜 아빠라는 걸 알 수 있어요?"

"좀 독특하고 약간 이상해보이지 않던? 그리고 무엇보다, 진짜진짜 이탈리아인처럼 생겼고?"

"가브리엘 가르시아 마르케스랑 완전 판박이이던데요."

"누구?"

"나한테도 있다는 걸 자꾸 까먹어버려요. 그러니까, 아빠 말이에요."

"모두에게 아빠가 있어, 아디나." 엄마의 목소리는 조용하고 차분하다. "내가 궁금한 건, 너 그 사람이랑 연락하고 지내고 싶니?" "모르겠어요!" 아디나의 목소리 크기에 요가 매트에서 스트레칭을 하던 여자가 깜짝 놀란다. "생각을 해봐야겠어요! 저 수업에 늦었어요!"

*

욜란다 K가 외치는 말들.

제가 이야기를 하나 해줄 테니까 그동안 계속 움직이세요. 예전에 만났던 여자 친구가 있는데, 맨날 '아니'라는 말밖에 하지 않았답니다! 계속 움직여요. 제가 "이 영화 마음에 들어?", "개구리 좋아해?"라고 물어봐도 언제나 '아니'라고 했죠! 계속 움직여요. 그래서 제가 말했어요. "부탁이니까 가끔은 '응'이라고 말해줄 수 있을까?" 힘을 반만 쓰지 말아요, 저스틴, 끝까지 다 써요! 자, 한번 추측해봐요—제 여자 친구가 뭐라고 답했을까요? 계속 움직여요. 그 사람은 늘 뭐든 할 수 없다는 태도를 갖고 있었죠! 나는 못 해 여자였어요! 허니듀 멜론 같았달까요. 그래요, 바로 그거예요, 마를레네. 하지만 그렇게 달콤하진 않았죠!

★

그들은 중국 레스토랑에서 만나 물을 마신다.

아디나가 참깨 치킨을 주문하자 그가 미소를 짓는다. "네 엄마가 제일 좋아하는 거지."

그는 말한다. "일 때문에 잠깐 여기에 있다가, 다시 필라델피아로 돌아갈 거야."

그는 말한다. "네 엄마는 항상 너무 물러터졌어."

아디나는 그의 눈가와 입가의 깊은 주름을 기억한다. 웨이트리스가 기다리는 동안 메뉴를 고민하는 척하는 모습도. 그를 구성하는 사소한 것들. 빛바랜 데님 버튼다운 셔츠를 날을 세워 다림질한 청바지 안에 집어넣은 옷차림, 두툼한 검은 지갑을 펼쳤을 때 보이는 지폐들. 지갑엔 누구의 사진도 들어있지 않다. 도장 반지들을 낀 손가락. 상록수, 올리브, 예리하게 벼린 칼 같은 냄새.

그는 말한다. "돈은 필요 없니? 정말로?"

✱

크리스마스 연휴를 맞아 집에 가기 위해 토니가 아디나를 태우러 오고, 뒷자리에는 도미닉이 앉아 있다. 그는 얇은 블랙 데님에 스트로크(뉴욕에서 결성된 포스트 펑크 밴드) 티셔츠를 입고 있다. "잘 지냈어, 꼬마?"

토니가 말한다. "아무도 놀라지 않겠지만, 도미닉은 결국 힙스터가 됐어."

머스탱에는 여전히 흙냄새가 배어 있고, 속도를 높일 때마다 마치 자전거 바큇살에 꽂힌 카드가 휘날리는 듯한 소리가 나는 것도 그대로다. 머스탱은 언제나 토니와 도미닉 남매를 그대로 반영했다. 반항적이고, 대체 불가능한 존재.

도미닉은 자신이 버터넛을 무릎에 안고 가도 되냐고 묻고, 작은 개는 그의 팔꿈치에 턱을 괴고 잠이 든다.

✱

아디나가 도착했을 때, 엄마는 아직 직장에 있다. 줄줄이 걸린 꼬마 전구, 쿠키 틴케이스, 반달형 탁자에 쌓여 있는 교과서들. 아디나는 엄마의 밀린 설거지를 하고, 빨래를 개고, 〈내셔널 인콰이어러〉 잡지 더미에서 하나를 골라 읽는다. 은하계 생물체가 랜초 쿠카몽가에 있는 양로원 노인들을 납치했고, 그들의 자녀들이 양로원 비용에 대해 외계인을 고소했다. 아디나는 집에 돌아오면 먼저 엄마의 기쁨을 방으로 한 권 갖고 들어간다. 그다음 자신과 밀접한 정체성에 관해 온갖 부정확한 이론들로 쓴 기사들을 읽으며 시간을 보낸다. 저녁 8시가 넘자, 엄마는 문을 벌컥 열고 들어온다. 한 손에는 마트 봉지를 들고 있다. 버터넛이 엄마의 종아리에 몸을 던진다. 엄마는 더 이상 기도의 힘으로 굴러가던 폭스바겐을 타지 않고, 도요타 자동차의 믿음직한 캠리를 타고 다닌다.

아디나는 엄마의 손에서 마트 봉지를 받아 들며 말한다. "아빠랑 연락하고 지내고 싶지 않아요."

엄마는 봉지에서 당근 한 꾸러미와 빨간색과 오렌지색 피망, 펜네 한 상자, 두루마리 휴지 한 개를 꺼낸다. 그리고 당근 두 개를 집어 콧수염을 만들어 보인다. "그럼 그걸로 끝이네."

둘은 피망을 썬다. "한입에 꽉 찰 정도로 크게 썰어." 엄마가 말한다. 아디나는 엄마가 '입에 꽉 찬다' 같은 표현, 섹스와 떼어놓을 수 없는 그런 말을 쓰는 게 싫다. 빨다, 손가락 구멍, 고추도 그런 단어들이다. 그녀는 엄마에게 입에 꽉 찬다는 표현을 더 이상 쓰지 말라고 하지만, 엄마는 칼을 손에 쥔 채 위아래로 펄쩍펄쩍 뛰며 노래를 부른다. *입에 꽉 차게!* 작은 개도 뒷다리로 일어서서 앞발을 들썩인다.

줄전구를 거실에 몇 개 더 장식한다. 엄마는 자정미사에 가고 싶다고 한다. "전부 위선이야. 가톨릭은 뼛속 깊이 자국을 남겨. 한번 배우면 지울 수가 없어"라고 말하면서.

그들은 2인용 자리를 세팅하고, 엄마가 씹는 소리를 듣지 않기 위해 아디나는 음악을 튼다. 버터넛은 엄마의 무릎 위에서, 엄마가 사준 요정 견습생이라고 쓰인 스웨터를 입고 잠들어 있다. 아디나는 엄마도 비틀스가 끔찍하다는 것에 동의했다고 생각했었지만, 지금 엄마는 〈리볼버Revolver〉 앨범에 맞춰 어깨를 들썩이고 있다. 가톨릭교회, 밥을 먹는 동안 트는 음악, 스웨터. 거실 곳곳에 덮인 담요들의 섬유가 전구 불빛 아래에서 빛난다. 나이가 드는 일은 아디나의 엄마를 밖에 꺼내둔 버터처럼 서서히 부드러워지게 만든다. 다른 사람들에게는 이 모든 게 그저 난장판처럼 보일지 모른다. 하지만 딸을 지켜야 한다는 압박에서 벗어나 자유롭고, 억양 없는 목소리로 〈택스맨Taxman〉을 따라 부르며, 노란색 메모 패드에 미리 적어둔 질문을 딸에게 묻는 이 새로운 엄마가 아디나는 마음에 든다. "토니와 오드리는 어떻게 되어가는 거야? 요즘 네가 가장 빠져 있는 건 뭐야?"

"'요즘 네가 빠져 있는 건 뭐야'라고 거기 적어두신 거예요?"

엄마는 메모 패드를 기울여 보여준다. '아디나가 요즘 빠져

있는 건 뭘까?'

아디나는 엄마에게 자신의 삶에서 가장 중요한 관계는 작은 개와 SETI 연구소(외계 지적 생명체 탐사를 위한 국제 연구 기관)와 욜란다 K뿐이라고 말한다. 왜냐하면 욜란다 K는 동작을 몇 번 하는지와 상관없이 그 자체로 가치 있게 여기고, 그저 허벅지가 건강하길 원하니까.

"연애 얘기는 하고 싶지 않은 거지." 엄마가 작게 한숨을 쉬고 말을 잇는다. "알았어. 음, 나 좋아하는 사람이 있어. 그 사람 이름은 찰스야. 전기 기사야. 수학철학 수업을 같이 들어. 아직 그 사람의 모든 걸 알지는 못해. 초반이거든."

"찰리요?" 아디나는 마치 그 이름이 범죄라도 저지른 것처럼 발음한다.

"찰스." 엄마는 그 이름이 무언가를 지탱하는 기둥이라도 되는 것처럼 발음한다. "가족 이름이래. 아마 아일랜드인인 것 같아."

아디나는 거실 소파에서 앉아 마크를 기다리던 엄마를 떠올린다. 벗어둔 하이힐. 팬티스타킹의 울퉁불퉁한 발가락 봉제선. 그리고 말한다. "어떻게 가전제품은 자동으로 켜지게끔 설정될 수 있는 걸까요? 기계가 저절로 켜질 수 있으면, 그건 완전히 꺼지지는 않았다는 뜻 아니에요?"

"잘 모르겠네." 엄마는 이 질문이 대화를 더 깊이 파고들기 위한 게 아니라 그냥 넘어가자는 뜻인 줄 이해하지 못한다. "찰스한테 물어볼게."

아까의 관찰들이 강렬한 명확성을 띤다. 음악, 담요, 줄줄이 달아놓은 꼬마 전구. 엄마를 부드럽게 만든 건 나이가 아니라 로맨스였다.

*

아디나는 팩스를 보낸다. 인간은 부모를 욕구 없는 존재로 생각하며 평생을 살아가요. 그들은 자기 엄마가 섹스나 죽음에 대해 말하는 걸 바라지 않아요.

*

인간은 거의 모든 음식 위에 반숙 계란프라이를 올려요. 대부분의 인간은 이게 아주 맛있다고 생각하죠. 이 사람들은 도넛을 베어 물면 잼(끔찍해요)이나 초콜릿 트러플, 체리 시럽(끔찍해요)이 터져 나오는 걸 기뻐하는 사람들과 같은 부류예요.

만약 당신이 크로크 마담(기혼)이나 크로크 마드무아젤(미혼)을 주문하면서 위에 올라가는 반숙 계란프라이는 빼달라고 요청하면, 함께 있는 인간은 언제나 이렇게 말할 거예요. 아니, 그게 제일 맛있는 부분인데! 그리고 만약 직원이 당신의 요청을 잊어버려 토스트가 계란프라이를 얹은 채 나온다면, 당신은 어쩔 수 없이 나이프를 이용해 그걸 접시 옆으로 조심스럽게 치워야 하고, 당신과 함께 온 인간이 접시 끝에서 삐딱하게 걸쳐 있는 계란프라이를 발견하면 바로 당신을 꾸짖을 거예요. 당신이 그럼, 네가 이 계란프라이 먹을래, 라고 물으면, 그들은 그 질문에 기분이 상하기라도 한 듯이 아니라고 말하겠죠.

*

핼러윈이다. 욜란다 K는 나뭇잎 형태에 영감을 받은 점프수트를 입는다. 할랄 고기 노점상들은 천막에 호박 모양 장식을 매단다. 이날 토니가 다니는 출판사에서 한 유명 작가가 공감에 대해서 이야기하는 강연을 여는데, 이 행사에 핼러윈 코스튬 착용이 필수라는 사실이 실수로 공지되지 않았다. 평범한 옷차림으로 도착한 아디나에게 토니는 "문제없어, 네 것을 하나 챙겨 왔거든" 하고 말한다. 토니는 파란 원피스 차림에 머리에는 악마의 뿔을 달고 아주 즐거운 모습으로 토트백에서 화성인 안테나 머리띠를 꺼낸다. 아디나는 그것을 쓰고, 토니는 손뼉을 치며 그녀의 주위를 춤추듯 돈다. 오드리가 곧 도착할 예정이다. 설렘이 아디나를 낙관적으로 만든다.

유명 작가는 최근에 채식주의에 관한 시집을 출간했다. 줄을 선 사람들에게 그녀는 자신이 책에 사인을 해주지 않을 거라고 말한다. "대신, 여러분이 제 책에 사인을 하게 될 거예요." 작가가 말한다.

줄에 서 있던 사람들은 의미심장한 듯 웅성거린다. 조끼 입은 한 남자는 작가에게 예일 대학교에서 그녀의 작품을 공부했다고 말한다.

"이 아이비리그(미국 동북부의 명문 대학 그룹) 세계의 노예가 되지 말아요." 작가가 그에게 말한다.

"선생님도 아이비리그 학교를 다니지 않았어요?" 그가 묻는다.

"그렇긴 한데 전 장학금으로 다녔어요."

"장학금이요?"

"정확히는 지원금이요. 우리 할머니한테서요."

아디나는 자기 차례가 되자 유명 작가에게 자신이 토니의 친구이고, 공감이란 사람의 몸속에서 꽃이 피어나는 효과와 같다고 묘사하는 연구 기사를 읽었다고 말한다.

"당신 안테나가 마음에 드네요." 유명 작가가 말한다.

"고마워요. 저는 외계인이거든요."

"우리 모두가 그렇죠. 이번에 우주에서 새롭게 발견된 사실들에 대한 기사를 읽었나요? 꽤 좋은 기사였어요. 그 허접한 잡지치고는." 유명 작가가 말한다.

"당신 거기에 시를 싣지 않았던가요?" 줄을 서 있던 누군가가 묻는다.

유명 작가가 대답한다. "두 편이요."

*

파티는 개조한 열차 차량에서 열린다. 영화 속 살인마와 정치인으로 분장한 문학계 인사들이 토르텔리니를 서로의 접시에서 가져다 먹으며 유명 작가 주위를 서성거린다. 한편, 지난번 또 다른 파티에서 아디나에게 어디서 "제대로 된 코카인"을 구할 수 있는지 아냐고 물었던 책방 주인이 모퉁이에 앉아서 유명 작가의 시집을 팔고 있다.

토니는 *페퍼 상사*(비틀스의 여덟 번째 정규 앨범을 가리킴) 재킷을 입은 남자를 끌고 와서 아디나에게 소개한다. "내 친구 소개할게. 얜 외계인이야!"

"나는 믿고 싶다."(드라마 〈엑스파일〉의 유명한 대사) 그가 말한다.

"그럼 다른 외계인들한테도 말해줄게요." 아디나가 말한다. "당신은 비틀스 멤버 중 누구예요?"

"멕시코 출신 멤버요!"

"난 비틀스 안 좋아해요."

"모두가 비틀스를 좋아해요!"

"그럼 난 모두에 해당하지 않는 것 같군요."

"물론이죠. 당신은 다른 행성에서 왔잖아요."

그의 이름은 미겔이다. 날카로운 절벽을 따라 부드럽게 휘어진 선 같은 얼굴. 그가 맥주를 마시며 내는 꿀꺽 소리는 아디나를 짜증 나게 만들지 않는다. 그는 2차 파티에 갈 거냐고 묻고, 아디나는 사전 파티에 갔으니, 이미 2차이며 그녀로서는 이미 너무 많은 파티에 참석한 거라고 말한다. 그는 웃으며 그럼 3차는 갈 건지 묻고 그녀는 어쩌면, 이라고 대답한다. 가벼운 농담은 2차와 3차 파티와 달콤한 샤도네이 한 잔을 거치며 이어진다. 한마디로 플러팅 중이다.

한 취한 사람이 미겔에게 라이터를 내놓으라며 그에게 달려들지만, 라이터가 없다는 걸 알자 슬픔에 빠진 얼굴로 떠난다. 바텐더가 음악 볼륨을 높인다. 파티장의 뜨거운 공기가 아디나를 숨 막히게 한다.

미겔은 자신이 피아노를 치며 공감각이 있다고 말한다. "난 소리를 보고 색깔을 느낄 수 있어요. 당신 목소리가 어떤 모습인지 알고 싶어요?"

"난 소리가 싫어요!"

"소리를 싫어하는 사람이 어디 있어요?"

"나는 특정 소리에 극도로 예민해요! 사람들이 먹을 때 내는 소리 같은 거요! 목 가다듬는 소리! 의자를 바닥에 끄는 소리! 그런 것들에 살인 충동이 일어나요!"

미겔이 주위를 가리킨다.

"주변 소리는 괜찮아요! 내가 견디지 못하는 건 더 조용한 소음이에요!"

"그래서 비틀스를 싫어하는 거예요?"

"비틀스는 이 세상에서 잘못된 것의 집합체예요!"

그는 눈을 깜박이며 입을 다문다. 아디나는 자신의 의견이 사회적으로 용인되는 선을 넘어섰던 다른 순간들 덕분에 이런 반응에 담긴 의미를 알아챈다.

"비틀스는 내가 음악가가 된 이유예요." 그가 말한다.

"네, 만나서 반가웠어요. 당신이 그 비겁한 여자의 브로콜리 시집을 즐겁게 읽으시길 바라요!"

미겔이 웃는다. 취한 사람이 다시 나타나 라이터를 달라고 조른다. "이 사람을 밖으로 데려가서 도와줄 사람을 찾아봐야겠어요."

이걸로 끝이구나, 아디나는 생각한다. 그녀는 토니를 찾아 작별 인사를 한다. 입구 바깥에서는 유명 작가가 자신에게 완전히 몰입한 학생 무리에게 자신은 지구상에 살아 있는 어떤 사람들과도 관계가 없다고 말하는 중이다.

"그럴 리가 없잖아요." 미겔이 말한다.

"고통스럽게도, 완전히 사실이랍니다." 유명 작가가 답한다.

아디나는 그 뒤로 몰래 빠져나간다. 위엄을 지킨 채로 집까지 걸어가기 위해 여전히 안테나를 달고 있다.

"외계인 아가씨! 기다려요! 가는 거예요?" 미겔이 따라잡는다.

"마지막 파티를 위해 집으로 가려고요." 아디나가 말한다. "내 방 침대에 누워 있는 파티죠."

"나도 그 파티에 가고 싶어요." 미겔은 이렇게 말하고는 얼굴을 붉힌다. "내 말은, 나도 침대에 가고 싶다고요. 당신이랑 같이는 아니고. 내 침대에…… 내일 아침 일찍 치과 예약이 있거든요. 당신 집까지 같이 걸어가도 될까요? 당신의 솔직함이 신선했거든요."

"그럼 가는 동안 1년 뒤에도 당신이 나를 똑같이 신선하게 생각할지 얘기해보죠."

말이 지나치게 완고하게 나왔고 아디나는 당장 철회하고 싶어진다. "치과 의사가 당신한테도 눈을 감으라고 하나요?" 아디나가 말한다. "검진할 때요. 눈을 뜨고 있으면 그 사람들을 엿보는 것 같긴 하지만, 눈을 감으면 내가 잠든 줄 알까 봐 싫어요. 내가 깨어 있고 함께 있다는 걸 보여주고 싶거든요."

"그럴 때 난 항상 눈을 감아요. 키스할 때처럼요." 미겔이 말한다.

유명 작가는 점점 추종자들을 잃고 있다. 작가가 크게 외친다. "저는 가난하게 자랐습니다. 차도, 스마트폰도, 아무것도 없었죠."

아디나는 그 말이 곧 부유하게 자랐다는 뜻임을 안다. 돈 있는 사람들은 자신이 갖지 못한 것의 리스트를 읊는다. 가난한 사람들은 자신들이 가진 것을 센다.

 사람들이 가장 실수하기 쉬운 순간은 바로 헤어질 시간이다. 아디나는 거리에서 이런 장면을 수없이 목격해왔다. 그들은 아까 일이나 아무 관련도 없는 대화에 대해 언급하고, 교통 체증을 조심하라고 경고를 하고, 거짓 약속을 하거나, 더 끔찍하게는 서로에게 원치 않는 포옹을 강요한다. 미겔은 경고도, 요구도, 약속도 하지 않는다. 그는 그녀와 악수한 뒤 적당한 속도로 걸어서 떠난다. 사무적이지만, 불친절하지는 않다. 그의 재킷은 고급이다. 그는 키가 작고, 마치 음악을 듣고 있는 것처럼 리듬감 있게 걷는다. 그러다 그가 멈춰서, 돌아서서, 그녀 쪽으로 다가와 몸을 기울이며 둘 사이에 공모를 꾸미는 듯한 공간을 만든다. "진지하게 말하는 건데, 나도 외계인이에요."

 안테나가 흔들린다. 그녀가 대답하기도 전에 그는 안녕, 아디나, 하고 떠난다. 그의 위로 커다란 달이, 보름달인지 아직 덜 찼는지 확실히 알 수 없는 달이 떠 있다.

*

 아디나가 집에 돌아오자 팡파르가 울린다. 신이 난 버터넛이 함께 환호하고 또 환호한다.

 드디어 다른 존재를 만난 것 같아요! 공감각을 가진 피아니스트예요! 그 사람이 우리 종족 중 한 명인가요? 이름은 미겔

이에요! 그녀가 팩스를 보낸다.

그녀는 미겔에 대해 생각한다.

✷

욜란다 K는 회원들이 윈드밀 마지막 세트를 하는 동안에 특별한 노래를 틀어주겠다고 한다.

티나 터너의 〈(그저) 최고야(Simply) The Best〉가 공간을 가득 채운다. 욜란다 K는 나선을 그리는 팔들 사이를 걸어 다니며 자세를 고쳐주면서 독백을 시작한다.

"여러분 그 배우 알지요?" 그녀는 영화에서 용감한 고양이 역할로 유명해진 여자 배우 이름을 댄다. "그 배우가 예전에는 운동을 대수롭지 않게 여겼었대요. 그러다 우리 센터의 다른 지점에서 그룹 클래스에 들어갔는데, 어떻게 됐는지 아세요? 완전히 **빠져버렸어요**. 운동이 우울증과 태도, 자의식과 인생관, 불안과 전반적인 삶 전부에 도움이 됐죠. 운동은 단순히 여러분의 신체에 대한 것만이 아니에요. 여러분의 뇌에 대한 거고, 덧붙이자면 여러분의 아름다움에 대한 거죠. 여러분이 여길 나가면 다른 사람들을 신경 쓰느라 바쁘겠지만, 이 순간만큼은 여러분 스스로를 위한 시간이에요. 자기 자신을 위해서 뭔가를 하는 사람의 모습은 절대로 안 멋져 보일 수가 없어요."

아디나는 즉시 예외를 생각한다. 살인. 근친상간. 근친상간을 하러 가는 길에 저지르는 살인.

티나 터너가 노래한다. 넌 누구보다도 나아, 내가 만난 그 누구보다도.

욜란다 K가 말한다. "이제 런지 스무 번만 하고, 챔피언처럼 주말을 보내러 가죠."

회원들은 런지를 스무 번, 아니 서른 번을 한다. 그런 다음 욜란다 K는 자신을 위해 스무 번만 더 할 수 있겠느냐고 묻는다. 물론 할 수 있다. 아디나는 하루 종일이라도 런지를 할 수 있을 것만 같다. 하지만 욜란다 K는 "수업 끝!"이라고 말하며 회원들에게 얼른 나가줘야 한다고 말한다. 다음 수업을 하는 남자는 진짜 성격 나쁜 놈이기 때문이다.

*

스누피 애호가들이 있어요. 그 사람들은 세계 곳곳을 여행하며 기념품을 모아요. 스누피처럼 옷을 입고, 자기 아이들에게 스누피 캐릭터를 따라 이름을 지어주고, 대사가 없는 개가 등장하는 게 건방지며 만화를 망쳤다고 믿는 찰리 브라운 애호가들(산티노에 따르면 완전히 다른 집단이고 아주 사납대요)과 논쟁을 벌여요.

이 보고서는 아디나가 전하고자 하는 핵심을 표현하지 못한다. 그래서 다시 시도한다.

세상에 인간이 의견을 갖지 못하는 대상은 없는 것 같아요.

이것도 뭔가 부족하다.

취미는 시간을 보내고 정신을 환기하는 기분 좋은 방법이에요. 우표 수집, 빵 굽기 같은 거요. 마음을 향해 거기 말고 이쪽을 봐, 라고 외치는 방식이죠. 하지만 그렇다고 불가피한 걸 피할 수는 없어요. 취미가 인간을 현재에 머물도록 만들어, 죽음에 대해 생각하지 않게 할 수는 있죠. 그러나 불가피한 것은 그림자를 드리우며 슬며시 나타나 서서히 자라나요.

*

미겔은 아디나를 공연에 초대하고, 약속한 날이 되자 그녀는 연습용 스튜디오의 미궁을 거쳐 그를 찾는다. 지나가는 곳곳마다 연습실에서 음악이 새어 나온다. 협주곡의 마지막 부분을 연습하는 바이올린 연주자, 현악 4중주단, 첼로 위로 머리를 숙이고 토끼풀처럼 모여 있는 사람들, 플루트! 불협화음을 내는 오케스트라. 복도 끝에서 아디나는 걸음을 멈추고 그 소리들이 하나로 합쳐지는 순간을 듣는다.

검은 상자 같은 공연장 안, 무대 위 단상에는 몇 사람들이 피아노 주위를 서성이고 있다. 피아노 앞에 앉아 있던 미겔은 아디나가 들어오자 손을 흔든다. 조명이 어두워진다. 모두가 자기 자리를 찾아 앉고, 바닥까지 닿는 검은 드레스를 입은 키 큰 여자가 마이크 앞으로 나서며 환영 인사를 전한다. 그리고 〈나의 날이 올 거야*My day will come*〉를 부를 거라고 말한다. 여자와 미겔이 서로를 보고 미소 짓는다. 시작해도 좋다는 뜻이다.

여자가 노래를 부르는 동안, 아디나는 지금 듣고 있는 것이 자신이 오랫동안 은밀하게 감춰왔던 바로 그것임을 깨닫는다. 노랫소리는 거칠고 흉측하며 가장자리가 떨린다. 이 가수는 일반적인 의미에서 안정된 사람이 아닐 것이다. 하지만 어쩌면, 그 누구보다 더 안정된 걸 수도 있다. 미겔은 부드럽게 반복되는 악절을 연주하다가, 그것을 점점 강렬한 멜로디로 만들어간다. 반복되는 코러스는 마치 필립 글래스의 음악처럼 변주되지만, 연주가 거듭될수록 리듬과 감정이 미묘하게 달라진다. 아디나는 가수가 소리를 만드는 독특한 방식에 사로잡혀 꼼짝할 수 없는 느낌을 받는다. 미겔도 그녀가 대중을 사로잡는 힘이 있다는 것을 아는 게 분명하다. 왜냐하면 노래가 끝나자 그는 그녀와 포옹하고서 관객이 박수를 칠 수 있도록 마이크에 대고, 세라 글라이드입니다, 여러분, 이라고 말했기 때문이다. 미겔의 눈은 따스한 존경심으로 빛난다. 관중 속에서 박수를 치며 아디나는 그 모습으로 인해 그를 더욱 좋아하게 된다.

*

인간은 감탄을 표현할 때 양 손뼉을 부딪쳐요. 감탄하는 마

음이 클수록 더 세게, 더 오래 치죠.

*

욜란다 K.

"여러분이 진심 어린 마음으로 손을 뻗을 때마다, 누군가는 응답할 거예요. 클래스에 있는 다른 회원과 눈을 마주쳐보세요. 아무하고나요. 이건 제안이 아니에요. 당장 하세요."

모두가 누군가를 보고 있어서 아디나는 거울 속의 자신을 본다. 버터처럼 윤이 나는 여신 같은 존재가 있기를 기대하지만, 눈을 마주치는 건 반팔 상의를 입고 얌전하게 런지를 하고 있는 조그만 여자다. 머리카락은 흐트러져 갈 길을 잃은 후광처럼 머리 위에서 곱슬거린다. 보기 흉한 홍조가 뺨과 목에 번져 있다.

"웃어요. 우리들 하나하나가 모두 같은 팀이고, 전부 일등이에요." 욜란다 K가 말한다.

아디나는 거울 속의 여자에게 미소를 짓는다. 물리학 법칙에 묶인 거울 속의 여자도 그녀에게 미소를 되돌려준다.

*

토니의 상사는 토니에게 더 새롭고 특이한 걸 원하는 독자층에 호소할 수 있는 프로젝트를 시작해보라고 한다. 아디나와 토니는 데이트용 식사라고 부르는 콥샐러드와 참깨 피자를 주문한다.

"아이디어가 점점 더 산으로 가고 있는 것 같아." 토니가 말하고, 아디나는 흥미롭다는 듯 와인을 홀짝인다.

"네 메모들 말이야." 토니가 말한다. "그거야말로 세상에 필요한 건데."

"아무도 내 메모를 필요로 하지 않아."

"넌 예전에 지구상의 모든 사람들을 만나고 싶어 했었어, 아디나. 네가 그걸로 책을 내면 모두를 만나지는 못하겠지만, 지금보다 훨씬 더 많은 사람들을 만나게 될 거야. 네가 그러길 바란다면 말이지."

"그때 이후로 난 많은 사람을 만났어…… 그리고 더는 그걸 원하지 않아." 아디나가 말한다.

"네 말 안 믿어. 설득하려는 건 아니야. 그냥 한번 생각해봐."

"메모들을 정리하려면 몇 년은 걸릴 거야."

"전부 파일 안에 완벽하게 정리해놨잖아. 너도 잘 알면서."

아디나는 최근에 소리를 볼 수 있는 한 피아니스트를 만났다는 이야기를 한다. 호랑이도 제 말 하면 온다는 것처럼 그에게 문자가 온다.

"소리를 볼 수 있는 피아니스트라." 토니는 특유의 말투로 반응한다.

와인! 그건 정말 최악이에요!

와인은 사람들이 이야기하는 방식, 파는 방식, 그걸 넣는 병에 이르기까지 병적으로 집착하는 액체예요. 레드와인은 어두운 벽으로 된 도서관 같은 맛이 나고, 화이트와인은 먼 곳을 보는 여자 같은 향이 나요.

그렇게 끔찍하다면, 어째서 인간은 그것을 마시는가?

왜냐하면, 인간이 즐기는 다른 많은 것들처럼, 와인은 그들을 자신의 몸으로부터 해방해주거든요. 다른 예로는 담요와 가운이 있어요. 사람들은 호텔에서 발견했던 훌륭한 가운에 대해서 영원히 이야기하지요.

*

미겔은 언제든 캠핑을 떠날 사람처럼 플란넬 셔츠 위에 푹신한 오렌지색 조끼를 입고 있다. 아디나는 그가 이 밤중에 자신처럼 깨어 있다는 사실이 두렵다. 어느 날 밤, 그는 비를 맞으며 아디나의 아파트 현관 계단에 서서 그녀가 비틀스 음악을 틀고 거칠게 엉망으로 노래하는 소리를 듣는다. 그는 집으로 돌아가기로 한다.

"잘 있어요. 당신 목소리가 꼭 임스의 새들(가구 디자이너 찰스

임스와 레이 임스가 디자인한 장식용 새) 같았어요."

 정말로 그가 떠난다면 난 스스로를 용서하지 못할 거야. 그녀는 사과하고 그에게 들어오라고 말한다. 그를 떠나게 하려고 그렇게 애를 써놓고서는 이러는 게 창피하지만, 그녀는 맥주와 그릴드 치즈를 약속하고 그를 안으로 들인다. 열차가 지나가며 아파트가 흔들린다. 버터넛은 웅크리고 있던 몸을 펴고 어두운색 재킷을 벗는 이 남자를 신나게 반긴다. 그녀는 자신의 작은 개가 예언자인지 배신자인지 모르겠다. 미겔은 그릴드 치즈가 자신이 먹어본 것 중에서 최고라고 말한다. 그녀는 최고라니, 됐어요, 라고 말하고 그가 대답한다. "정말이에요, 진짜 최고예요." 아디나는 그동안 자신이 외면해온 모든 추하고 불편한 진실들과 마주해야만, 그에게 마땅한 사람의 절반만큼이라도 될 수 있다는 걸 알고 있다. 그런 생각만으로도 이미 지쳐버리고, 그는 설거지는 아침에 하면 되니까 미용실 간판에서 비치는 푸른 빛 속에 누워 있자고 말한다. 그 빛은 그녀의 침실 안의 모든 것을 바다 생물들처럼 보이게 만들고, 그녀는 묻는다. 필라델피아 북동부에 있는 마틴 아쿠아리움에 대해 들어본 적 있어요? 그는 아니요, 필라델피아에는 한 번도 가본 적 없거든요, 그렇게 말하지만, 두려워하는 목소리는 아니다. 그 도시가 그녀 안에서 만들어내는 어떤 모양, 그녀의 말끝을 날카롭게 만들고 입꼬리를 아래로 끌어 내리게 하는 것에 대해 그녀는 아무것도 떨쳐버릴 수가 없는데. 그녀는 점점 더 피곤해진다. 이제 자신이 설명해야 할 것은 여태 엄마와 토니 외에는—지금 토니에게 전화할 수 있으면 얼마나 좋을까—누구에게도 말한 적 없는 '엄청난 일'이니까. 그는 그녀가 말하고 싶다면 듣고 싶다고 말하고, 그녀는 전부 얘기하려면 수십 년은 걸릴 거라고 대답하지만, 정말 그러려면 으스대는 베타 물고기의 꼬리와 그것을 건져 올렸던 부드러운 초록색 그물부터 이야기를 시작해야 할 테지만 그런 이야기들은 그녀의 엄마와 날아다니는 풍선 남자와 지금까지 그녀가 새로운 삶의 단계를 통과할 때면 항상 잔혹한 고통과 무자비한 탈피를 겪어야 했다는 것을 설명하지 않으면 이해할 수 없는 내용이다. 그래서 그녀는 생각한다, 이럴 수가, 이 모든 게 그릴드 치즈를 먹고 싶어서라니! 이 논리는 타당하지 않지만, 자신을 엉망으로 만들 수도 있는 중요한 일이 벌어지려는 순간, 불안하게 떨리며 반짝이는 가장자리에 서 있음을 깨달은 사람한테 흔히 보이는 종류의 논리이다. 만약 인류나 엔트로피, 안드로메다가 조금만 친절하다면 지금 이 순간은 의미 있는 경험이 될 수도 있고, 최소한 상처를 주지는 않을지도 모르고, 아니, 최소한, 그렇게 많이 아프지는 않을 것이며, 어쩌면 그녀와 세상의 모든 것 사이, 그녀와 그녀 자신의 사이의 거리를 메워줄지도 모른다. 그리고 그는 말한다. 초록색은 정말 다양하다고. 그러니까 아디나가 부드러운 초록색 그물에 대해 말할 때, 이렇게 묻는다. 그건 어떤 빛깔의 초록색이었냐고—개구리, 렌틸콩, 에메랄드, 리마콩, 연꽃잎, 솔잎? 아니면 풀?

*

아디나는 마지막으로 보냈던 오래전 팩스들을 워드 문서에 타이핑한다. 그리고 어린 시절의 자신을 방문하는 일을 이제 끝내기로 한다. 12센티미터 두께의 종이 뭉치에 쓰인 배움과 실패의 세월. 그녀는 이것이 터무니없는 일인지, 아니면 기특히 여길 만한 일인지 결정하지 못한 채, 그 문서를 토니에게 이메일로 보낸다.

타이핑 작업 때문에 손목에는 기분 좋은 뻐근함이 남았고, 그게 뿌듯하다. 열차에서 내려 집으로 돌아오며 그녀는 농산물 가게에 들른다. 컬리플라워의 머리들이 그녀에게 감탄한다. 그녀도 그들에게 감탄한다. 차이브들은 환호해준다.

"브리 치즈?" 친절한 얼굴의 농부가 묻는다.

"아니요, 괜찮아요." 그녀가 말한다.

"빵은요?"

그녀는 태양이 가게 유리창들과 협상하는 모습을 즐기면서, "괜찮아요"라는 말을 거듭하며 길을 따라 걸어간다. 머리 위로는 7호선 열차가 휘파람 소리를 내며 달린다.

*

아디나는 인터넷에서 찾은 수백 년 된 레시피로 미겔에게 라자냐를 구워준다. 그걸 만들기 위해서 특정 치즈를 찾아 도심까지 가야 했고, 엄마한테도 몇 번이나 전화를 걸어서 물어봐야 했다. 그녀는 미겔을 부드러운 반죽으로 가득 채워서, 그가 눈을 반쯤 감고 즐겁게 음미하는 으으음 소리를 내게 하고 싶다.

엄마는 기뻐한다. "네가 역대급으로 시칠리아 사람 같은 순간이야."

그는 끈으로 묶인 상자를 들고 도착한다. 그녀의 부엌은 두 사람이 들어가기에 너무 작다. 둘은 서로를 피해 어정거리다가, 결국 그가 먼저 식탁에 앉아 다리를 한쪽씩 번갈아 뻗을 수 있도록 자리를 잡고 기다리기로 한다.

라자냐는 평범하다. 면을 준비할 때 서두른 탓에 최종 결과물에 작은 덩어리들이 생겼다. 미겔은 이보다 더 훌륭한 음식은 기억이 안 난다고 말한다. 그는 기타 소리 위로 바이올린 소리가 충돌하는 빠른 템포의 노래를 틀고, 그들은 번갈아가며 버터넛과 춤을 춘다.

"보이저의 골든 레코드에 실린 곡이에요. 어떻게 생각해요?" 그가 묻는다.

이 말은 신호일까? 그는 정말 다른 존재일까? 음악은 정신없고 요란하다. 천문학자들은 이 음악으로 외계 생명체들에게 대체 어떤 메시지를 전하고 싶었던 걸까?

그녀가 답한다. "시끄럽네요."

*

잠시 후에, 그는 그녀의 청바지 허리 안쪽으로 손을 미끄러뜨린다. 누군가가 그녀의 그곳을 건드리는 것은 처음이다. 그녀는 고개를 끄덕이고 열정에 압도되기를 기다린다. 그는 다양한 압력과 속도를 시도한다.

"흥미롭네요." 이건 적절한 말이 아니다.

그는 육체적 케미스트리에는 시간이 걸릴 수 있다고 말한다. 다른 모든 것과 마찬가지로 섹스는 관계와 함께 바뀌어간다고. 그녀는 그가 자신도 외계인이라고 했던 게 무슨 뜻이었는지 묻고 싶다. 그는 섹스와 관계에 대해서 많은 것을 알고 있다. 어쩌면 이게 그의 임무일지도 모른다. 인간의 낭만적 연결을 보고하는 것. 그가 선택받은 이유를 알 것 같다. 그의 몸은 민첩한 에너지를 담고 있고, 차에서 내릴 때 손을 내밀어주고, 그녀가 타고 나면 문을 닫아주고, 그녀의 등에서 가장 예민한 부분에 손바닥을 댄다. 그가 특정한 단어를 발음하는 입 모양조차도 매혹적이다. "펠리니." 그가 말한다. "클리토리스."

이 순간 왜 그녀는 아마데오를 떠올리는 걸까. 속옷 안에서 페니스를 꺼내며 짓던, 그 가짜로 놀란 표정. 작은 숨소리. 다시, 또다시 계속되는 장면. 애들아, 누가 왔는지 좀 봐! 종종 아디나가 랜드리 설루션 회사에서 사탕병을 채우고 있거나, 빨래방에서 옷들이 빙빙 돌아가는 걸 바라보고 있을 때면 머릿속에서 아마데오의 페니스를 꺼냈던 순간이 번쩍 스친다. 성난 버섯. 수치심에 얼굴이 달아오른다. 다시, 또다시 계속해서 자나에는 군중들 위로 시선을 던지고, 도미닉은 부서지는 해변의 스프링클러와 갈라진 판자, 수박 껍질들 사이를 지나 그녀를 집으로 데려다준다. 냉소적인 표정을 짓는, 포경된 보랏빛 피부.

✱

세라 글라이드는 초기 다발성 경화증을 앓고 있지만, 아직 일상생활에 영향을 미치지는 않는다. 그녀는 피부가 희고, 화장품 팔레트에서 인기 있는 연한 분홍빛과 모랫빛 색조를 소화할 수 있다. 아디나는 심각한 질병과 엄청난 재능이 합쳐진 세라 글라이드가 친절할 거라고 예상한다. 죽음의 헤드라이트가 비쳤을 때 사람은 삶의 우선순위를 다시 매기니까.

하지만 어느 여름날 뒷마당 파티에서, 누군가가 아디나의 대학 시절 추억의 노래를 틀어서 아디나는 노래를 따라 부른다. 세라 글라이드의 목소리가 사람들의 소음을 뚫고 날카롭게 들려온다. "방금 아디나가 뭐라고 노래했는지 들었어요? '시므온이라는 고래(Simeon the Whale)'래요. 원래는 '나를 내 길로 보내줘(Send me on my way)!'라고요, 아디나! 그게 왜 '시므온이라는 고래'겠어요?"

후덥지근하고 바람 없는 도시의 저녁이다. 미겔은 얼음을 찾아 부엌으로 사라졌다. 여름옷을 입은 낯선 사람들은 만화 속 불길 같은 색깔의 컵을 들고 아디나 주위에 모여 있다.

"난 그게 고래에 대한 노래인 줄 알았어요." 아디나가 말한다.

"귀엽기도 해라." 세라 글라이드가 말한다. "당신이 말하는 건 죄다 괴상해요!" 아디나는 잔인한 말을 명랑하게 포장해 말하는 인간의 성향에 대해 여러 차례 배웠다. 세라 글라이드는 웃고 있고, 햇볕에 피부를 태웠고, 한 사람인 척하고 있지만, 아디나는 그녀가 청재킷을 입고 높게 포니테일을 한 여섯 명의 여자애들이라는 걸 안다. 비록 그녀의 기교적인 목소리가 그 단어를 노래하듯 다섯 음절로 만들지라도. 괴-사-앙-해-요.

*

토니의 상사는 아디나의 글을 작은 책으로 만들어 다음 해 열릴 아트북 페어에 맞춰 한정된 부수로 출간해보자고 한다. 토니는 아디나에게 안 좋은 소식을 전하는 것처럼, 부정적인 반응을 예상하며(그것은 맞았다) 아디나에게 말한다. "아무도 그걸 읽지 않을 거야." 토니가 약속한다. "아주 소박한 부수야."

"얼마나 되는데?"

"500부." 토니는 그 숫자가 쥐꼬리만 한 것처럼 말한다.

"500부?" 아디나가 소리친다.

"다른 작가들에게 부수가 이렇게 작다고 말하면 울었을 거야. 표지부터 출간까지 모든 과정에 네 의견이 반영될 거야."

"출간이라니. 글을 절대로 보내지 말았어야 했는데."

"정말 그랬어야 했지." 토니가 말한다.

*

도미닉은 브루스 스프링스틴의 음악이 자신이 누군지를 숨기려 변장을 하며, 메리라는 이름의 여자와 강가에서 거래를 하고, 항상 불빛 없는 도시 외곽에서 살아가는 것에 관한 것이라고 말한다.

"퀴어를 은유하는 거야." 그가 말한다.

그와 아디나, 토니는 셋이서 뉴욕의 벨트 파크웨이 도로를 타고 브루클린의 코니 아일랜드로 향하고 있다. 도미닉은 말한다. 퀴어는 그들이 어떤 존재인지를 설명해줄 수 있는 단어라고.

"그럼 아디나는 왜 퀴어야?" 토니가 묻는다.

"섹스를 안 하는 것도 퀴어야. 고양이와 섹스하지 않는 방법에도 여러 가지가 있다고."

아디나가 찡그리고 도미닉은 사과한다. 그는 반바지 아래 수영복을 입고 오는 걸 잊었다. 차에서 갈아입기로 하지만, 대신 절대 자기 쪽을 보지 않겠다는 약속을 받아낸다. 그는 뒷좌석 바닥에 몸을 낮추고 반바지를 벗는다.

"코니 아일랜드 대관람차를 탈 수 없다면 난 완전 망하는 거야." 토니가 떠든다. "엄청 실망할 거라고. 말이 나와서 말인데, 오빠, 그거 젖꼭지 피어싱이야?"

"내가 보지 말랬지!" 도미닉이 소리친다.

그들은 해가 질 저녁 무렵에 도착한다. 구름은 분홍색 체크무늬 같고, 해변 산책가에 버려진 핫도그 주변에서 파리들이 윙윙댄다. 아디나와 도미닉은 플라스틱 동물들의 벌어진 입안에 물총을 쏘는 게임을 한다. 아무도 이기지 못한다. "애초에 이길 수 없게 만들어진 게 분명해. 그러니까 항상 다음번에는, 다음번에는, 하고 기대하게 되는 거지." 토니가 말한다.

그들은 대관람차의 표를 산다. 단단한 철제 공간이 그들을 둘러싸며 닫히자, 아디나는 토니의 팔목에 손가락을 감는다.

"걱정하지 마. 비행기 타는 거랑은 달라." 토니가 말한다.

천천히 꼭대기로 오르자, 쓰레기로 가득한 드넓은 해변이 눈에 들어온다. 놀이기구들이 그들 아래에서 덜컥거리며 앞뒤로 움직인다. 바람이 휘파람 소리를 내며 지나간다. 두 바퀴를 돌고 나면 내려야 하니까, 제대로 즐겨두라고 도미닉이 말한다. 시큼한 사과 냄새와 따뜻한 피부 냄새. 관람차에서 내린 아디나는 여자아이들이 튜브톱을 고쳐 입는 중인 화장실에서 헛구역질을 한다. 화장실 밖에서는 머리부터 발끝까지 청으로 된 옷을 입고 높은 통굽 스니커즈를 신은 커플이 철문에 기대 애정 행각을 하고 있다. 남자는 여자의 뒷머리를 감싸고 더 가까이 끌어당긴다. 그들 뒤로는 대서양이 슬퍼하고 있지만, 해변 산책로는 행복한 분위기다. 모두가 슬리퍼를 신었다. 아무도 서두를 필요가 없으니까.

"저 사람들이랑 나를 바꾸라면 당장이라도 바꿀 거야." 토니가 청청 커플을 가리키며 말한다. "누가 안 그러겠어?"

"난 안 바꿀래." 도미닉이 말한다.

"나도." 아디나가 말한다.

*

여성혐오는 로마 가톨릭처럼 신념에 기반한 하나의 제도예요. 거기에는 위계가 있고, 농담이 있으며, 고유의 언어와 정기 간행물까지 있어요. 신봉자들은 아무런 증거가 없는 이론을, 심지어는 정반대의 증거가 있음에도 끝까지 주장해요. 현 상태를 유지하는 시스템 안에는, 끝없이 비신봉자들을 비방하는 교묘한 방법이 짜 넣어져 있죠. 그 비방의 '증거'가 왜 보이지 않아야만 하는지에 대한 이유까지도요.

비틀스는 바닐라처럼 순하고 달콤한 욕망에 대해 노래했고, 그 보상으로 세상은 그들을 하나의 제도로 만들었어요. 이 제도에는 위계가 있고, 농담이 있으며, 고유의 언어와 정기간행물까지 있어요. 비틀스는 인도로 가서 요가를 '발견'했어요. 그리고 오노 요코가 나타나요. 타자화하기 딱 좋은 존재―그녀는 작고, 아시아인이며, 단순히 여자의 손을 잡는다는 개념을 넘어서는 강렬한 예술의 창조자죠. 그녀는 백인 가수가 자신을 사랑하게 만드는 실수를 저질러요. 그녀가 비틀스를 떠나자, 요코는 그를 홀렸다고 비난을 받죠. 오노 요코가 비틀스를 해체하게 했다는 비난은 곧 하나의 제도가 됐어요. 거기에는 위계가 있고, 농담이 있으며, 고유의 언어와 정기간행물, 그리고 결코 의심하지 않는 신봉자들이 있어요. 그들은 그녀의 이름을 동사로 만들었어요. 어떤 것을 요코하다. 즉, 망치다.

이 사람들은 존 레논이 행복했을 거라는 상상을 하지 못해요.

하지만 정말 마법을 행한 건 오노 요코였어요. 이 사실을 이해하게 되면, 그런 제도들이 세상 곳곳에 있다는 걸 보게 돼요. 그리고 자신이 살아가는 세상이 진짜 예술가들은 배제하고 저급한 예술가들에게 보상을 주는 구조라는 걸, 누군가가 "오노 요코만 없었어도 우리에겐 비틀스 앨범이 네 장은 더 있었을 거야"라고 말하고 다른 누군가가 논쟁을 피하기 위해서 "정말 그렇지"라고 대답하는 곳에서 살아가고 있다는 걸 깨닫게 되면, 그런 시스템 안에 멀쩡히 사는 척을 더 이상 할 수 없게 돼요. 이른바 합리적이라고 떠드는 잡담들에 유일무이하고 섬세한 몸들이 매일같이 상처받고 있다는 사실에 다시는 눈을 감을 수 없게 돼요. 오노 요코는 예술가였고, 모든 예술가가 그러하듯 더 큰 이해를 향한 하나의 열쇠이기도 했죠.

*

미겔은 뉴욕 맨해튼 로어이스트사이드에 있는 다락 아파트에 산다.

그는 토르티야를 직접 반죽해 할아버지에게 물려받은 철판 위에 굽는다. 그들은 바닥에 놓인 매트리스 위에서 서로를 탐닉한다. 아디나에게는 아주 긴 시간처럼 느껴진다. 그녀는 그에게 페니스를 자기 몸 안에 넣어도 된다고 말한다.

아파? 아니, 좋아. 내가 너무 세게 누르고 있어? 아니, 좋아.

둘은 마치 하나의 몸이 되어 긴 터널을 단계별로 통과하는 것 같다. 그녀의 팔에 온통 소름이 돋는다. 그는 그녀의 배 위에서 끝낸다. 그녀는 처음으로 정액을 본다. 너에 대해 많이 들었어, 라고 말하지는 않는다. 그가 타월을 찾아 방을 나가는 동안 그녀는 그것을 유심히 관찰한다. 그것은 지각이 있고 살아 있는 것처럼 보인다. 그녀는 손끝으로 찍어서 냄새를 맡고 맛을 본다. 바다가 생각난다. 그는 해변용 타월을 들고 돌아온다. 아디나는 부서지지도, 심지어 피를 흘리지도 않았다.

그들은 기울어진 다락의 천장 아래에서 서로를 껴안는다. 미겔의 목소리는 좋은 흙냄새 같다. "너도 느꼈어?"

그녀는 그런 거 같지 않다. 몸이 방전된 듯 나른하게 잠에 드는 그처럼 에너지를 다 소모한 느낌이 아니다. 그녀는 이 친밀감을 기회 삼아, 오래도록 묻고 싶었던 질문을 하기로 한다.

"처음 만났던 날 밤에 말이야, 자기가 외계인이라고 했잖아. 거기에 대해서 더 얘기해줄 수 있어?"

"말로 하긴 좀 어려워." 그는 천장을 바라본다. 여태 나누기를 기다려왔던 비밀이다. 그녀의 허벅지가 욱신거리고, 심장이 쿵쿵대며 뛴다. "가끔 내가 세상에 잘 섞여 있는 것 같다가도, 동시에 바깥에서 바라보고만 있는 것 같아. 사람들이 왜 지금 이러고 있는 건지 이해가 안 돼. ⟨E.T.⟩를 처음 봤을 때 생각했어. 바로 저게 나구나."

아디나는 조용히 답한다. "나도 그래."

그가 그녀의 손을 깍지 껴서 잡는다. "우린 외계인이야, 아디나. 우린 바깥에 있지만, 진짜는 우리야. 괴상한 건 다른 사람들이지."

그녀의 흥분은 순간 멈칫한다. "비유적으로 말하는 거야?"

"꼭두각시들. 무턱대고 따라가는 사람들." 그가 그렇게 중얼거리며 그녀의 어깨에 머리를 기대고 눈을 감는다. 천장에 테이프로 붙여둔 포스터에는 지구에서 가장 유명한 여배우가 체리를 잇새에 물고 있다. 비유상의 외계인은 잠에 빠져든다.

아디나는 의미를 구해보려고 애쓴다. 그가 깨어나 계속 이야기해주길 바란다. 그녀가 말한다. "〈E.T.〉는 내가 처음 극장에서 본 영화였어."

잠의 현관 앞에서 그가 말한다. "우리 또래라면 다들 극장에서 처음 본 영화가 〈E.T.〉였지."

★

거짓말을 했군요. 미겔은 다른 존재가 아니잖아요!
미겔이 뭐지?
내가 나와 같다고 생각했던 사람이요.
네가 그렇게 믿고 싶었던 거야.
두 사람이 섹스를 하면 서로의 몸을 맞대요. 어떤 부위든 만지거나 문지르거나 집어넣거나 파트너의 부위 옆에 겹쳐두죠. 마찰은 점점 흥분을 커지게 해요. 가끔은 액체가 나와요. 지극히 단순하고 상스럽죠.
지구는 우리가 살기에 적합한 곳인가?

그녀는 이 질문을 농담이라고 생각한다. 그래서 주차가 진짜 끔찍해요. 우주선을 일주일에 두 번씩 옮겨야 할 거예요, 라고 회신한다. 돌아온 답은 상당히 진지하다.

'시간'이 별로 남지 않았다.

무슨 뜻이죠?

그녀는 밤새 팩스를 전송하며 대답을 기다린다. 걱정이 점점 커진다. 무슨 뜻이죠?

아침이 되어서야 답이 온다. *1년?*

그녀는 다시 팩스를 보낸다. *1년이 남았다고요?*

답은 이렇다. *1년?*

마치 그녀가 스스로에게 묻는 것처럼.

*

정기 유방암 검진을 받던 중에, 토니의 가슴에서 종양이 발견되었다. 추가 엑스레이 촬영을 하게 되고, 아디나는 다음번 검진에 동행한다.

방사선사는 토니의 오른쪽 유방을 두 개의 투명한 플라스틱 판 사이에 끼우면서 말한다. "유방 촬영 이미지에서는 정상 유방 섬유조직도 흐린 날씨처럼 보여요."

"정운이요, 권운이요?" 아디나가 묻는다.

"적운이야." 토니가 정정해준다.

방사선사는 유머 감각이 없다. 만약 자기 직업이 가슴을 단단한 플라스틱에 대고 누르고, 찌푸린 얼굴로 엑스레이를 들여다보다가, 아무 설명 없이 방을 나가는 거라면 아디나라도 농담하고 싶지 않을 것이다.

*

아디나는 우울한 여성 캐릭터가 나오는 영화를 본다. 사운드트랙은 떨리는 바이올린의 음조 하나로만 이루어져 있다.
 그녀는 토니에게 문자를 한다. **나 이제 어른이 된 걸까?**
 토니의 답장. **응 넌 엄청 늙었어.**

*

 그녀의 상관들이 지구에 대해 물어온 지 한 달이 지났고, 미겔은 현재진행형을 써서 말하기 시작했다. 예를 들면, 너는 항상 침대에 빵가루를 흘리고 있어. 토니는 검사 결과를 기다린다. 아디나 인생의 모든 영역에 불이 붙은 상태다. 몇 주 후면, 그녀의 메모가 《외계인 자서전》이라는 제목으로 출간될 것이다. 아디나는 출간 전에 미겔에게 자신의 비밀을 털어놓고 싶다. 어느 날 저녁, 근사한 식사에 아디나는 대담해진다.
 "내가 다른 행성에서 왔다고 하면 뭐라고 할래? 내가 여기서 인간을 관찰해 그 기록을 상부에 팩스로 전송하는 임무 중이라고 한다면. 그리고 언젠가 이제 떠나라는 신호가 올 수도 있어."
 아디나는 작동을 시작한 날과 팩스 기계, 야간 교실, 롤러코스터에 대해서 설명한다. 미겔의 얼굴에 상냥하게 경청 중인 표정이 떠오른다. 마침내 그녀는 그에게 모든 걸 다 말했다는 안도감에 차를 한 모금 길게 마시고는 기대에 차서 의자에 등을 기댄다.

"널 믿어." 미겔은 말한다. 그런 다음 그는 아디나에게 딸이 살해된 후 마지못해 다시 일에 복귀한 골칫거리 경찰이 나오는 영화를 볼 건지, 딸이 살해된 후 마지못해 우주 임무를 떠나는 골칫거리 우주비행사가 나오는 영화를 볼 건지 묻는다.

✷

"초음파 결과가 의사가 우려한 대로 나왔고, 이제 조직 검사를 해야 된대." 피자를 먹으며 토니가 말한다. "가슴에 있으면 안 되는 덩어리가 있는데 윤곽이 아주 뚜렷하거나 엄청나게 희미하대. 둘 중 뭐가 괜찮은 쪽인지, 내가 어느 쪽을 원해야 하는 건지는 까먹었어."

아디나는 검사가 그저 형식적인 단순한 절차라고, 지나가고 나면 토니가 평소의 일상으로 되돌아올 거라고 생각하고 있었다. "우린 아직 마흔도 안 됐어."

"다른 소식을 말해주자면, 산부인과 의사가 내 난소는 완벽하대. 아름답다나 뭐라나."

"그럼 가슴은?"

"흐림. 비 올 확률도 있고." 토니가 답한다.

조직 검사의 75퍼센트는 양성이라는 기사를 읽은 아디나는 이후 토니에게 전화를 걸어 말해준다.

"그러니까 내가 스스로 얼마나 운이 좋다고 느끼는지에 달린 문제인 건가?"

*

그 겨울, 눈은 끊임없이, 급박하게 쏟아진다. 아디나는 눈에 파묻힌 차를 꺼내는 일에 자원한다. 추위 속에서 땀 흘리는 걸 좋아하기도 하고, 거의 매일 밤 자신의 집에서 자고 가는 미겔에게서 잠시 떨어지고 싶기 때문이다.

왜 그와 섹스를 하고 싶지 않은지 그녀는 설명할 수가 없다. 왜 섹스를 할 때면 세 사이즈나 작은 터틀넥을 입어 목이 조이는 기분이 드는지도. 그 마음은 미겔을 불편하게 만들고, 그는 거기에 대해서 농담을 하고, 그 농담은 그녀를 불편하게 만든다.

아디나는 눈 속에서 꺼낸 차 안에 앉아, 유리잔에 담긴 커피를 마시며 차창에 낀 얼음이 녹기를 기다린다. 라디오에서는 제리라는 이름의 천문학자가 은하수와 안드로메다를 등을 맞대고 있는 계란프라이에 비유한다. 인간은 가능한 모든 상황에 계란을 넣으려는 습성이 있다. 인간적으로. 외계인적으로. 개적으로.

가이아는 하늘 전체에 얇은 막으로 펼쳐진 은하수의 중심으로 별과 행성이 빨려들어가는 모습을 실시간으로 관측하는 우주 관측소다. 제리는 말한다. "무게의 절반은 질량이고 절반은 암흑 물질입니다."

이 이야기는 아디나에게 하나도 새로울 게 없다. 답답해진 그녀는 제리의 말을 끄고, 칼 세이건이 말한 우주의 시간을 생각한다. 왜 나는 불빛 때문에 밤하늘조차 보이지 않는 이 도시에서 살고 있는 걸까? 왜 은하계 중심에서 3만 광년 떨어진 이 이름 없는 나선형 은하에, 계란프라이를 밀어둔 토스트 접시 가장자리 같은 장소로 보내졌을까? 우주의 신흥 예술 지구. 절대 자신의 몸을 뛰어넘지 못하는, 과잉의 팔다리와 장기를 가진 낙후된 존재들과 이 낡아빠진 지구에서 도대체 뭘 배울 수 있단 말인가? 문자 그대로도, 비유적으로도 여전히 우표 붙인 편지를 보내고 있는 사람들에게서 말이다. 만약 편지를 보내는 이 존재들이 그녀의 행성이 살아남을 유일한 희망이라면, 그들이 양자적으로 얼마나 절망적인지를 표현할 단어는 이 평범한 3차원 공간에 존재하지 않을 것이다.

버터넛을 안은 미겔이 김이 모락모락 나는 음료를 들고 그녀의 아파트에서 나온다. 작은 개는 털이 보송보송 난 몸으로 열광하며 눈 더미에 뛰어들었다가, 낯선 감각에 잠시 혼란스러워하고는, 다시 뛰어든다. 미겔은 거리에서 그녀를 찾아 두리번거린다. 그녀는 그의 목소리가 들리지는 않지만 그의 입술 모양으로 읽을 수 있다. "저기 있었네."

✱

2015년, SETI 천문학자들은 불가능할 정도로 밝은 물체를 발견한다―고대 우주에서 지금까지 관측된 것 중 가장 밝은 천체, 퀘이사. 퀘이사는 블랙홀에 의해 에너지를 얻는 핵이다. 이 천체는 우주 대폭발 이후 9억 년 뒤, 지금으로부터 128억 광년 떨어진 곳에 있다. 은하계의 관점에서 보면 퀘이사의 탄생은 우주가 시작된 순간, 시간의 여명과도 같다. 퀘이사는 지구에서 바라보는 태양보다 420조 배나 더 밝다. 현명하고 나이 많은 퀘이사. 아디나는 투시팝 막대 사탕의 광고 만화에 나오는 부엉이를 떠올린다. 뿔테 안경을 쓰고, 넓고 놀란 눈을 가진 이 퀘이사는 심지어 작은 망원경으로도 관측할 수 있다.

✱

아디나와 토니는 병원 진료실 의자에 앉아 무심코 손을 잡고 있다. 의사들은 토니의 가슴에 있는 혹을 3기 말 유방암으로 진단한다. 충분히 치료 가능하다고 그들은 말한다. 6주 간의 항암 치료, 그다음은 방사선 치료, 그리고 수술을 한 후에 한번 지켜보자고.

엘리베이터를 기다리며, 아디나는 이 상황을 토니 인생 최악의 날이 아니게 만들 만한 말을 찾으려 애쓴다.

토니가 대신 말을 꺼낸다. "아무래도 나는 꽤 운이 좋다는 결론인 것 같아."

아디나는 뭐라도 마시겠느냐고 묻지만 토니는 집에 가고 싶다고 한다. 아파트에 도착한 토니는 혼자 있고 싶다고 말한다. 그들 사이에 문이 닫힌다.

✱

아디나는 길에서 엄마에게 전화를 걸어 마치 의사들이 쿵-쾅-펑이라든지 *별거 아니다*, 라고 말하는 것처럼 들렸다고 말한다. 실제로는 *그때가 되면 걱정하자, 아직은 말하기엔 이르다*, 라고 했지만.

✱

대학 시절 처음 겪었던 **다른 것**에 대한 갈망, 마음을 무겁게 질질 끄는 듯한 그 느낌이 더 자주 찾아오기 시작한다. 그런 순간마다 아디나의 육체는 묵직하고 둔한 정장처럼 느껴진다. 그녀는 무거운 다리와 협상하며 길거리를 걸어야 한다. 그야말로 낡아빠진 도구나 다름없다. **다른 것**은 그녀의 외계 기원과는 전혀 다른, 철저히 인간적인 껍데기와 연결된 듯하다. 그녀는 육체로부터 해방되기를 갈망한다. 마치 한 줄기 소망처럼 우주를 가로지르기를 원한다. 이제 막 생겨났을 뿐인데, 어느새 수목한계선 위를 넘어 셀 수 없이 많은 구름의 강물을 가로질러 나아가기를.

*

 아디나는 열차를 타고 헬스장 '부숴버려'로 향하고, 아무런 의욕도 없이 러닝머신에서 3킬로미터를 걷는다. 헐떡이는 육체들 너머에 걸린 텔레비전에서, 기자는 안타깝게도 새로운 행성으로 생각했던 것이 누군가의 컴퓨터 모니터에 비친 그림자였다고 말한다. 쿵-쾅-펑, 행성은 사라졌다. 양성 판정. 모두가 서로의 바람대로 결과를 받아들이는 중이다. 탈의실에서, 아디나는 속으로 거래를 한다. 지금 타월을 던져서 빨래 바구니에 들어간다면, 토니는 괜찮을 것이다. 탈의실에 들어온 여자들이 스포츠 브라와 씨름하고, 타월을 던지고, 사물함 비밀번호를 기억하려 애쓰는 동안 아디나는 미동 없이 서 있다. 결국, 그녀는 타월을 빨래 바구니 위에 살짝 내려놓고, 몸을 움직여 계단을 올라 거리로 나선다. 사람들은 지하철역을 향해서, 또는 그 반대편으로 쏜살같이 지나가고, 계단 아래로 사라지고, 버스를 타고 스쳐 지나간다. 우리는 왜 이토록 연약한가, 아디나는 생각한다. 보잘것없고 나약한 몸은 이 모든 걸 견딜 수 없는데, 대체 어떻게 하루를 살아내는 걸까?

*

미겔과 아디나는 세라 글라이드의 아파트에서 열린 파티에 참석한다. 집은 작지만 나무로 둘러싸인 개인 테라스 공간이 있다. 아디나는 부엌에서 스타우트 흑맥주를 예의 바르게 거절하고 있던 중, 바깥에서 익숙하면서도 불안한 소리를 듣는다. 엄마의 이름. 잘못 들은 게 아니다. 내려가는 선 위로 두 번 빠르게 도는 나선. 짧은 디지털음, 이어지는 회전음. 그 회전음은 마리오 브라더스 게임에서 새 레벨로 넘어갈 때 나는 소리다. 〈스타워즈〉 우주선에서 문이 닫힐 때 나는 소리다. 접속이 허가될 때 들리는 소리 — 엄마의 이름. 또는 인간들이 말하는 '엄마'라는 의미의 단어. 귀뚜라미 쌀 행성에서 가장 가까운 표현으로는 '자애로운 제조자' 정도일 것이다.

아디나는 방금 겪은 감동을 미겔과 파티 사람들에게 나누고 싶다. 심지어 세라 글라이드조차 이해할 수 있을 거라고 믿는다. 아디는 테라스로 걸어가서 바깥에 앉아 있는 사람들에게 말한다.

"방금 엄마 이름이 들렸어요."

세라 글라이드가 모두가 들을 수 있게 목소리를 높인다. "와, 아디나. 당신이 이상한 건 알았지만, 새한테서 태어난 줄은 몰랐군요."

파티장에는 킥킥거리는 웃음이 번진다. 탁자에 앉아 있던 미겔도 웃는다. 아디나의 찌푸린 얼굴을 보고 그가 말한다. "에이, 그냥 농담이에요."

세라 글라이드는 아디나가 설명하기를 기다린다. 여기서 깔끔하게 빠져나오려면, 아디나는 거짓말을 해서 그런 뜻으로 말하려던 게 아니었다고 해야만 한다. 하지만 아디나는 거짓말을 도저히 이해할 수가 없다. 세라 글라이드를 도저히 이해할 수가 없다. 말과 의미가 따로 노는 인간. 둘 중 어디에서도 실체가 느껴지지 않는다. 그럼에도 그녀는 무리를 이끄는 존재다.

설명을 하지 못한 아디나는 이중의 모욕(그런 말을 했다는 것과, 그러고도 부끄러워하지 않았다는 것)을 저지른 셈이 된다. 이는 세라에게 두 배로 벌을 내릴 명분을 준다. 그녀는 아디나의 이상한 행동을 다 기록해놓은 모양인지, 제모를 제대로 안 하고 다니는 일부터 다리를 하도 세게 찧어서 파운데이션으로 멍을 덮어야 했던 일까지 떠들어댔다. 세라 글라이드는 쌀쌀맞으면서도 아주 유쾌한 어조를 유지하여, 동정심을 불러일으키거나 그녀의 권위를 흐릴 만한 단어들—인종, 가난, 감수성—을 피하는 법을 안다. 아무도 그녀에게 반박할 수 없도록. 그녀는 자신의 실을 무리의 매듭 속에 정교하게 꿰매 넣어서 그녀가 잡아당기기라도 하면 여기 있는 모두가 풀어져버릴 것 같다.

 마침내 미겔이 조용한 목소리로 말한다. "됐어, 세라. 다 알아들었어."

 아디나는 문간에 서서 한 손을 내밀어 몸을 지탱한다. 엄마의 이름을 들어서 반가운 마음과, 아디나가 세상에 저지른 죄악들을 이 여자가 하나씩 늘어놓는 데서 오는 칼날 같은 감정. 그녀는 고등학교 때 생일날, 한 아름의 풍선 부케를 들고 서 있던 순간을 떠올린다. 태어난 두 곳 모두로부터 너무나 멀리 떨어져 있던 그날.

 나무 속 개똥지빠귀는 의연하다. 새가 운다. 새가 울고 또 운다.

*

 고통을 겪을 때, 인간은 〈놀라운 은총Amazing Grace〉을 불러요. 이 노래는 종교적, 문화적, 인종적 배경을 초월해 인류 문화에서 가장 근본적인 것, 즉 고통에 관한 거예요. 우리는 살아갈수록 더 자주 잃고, 더 자주 길을 잃었다고 느끼게 돼요. 노래는 당신이 우아함을 잃지 않는다면 길을 발견할 거라고 말하죠. 그 과정이 조금 길 수는 있다고. 생각했던 것보다 더 오래 비참함 속에 머물러야 할 수도 있지만. 그래도 견디면 은총을 받게 될 거라고요. 은총은 정당한 이유 없이 우리에게 주어지는 다정함이에요. 정당한 이유 없이 주어지는 이유는 우리가 비참한 존재이기 때문이고, 비참한 존재는 인간 자체를 의미하는 말이죠. 또한 인간은 결함 있는 존재라는 말과 동의어이기도 해요. 그래서 은총은 상실을 보관하는 장소예요.

✱

단잠에 빠진 미겔이 코를 고는 동안 아디나는 침대에 있다가 일어나서 어둠 속에서 거실 소파로 더듬더듬 향한다. 버터넛의 발이 바닥에 닿는 소리가 들리고 녀석이 그녀를 따라온다. 녀석이 앞발을 소파에 댄다. 올려달라는 말이다. 그녀는 녀석을 들어 올린다. 작은 개는 그녀의 가슴 쪽으로 몸을 만다. 녀석이 잠이 든다. 가끔씩 녀석은 숨을 깊이 내쉬며 그녀에게 기대 좀 더 편안한 자세로 몸의 위치를 바꾼다. 아디나는 이 섬세한 움직임들이 주는 기쁨 속에서 밤을 샌다.

그녀는 팩스를 보낸다. *개와 함께하는 건 우리가 할 수 있는 최상의 선택이에요.*

✱

토니는 치료를 받는 동안에도 삶이 평소처럼 흘러가야 한다고 고집한다. 책 출간 준비는 계속된다. 출판사는 아디나에게 뒷표지에 인쇄할 저자 사진과 이력을 보내달라고 요청한다. 미겔이 버터넛을 무릎에 얹은 아디나의 사진을 찍어준다. 그녀는

이렇게 쓴다. 아디나는 외계인이다. 이 책은 자서전이다.

그녀는 차라리 솔직함을 지키다가 실수하는 게 낫다고 생각한다. 그건 지구에서 배운 게 아니긴 하지만, 어쨌든 배웠다.

*

아디나는 미겔이 이렇게 자주 자신의 집에서 자고 가는 게 좋지 않다. 이걸 어떻게 말할까 고민하고 있는데, 그가 상자 하나를 들고 밖에서 돌아온다. 상자 안에서 그녀의 책 열다섯 부가 나온다. 책등에는 《외계인 자서전: 이야기로 엮은 작품집》이라는 글자가 반짝인다.

"이야기로 엮은 작품집이 뭐야?" 아디나가 묻는다. 버터넛이 다가와서 책 더미의 냄새를 킁킁거린다.

"모르겠는데." 미겔이 대답한다.

*

인간은 외로울 때, 손을 뻗어 무언가를 잡으려 해요. 만약 주위에 아무도 없다면, 생각을 향해 손을 내밀죠. 그들은 종이에 자신들의 욕망을 표현하는 문장을 써요. 그렇게 하면 페이지 위에 다른 사람을 만들어냈기 때문에 덜 외로워지거든요.

우리는 혼자인가? 천문학자들은 아주 기초적인 장비를 통해 우주에게 물어요.

인간은 외계인을 찾고 싶어 해요. 덜 외롭다고 느끼기 위해서. 하지만 정작 세상에 외계인보다 더 외로운 존재는 없다는 건 알지 못해요.

팩스에서 삐걱거리는 소리가 나며 답이 도착한다.

뉴욕 같은 데서 사람들이 어떻게 혼자라고 느낄 수가 있지?

*

아디나, 미겔, 토니의 상사, 아디나의 엄마는 《외계인 자서전》을 위해 아디나가 계약상 의무로 진행해야 하는 낭독회를 앞두고, 행사장 뒤편의 창고에 함께 앉아 있다. 공간은 랜드리 설루션 회사에서 복사 용지들을 쌓아두는 뒷방과 그리 다르지 않다. 그날 아침, 딜라일라는 오려고 노력은 하겠지만 약속은 못 한다고 말했다. 여자 화장실에 갇혀서 죽을 뻔한 이후 그녀는 더 이상 누군가의 비위를 맞추려는 마음이 없다.

토니의 상사는 서로 다른 동물 무늬가 세 종류나 섞인 옷을 입고 있다. 이를 '파워 클래싱'(강렬하고 대조적인 무늬나 색상을 조합한 스타일)이라고 부른다. 아디나는 지하철에서 꽃무늬와 줄무늬가 열띤 논쟁을 하는 듯한 옷차림을 본 적이 있다. 아디나는 상사의 스웨터에서 치타 무늬를, 하이힐에서 호랑이 무늬를 알아보지만 나머지 무늬는 어느 동물인지 도무지 모르겠다.

토니는 오드리와 함께 도착해 새로운 소식을 전한다. 한 유명 온라인 잡지의 작가가 《외계인 자서전》에 큰 관심을 가졌고, 이번 낭독회를 추천 목록에 실어주었다는 것이다. 이 목록은 믿을 수 없을 만큼, 곤란할 정도로 폭발적인 반응과 함께 인터넷에 퍼졌다.

"우리가 예상한 것보다 사람들이 훨씬 더 많이 왔어." 토니가 말한다. 그런 다음 아디나의 걱정스러운 얼굴을 보고서 그녀를 안심시킨다. "좋은 일이야."

아디나는 목이 뻐근해진다. "얼마나 많은데?"

*

그들은 낭독회장으로 들어간다. 큰 기둥과 높은 창문이 있는, 개조한 교회 건물이다. 사람들은 의자를 빼곡히 채워 앉아 있고, 벽에 기대서 있거나, 다른 사람들이 지나가게 조금 물러나주고, 더 많은 사람들이 들어올 수 있게 위치를 다시 잡는다. 이 공간 뒤쪽에 있는 방에도 이야기를 듣고 싶은 사람들이 넘치도록 가득하다.

토니의 상사가 강단으로 나와 아디나를 소개한다. 긴장한 아디나는 마이크 앞으로 걸어가며 소를 생각한다. 그녀는 강단에서 발을 헛디디며 마이크에 이렇게 말해버린다. 안녕하세요. 마이크가 그 말을 받아, 소리에 열두 겹쯤 층을 입혀 자리를 찾느라 부스럭거리는 사람들을 향해 전한다. 그것이 그녀의 말을 이 낯선 사람 가득한 객석과 그 뒷방까지 전부 전해주긴 하지만, 증폭된 목소리는 오히려 내밀하게 들리는 효과를 만들어낸다. 이 기계라면 아디나는 뭐든 말할 수 있을 것만 같다. 마이크는 말을 정확하게 만들어주거나 아니면 정확하진 않아도 진실로 만들어줄 것이다.

"제 이름은 아디나고, 저는 외계인이에요."

청중은 밝고 힘찬 박수로 반응한다. 앞줄에서 엄마의 얼굴은 긴장된 미소를 짓고 있고, 미겔의 얼굴은 놀란 듯 붉어져 있다.

"사람들은 길에서 아는 사람을 마주치면, 바로 눈을 피해요." 아디나는 책의 한 부분을 읽는다. "그 사람이 자기를 못 보기를 바라죠. 그런데 그 사람이 그냥 지나쳐버리면, 고민하기 시작해요. 나를 못 봤나? 설마 일부러 무시한 거야? 그러고는 그 상황에 없어서 아무런 정보도 없는 다른 사람한테 가서 물어볼 거예요."

앞줄에서 작은 소란이 일어난다. 한 여자가 웃음을 참지 못하고 킥킥댄다. 주위 청중들도 따라 웃는다. 토니는 아디나에게 엄지손가락을 치켜든다.

"'분명히 너를 못 본 걸 거야.' 다른 사람이 말하겠죠. '근데 무슨 상관이야? 어차피 너도 그 사람이랑 인사하고 싶지 않았잖아.'"

앞줄의 여자는 여전히 웃고 있다. 더 멀리 있는 뒤쪽 방에서도 킥킥거리는 웃음소리가 들려온다. 그녀는 마이크가 그녀의 목소리에 속삭이는 실 같은 결을 덧대주는 것이 좋다. 목소리 톤을 조절하면 그 결을 더 늘이거나 줄일 수 있는 것도 마음에 든다.

"기분이 상한 인간은 계속 곱씹을 거예요. 거울 앞에 서서 '나는 인정을 받을 자격이 있어'라고 스스로를 다독이죠. 대화에 휘말리고 싶지는 않았지만, 적어도 눈에 띄긴 하고 싶었던 거예요. 인간으로 산다는 건, 때로 의학적으로는 절대 해명되지 않는 이상한 이유들로 고달파요.

어쩌면 그 사람의 마음속 깊은 곳에서는 스스로 남들에게 보일 자격이 없다고 생각하는 걸지도 몰라요.

'야, 분명 난 널 보고 있어.' 어느 순간 거울에 대고 그렇게 외치게 되죠. '네가 바로 거기 있잖아.'

한편 그 '무시한' 인간은 아무것도 모른 채 자기 인생을 잘만 살아가요. 기분 상한 쪽은 상대의 이름이 대화 중에 나오면, 이렇게 말해요. '아, 별일 아니야.' 말투만 봐도 '그 사람은 쓰레기야'라는 의미라는 걸 다 알겠지만, 정작 무슨 일인지는 끝까지 설명 안 하죠.

'무시한' 인간은 결국 시력 의학이나 벽 너머를 꿰뚫어 보는 능력 같은 걸로 공로상을 받게 돼요. (인간으로 살면서 가장 열 받는 일 중 하나는, 형편없는 사람이 '최고'라는 칭찬을 받을 때죠.) 그리고 마법 같은 일이 벌어집니다. 상처받은 사람에게 갑자기 인생의 모든 것이 눈과 시선, 혹은 반대로 '보이지 않음'과 관련된 문제처럼 변해버려요. 세상이 죄다 눈처럼 보이기 시작하는 거예요. 문제아(눈동자)들이 가득한 교실. 아이리스(홍채) 꽃다발. 슈퍼마켓에서 한 어린아이가 실수로 상처받은 사람에게 부딪히면, 그 사람은 이렇게 소리쳐요. **'안녕! 나 투명인간 아니거든! 난 여기 이 세상에 있다고!'**

아이는 겁에 질려서 홱 돌아서요. 아이 엄마는 작은 팔을 끌어당겨 아이를 자신의 코트로 감춰요. 교육적인 이야기나 말들로 달래주겠죠. 예를 들면, '어떤 사람들은 다른 사람이 행복해 보이는 걸 좋아하지 않는단다' 같은 말들을.

그냥 그 순간 서로 안녕, 하고 인사만 했더라면 됐겠죠."

아디나가 마이크에서 한 걸음 물러난다. 청중들의 박수가 이어진다.

*

토니는 낭독이 성공적이었다고 말한다. 왜냐하면 마지막에 청중들한테서 '우웁' 하는 탄성이 나왔기 때문이다. 그건 감정의 명치를 제대로 맞았다는 뜻이다. 그리고 그 앞줄 여자가 킥킥댄 건 단순히 글 내용 때문이 아니라 아디나의 낭독 스타일까지 합쳐졌기 때문이라고 한다. 의사들은 토니의 머리카락은 사람들이 흔히 생각하듯 항암 치료 도중이 아니라, 끝난 후에 빠질 거라고 말한다.

아디나는 떨림과 반짝이는 불안감이 뒤섞인 상태다. 그들은 가까운 레스토랑으로 걸어가서 안쪽 테라스에 앉는다.

"기분이 어떠니?" 엄마가 감자튀김을 사이에 두고 묻는다.

누군가가 테이블 앞에 멈춰 선다. "당신 공연 봤어요. 인사에 대한 이야기가 정말로 좋았어요. 그냥 하면 되는데 말이에요. 안녕."

"고마워요." 아디나는 감자튀김에 시선을 돌린다.

남자는 혼란스러운 표정으로 떠난다.

엄마가 말한다. "아디나, 아무래도 그쪽에서 너한테 행사를 또 하자고 할 것 같구나."

∗

동물 무늬 옷을 입는 건 어떤 뜻일까요? 이거 봐, 난 치타를 죽였어. 이제 그 가죽을 입고 필라테스를 하러 갈 거야.

∗

도미닉과 아디나는 뉴욕의 이스트강 근처에 있는 대형 병원까지 번갈아 토니를 데려다준다. 2주에 한 번 수요일마다, 아디나는 토니가 치료를 받는 동안 차에서 기다린다.

"항암 치료라는 건 참 묘해." 토니가 말한다. "사람 몸속에 독을 가득 집어넣은 다음 집으로 돌려보내거든."

※

 낭독회에 대한 피드백들이 토니와 그녀의 상사의 이메일에 도착한다. 환호하는 느낌표로 가득하다. 어떤 청중들은 행사 후 30분 넘게 남아 서로 책에 대해서 이야기를 나눴다. 독서 클럽도 생겼다. 질의응답 시간이 없어서 아쉽다는 의견이 많다며, 토니는 다음번에는 꼭 해야겠다고 말한다. 예상보다 훨씬 많은 사람들이 아디나의 외계인적 경험담에 공감하고 있었다. 아디나는 확신하게 된다. 자신 외에도 한밤중의 방에서 팩스를 보내고 거리감을 느끼며 외로움을 감당하는 존재들이 있다는 것을.

 다른 존재에 대해 알아야겠어요. 그녀는 팩스를 보낸다.

 어쩌면 너는 단지 지금의 관계에서 도망치고 싶은 거다.

 그녀는 답장을 구겨서 쓰레기통에 던진다. 수 세기나 떨어진 곳에서 툭툭 던지는 관찰은 얼마나 쉬운 것인가. 그들은 모른다. 출판사와 랜드리 설루션 회사 사이에서 책임을 감당하는 게 어떤 건지. 이제 아디나의 업무에는 재고 조사가 추가되어, 한 달에 두 번 토요일은 휴게실에서 스테이플러와 나사의 개수를 세며 보내야 한다. 하루하루 항암제 때문에 쇠약해져가는 토니를 돌보는 일까지.

 그녀는 팩스 기계의 코드를 벽에서 홱 뽑아버린다. 초록색 불빛이 사라지는 걸 보는 동안 일종의 정의감에 사로잡힌다. 그녀는 팩스 기계를 타월로 덮어둔다.

＊

"이번엔 새로운 항암 치료를 해보겠대. 그 멍청이들은 이거 하나 제대로 못 한다니까." 토니는 새우 카레를 요리하는 중이다.

"이번에는 효과가 있을 거야." 아디나가 말한다.

"어찌 되든 간에, 네 모든 수고와 기도와 매번 병원까지 태워 준 것들 전부 다 고마워. 내 근사하고 완벽한 난소 바닥에서부터 끌어 올린 감사 인사를 받아줘."

아디나는 도저히 음식이 넘어가질 않는다. 집에 돌아오자, 팩스 기계는 타월 아래 조용히 놓여 있다. 그녀는 불안한 마음을 상관들에게 전하고 싶은 충동을 무시한다. 그 불안을 자기만의 것으로 품으며, 혼자만의 머릿속에서 부글거리도록.

＊

《외계인 자서전》은 다 팔린다. 아디나는 온라인에 아무런 흔적도 없기 때문에, 누군가가 그 책의 문장과 자신의 일기를 비교할 수 있도록 팬 사이트를 만든다.

봄에 있을 두 번째 낭독회가 2쇄 출간일과 동시에 잡힌다. 이번에는 질의응답 시간을 반드시 가져야 한다고 토니가 주장한다. 아디나는 칼 세이건이 60번째 생일에 '잃어버린 강의'를 할 때 입었던 정장을 찾기 위해 백화점을 여러 곳 돌아다닌다.

∗

〈굿 플레이스〉는 죽은 인간들이 천국 비슷한 곳에 가게 되는 내용의 텔레비전 드라마이다.

아디나와 미겔은 마지막 시즌까지 함께 시청한다. 아디나는 미겔에게 자신이 마지막 에피소드를 볼 수 없는 이유를 설명한다. 〈치어스〉의 최종회를 봤던 날 느낀 "최악의 감정" 때문이라고. 미겔은 두려움 때문에 경험을 회피하면 더 두려워질 뿐이라고 말한다. 그녀가 공포를 마주하면 그것이 사소한 것임을 알게 될 것이라고. 미겔에 따르면 이를 "자기 내면의 그림자와 통합하는 것"이라고 부르는데, 두려움을 피하는 대신 그것을 향해 나아가는 것이다.

두 사람은 마지막 에피소드를 본다. 여러 시즌 동안 광란의 모험을 거친 캐릭터들은 마침내 진짜 천국에 도착한다. 하지만 곧 지루해진다. 인간은 이상적인 하루를 몇 차례 보내고 나면 그것에 싫증을 느낀다. 그들의 상관들은 언제든지 천국을 떠날 수 있도록 허락한다. 별과 먼지로 흩어지기 위해서. 마지막 에피소드에서는 한 명씩 돌아가며 진짜 작별 인사를 고한다.

에피소드가 끝나고 아디나는 부엌으로 가서 물을 한 컵 따른다. 그녀는 그것을 소리 없이 마시고 조용히 탁자 앞에 서 있다. 캐릭터들의 작별 인사를 다시 떠올리자 슬픈 감정이 그녀의 심장과 목을 짓누른다. 그녀는 물을 한 컵 더 마신다. 눈물이 뺨을 적신다.

"당신 괜찮아? 한 시간 넘게 아무 말도 안 했잖아." 미겔이 말한다. 그는 마지막 에피소드를 별생각 없이 즐긴 모양이다.

아디나는 욕실로 도망쳐 뜨거운 물에 몸을 담그고, 변기에 상당량의 물을 조용히 토해낸다. 그녀는 다시 욕조에 들어가서 한기와 싸운다.

미겔은 문밖에 있다. 그의 목소리는 침착하고 안정적이다. "미안해. 미안해."

그녀는 욕실에서 나와서 그가 잡지를 읽는 중인 소파 앞에 선다. 그러고는 두르고 있던 타월을 벗어 두드러기가 일어난 부위을 가리킨다. 간지럽고 화끈거리는 계피색 봉오리들. 그녀는 그에게 보여줄 수 있는 물리적 표지가 있다는 사실이 기쁘다. 그는 볼 수 없는 것은 어떤 것도 믿지 않는 것 같으니까.

∗

미용사가 토니의 집에 와서 그녀의 머리카락을 죽죽 잘라낸다. 토니의 두상은 의외로 울퉁불퉁하다.

"암에 걸리기 전까지는 자기 두상이 어떤 모양인지 절대로 모른다니까요." 미용사가 말한다.

　그들은 스카프 매는 법을 연습한다. 미용사는 버터넛을 안고 방 안을 돌아다닌다. 그녀는 멈춰서 진지한 목소리로 녀석에게 말한다. "이렇게 하니까 날아다니는 느낌이 드니?"

*

　아디나는 아무 향이 안 나는 밥을 짓고, 토니는 그것을 포크로 푹 찌르지만 먹지는 않는다. 그녀는 의자 한쪽에 몸을 기댄다. 평소 약은 그녀를 날카롭고 예민하게 만들지만, 오늘 밤만큼은 추억에 젖어 있다. "몇 주 전에 내가 누구랑 마주쳤는지 알아? 네 장학금을 빼앗았던 그 여자애. 주(州) 이름이랑 똑같았는데 뭐더라?"

　"다코타." 아디나가 말한다.

　"걔가 나보고 피곤해 보인대."

　"걔 브로드웨이에서 일해?"

　"기업 변호사래."

　"당연히 그러셔야지." 그들은 웃는다. 아디나의 장학금을 가로챈 그 여자는 결국 그것을 쓰지도 않았다. 당연히 그러려니 할 만한 상황은 아니지만, 인간 사회의 셈법으로 계산하면 다코타 같은 사람은 그냥 가질 수 있으니까 가져버리는 거다. "내가 받았어도 뭘 하려고 했겠어? 배우라도 됐을까?"

토니는 카디건을 더 여민다. 낡은 옷 사이로 걱정스러울 만큼 앙상한 쇄골이 드러나고, 팔꿈치는 뾰족하게 튀어나와 있다. "내가 어떻게 보이는지 알아, 아다나."

"너 좋아 보여. 평소랑 똑같아."

"너만큼은 솔직하게 얘기해줬으면 해."

"피곤해 보여."

"솔직히 말해줘서 고마워. 요즘은 솔직한 게 제일 좋더라. 난 항상 독한 약에 취해 있어서 책임질 수가 없어." 그녀는 어젯밤에 오드리에게 전화해서 자신의 몸에 관한 부끄러운 것들을 이야기했다고 말한다. "기억도 안 나는 추잡하고 야한 말들을 늘어놨어. 걔가 엄청 좋아했어. 내가 수년 전에 암에 걸렸어야 했다고 하더라."

*

상상력의 실패들.

그 여름, 샌디에이고 상공에서, 조종사들은 약 9킬로미터 고도로 미확인 비행물체를 목격했다고 보고한다. 그건 여태껏 발견된 적 없던 높은 고도다. 이는 1980년대 기술로 만든 구식 레이더를 업그레이드한 뒤에야 포착되기 시작했다. 촬영된 영상에는 물체들이 초음속으로 움직이다가 갑자기 멈추고, 과학자들이 불가능하다고 여기는 속도로 반대 방향으로 회전하는 장면이 담겨 있다.

　같은 해에 갈라파고스제도에 사는 위엄 있는 외모의 핀타섬 땅거북은 공식적으로 멸종되었다고 발표된다. 녀석들은 형편없는 분산 전략을 가져서 사냥꾼에게서 도망치지도 못했으며, 초식 경쟁에서 염소를 이기지도 못했다.

　모든 태양계에는 지구와 비슷한 크기이면서 물을 만들어낼 수 있는 행성이 하나쯤 존재한다. 그런 행성 중 과연 몇 곳에서 자기 별을 파괴하는 문명이 생겨날까? 지금껏 살아온 이 짧은 세월 동안, 아디나는 인간이 스스로가 판 함정 속에 뒷걸음질 쳐 들어가는 걸 보았다. 신문 기사 속에서 핀타섬 땅거북은 고고한 목을 길게 뻗고 멸종이라는 영원한 공간 너머에서 그녀를 바라보고 있다. 그 표정은 마치 당신의 말을 지나치게 문자 그대로 받아들일 것 같으면서도, 당신이 원하면 돈은 빌려줄 것처럼 보인다. 생물학자들은 동물에게 인간의 특성을 부여하는 것을 금기시한다. 아디나는 그 이유를 안다. 인간에게조차 인간성을 적용하기가 얼마나 어려운 일인지 알고 있으니까. 생물학자들은 핀타섬 땅거북을 상상하는 데 실패했다. 아디나는 생각한다. 아마도 동물을 인간과 동등하게 느끼는 순간, 그 생물을 구해야 한다는 부담감이 생기기 때문일 것이다. 아니면 최소한, 그 멸종에 자신들이 어떻게 일조했는지를 돌아보게 되기 때문일지도.

*

랜드리 설루션 회사의 핼러윈 코스튬 파티에서 딜라일라는 사무실에서의 평범한 날처럼 옷을 입었다.

그녀가 말한다. "난 연쇄살인마예요. 우린 다른 사람들이랑 똑같이 생겼죠."

아디나 역시 평범한 옷을 입었다. 검은 데님에 검은 버튼다운 셔츠, 그리고 스니커즈.

"당신은 무슨 콘셉트예요?" 딜라일라가 물었다가 스스로 대답한다. "아, 맞아, 외계인이지. 당신 책을 읽었거든요."

*

《외계인 자서전》에 대한 열띤 논쟁이 온라인에서 벌어졌다고 토니가 말해준다. 한 유명 잡지는 진실은 상관없다는 내용의 사설을 실었다. 다른 잡지에서는 그 기사를 비난하고, 또 몇몇 기사들은 앞서 두 기사의 세부적인 논점들을 놓고 토론한다. 유명한 출판업계 간행물들은 한쪽 편을 들거나 교묘하게 입장을 밝히지 않는다. WNYC(뉴욕 공영 라디오 방송국) 라디오 진행자는 아디나의 자서전을 장 하나하나 논의하는 독서 클럽을 이끈다. 왜 그녀는 성이나 모성, 더 여성적인 주제에 대해서 쓰지 않았는가? 라디오에 전화를 건 한 초등학교 선생은 아디나를 자폐라고 진단한다. "작가는 사회로부터 단절된, 일종의 기자예요. 그래서 그녀의 통신은 에피소드식이고 사실적이며, 소설이나 미니시리즈처럼 큰 이야기의 흐름은 없는 거예요." 독자들은 그녀를 얼마나 진지하게 받아들여야 할지 알지 못한다. 어떤 사람들은 그녀가 역할극을 하고 있다고 생각한다. 또 몇몇은 그녀에게 인터넷 토론을 통해 도움을 받으라고 간청한다. 각각의 가설들은 장단점이 있다. 그런데 그들은 누구에 대해서 얘기하고 있는 걸까? 그녀는 아니다. 더 공개적으로 드러난 아디나다.

*

봄의 낭독회는 튤립 모양의 줄전구가 달린 도심의 한 서점에서 열린다. 서점 공간이 꽉 찬다. 널따란 창문 아래로는 비에 젖은 거리가 보이고, 표가 없는 사람들은 거기 모여 있다. 그녀가 강단에 올라서자 누군가 손을 흔든다. 도미닉은 새 남자 친구와 함께 앞줄에 앉아 있다. 테드는 마르고, 배려심 있고, 늦게 도착한 사람이 오면 앞선 대화를 알려줄 타입의 사람 같다.

아디나는 반쯤 낭독을 했을 때, 청중 가운데에서 뭔가가 움직이는 것을 느낀다. 대담한 머리 스타일을 한 작은 사람이 피켓을 들어 올린다. 거기에는 정성껏 쓴 글씨가 적혀 있다. **당신의 존재를 믿어요.**

밖에 있는 사람들은 서로를 봤다가, 그 피켓을 가리킨다. 저

것 봐! 저 여자가 저걸 보면 뭐라고 반응할까? 아디나는 앞줄에 앉아 있는 엄마가 당황해 눈을 깜빡거리는 것을 알아채지만, 낭독을 계속한다. 사람들은 휴대폰으로 사진을 찍는다.

아디나는 낭독을 마친다. 강단을 떠나려고 하자, 머리를 물방울무늬 스카프로 감싼 토니가 그녀에게 질의응답이 남았다고 신호를 보낸다.

아디나는 준비된 의자에 앉는다. "질문 있는 분 있나요?"

몇 개의 손이 올라간다.

"당신 상관들은 여기서 당신의 활동에 만족하고 있나요?" 젖은 머리의 남자가 묻는다. 글이었다면 중립적인 질문처럼 읽히겠지만, 그는 아디나의 이야기를 일종의 퍼포먼스 예술로 여기는 무리 특유의 비꼬는 말투로 말한다. 이 말투, 군중의 팽팽하고 논쟁적인 분위기, 그리고 그녀가 외계인 상관들과 꽤 오랫동안 연락을 끊고 있었다는 사실이 겹쳐지며, 마치 사기꾼이 된 것 같은 난감한 감정이 솟구친다.

"실례합니다." 아디나는 일어나서 강단을 떠난다.

*

아디나는 탁자 뒤에 앉아서 책에 사인을 한다. 미겔은 불만스러운 표정으로 줄 길이를 가늠해본다. 그리고 그녀의 엄마와 친구들을 길 건너 식당으로 데려가서 기다리고 있겠다고 말한다. 아디나는 그들이 떠나는 모습을 본다. 새로 산 체크무늬 드레스를 입은 엄마는 사람들의 눈을 일일이 마주쳐 미소를 지으며 군중 속을 지나간다. 미겔은 인상을 찌푸린 채 들뜬 독자가 지나가기를 기다린다. 미겔은 박수와 축하를 받는 산업에 종사한다. 그가 피아노 의자를 떠날 때마다, 그는 찬사의 빛에 휩싸이곤 한다. 그런데 왜 그녀의 낭독회를 불편해하는 걸까?

"저 사람, 굉장히 잘생겼네요." 한 여자가 사인을 해달라고 책을 내밀면서 말한다. "저 사람도 외계인인가요?"

*

저녁 식사를 마친 후, 미겔은 아디나에게 언제까지 이 "우스꽝스러운 쇼"를 계속할 거냐고 묻는다. 그들은 아디나의 엄마를 호텔로 데려다주고 아파트로 돌아왔다. 작은 개는 장난감으로 놀고 있다.

끝없이 빙빙 도는 대화가 원래 의도에서 한참 떨어진 곳에 도착했을 때, 그가 말한다. "아마 네 안에서 혼자이길 바라는 일부가 다른 부분들보다 더 큰 걸지도 몰라."

그가 잠든 뒤, 아디나는 어두워진 창밖을 바라본다. 책상 위 팩스 기계에 덮어둔 비치타월이 마치 자신의 몸을 덮은 것처럼 느껴진다. 그녀는 계속해서 뭔가를 묻고, 가장 내밀한 감정을 나눴음에도 거의 아무런 위로나 지지를 받지 못하는 상황에 지처 있었다. 그녀는 노트와 펜을 꺼낸다.

∗

 그녀는 쓴다. 뉴욕에 사는 것은 사람이 900만 명 모여 있는 블랙잭 테이블에 앉아 있는 것과 같다. 우리는 딜러를 상대로 팀을 이룬다. 만약 당신이 11점에서 카드를 더 달라고 요청하면(차가운 베이글을 데워달라고 할 때처럼), 모든 사람들이 당신을 쏘아볼 것이다. 당신은 이 집단을 믿어도 된다. 뉴요커 집단이 빨간불에 건너가면, 당신도 건너도 된다. 뉴요커 집단이 특정 지하철 칸을 피하면, 그 칸은 똥이 있을 확률이 높다. 뉴요커 집단이 ASP 규제가 있는 날에 차를 주차한 채 놔둔다면, 주차 시간 단속 규정이 유예된 것이다. 좋든 싫든 당신은 팀의 일원이다. 북쪽 아니면 남쪽? 급행 아니면 완행? 열차 좀 잡아줘요, 라고 소리치면 최소한 세 명의 뉴요커들이 닫히는 문틈에 손을 끼워 넣어줄 것이다. 뉴욕에서의 삶은 일종의 노룩 패스(일부러 상대를 보지 않고 공을 패스한다는 뜻의 스포츠 용어)다. 필라델피아 같은 도시들에서는 그렇지 않다. 그런 곳에서는, 뭔가를 같이 하려면 반드시 설명하고 여러 차례 확인을 거쳐야 한다.

∗

 "잘 있어. 난 떠날 거야." 미겔이 말한다. 그는 친구와 음악을 녹음하러 로스앤젤레스에 간다. 그녀는 섹스를 하고 싶지 않을 때 그의 부루퉁한 얼굴을 볼 필요가 없어서 안도한다.

"일주일 동안이지." 아디나가 말한다.

그는 머뭇거리다가 고개를 끄덕인다. "내가 돌아오고 나면 우리 다음 단계에 대해 이야기할 수 있을까."

아디나는 자신이 다음 단계에 마음의 준비가 되어 있는지 잘 모르겠다고 말한다.

그는 가방끈을 어깨에서 좀 더 편안한 위치로 옮긴다. "미안해. 이제 더 이상 기다리고 싶지 않아. 이 거리감이 고통스러워. 네 마음에는 나한테 절대로 털어놓지 않는 부분이 있어."

"아마 사실일 거야." 아디나가 말하고, 그가 답한다. "사실이야."

"혹시 너는—" 아디나가 말한다. "내가 거짓말을 한다고 생각해?"

"다른 행성에서 왔다는 거 말이지." 그는 질문을 마치 답처럼 말한다. "난 그게 트라우마와 관련이 있다고 생각해. 어린 시절에 상처받은 거. 설령 그게 사실이라고 해도 난 네가 애초에 왜 나와 관계를 시작했는지 궁금해. 사랑에 대한 경험을 쓰고 싶어서였어? 네 책을 위한 거였어?"

"그러니까 넌, 이렇게 말하진 않겠네. '정말 잘됐어. 응원할게.'"

그의 눈이 커진다. "응원한다고?"

"그러니까, '아디나, 너는 네가 해야만 하는 일을 해야 해' 같은 거 말이야. 〈미지와의 조우〉나 〈E.T.〉나 〈콘택트〉에서처럼. 누군가의 높은 소명을 주위에서 응원해주는 이야기들."

7호선 열차가 빠르게 지나간다. 비행기가 머리 위로 날아간다. "그건 영화일 뿐이야!" 그가 소음 위로 외친다.

"때로는 영화가 우리의 모든―"

"이건 내 인생이야. 〈콘택트〉 같은 게 아니라고!" 둘은 서로 마주 선 채로 한참 서 있다.

그러다 아디나는 점점 미겔의 몸의 감각을 자기 것처럼 느끼기 시작한다. 그의 가방끈이 자신의 어깨를 파고들고, 그의 벨트가 자기 허리를 너무 조이는 것처럼. 작은 개가 장난감을 물어뜯는 소리가 들린다. 가끔 녀석의 입이 내는 소리는 그녀를 짜증 나게 만든다. 인생은 가끔 하나의 감정에 그와 정반대의 감정이 결합된 것이 되곤 한다. 미겔의 눈빛에는 놀람과 연민이 담겨 있다. 아디나는 그의 분노와 자신의 희망을 함께 담을 수 있을 만큼 부드러운 목소리를 내려 노력한다.

"잘 가." 그녀가 말한다. 결국 그녀는 방에 혼자 남는다.

*

텅 빈 아파트는 악의적으로 느껴진다. 아디나는 작은 개를 데리고 밖으로 나간다. 7호선 지하철 플랫폼 위로 분홍빛 구름들이 걸려 있다. 플랫폼에 서 있는 사람들처럼, 구름도 가만히 멈춰 있다. 늦은 오후의 햇살이 동네를 가득 채운다. 사람들은 부엌의 따뜻한 조명 아래에서 일상적인 일들을 해나간다. 계절 맞춤 의상을 입는 아파트 입구 계단의 세 마리 도자기 거위처럼 옷을 입은 이웃 사람이 지나가며 다정한 인사를 건넨다. "자기야, 오늘 기분은 어때? 자기 모자가 마음에 들어."

"꼭 필요한 거예요." 아디나가 하늘을 가리킨다.

"자기도 꼭 필요한 사람이지." 그녀는 그렇게 말하고 계속해서 길을 걸어간다.

아디나는 아파트로 돌아와서 세 종류의 표백제로 욕조를 닦는다. 잠시 놔뒀다가 비누칠을 하고 다시 놔둔다. 세면대를 씻고, 타일을 문질러 닦고, 거울이 반짝일 때까지 닦는다. 그녀는 유리 긁는 소리가 아파트를 채우는 동안 거울 속에 비친 자신의 우울한 얼굴을 무시한다. 저녁 7시 30분일 것이다.

그녀는 표백제들을 싱크대 아래 선반에 다시 넣다가, 그 안에서 쥐를 본다. 덫에 걸린 듯한 생쥐는 서글퍼 보이고, 자기가 깔고 앉아 있는 스펀지인 척하고 있다. 아디나는 선반 문을 쾅 닫는다. 그녀는 거실을 이리저리 거닐고, 작은 개는 앞발을 포개고 그 위에 턱을 얹는다.

그녀는 미겔의 음성사서함에 메시지를 남긴다.

"쥐가 나왔어. 도와줘."

그녀는 쥐의 차가운 검은 눈을 떠올리며 그 녀석을 로저, 라고 부르기로 한다.

*

　아디나는 소파에서 잠이 든다. 표백제 때문에 손이 뻣뻣하다. 잠에서 깨자 버터넛이 그녀의 발치에서 웅크리고 자고 있다. 방 안에 빛은 없다. 새벽 3시. 녀석의 저녁 식사 시간을 놓쳤다. 그녀는 전등을 전부 켠다.
　부엌은 마치 연출된 무대처럼 느껴진다. 로저가 모든 물건을 빼냈다가 옆으로 몇 센티미터씩 옮겨둔 것만 같다. 러그는 대역 배우처럼 느껴지고, 머그잔은 너무 가지런히 걸려 있다. 의자들은 왠지 평소와 다른 색깔 같다. 로저는 장식장 아래에서 꿈틀대고 있다. 연한 분홍빛 바닥 위에 찍힌 희미한 회색 자국. 도시는 조용하고, 부엌도 조용하다. 로저는 마치 빙글빙글 도는 길을 따라가는 것처럼, 가볍고 바스락거리는 소리를 몇 번 내더니 멈춘다. 잠깐의 정적이 흐른 뒤, 다시 소리를 내기 시작한다. 아디나는 확신한다―녀석은 지금 어딘가에 신호를 보내는 중이다. 나를 좀 도와달라고. 아디나는 그렇게 생각하지만, 공감하고 싶지는 않다. 로저는 자기가 혼자라고 믿으며, 조용히 아디나의 시야 안으로 스르르 기어 나온다. 로저의 등이 드러난다. 우그린 작은 손, 털 달린 귀.

*

　미겔은 쥐에 대해서는 답하지 않지만, 로스앤젤레스에 있는 자신의 책상 사진을 이메일로 보낸다. 모니터 두 개, 키보드, 펜이 꽂힌 컵, 장미 한 송이, 종이를 망치는 종류의 고무지우개, 줄이 뒤엉킨 헤드폰. 아디나는 거리가 감정과 의도를 흐린다는 걸 안다. 이건 멀어진 거리를 좁혀 예전으로 돌아가려는 그의 방식이다. 이 책상은 잠깐 빌리고 돌려줘야 하는 것이다. 아디나는 미겔이 프로듀서와 음악가들이 로스앤젤레스 수영장 주위에서 잡담을 나누는 파티에 있는 모습을 떠올린다.
　그에게 장미를 준 사람은 누구였을까?

*

　아디나는 쥐가 돌아다니는 집에 머물 수가 없다. 그녀와 버터넛은 엄마를 보러 집으로 간다.
　"하지만 왜 필요하죠?" 그녀가 말한다. 그들은 반달형 탁자에서 생강 쿠키를 먹고 있다. 버터넛은 엄마의 무릎 위에서 자고 있다.
　"뭐가? 남자?" 엄마가 묻는다.
　"남편이요. 남자 친구. 사람들은 그걸 굉장히 원하는데 전 그들과 뭘 해야 하는지 이해가 안 돼요. 그들은 너무 많은 에너지를 잡아먹는다고요."

"남편이라." 엄마의 표정은 흐릿해졌다가 다시 또렷해진다. "남편이 왜 필요하냐는 말이지." 그녀는 반달형 탁자에서 몸을 밀어내듯 일어나, 버터넛을 가슴에 안은 채 불안정한 걸음으로 다른 방으로 걸어간다. "남편." 머릿속에서 무언가 맞춰지려는 것 같지만, 혼란스러워 보인다. 그 생각은 아디나에 관한 것임에도 그것만은 아닌 것 같다. 실제로 딸을 기르는 동안 함께 키워왔던 어떤 생각, 오래 품어온 의문 같은 것이다. 엄마의 생각은 방 안을 돌고, 몸도 따라 움직인다. 의자에 앉았다가 소파로 옮기고, 또 다른 의자에 앉았다가, 결국 문 앞에 서서 멍하니 있다.

"내가 어떻게 해야 할까요?" 아디나가 묻는다.

엄마가 소파에 앉아서 옆자리를 두드린다. "난 너를 강하게 키우는 데 너무 열중해서 다른 방식으로 너를 망쳐버렸어. 난 불평은 윗사람에게만 해야 한다고 배워서, 상황이 얼마나 힘든지 이야기하고 싶지 않았단다. 예를 들어 너한테 한 번도 얘기는 안 했지만, 우린 돈이 별로 없었어."

아디나는 엄마가 농담을 하는 건지 아닌지 알 수가 없다.

엄마는 소파에 기댄 채 고개를 저으며 작게 웃는다. 그 움직임에 짜증이 난 버터넛이 아디나의 무릎 위로 올라왔다. "너 알았구나. 당연히 알았겠지."

"우리는 특가할인매장 뒷골목에서 쇼핑을 했어요. 거기서 버린 물건들을 주우려고요."

"맙소사, 그랬지. 그 뒷골목 기억나. 난 도대체 뭘 하려고 했던 걸까? 나 자신을 지키려고 했던 것 같아. 그냥 너랑 무사히 헤쳐나가고 싶었어. 네가 남자가 왜 필요한지 모르겠다면……." 엄마는 안경을 벗고 콧날을 문지른다. "넌 잘못된 남자들 곁에 있었던 거야. 난 너한테 부부가 어떻게 서로에게 좋은 파트너가 되는지 가르쳐주지 못했어. 미안해."

아디나는 엄마에게 미안할 건 아무것도 없다고 말한다. 그녀는 엄마가 엄마여서 행복하다고 이야기한다. 이상하고 복잡하고 솔직한 엄마가 다른 누구의 엄마보다도 훨씬 더 좋다고.

"네가 이제 성인이니 나도 좀 마음을 놓아야 하는데, 여전히 항상 걱정이 돼." 솟구친 감정에 잠시 멈칫하며 그녀는 아디나를 향해 고개를 끄덕인다. 그뿐이다.

"보통 가족들이라면 지금쯤 껴안을 거예요." 아디나가 말한다.

"우리도 하자. 우리도 껴안을 거야."

그녀가 팔을 내밀었고 아디나는 품으로 들어간다. 달래주기보다는 거칠게 당기는 것 같은 뻣뻣한 자세다. 그들은 서로를 놓는다.

"미겔이랑은 어떠니? 내가 물어봐도 되는 거니?"

아디나는 미겔 대신 로저라는 이름의 쥐와 함께 살고 있다고 말한다.

"오, 안 돼, 로저라니!"

두 사람이 좋아하는 코미디언이 〈새터데이 나이트 라이브〉를 진행한다. 그들은 각자 다른 그릇에 담은 팝콘을 먹으며 같은 부분에서 웃는다. 쇼가 끝날 무렵에는 아디나만 웃고 있다. 엄마는 의자의 부드러운 등받이에 머리를 기대고서 잠이 들었다. 아디나와 버터넛은 엄마가 형편없는 마무리라고 부르는 부분을 단둘이 본다.

*

아디나는 부엌에 쥐덫을 설치한다.

미겔은 연락하지 않았다. 어쩌면 로스앤젤레스의 모든 여자들에게 장미를 주느라 너무 바쁜지도 모른다. 그들에게 페니스를 넣느라고 바쁜지도. 아니면 이제 더 이상 진짜든 상상이든 간에 서로에게 벌어진 긴급 상황에 반응하지 않게 되었는지도 모른다. 아니면 그냥 서로에게 아무런 반응도 하지 않게 된 걸지도. 장미는 다른 사람에게 받은 걸 것이다. 그녀는 선반을 열고 조그만 재채기 소리를 상상한다.

"신의 가호가 있길, 로저."

아디나는 길 건너편 바에서 치킨 덮밥을 먹는다. 바에서는 프랑스 자전거 대회가 텔레비전으로 중계되고 있다. 흔들리는 금속 자전거와 깃발들. 날씬하고 근육질에 화려한 색상의 옷을 입은 자전거 선수들이 산길을 빠르게 달린다. 집에 돌아오니 작은 개가 부엌 조리대 아래에 서서 위쪽을 빤히 보고 있다.

"무슨 일이야, 친구?" 아디나가 묻고서 수도꼭지를 튼다. 로저가 싱크대에 놓여 있는 스테인리스 거름망에서 튀어나온다. 아디나는 비명을 지르며 수도꼭지를 손으로 막는다. 로저는 싱크대의 미끄러운 벽을 툭툭 치다가 멈춘다.

아디나는 자신과 작은 개를 이불로 감싸고 불안한 잠에 빠진다.

다음 날 아침, 로저는 싱크대에 죽어 있다. 굶주림 때문에 벽에서 나올 만큼 절박했던 것이다. 아디나가 상관들에게 끝없이 신호를 보내는 것과 다를 바 없다.

녀석을 쓰레받기로 담는 일은 왠지 너무 친밀한 느낌이라 망설여진다. 하지만 토니가 두 번째 항암 치료를 견뎌내고 있다면, 아디나도 죽은 쥐 한 마리를 쓸어 담을 수 있다. 로저는 생각했던 것보다 몸집이 길고 더 회색빛이었다. 아디나는 쥐의 연약하고 안쓰러운 몸을 치워서 버린다.

*

보통 토니는 치료를 받은 후 집으로 가고 싶어 하지만, 이번 수요일에는 단골 피자 가게에서 음식을 싸 가자고 말한다. 아디나가 가게에 들어갔다 나올 동안 토니는 차에서 기다린다.

아디나가 돌아오자, 토니는 머리를 창문에 기댄 채 불이 꺼진 줄전구가 늘어진 간판을 올려다보고 있다.

그녀가 말한다. "저게 다 켜져 있었으면 좋았을 텐데."

★

미켈이 들어오기 두려운 사람처럼 옆구리에 가방을 바짝 붙인 채 문가에 서 있다.

"우리는 서로 다른 두 행성에서 자란 것 같아."

"비유적으로?" 아디나가 묻는다. 자꾸 끊어지며 조심스럽게 이어진 대화 끝에, 그들은 누군가의 남자 친구도, 여자 친구도 아니게 된다. 그녀는 그가 건물을 완전히 떠날 때까지 문을 잠그지 않는다. 그가 그녀로부터 마지막으로 듣는 소리가 거부하는 소리가 아니길 바랐기에.

미켈은 거의 들리지 않는 슬픈 한숨을 내쉰다. 그는 바깥쪽에, 화려한 색상의 비행기가 다니는 경로 아래 인도에 서 있지만, 아디나는 그 소리를 들을 수 있다.

아디나는 캐모마일잎을 차 디캔터에 넣고, 정확히 10분 동안 우린다. 차를 잔에 붓고 부엌 식탁에 앉는다. 그리고 좋은 꿀을 꺼내 넣는다. 그는 그녀의 책을 한 번도 읽지 않았다. 어릴 적, 수조의 바닷가재를 알아챈 적도 없었다. 서로 다른 행성들. 그 말 그대로다. 그가 떠나는 순간 그녀를 가장 잘 이해하게 되었다는 건 이상한 일일까? 아니면 너무나도 당연한 일일까?

아디나의 삶에서 로맨스 프로젝트는 끝이 났다. 슬픔과 안도감이 함께 밀려온다. 그녀는 그에 대한 사랑을, 집에서 거미를 내보내듯 서서히 다른 곳으로 옮길 것이다. 결국 그들은 평범한 인간적인 이유로 헤어진다. 서로를 믿지 않았기 때문에.

*

아디나는 아래쪽 서랍에 넣어둔 팩스 기계를 꺼낸다. 타월을 걷고, 그 타월과 유리 세정제로 구석구석의 먼지를 닦아내고 플러그를 꽂는다. 기계가 윙 돌아간다. 그녀는 초록색 불빛을 보고 안도한다.

내가 맡은 일을 제대로 해내기 위해서는 인간과 가까워져야 해요. 그래야 그들이 내게 자신이 어떤 사람인지 보여줄 수 있고, 나도 내가 누구인지 더 알아갈 수 있어요. 하지만 인간에게 가까이 다가간다는 건 그들과 나 모두를 위험으로 몰아넣는다는 의미예요. 내가 그들에게 상처 줄 위험과 상처받을 위험을 감수해야 해요. 난 이곳에 배움을 위해 왔고, 언젠가는 떠나야 할 거예요. 그래서 나는 마음속에 욜란다 K가 말한 해자를 높이 쌓아뒀어요. 사람들은 나를 향해 빛을 보내지만, 난 너무 멀리 있어 그 빛이 잘 보이지 않아요. 이건 아마 외계인적이고 인간적인 곤경일 거예요.

도와주세요. 조언을 해줘요.

응답 없음.

*

자동차는 어디에도 연결되어 있지 않아요. 그래서 언제든 다른 물체와 충돌해 서로를 망가뜨릴 수 있죠. 하지만 이 모든 게 범퍼카 놀이와 같다면, 그런 일은 일어나지 않을 거예요. 차들은 기둥에 연결되어 있고, 그 기둥은 위쪽의 큰 구조물에 단단히 이어져 있거든요. 범퍼카를 몰다 벌어질 수 있는 최악의 일은 고작 누군가와 충돌했을 때 우스꽝스러운 표정을 짓는 것뿐이죠. 그 표정 때문에 상대는 당신이 생각보다 더 못생겼다고 느낄 수도 있고, 어쩌면 당신이 가진 다른 흉측한 면을 알아차릴지도 몰라요. 하지만 곧 상대는 다른 사람과 충돌하고 그 생각은 순식간에 잊히죠. 그래도 실제로 자동차를 타다 충돌해 다쳤을 때보다는 나아요. 훨씬 아프지 않을 거예요.

응답 없음.

*

다음 날, 그녀는 팩스를 보낸다.

인간은 때로 예상 밖의 존재와 직관에 반하는 방식으로 관계를 맺곤 해요. 생명이 없는 물건이나, 혹은 지금껏 싫어해서 없었으면 좋겠다고 생각했던 것들, 예를 들면 쥐 같은 것들과도요.

응답 없음.

*

불안이 아디나를 천천히 무너뜨린다.

마지막 에피소드를 볼 때 느꼈던 향수는 알고 보니 이 세상에서 두 번째로 최악인 감정에 불과했다. 가장 최악인 건, 서로 맞지 않는다는 이유로 누군가와의 관계가 깨지는 것이다.

7호선 지하철이 지나간다. 모든 것이 떨린다. 그녀는 엄마와 토니에게 메시지를 남기지만, 지구상의 아무도, 그 너머의 누구에게서도 응답은 없다. 혹시 충동적으로 코드를 뽑아버린 행동에 아직 화가 난 걸까?

벌을 받고 있는 건가요?

*

아디나는 상관들의 답신만을 기다리는 불편한 위치에 놓이게 된다. 지금까지의 소통은 늘 일대일이고 개인적인 방식이었기 때문에, 외부적 도움을 구해야 할 필요가 전혀 없었다. 하지만 이제 그녀는 인터넷과 신문을 뒤지며 외계와 관련된 뉴스를 찾는다. 그녀는 UFO 목격 영상과, 진지한 것부터 우스꽝스러운 것까지 다양한 기자회견들을 시청한다. 애리조나에서는 한 정치인이 최근 그 지역에서 발생한 UFO 목격 사건을 활용해 외계인 분장을 한 채 기자회견을 연다. 아디나는 최초의 외계 행성인 트라피스트-1에 대해 찾아본다. 이 우주적 침묵을 설명해줄 수 있는 것이라면 무엇이든.

아디나는 야간 교실로 돌아가고 싶다. 솔로몬, 날아다니는 풍선 남자, 마틴 아쿠아리움, 릴투릴 비디오 가게가 그립다. 쌀쌀맞았지만 다리 꼬는 온갖 방법을 가르쳐줬던 리프홀터 부인도 그립다. 곧게 펴기, 강하게 꼬기, 발목 교차하기. 아디나는 지하철을 탈 때마다 그 세 가지 유형을 여전히 눈여겨본다. 리프홀터 부인은 악의적이지 않았다. 지금의 아디나가 그렇듯이 그녀는 그냥 혼자 살아가는 여자였을 뿐이다. 그걸 좀 더 일찍 이해했더라면, 결정적인 순간들에 더 나은 선택을 할 수 있었을지도 모른다. 그랬다면 지금처럼 부인과, 여태 만났던 모든 사람들을 그리워하고 있지 않았을 것이다. 그녀에게서 벽의 전선처럼 중요한 것들을 잡아 뜯고 떠나간 끔찍한 이들까지도 그립다. 아디나는 다시 젊어지고 싶은 건 아니다. 다만 와일드우드 별장의 식탁에 앉아 있던 그 시절로 돌아가고 싶다. 인생의 가장 큰 고민이 어떻게 하면 J 걸스 무리에 낄 수 있을까 하는 거였던 순간으로, 리프홀터 부인이 엄마에게 버터에 관해 퉁명스럽게 말했던 그 오후로.

✱

　병실에서 토니는 제임스 볼드윈을 읽으려고 하지만 실패한다. 기계들이 그녀의 주위에서 윙윙거린다. 도미닉은 남자 친구에게 문자를 보낸다. 아디나는 글을 쓰고 소리 내서 읽는다.
"뉴욕에서 10년을 살다 보면……."
"10년을 살다 보면……." 도미닉이 말한다.
"바퀴벌레에 관한 거야." 아디나가 말한다.
"바퀴벌레를 먹게 된다!" 도미닉이 말한다.
"나 좀 웃기지 마. 아프다고." 토니가 웃는다. 그리고 인터넷에서 미겔이 만나고 있는 여자의 사진을 찾았다고 말한다. "그 여자는 기만적인 방식으로 못생겼어. 보고 싶어?"
　아디나는 "아니"라고 말하고 글쓰기로 돌아간다. "뉴욕에서 10년을 살다 보면……."
"날개 달린 바퀴벌레 가족과 아파트를 같이 써야만 한다." 도미닉이 말한다.
　의사가 들어와서 기계 몇 개를 만지작거리더니 토니에게 기분이 어떠냐고 묻는다.
　토니가 답한다. "발가벗겨진 거 같아요."
　의사가 나간다.
"뉴욕에서 10년을 살다 보면 당신의 심장은 바퀴벌레의 심장으로 대체된다. 하지만 당신은 바퀴벌레로 살아가는 편을 택하게 된다." 아디나가 읽어본 다음 묻는다. "15년으로 하는 게 나을까?"

도미닉이 의자에서 일어나 침대 가장자리에 앉는다. "당연히 그게 낫지."

"하지만 바퀴벌레가 그렇게 오래 살까?"

"바퀴벌레는 끝까지 살아남아. 꼭 백 번도 넘게 총에 맞았지만 아직 살아 있는 우리 사촌 같아. 틀려먹은 사람들이 죄다—" 토니가 말한다.

"틀려먹은 사람이 뭐?" 도미닉이 묻는다.

"행운을 가져간다고."

"네 사촌 진짜 최악이기는 해." 아디나가 말한다. "파티 분위기 완전 망치는 스타일이잖아."

"난 차라리 걔처럼 끔찍해지고 행운을 가질래." 토니가 말한다. 비관적 태도가 그녀의 영혼에 스며들었다. 병이 그런 태도를 허락하는 것 같았다.

"하지만 너도 동의하잖아." 아디나가 말한다.

"우리 사촌 말이야? 걘 살아 있는 최악의 인간이지."

아디나는 마음을 바꿨다고, 아까 토니가 말한 그 사진을 보겠다고 말한다. 토니는 노트북을 열고 인터넷 페이지를 찾는다. 아디나와 도미닉이 몸을 기울여 파티 모자를 쓰고 미소를 띤 보통의 여자 사진을 본다. 미겔은 그녀의 뒤에서 와인 잔을 들고 느긋하게 서 있다.

"기만적인 건 잘 모르겠는데." 아디나가 말한다.

토니는 어깨를 으쓱인다. "그건 남자 형제가 있는 여자들만 알아볼 수 있는 거야."

*

병원 편의점에서 수술복을 입은 한 남자가 모두에게 꽃 한 송이씩을 사서 건넨다.

"방금 딸이 태어났어요." 그가 천장을 가리키며 말한다. "지금 바로 저 위에 있죠. 제 엄마랑 자고 있어요. 난 좋은 일을 단 하나도 해본 적이 없어요. 그런데도 그 애는 완벽해요."

*

인간은 물을 수십 조 킬로미터나 운반하는 관개 시스템은 설계하지만, 금속이 발작하듯 삐걱거리는 소리 없이 열리는 다리미판은 발명하지 못해요.

응답 없음.

*

너 춥니? 엄마가 묻고 아디나가 대답한다. "언제나요."

그들은 토니를 위한 대규모 쇼핑을 하느라 숍앤세이브 마트에 와 있다. 토니가 음식을 점점 덜 먹어서 카트에는 몸을 위한 것들이 가득하다. 담요, 보온병, 〈내셔널 인콰이어러〉. 뉴멕시코에서 캠핑 중이던 가족이 외계인에게 조사를 당했다는 기사가 실렸다. 아디나는 상관들의 소식이 이런 가십 잡지를 통해 전해질 거라는 희망을 오래전에 버렸다. 기사들은 너무 거칠고, 자극적으로 쓰인다. 만약 그녀의 종족이 지구상의 누군가를 방문했다면, 그 사람은 거의 알아차릴 수 없을 정도의 작은 변화만을 경험할 것이다. 마치 열차가 움직이는지 플랫폼이 움직이는지 알지 못하는 감각과 비슷하다. 〈내셔널 인콰이어러〉 독자들은 이런 데에는 흥미가 없을 것이다.

"황달 때문인 것 같아." 엄마가 피스타치오 봉지의 가격을 보며 말한다.

"황달이 왜요?"

"네가 태어났을 때 며칠이나 조명 불빛 아래에 있었거든. 너무 작아서. 난 널 낳고 거의 죽을 뻔했어, 다행히 얼마나 위험했는지 이해할 수 없을 만큼 정신이 오락가락했지. 간호사들은 반쯤 의식이 없는 나를 신생아실로 끌고 가야 했어. 병원 가운은 다 흐트러지고 완전 엉망이었지."

엄마가 말을 잇는다. "세상에 나온 첫 주를 불빛 아래서 보내서, 넌 남은 평생 따뜻함을 찾게 된 거야." 엄마는 견과류 봉지를 자세히 살핀다. 엄마는 학사 학위를 마쳤고, 가족 중 최초로 석사 학위를 따는 사람이 될 것이다. 엄마는 모든 것이 수학이라고 말한다. 앤 왕비의 레이스 모양, 꿀벌들. 모든 것은 설명될 수 있다. 왜 피스타치오가 세상에서 가장 비싼 음식인지만 빼고. 엄마는 봉지를 도로 선반에 올려놓는다. "어디를 가든 거의 백 달러쯤 된다니까."

*

상관들의 침묵이 이어질수록, 아디나는 그들이 답하지 않는 이유는 답을 할 수 없기 때문이라고 더 강하게 확신하게 된다. 행성이 난폭한 식민지주의자들에게 점령당했거나 폭발해버린 거다. 아디나는 빨갛게 충혈된 눈을 뜨고 공포에 질린 채 잠을 이루지 못한다.

*

퀘이사 부엉이는 광활한 우주 속에서 조용히 머문다. 천문학자들은 이 블랙홀이 10억 년도 안 되는 시간 동안 그렇게 어마어마한 크기로 성장하려면, 주위의 질량을 최대 속도로 끌어당겨야 했을 것이라고 추측한다. 아디나가 보냈던 팩스들도 그곳으로 간 것일까? 욜란다 K에 관한 글들은 그 끝없는 항성 간 주머니 속으로 빨려들어 사라져버렸을까? 관측이 거듭될수록 세상은 더욱 넓어진다. 식품점 고양이들, 항암 치료, 돌이 떨어질 위험이 있다고 경고하는(근데 돌이 떨어지면 어떻게 해야 할지는 알려주지 않는) 고속도로 표지판, 그 모든 경험이 휘몰아치는 이해의 중심에 쌓여만 간다. 어쩌면 아디나의 고통이 그 끝없는 질량을 더욱 환히 빛나게 만들고 있는 걸지도 모른다. 중국의 어린 학생들이 평범한 망원경으로도 그 광채를 들여다볼 수 있을 만큼. 그녀의 정보는 등대가 되어 과학자들을 더 큰 발견으로 이끌어줄 것이다. 더 많은 블랙홀로, 더 많은 별들로, 멸망할 위기의 행성에서 희망의 신호를 찾는 외계인들로.

점등원의 행성은 어린 왕자가 가장 사랑했던 별이다. 그곳에는 하루에 일출이 440번 일어난다.

과학들에게는 그 거대한 발광체가 어떻게 그토록 오랫동안 숨겨져 있었는지 설명할 이론이 없다. 하지만 이해할 수 없는 것은 애써 무시해버리는 인간의 성향을 아디나는 결코 과소평가하지 않는다.

*

대서양 서부에 있는 섬나라 팔라우에는 바다와 터널로 연결된 호수에 해파리들이 산다. 긴 세월 동안 터널은 침식으로 점점 메워졌다. 바다로부터 단절된 해파리들은 독을 쏘는 능력을 잃는다. 더 이상 독이 필요하지 않으니까. 그들에게는 포식자가 없다.

무해해진 해파리들은 고립된 호수에서 오랫동안 평화롭게 살아간다. 차츰 엘니뇨로 인한 기후변화가 끔찍한 가뭄을 일으킨다. 해파리 개체 수는 급격히 줄기 시작한다. 호수는 방문객이 금지된다.

그러다 해파리들은 다시 회복된다. 호수는 재개방된다. 아디나는 친근한 유령 같은 그것들이 맑고 밝은 물속에서 떠다니는 영상을 본다. 해파리들은 햇빛을 따라 움직이기 위해 호수를 끊임없이 헤엄쳐야 하며, 빛나는 촉수를 뒤에 끌고 다닌다. 황금빛을 띠고, 독을 쏘지 못하며, 고립되어 있지만 동시에 소셜미디어를 통해 과하게 노출된 존재들.

*

에그누들과 버터로 저녁을 먹은 후, 아디나는 R.E.M.의 음악을 틀고 버터넛과 춤을 춘다. 녀석은 뒷다리로 서고 그녀는 녀석의 앞발을 잡는다. 녀석이 오른쪽으로 조금씩 걷는다. 왼쪽으로도 조금씩. 둘은 침대에 함께 누워 래퍼 출신 배우가 신시내티에 갓 도착한 젊은 여자 배역을 맡은 영화를 본다. 그녀는 강인하다. 그녀는 잘 버텨낼 것이다.

다음 날 아침, 아디나는 작은 개를 찾을 수 없다. 녀석은 침대에도, 침대 옆 카펫에도, 부엌의 물그릇 주위에도 없다.

"여기 있었구나." 그녀는 책상 아래에 잠들어 있는 녀석을 발견하고 안도한다. 그 옆에는 동전만큼 작은 토사물이 반짝이고 있다. 아디나는 책상 아래로 기어들어간다. 녀석은 이미 죽어 있다. 몸은 딱딱하고 차갑다. 드러나 있는 이빨, 자신에게 일어나는 일을 막아내려 했던 것 같은 표정. 살아 있을 때와는 너무도 다른, 사나운 얼굴이다. 아디나는 버터넛의 몸을 품에 안고, 둘은 그렇게 몇 시간이나 함께 누워 있다. 월스트리트의 주식 거래인들이 직장에 출근하고, 모든 행성의 아버지들이 아이들이 있는 집으로 돌아오고, 꽃집 주인들이 뉴욕 첼시 마켓의 꽃 가판대를 오가지만, 그녀의 작은 개는 깨어나지 않는다. 녀석은 밤중에 잠에서 깨어, 어둠 속에서 자신의 자리를 찾아 몸을 웅크린 채 잠들었고, 그렇게 돌로 변해버렸다.

*

"심장마비예요." 수의사가 전화로 말한다. "아니면 발작이었거나. 빠르게 끝났을 거예요. 보호자분이 하실 수 있는 일은 아무것도 없었어요."

수의사는 그녀가 작별할 준비를 하고 사체 옮길 사람을 부르기 전까지 개를 냉동실에 넣어두라고 말한다.

아디나가 묻는다. "좀 잘 못 들었는데요, 방금 냉동실에 넣으라고 하셨어요?"

*

아디나는 엄마가 떠준 코바늘 스웨터로 버터넛을 감싼다. 죽은 녀석의 몸이 부푼 탓에 스웨터가 맞지 않아, 양옆을 잘라내야 했다. 그녀는 자신의 삶에서 녀석의 자리를 마련하기 위해 도시를 뛰어다녔던 그날 밤에 산 담요로 녀석의 몸을 포근히 덮어준다. 그런 다음 냉동실에서 얼음 틀, 냉동 완두콩 봉지, 반쯤 먹다 남은 아이스크림 통, 거의 빈 보드카병을 꺼낸 다음 작은 개를 조심스레 안으로 밀어 넣는다. 적어도 버터넛은 여전히 이 집 안에 있다. 그들은 아직 함께 있다.

*

의사가 말한다. "더 이상 싸울 필요 없어요. 집으로 가셔도 됩니다."

토니는 병원 침대를 둘러싼 아디나, 오빠들, 오드리, 그녀의 엄마와 새아빠를 쳐다본다. 그것은 그녀가 그들 모두에게 질문을 던지는 것과 같다. "그게 도대체 무슨 뜻이죠?"

"싸움은 끝났다는 뜻이에요." 의사가 말한다.

"뭔가 다른 걸 해봐요. 다시 항암 치료를 시도해보든지. 주사를 놓든지. 뭐든지요." 아디나가 말한다.

토니를 보살피는 일은 더 이상 치료가 아닌, 편안함을 위한 것이 된다. 며칠 사이로 가장 친한 친구와 자신의 작은 개를 모두 잃게 되는 건 정말 가혹하다고, 아디나는 생각한다. 아직 심리적으로 무언가를 믿으려는 이 시기를 흔히 '협상 단계'라고 부른다. 모든 일은 가능하다. 모든 것은 존재한다.

사람들은 죽음을 앞둔 이들이 평온할 거라고 생각하지만, 토니는 약기운이 들기 전까지 분노에 가득 차 있다. 토니의 가족과 아디나, 오드리는 그녀를 둘러싸고 앉아 토니의 가슴이 부풀었다 수축하는 것을 지켜본다. 들이마시고 내쉬는 숨.

아디나는 지금 자신이 보는 것이 상상인지 직감인지 확신할 수 없다. 토니의 가슴 한가운데에서 작은 빛이 자라난다. 마치 늘 그곳에 있었던 것처럼. 빛은 그녀의 팔과 다리로 퍼져나간다. 거기에는 햇살의 넓고 따스한 감각이 담겨 있다. 빛은 토니의 몸을 넘어 침대를 감싸고, 바닥을 타고 흘러 방 안의 모든 사람들을 품는다. 아무도 움직이지 않는다. 토니의 어머니는 여전히 몸을 앞으로 기울인 채 얼굴을 찌푸리고 있고, 오빠들은 벽에 기대어 축 늘어져 있다. 아디나와 도미닉은 토니의 따뜻한 손을 꼭 잡고 있다. 기계음이 울리고, 침대 시트가 바스락거리고, 오드리의 부츠가 복도 바닥을 두드린다. 그녀가 자판기에서 돌아왔을 때, 방 안은 빛으로 가득 차 있다. 그 빛은 문 밖으로 쏟아져 나오고, 병원의 복도를 따라 퍼진다. 그리고 수많은 병실과 층들을 가득 채운다. 주차장과 거리로 뻗어 나간다. 아디나의 귓불과 뺨이 뜨거워진다. 마치 커다란 풍선을 불어낸 듯하다. 그건 소풍을 가기 좋은 날의 빛이다. 사진이 아름답게 나오는 빛. 하루의 끝을 알리는 빛이다. 빛은 계속 뻗어가며 그들이 자란 도시를 채운다. 머스탱 자동차, 어린 시절의 집들, 이주했던 도시, 첫 직장을 가졌던 건물들, 연애했던 장소들, 그들을 도왔던 것들과 그렇지 않았던 모든 것들을 지나간다. 토니의 가슴이 들썩인다. 숨이 막히는 듯한 소리가 난다. "아파하는 거예요!" 어머니가 외치지만 간호사는 그것이 단지 "상기도 울혈"이라고 말한다. 그들은 이 단계를 "공기 갈망"이라고 부른다. 듣기에는 고통스러워 보이지만 토니는 이제 더 이상 고통을 느끼지 않는다. 그녀의 폐는 공기로 차오르고, 뇌는 멈춘다. 심장은 아직 뛴다. 아디나는 기억한다. 심장은 의사들이 가장 마지막으로 수술하는 기관이었다는 것을. 세기말에 이르기까지, 다른 모든 기관은 이미 해부되었다. 심장은 자율적으로 작동한다. 심장으로부터 가장 먼 부위가 가장 먼저 식는다. 뇌는 심장이 없으면 작동하지 않지만 심장은 뇌 없이도 뛸 수 있다. 빛은 계속된다. 대류권을 넘어 아디나의 원래 주파수가 여전히 송신되고 있는 그곳으로, 저 멀리로 뻗어 간다. 토니의 가슴에서 시작된 빛은 부풀고 줄어들고 멈춘다. 심장은 멎었다. 고통은 사라졌다. 몸은 정지한다. 그러나 빛은 사라지지 않고, 계속해서 여행을 이어간다.

*

그들이 고급 쇼핑몰에서 귀걸이를 사려고 했던 날. 아디나는 토니와 자동차 위에 앉아 에그롤을 먹던 것을, 어둠 속 어딘가에서 꽥꽥 울던 칠면조들을 기억한다. 토니는 언제나 에그롤을 반으로 잘라서 안쪽을 먼저 먹고, 바삭바삭한 껍질은 마지막에 먹기 위해 남겨두곤 했다. 그녀는 가장 좋아하는 것으로 끝내기를 선호했다.

누군가가 죽을 때, 그 사람이 에그롤을 먹는 방식은 어디로 가는 걸까요?

응답 없음.

BLACK HOLE

*

블랙홀

(죽음)

욜란다 K.

여러분이 소파에 앉아 과카몰레를 먹으며 비욘세를 듣고 있을 때, 저를 떠올렸으면 좋겠어요. 무언가를 잡으려 손을 뻗는 게 마치 처음인 것처럼 손을 뻗어보세요. 그다음 여러분의 배가 오래된 핸드백처럼 조여드는 걸 상상해봐요. 이 동작을 지퍼라고 불러요. 수련의 좋은 기운을 지퍼처럼 잠그는 걸 말한답니다. 엄마를 위해서 런지 한 번! 아빠를 위해 런지 한 번! 저는 물론 여러분의 복근을 신경 써요! 하지만 이건 뇌에 관한 거랍니다! 더 깊이 앉은 다음, 천장까지 일어난다고 상상해봐요! 더 가봐요! 이 동작을 지퍼라고 불러요. 이 동작을 지퍼라고 불러요.

*

지하철은 뻔뻔하게도 달린다. 7호선 열차 기관사들은 정차하는 역 이름을 말끔하고 강한 목소리로 선언한다. 롱아일랜드 철도는 제시간에 온다. 불공평한 아침 햇빛 속에서 할랄 고기 노점상들은 트럭을 채운다. 아디나의 아파트 입구 계단 거위들은 안경을 쓰고 학교로 돌아갈 준비를 하고 있다. 새끼 거위는 사과를 들고 있다. 뉴욕은 잠시나마 완전히 멈추기도 하지만, 주차 단속 규정은 언제나 시행 중이다. 에밀리오는 여전히 둥근 롤빵을 1달러에 두 개씩 팔고 있다. 에밀리오의 딸은 여전히 그가 싫어하는 남자애를 만나고 있다. 그 남자애가 그녀에게 얹혀살고 있음에도 불구하고. 그가—그녀의 아버지로서—그런 남자를 못마땅해하지 않을 수 있을까?

*

모든 인간은 죽어요. 하지만 그보다 더 나쁜 일은, 매일 자신이 살아 있다는 사실조차 모른 채 행동한다는 거예요. 그들은 거짓말을 하거나, 배려 없이 대하거나, 누군가를 속이며 살아가죠. 그런 행동 하나하나가 작은 죽음이에요. 인간은 마지막 죽음이 오기 전까지 계속해서 작은 죽음들을 겪어요.

응답 없음.

*

장례식 리셉션은 토니의 어린 시절 집에서 열린다. 늘 마당에 있던 수리 중인 차들은 없다. 거실 탁자는 편육, 양상추, 긴 샌드위치 빵, 차가운 샐러드 접시들로 가득하다. 토니의 출판사 동료들이 아디나와 그녀의 엄마를 둘러싸고 자서전의 후속

편이 있느냐고 묻는다.

토니의 동료 편집자 중 한 명이 말한다. "토니가 그렇게 흥분한 건 본 적이 없어요. 당신을 천재라고 불렀죠. 여태 그 누구한테도 그런 말을 한 적이 없어요."

"우린 함께 자랐어요." 아디나가 말한다.

그들은 그녀를 만나보고 싶었다고 했다. 인터넷에는 그녀가 CIA 요원이거나 지루한 가정주부일 거라는 식의 추측이 실려 있었다. 신봉자와 비신봉자가 있었고, 인스타그램과 트위터는 자서전을 샅샅이 파헤쳐 단서를 찾으려는 말들로 가득했다.

"무슨 단서요?" 아디나가 물었고 그들은 그녀가 아무것도 모른다는 사실에 깜짝 놀란다. "전 인터넷을 별로 안 하거든요."

"당신 정말로 외계인이군요." 그들 중 한 명이 말한다. 그 사람의 혼란과 경이가 섞인 표정은 익숙한 것이었다.

한때 야생 칠면조 괴롭히기의 주인공이었던 마테오는 탁자에서 샌드위치 반쪽에 머스터드를 바르는 여자를 위해 병을 들어주는, 멀끔한 스웨터 차림의 남자로 변했다. 빵 조각 하나하나에 세심하게 머스터드를 바르는 여자는 분명히 그의 아내일 것이다. 아디나는 토니가 그녀에 대해 뭐라고 말할지 그립다. 도미닉은 처음으로 남자 친구를 집에 데려왔다. 평소와 같았다면 이 일은 토니의 집안에 폭풍을 불러왔을 것이다. 하지만 오늘은 아무 일도 아닌 것처럼 지나간다. 도미닉은 아디나를 다른 사람이 없는 방으로 잠시 부른다. 마치 누군가가 지우개로 도미닉의 얼굴을 문질러놓은 것처럼, 슬픔은 그를 흐릿하게 만들어버렸다. 회색 수염이 관자놀이에 돋아나 있다.

"화내지 않았으면 좋겠는데, 걔가 너한테 뭘 남겼어." 그가 가방에서 작은 상자를 꺼내서 아디나에게 내민다. 토니는 두 사람의 머릿속에서 '걔'가 되었다. 그들은 더 이상 그녀의 이름을 부를 필요가 없다.

아디나는 상자를 열지 않은 채 무릎 위에 올려놓는다. "이게 뭐야?"

"걔는 네가 화내지 않길 바랐어."

"그 말은 벌써 했잖아. 뭐길래 내가 화를 낸다는 거야?"

"집에 가서 좀 차분해진 다음에 열어보는 게 좋을 수도 있어."

도미닉은 다시 사람들이 모여 있는 곳으로 돌아가기 전, 문가에서 멈춘다. "이런 걸 알게 되는 게 참 놀라워." 그가 말한다. "다시는 완전히 괜찮아질 수 없다는 거."

거실 탁자에서 아디나는 토니의 끔찍한 사촌에게 어떤 종류의 치즈를 먹고 있는지 묻는다. "브리 치즈? 혀가 썩겠어."

그녀는 그의 일은 어떤지 묻고, 그는 상사가 항상 들볶지만 않으면 훨씬 나을 거라고 대답한다.

편집자 친구들, 작가 친구들, 오래된 친구들. 아디나는 슬픔으로 비쩍 마른 누군가와 포옹을 하고 나서야 그 사람이 오드리라는 걸 깨닫는다. 토니의 엄마는 미소를 띠고 방구석에 앉아 이불에서 실밥을 잡아당긴다. 그녀의 건강은 나아졌다. 주위에서 기억하는 한 처음으로 휠체어의 보조가 필요치 않을 만큼 좋아졌다. 스스로를 옭아맸던 문제가 작아지는 순간 딸을 잃는다는 이 아이러니. 나쁜 상황에서 좋은 소식은 기쁨을 주지 않는다. 그녀가 앉은 카펫에는 실 부스러기가 널려 있다.

아디나의 엄마가 다가가서 무릎을 꿇고 옆에 앉는다. "메리앤, 괜찮아요?"

"테레즈, 만나서 기뻐요." 그녀가 말한다.

토니의 상사는 온통 검은 옷을 입었다. 소매로 드러나는 동물 무늬는 없다. 수첩조차 진지한 회색이다. 아디나는 장례식 리셉션장을 떠나 차를 몬다. 대로 중앙선을 사이에 두고 소리치는 브레첼 노점상들의 머리 위로 금빛과 붉은빛이 섞인 나무들이 반짝이고 있다.

*

뷰티랜드가 리노베이션되었다. 어수선하게 물건이 흩어져 있던 공간은 이제 질서정연하게 배열된 선반들로 빼곡해졌다. 값싸지만 불쾌하지는 않은 크랜베리 향초 냄새가 난다. 향수 코너는 그대로라서 아디나는 안심한다. 계단을 올라가며 언제나 진공청소기를 돌리고 있던 남자가 있기를 기대하지만, 그 대신 복잡한 무늬의 앞치마를 맨 여자가 카운터 뒤에 서서 영수증 더미를 노려보고 있다. 벽은 여전히 햇빛에 바랜 당근 색깔이고, 통로도 똑같이 낡은 상아색이다. 아디나는 이곳의 향수들이 백화점에서 파는 고급 브랜드 상품이 아니라 돈을 많이 들이지 않고 번거로움도 피하고 싶은 워킹맘들을 겨냥해 나온 상품이었음을 깨닫는다. 화려하지만 값싼 비단 상자들, 가짜 금으로 된 모자 같은 뚜껑들. 아디나는 이제 여기서 무엇이든 살 수 있다. 그런데 그땐 왜 그렇게 호화롭고 범접할 수 없을 것처럼 느껴졌던 걸까? 그녀는 엄마를 위축시켰던 이 가게가 싫다. 아디나는 그 썩은 사과 같던 남자에게 여기에 있는 온갖 싸구려 향수를 전부 뿌려버린다면 얼마나 좋을까 생각한다.

엄마에게 문자가 온다. **너 어디야?**

아디나는 하이웨이스트 팬티스타킹 진열대를 응시한다. 점원이 다가온다. "도와드릴까요?"

그녀가 말한다. "이거 진한 커피 색상 있어요?"

여자는 더미를 뒤적여 하나를 꺼낸다. 아디나는 그녀를 따라 카운터로 향한다. "어릴 때 엄마랑 여기에 자주 오곤 했었어요."

여자는 요즘 리노베이션이 된 모습을 보러 오는 사람이 많다고 말한다. 아디나는 기쁘다. 이 장소를 기억하는 사람이 자기 혼자만은 아니기를 바랐기 때문이다. "최근에 된 건가요?"

"몇 달 전까지는 완전히 똑같았어요. 저희 이모가 이 동네에 사시거든요. 여기에 절 데려오곤 하셨죠." 여자 점원이 말한다.

두 사람은 서로를 보고 미소 짓는다. "이제 바뀔 때가 됐죠."

여자 점원은 짧은 치마와 크롭 스웨터를 입었고, 사람들이 흔히 '특유의 멋'이라 부르는 스타일이다. 아디나는 긴 코트를 입고 머리를 단정하게 묶었다. 그녀는 어린 시절 자신의 언어 장애에 대해 엄마에게 설명하던 의사를 떠올린다. 제대로 발음하지 못했던 토끼라는 단어. 그녀는 과부하로 기억이 오작동하는 기계다. 이제 그녀는 '가진 게 있으면 뽐내라'라는 동네 규칙을 믿지 않는다. 하지만 무언가를 '가진다는 것' 자체는 아직 믿는다. 여전히 무언가를 갖기를 갈망하기 때문이다. 언제부터 모든 것이 변하기 시작했을까?

엄마에게 문자가 온다. **너 먹을 케이크 따로 덜어둘게.**

"왜 다시 찾아온 건가요?" 점원이 아디나가 산 물건을 건네며 묻는다.

밖에서는 이른 겨울 바람이 마른 낙엽 사이로 지나간다. 개학 시즌에 달린 거리의 장식들은 곧 핼러윈 호박과 칠면조로 바뀔 것이다. 그다음에는 크리스마스 트리와 하누카 촛불, 그다음에는 신년의 케루빔, 그다음에는 큐피드, 부활절 계란, 깃발, 촛불, 비치볼, 그리고 다시 개학 시즌. 교외의 잔디밭, 도시의 소매상들, 입구 계단의 도자기 거위들. 인간들이여, 두려워

말라. 계절이란 이런 것이니.

"뷰티랜드 말이에요." 아디나가 말한다.

점원은 이 동네 사람들 특유의 '그래서 어쩌라고?' 표정을 짓고 있다.

"오토월드. 유나이티드 스케이츠 오브 아메리카. 해산물의 집. 이 동네에 있는 가게 이름들, 좀 이상하다고 생각해본 적 있어요?"

"다 장소에 관한 이름이잖아요." 점원이 말한다. 아디나의 감상은 진지하게 받아들이기에는 너무 뻔한가 보다.

"그렇죠. 그런데 다른 장소 이름을 따서 장소 이름을 지은 거잖아요."

"제 생각엔, 일부러 그런 것 같아요. 사람들이 이미 알고 있는 장소 이름을 따온 거죠."

"그래서 이미 가본 데라고 느끼게 하려는 걸까요?" 아디나가 묻는다.

"아뇨, 아뇨, 아니에요." 점원이 말한다. 독특한 억양의 이응 소리가 단어에 따라붙는다. 아농, 아농, 아니에용. "그래서 집에 돌아온 것 같은 기분이 들게 말이에요."

아디나는 거스름돈을 센다. 사람들이 차를 줄줄이 세워놓은 토니의 장례식 리셉션장으로 돌아가면서 그녀는 방금 전 대화에 대해 생각한다. 집으로 들어가자 낯선 사람들이 아디나에게 슬픔을 전문으로 하는 명상 치료사, 인생 상담사, 심리 치료사를 추천해준다.

그녀는 엄마를 찾아서 뷰티랜드에서 사 온 팬티스타킹을 건넨다. "엄마가 늘 신는 걸로 샀어요."

엄마는 질문을 하려고 입을 벌렸다가 다문다. "이거 안 신은 지 몇 년이나 됐어. 항상 개떡 같았지." 엄마가 말한다.

아디나와 엄마는 토니의 가족과 친구들에게 작별 인사를 한다. 도미닉은 셀로판지 안에서 빛나는 두툼한 케이크 조각을 아디나가 손에 들고 갈 수 있도록 가방을 차까지 날라주겠다고 고집한다.

"너 인터넷에 들어가서 사람들이 뭐라고 하는지 좀 봐야 돼. 네 책, 완전히 화제야." 도미닉이 말한다.

"극복해, 아디나. 21세기에 합류하라고." 엄마가 말한다.

"트위터 쓰세요?" 도미닉이 감탄해서 묻는다.

"난 공룡이 아니야." 엄마가 대답한다.

아디나는 앞유리에 붙은 나뭇잎을 털어내기 위해 와이퍼를 작동한 다음 도미닉에게 손을 흔든다. 그는 우스꽝스럽게 한 발을 공중으로 들어 올린다. 번갈아 다른 발도.

"쟤 뭐 하는 거니? 춤추는 거야?" 엄마가 묻는다.

"우릴 웃기려고 하는거예요."

아디나는 백미러로 도미닉의 미소가 서서히 사라지는 걸 본다. 그의 어깨는 다시 익숙한 움츠린 자세로 돌아간다. 그는 스스로를 더 안으로 끌어당긴다. 마테오와 크리스토퍼가 집에서 나온다. 그들은 각각 한 팔을 도미닉의 어깨에 두르고, 잔디밭 위에 잠시 멈춰 선다. 크리스토퍼가 도미닉의 어깨를 툭 치고, 마테오가 뭔가를 말하자 나머지 두 사람이 얼굴을 찡그린다. 아디나는 그것이 웃기려고 한 말이었다는 걸 안다. 도미닉이 가운데 가만히 서 있는 동안, 형제들은 돌아서서 집으로 걸어 들어간다.

*

아디나는 뉴욕으로 돌아와 복도에 가방을 내려놓고, 아직 냉동실 안에 있는 작은 개에게 "안녕" 하고 인사한다. 도미닉이 준 상자는 닭 요리와 밥을 만드는 동안 식탁에 놓여 있다.

저녁 식사를 마친 아디나는 상자를 풀었다가 깜짝 놀란다. 평범하게 생긴 휴대폰이다. 홈 화면에는 아이콘이 딱 하나뿐이다. 트위터.

아디나는 휴대폰을 식기 보관용 서랍 안쪽에 넣고 쾅 닫는다. 그녀는 집을 나와서 세 블록 떨어진 동네의 세탁소로 간다. 그곳은 최고의 세탁소도, 집에서 가장 가까운 곳도 아니다. 그저 그녀가 아는 유일한 곳이다. 카운터의 아이는 이렇게 늦은 시간에 누군가가 들어온 것에 놀란 것처럼 보인다.

"찾으러 오셨어요?" 옷걸이가 아이의 뒤에서 움직인다. 달그락거리는 코트. 밝은 색깔의 원피스.

아디나가 말한다. "맡기러요."

"맡기시게요?" 아이의 교정기가 가게의 조명 아래에서 반짝인다. 아디나는 이 아이가 친구들과 스케이트보드를 타는 걸 동네에서 본 적이 있다. 도서관 난간에서 점프하는 쪽이 아니라, 입을 가린 채 감탄하는 쪽에 속한 아이였다.

아디나는 스웨터를 벗고, 치마의 지퍼를 내리고, 치마 밖으로 나온다. 그녀는 속옷과 블라우스만 입은 채로 서서 블라우스 단추를 푼다. 블라우스 아래로 그녀는 브라렛을 입고 있다. 아이는 빤히 보다가 에티켓을 떠올린 것처럼 서둘러 영수증을 쓴다. 아이가 스웨터와 블라우스, 치마를 받아 든다. 당황스러워서 미간에 주름이 생긴다. "급하세요?"

"아니요." 아디나가 대답한다.

나이 든 여자, 아디나가 추측하기로는 아이의 엄마가 뒤쪽에서 나온다. "폭풍이 올 거예요. 이번 주 후반쯤이래요." 그녀가 아이와 아디나에게 말한다.

아디나는 브라렛과 속옷 차림으로 빠르게 집으로 걸어간다. 밤은 춥지만 겨우 세 블록만 걸으면 된다. 아파트 앞에는 하루를 마친 할랄 고기 노점상들이 줄을 서서 카트를 세울 차례를 기다리고 있다. 카트들은 동전처럼 골목을 꾸민다.

"코트를 입어야지, 아가씨. 그런 짓을 하기엔 너무 추운 날이야." 노점상 한 명이 말한다.

*

나흘이 흐른다. 아디나는 퇴근 후 세탁소에 들른다. 아이는 아디나의 영수증을 손전등처럼 앞에 들고 있다가, 아디나가 자기 옷을 알아보자 옷걸이에서 빼내 건넨다.

아디나는 계산을 하고, 나와서, 집까지 걷는다. 차가운 옷들이 마치 날개처럼 펄럭이며 몸에 닿는 감각이 좋다. 아파트에 도착한 아디나는 계단을 올라가고, 싸늘한 벽난로가 불러일으키는 외면당한 느낌을 무시한 채 옷을 옷장에 건다. 책상에 앉아 그녀는 창밖에서 들려오는 파티 소리를 듣는다. 실패한 농담 하나가 끝날 동안의 시간만큼. 그런 다음 옷을 다시 꺼내서 비닐을 벗기고, 계단을 내려가 바깥으로 나간다. 그리고 현관 입구에 옷들을 정갈하게 접어서 놓는다. 스웨터, 블라우스, 치마. 비닐 포장은 구겨서 버린다.

공원의 오리들은 온기를 찾아 작은 원을 그리며 헤엄친다. 아디나가 돌아왔을 때, 사람들은 옷을 집어 들어 살펴보고 있다. 그들을 방해하고 싶지 않아서 아디나는 단골 식료품점으로 간다. 에밀리오가 음료들을 정리하고 있다. 그녀는 냉동고에서 퍼지바 하나를 고른다.

"군것질하는 날인가요?" 에밀리오가 계산을 하며 말한다.

"곧 폭풍이 올 거예요. 몇 시간 안에요." 그녀가 말한다.

하늘은 밝은 구름 하나를 제외하면 맑다. 그는 마치 의문스럽지만 그녀를 믿고 싶다는 것처럼 고개를 끄덕인다. "뭐든 가능하죠."

*

인간의 삶은 빠르게 흘러요. 하지만 인생은 짧지 않아요. 우리가 어떤 중요한 날들을 마치 어제 일처럼 느끼는 이유는 실제로 그렇기 때문일 거예요. 우리 중 많은 이들이 아직 젊다고 생각하지만 몸은 터무니없이 빠르게 늙어가요. 마치 영화 속에서 나이가 드는 것과 비슷해요. 우리는 모두 어른 역할을 맡기 위해 고용된 일곱 살짜리 배우들이에요. 10년은 길지 않아요. 20년도 길지 않죠. 우리가 그 시간을 길다고 말하는 건 그걸 우리의 수명과 비교하기 때문이죠. 우리의 삶은 짧아서, 우리에게 시간을 비례적으로 느낄 여유를 주지 않아요.

응답 없음.

*

죽음의 가장 놀라운 점은 그 사건이 일어나도 대화가 끝나지 않는다는 거예요.

응답 없음.

＊

눈물의 계절.

처음에는 샤워실 같은 사적인 공간에서 시작된다. 그러다 점점 더 넓고 이상한 곳으로 번져간다. 엉덩이뼈를 창틀에 기대고 서서 허공에 불쑥 몸을 내민 채로, 할랄 고기 카트가 있는 마당을 내려다보면서도 아디나는 운다. 마당에는 더 이상 존재하지 않는 기계에 들어가던 고무 부품들이 버려져 있다. 이 상태는 새로운 기후다. 너무 많은 종류의 비가 내린다.

며칠이나 머물며 넓게 내리는 비, 텅 빈 엘리베이터에 들어서는 순간 시작되어 원하는 층에 도착하자마자 멈추는 짧은 소나기. 눈물은 다른 곳에서 온다. 멀리서 발생한 폭풍 전선처럼. 반복되는 모든 일들이 그렇듯 눈물은 일상이 된다. 그녀는 울면서도 식사 준비를 하거나 엄마와 통화하는 것처럼 다른 일을 할 수 있다. 어느 날, 거울 속 납작하게 구겨진 얼굴과 흠뻑 젖은 셔츠를 본 그녀는 웃음을 터뜨린다.

＊

어느 날, 눈물은 그 무의미함을 깨닫기라도 한 것처럼 멈춘다.

*

어느 날, 아디나는 달리기를 하다 도중에 멈춘다. 다음 날, 그녀는 평소와 같은 코스를 걸으며 내일은 달리겠다고 다짐하지만 다음 날이 되자, 퇴근 후 운동복 차림으로 공원에 들어서다 트랙을 따라 활기차게 달리는 한 여자를 보고 그냥 돌아 나온다. 다음 날, 출근길에 공원을 지나치지만 그쪽을 쳐다볼 수가 없다. 다음 날, 그녀는 우체통에 청구서를 넣으며 나무들을 본다. 다음 날, 아파트 입구에서 우편물을 챙기고 다시 집 안으로 숨어든다. **뭔가 다른 것**에 대한 생각이 자라나 모든 것을 차지하고 있다. 아무 일도 없던 자기 자신은 더 이상 없다. 긴 연휴가 시작된다. 다음 날, 그녀는 하루 종일 침대에 있다. 그다음 날, 그녀는 하루 종일 침대에 있다. 그다음 날도 그녀는 하루 종일 침대에 있다.

*

심리 치료사가 말한다. "당신이 두려워하는 것을 웃는 얼굴로 대해보세요." 인생 상담사는 그녀에게 예산을 세우라고 한다. 명상 치료사는 우주를 믿으라고 말한다. 아디나는 두 개의 눈과 입이 달린 747 비행기를 상상하거나, 엑셀 표에서 마우스를 아래로 끌어 내려 자동 합계를 계산한다.

"어느 건가요?" 아디나가 묻는다.

명상 치료사는 거울 앞에서 몸을 쭉 뻗고 시선은 자기 자신을 향하고 있다. "뭐가 어느 거예요?"

"우주요."

"이 우주 말이에요?" 명상 치료사가 묻는다.

"안드로메다는 매 순간 우리와 충돌에 가까워지고 있고, 눈 깜짝할 시간에 태양과 행성들과 우리가 아는 모든 걸 부술 거예요."

"당신이 힘들다는 게 느껴져요." 명상 치료사가 말한다.

심리 치료사는 일주일에 두 번씩 만나야 한다고 말한다. 인생 상담사는 감정이 해낼 수 없는 걸 정리정돈이 해줄 수 있다고 장담한다. "이 순간의 불편함 속에 머물러보세요." 그리고 손을 아디나의 목과 가슴 사이 부분에 얹는다.

엄격한 자기 관리는 너무 피곤하다. 아디나는 무료였던 첫 번째 세션 이후 그만두기로 한다. 욜란다 K의 조언은 몸에 대한 수치심을 건드리지만, 아디나는 "당신의 엉덩이가 만개하려면 뭐가 필요할까요?"라고 묻는 욜란다 K 쪽이 좋다. 그녀는 원더우먼 복장을 무한히 가지고 있다. 수업이 끝날 때마다 서로 도와가며 매트와 덤벨을 정리하는 시간도 좋다. 욜란다 K가 튼튼한 허벅지와 넓고 둥근 엉덩이를 가졌다는 점도 좋다. 새해 첫 수업 날, 선글라스를 끼고 와서 "오늘은 힘빼고 할 거예요"

라고 말하며 부드러운 스트레칭을 시킨 것도 마음에 든다.

∗

안트로폴로기 모델은 그녀의 고통 위에 옷을 덧입혔다. 해변용 반바지, 특별한 날을 위한 망토, 맥시 드레스, 재해석한 메리노 양모 니트, 살짝 비치는 줄무늬 치마, 낡은 느낌의 포켓 티셔츠, 인디고 염색으로 마무리한 청바지를 입고 고통에 잠긴 모습. 그녀는 잔디밭에서 열린 칵테일 파티에서 바람에 휘날리는 모자를 붙잡고 있다. 비명을 지르던 도중에 멈춘 모습의 그녀는 여전히 인생의 공포에 적응하지 못한 것처럼 보인다. 아디나는 스크롤을 내리며 그 모습에서 위안을 얻는다.

∗

아디나는 팩스를 보낸다.

사람들은 오래된 잡지를 미용실에 기부할 때, 자기 주소를 찢어내고 보내요. 이것 때문에 범죄자들이 희생자를 찾게 되죠. 그들은 〈피플〉 잡지 더미를 뒤져요. 누군가 주소를 그대로 둔 걸 발견하면 그들은 이렇게 생각해요. 이 멍청한 녀석. 내가 당장 찾아가 죽여줘야지.

응답 없음.

*

아디나는 도미닉에게 한 번도 외로움을 느껴본 적이 없다고 말했던 밤을 기억한다. 그가 그 말을 믿고, 정말 멋지다고 말했던 것도.

안드로메다든, 엔트로피든, 혹은 결합하려는 힘과 그 힘으로 인해 결합한 것들이든 이 우주의 온갖 것들이 그 말을 듣고 그녀/그/그들/그것을 배꼽 빠지게 비웃었으리라.

그 얼어붙은 나무 아래에서, 그런 바보 같은 말을 했던 그 순간에도 아디나는 외로웠다. 외로움은 복합적인 감정이다. 얄궂게도, 그것은 혼자 존재할 수조차 없다. 분노, 굶주림, 두려움, 질투가 동반된다. 아디나는 그것을 자신이 떠나온 별에 대한 향수라고 착각했으나 그 감정은 자신이 갈망하는 장소에 있지 못할 때 느끼는 초조함이기도 했다. 삶에서 가장 충만한 감정을 느꼈던 순간은 토니와 그 작은 개가 함께였을 때였다. 그들은 지금 어디에 있을까? 도대체 어디에?

*

신이 정말 존재하는지 의문이 든다면, 개의 수명이 얼마나 덧없는지를 생각해보면 돼요. 신이 존재한다면, 더구나 자비로웠다면 개의 수명은 앵무새 정도는 됐을 거예요. 우리는 우리

의 유언장에 녀석들을 위한 조항을 남겨야만 했겠죠. 우린 네 살 먹은 개의 입 주위가 회색으로 변하는 걸 보지 않아도 됐을 거예요. 아침에 깨어나 차가워진 몸을 발견할 일도 없었겠죠.

아디나가 종이를 팩스 기계에 넣고 전송 버튼을 누르려던 찰나, 종이에서 한 단어가 눈에 들어온다. 언제부터 '그들' 대신에 '우리'라는 단어를 쓰기 시작했던가?

*

어쩌면 그녀의 상관들은 왜 어떤 사람 한 명과 개 한 마리가 다른 사람이나 개보다 더 중요할 수 있는지를 이해하지 못해서 그녀의 팩스를 무시하고 있는 걸지도 모른다. 귀뚜라미 쌀 행성에는 인간이 말하는 노화와 죽음에 해당하는 과정이 없다. 가장 가까운 개념은 별의 생애 주기일 것이다. 성운, 거대한 별, 붉은 초거성, 초신성, 블랙홀.

아디나는 갈비뼈 한가운데에서 따끔한 감각을 느낀다. 개별적 존재를 향한 충성심. 그녀가 느껴본 것 중 가장 미국적인 감정이다.

《어린 왕자》에서 장미는 지구엔 장미꽃이 너무나도 흔하지만, 내가 네게 특별한 이유는 네가 나를 길들였기 때문이라고 말한다. 아디나는 이 대사를 상관들에게 팩스로 보낸다.

내가 뭘 하면 되나요?

*

그녀에게 상관들은 언제나, 눈으로 본 적도 없이 믿어야만 하는 종교와 같았다. 그녀는 전염병이나 화학전쟁, 혹은 철학전쟁 같은 것이 자신의 고향 행성을 파괴하여, 다중 영혼을 가진 그 친밀한 존재들을 모두 쓸어 가버렸을까 봐 두렵다. 그녀는 자신이 보낸 팩스들이 누구에게도 읽히지 않은 채 그 행성의 텅 빈 복도 끝, 안내 데스크 옆의 빈 사무실에 있는 플라스틱 팩스 받침대 위에 조용히 놓인 모습을 상상한다. 하지만 이 풍경도 인간적 개념으로 만든 상상일 뿐이다.

*

마침내 어느 날, 숭고한 소리가 들린다. 팩스 기계가 삐걱거리는 소리.

종이 한 장이 천천히 나온다. 아디나는 눈물 때문에 글자를 제대로 읽을 수가 없다. 그것은 미네소타에 있는 태닝 살롱 주인이 직원들에게 보낸 공식 비즈니스 편지로, 새로운 규칙을 알리는 내용이다. 앞으로 직원들은 모든 고객들을 예약된 태닝 침대로 직접 안내해야 한다. 더 이상 복도 끝을 가리키거나 카운터 뒤에 멀뚱히 있는 것은 허용되지 않는다.

이건 정교한 암호가 틀림없다고, 아디나는 생각하며 태닝 살롱에 전화를 건다. 한 여자가 즉시 전화를 받는다.

"저예요." 아디나가 말한다.

"안녕하세요. 밖에 계신가요?" 여자가 말한다.

"전 뉴욕에 있어요. 그쪽은 어디에 있나요?"

"살롱이요. 헬로 피자 근처요. 예전 가게 말고 새로 생긴 데요. 예약하시겠어요? 태닝 젤 이벤트를 하고 있어요."

아디나는 전화를 끊는다.

*

희망이 사라지며 다른 믿음들이 자라난다.

아디나는 도서관을 방문해 자신의 이름을 구글에 검색한다. 소외자12와 우주쓰레기녀 같은 아이디의 사용자들이 그녀의 정체에 대해 논쟁하는 토론 페이지 수십 개가 뜬다. 북클럽 회원들은 온라인에서 열띤 토론을 벌이는 중이다. 독자들은 크게 두 부류로 나뉜다. 그녀가 자비로운 다중 영혼의 행성에서 인간을 관찰하기 위해 지구에 왔다고 믿는 이들과 그저 정신병을 산문으로 표현한 사람이라고 믿는 이들. 둘 다일 수도 있는 거 아닌가요? 천상제인이라는 이름의 게시자가 그렇게 주장한다. 그녀의 몸도 주된 논쟁 대상이다. 어느 대화에서는 독자들이 그녀에게 성기가 있는지, 있다면 어떤 형태일지 논쟁한다. 화성책벌레는 그녀의 옷 안쪽에는 점액과 탄산과 거품으로 이루어진 몸이 있을 거라고 주장한다. 어쩌면 피부와 힘줄도 있을지 모른다. 상반된 두 가지가 동시에 가능할 수도 있다고 천상제인은 주장한다. 아디나는 100퍼센트 인간이며, 동시에 100퍼센트 영원한 존재라고. 거의 모든 독자들이 그녀가 은둔자라는 데에 동의한다. 아무도 그녀가 어디에 사는지 모르지만 딱 한 명, 토성스티브는 자신이 1970년대에 그녀와 함께 우주선 안의 침대에 누워 외계인들에게 검사를 당했다고 여러 사이트에서 주장한다.

아디나는 로그아웃하고 도서관을 나와 약국으로 들어간다. "당신은 혼자가 아니에요"라고 쓰인 위로 카드들이 벽을 온통 뒤덮고 있다. 혼자서, 아디나는 공원을 가로질러 집으로 걸어간다. 정신이 몹시 산만한 탓에, 꺼져 있던 가로등이 전부 한꺼번에 켜지는 순간을 알아채지 못한다. 작은 남자아이가 갑자기 밝아진 불빛을 엄마에게 가리킨다. 엄마는 짐이 쏟아질 듯한 가방과 씨름 중이다.

*

가장 실망스러운 미국식 표현 중 하나는 축하라는 말이다.

그 간결함이 감정을 지워버린다. 누군가가 정말로 친구의 성취를 중요하게 여긴다면, 그들은 그 단어를 끝까지 말했을 것이다. 즉, '축하'라는 말은 *너한테는 그 뒤에 '-해'라는 말을 붙일 가치도 없어*라는 의미다.

하지만 축하는 그 사악한 사촌에 비하면 따뜻한 편이다. 아디나가 지구를 포기할 뻔한 순간은 누군가가 이렇게 말하는 걸 들은 다음이다. "당신은 혼자가 아니에요." 이 문구는 위로 카드에, 온갖 광고에, 심지어 어이없게도 자살할 위험이 있는 사람들을 설득하기 위한 자료에도 있다.

토니의 죽음 이후, 아디나가 뭘 느꼈든지 간에 분명한 건 그녀는 혼자라는 것이다. 여름에 이웃들이 따스한 부엌의 불빛 아래서 잡다한 일을 하는 늦은 오후, 조용한 팩스 기계와 함께 보내는 차가운 저녁, 아무도 전화하지 않는 연휴에 그녀는 혼자다. 누군가 그녀에게 당신은 혼자가 아니라고 말하는 것은 그녀가 알고 있는 사실을 부정하는 것이다. 혼자라는 건 나쁜 일이 아니다. 혼자는 신뢰할 수 있는 상태다. 혼자는 연인처럼 그녀에게 충성스럽다. *진짜 나쁜 건 진부한 위로들이다! 당신이 가장 취약해진 순간에 당신의 상황에 대한 가장 기본적인 이해를 부정하는 거다! 당신은 혼자가 아니에요는 그 말을 하는 사람을 위한 것이다.* 그것은 공감이 아니다.

위로 카드들은 이 생각이 오만하다고 반박할 것이다. 당신은 다른 사람들과 마음속에서 연결되어 있어요. 모두가 당신을 신경 써요. 비록 그들은 전화하지도, 편지를 쓰지도, 가끔 안부를 묻지도, 말을 걸지도 않지만. 당신은 혼자가 아니에요. 비유적으로.

아디나는 반박한다. 어두운 방 안에서 자신과 타인을 보는 능력을 잃은 인간에게 필요한 건 비유가 아니다. 더 유용한 말은 이거다―당신이 외롭다고 느낀다면, 정말 외로운 거예요. 제가 그 어두운 곳에 당신과 함께 있어줄 수 없어서 미안해요. 하지만 비유로 당신을 모욕하지도 않을게요. 적어도 지금은. 슬픔은 나쁜 거울이다. 그건 당신 자신과 당신의 의지, 그리고 미래에 대해 왜곡된 모습을 보여준다. 그 거울은 당신이 행한 작은 행동들이 조금씩, 하루하루 쌓여 당신을 이루게 될 거라는 것을 보여주지 못한다.

★

아디나는 버터에 새우를 볶으며 필립 글래스의 음반을 듣는다.

아직 쓰지 않은 냉동 새우를 냉동실에 있는 작은 개 옆으로 살짝 민다.

"안녕, 친구야." 그녀가 속삭인다. "우리는 아직도 함께 있어."

*

아디나의 엄마는 자기 쇄신 기간에 들어간다. 그녀는 자신이 엄마로서 어땠는지 알고 싶다며 전화한다.

"엄만 항상 세금 신고를 하고 계셨죠. 언제나요." 아디나가 말한다.

"맞아. 난 다른 사람들의 세금을 대신 신고하는 프리랜서 일도 했어. 너도 그건 알고 있었지? 넌 네가 다녔던 그 세련된 고등학교를 좋아했잖아? 그건 다른 사람들의 세금 덕분이었어. 우리가 저녁으로 먹었던 건 전부 다 삶은 닭뿐이었다고 네가 책에 썼지. 근데 난 매일 저녁 파스타를 만들었어. 네 어린 시절에 대해서 또 뭘 잘못 기억하고 있으려나?"

아디나는 핑계를 대고 전화를 끊었다. 누군가가 자신이 느낀 서운함을 정정하는 건 기분 나쁜 일이다.

*

아디나는 예의 바른 푸들을 본다. 그 개의 보호자에게 칭찬을 하자, 남자는 고맙다고 인사하며 그녀의 개 이름은 뭐냐고 묻는다.

"버터넛이에요." 이 푸들의 짖는 소리는 선박 바닥에서 페인트를 긁어내는 소리 같다. 길고 꼼꼼하게 문지르는 듯한 소리.

"버터넛은 어디에 있나요?" 남자는 그녀를 가르치는 유치원 선생처럼 묻는다.

"냉동실에요."

✶

아디나는 스파게티용 물을 끓이며 필립 글래스를 듣는다. 토니의 상사에게 전화가 온다. 좀 더 최근 메모를 포함해 출간한 《외계인 자서전》의 2쇄가 1만 부 팔렸다고 말한다.

"당신이 원하지 않는다고 말한 거 알고, 나도 계속 기다릴 만큼 기다렸어요. 우린 어마어마한 관심을 모으고 있어요. 좀 더 큰 장소에서 한 번 더 낭독회를 할 생각 없나요?"

아디나는 거절하고 전화를 끊고 그날 밤 내내 어마어마한 수의 색깔을 볼 수 있는 갯가재에 관해서 읽는다. 시간이 흐르고, 그녀는 작은 개의 조그만 스웨터를 뺨에 댄 채 현관 근처 계단에 앉는다. 종종 7호선 열차가 굉음과 함께 지나가고, 그때마다 그녀는 산산이 부서진다.

✶

아디나는 몇 달 만에 처음으로 공원에 들른다. 바위 위에 앉았다가 또 다른 존재의 기척을 느끼고 놀라서 둘러보다 거북이를 발견한다. 등껍질에 노란색 우물 정(井) 자가 그려져 있다.

녀석은 조그맣고 호기심 없는 눈으로 그녀를 응시한다. 집으로 걸어가며 그녀는 〈바라쿠다〉를 듣고, 물 위와 아래를 오가며 사는 건 어떤 느낌일까 궁금해한다. 횡단보도 앞에서 그녀는 음악에 맞춰 어깨를 들썩인다. 엄마 손을 잡은 어린 여자아이가 그녀와 함께 춤을 춘다. 아이 엄마는 알아채지 못한 채 휴대폰만 보고 있다. 신호등에 초록불이 켜지자 엄마와 여자아이는 건너편으로 건너간다. 아디나는 여자아이에게 손짓하고 아이도 그녀에게 손짓하며 계속 춤을 춘다.

✼

엄마는 아디나에게 어제보다 기분이 좀 나아졌는지 묻기 위해 전화한다. 어제의 전화에서도 같은 걸 물었다.

아디나는 자신이 새벽 3시에 의식 없이 꾸고 있는 꿈속의 존재가 아니라고 어떻게 확신할 수 있을까?

"당분간은 전화를 안 하는 게 좋겠어요." 그녀가 엄마에게 말한다.

✼

수의사가 트럭을 몰고 와서 작은 개를 데려간다. 버터넛은 화장될 예정이며, 아디나는 2, 3주 안에 녀석의 재를 받게 될 것이다. 살아 있을 때 1.2킬로그램이었던 작은 개는 훨씬 가볍게 느껴진다. 아디나는 편의점에서 파는 데이지 장식 상자에 녀석의 몸을 넣는다. 수의사가 버터넛을 데리고 떠난다. 아디나는 휴지 한 통이 다 떨어지도록 운다.

그녀는 오렌지빛 도는 하얀 몸으로 자신의 곁에서 행복하게 뛰어다니던 녀석이 그립다. 그녀가 두 걸음을 걸을 때 녀석은 네 걸음을 움직이곤 했다. 녀석은 절대 말다툼을 한 후 그녀의 옆에 차갑게 누운 적도 없고, 자신의 자존심이 상했다고 집을 나간 적도 없다. 심지어는 자신이 고통스러워하는 모습을 그녀가 절대 볼 수 없도록 평화롭게 지구를 떠났다.

✶

아디나가 이메일에서 '키스'라는 이름을 읽는 바로 그 순간, 산티노는 회의실에서 딜라일라에게 키스 해링을 아느냐고 묻고 있다. 전날 갔던 와인 가게 점원의 이름도 키스였다. 그녀는 항상 '키스 응우옌'이라고 불렸던 키스 응우옌도 떠올린다.

만약 그녀가 여전히 상관들의 존재를 믿고 있었다면, 이것을 신호라고 여겼을 것이다. 하지만 지금은 그저, 아무 의미 없이 이럴 때가 있는 모양이라고 생각할 뿐이다.

✶

"낭독회를 꼭 한 번 더 해줬으면 해요." 토니의 상사가 그녀의 음성 메시지함에 남긴 말들. "당신 책은 정말, 엄청나게 인기가 많다고요."

*

슬픔과 세월로 아디나의 얼굴에서 연골이 줄어든다. 심지어는 욜란다 K마저도 알아챌 정도로. 그녀는 리애나의 노래 위로 소리친다.
"광대뼈가 아주 근사하군요! 요즘 뭘 하고 있어요?"
아디나가 마주 보고 소리 지른다. "고마워요! 죽어가고 있어요!"

*

그녀는 팩스를 보낸다. 뉴욕에서 15년을 살면, 심장을 베이글로 교체해주는 수술을 받을 수 있어요. 재고만 있다면 원하는 종류를 고를 수도 있어요. 참깨 맛 베이글이 가장 빨리 소진돼요. 만약 모든 종류를 고르면, 다른 장기들과 섞이지 않게 각각의 베이글을 하나씩 포장해줘요. 이 도시는 당신의 베이글을 끊임없이 망가뜨려놓겠지만, 다행히도 베이글 가게에서 당신의 봉투에 범죄적이리만큼 휴지를 많이 넣어주기 때문에 그 난장판을 치울 수 있을 거예요.

*

"어제 열차에 웨스트 4번가에서 해적이 타서 제이 스트리트-메트로테크에서 내렸어. 그 사람, 칼이랑 칼집을 들고 있더라. 그 상황에 딱 맞는 농담이 떠오르지 않았어."

"지하아아르르르르르르르철에 탄 거네."(해적들 특유의 말투를 영어권에서 arr 소리로 표현한다) 도미닉이 전화로 말한다.

문득 이 순간이 행복하다고 아디나는 생각한다. 왜 그런지는 모르겠지만.

*

아디나는 옷을 입고, 집에서 나와서, 단골 식료품점으로 가서 베이글이 남아 있느냐고 묻는다. 다행히 있다.

"플레인 아니면 다른 맛?" 에밀리오가 묻는다.

"플레인이요." 그녀는 미리 생각해 왔다.

그녀는 돈을 내고 떠난다. 집에서 그녀는 베이글을 굽고 칠면조햄을 얹는다. 전날보다 더 많은 일을 했다. 대학 시절 비글을 입양한 친구가 녀석을 시나몬 건포도 비글이라고 부르던 것이 생각난다. 좋은 날이다. 베이글 샌드위치!

다음 날 아디나는 옷을 입고, 집에서 나와서, 식료품점으로 가서 베이글이 남아 있느냐고 묻는다. 없다. 그녀는 베이글이 없는 상황은 대비하지 않았다.

그녀는 눈을 깜박이며 에밀리오를 너무 오래 쳐다본다. 무심했던 그의 얼굴이 걱정스럽게 바뀐다.

"뭐라고 했어요?" 아디나가 묻는다.

"'바라건대 태양이 영원히 곁에 머물기를'이라고 했어요."

거리의 사람들은 느리게 걸으며 자신들이 친절한 말이라고 생각하는 걸 전하지만 그녀는 물속에 잠긴 듯 그 소리를 들을 수가 없다. 그녀는 고맙다고 말하고, 집으로 돌아와, 옷을 벗고, 아무것도 먹지 않는다. 그녀는 집을 나서는 것보다 더 용감한 일을 상상할 수가 없다.

✱

제발 나를 데리러 와요. 그녀가 팩스를 보낸다.

✱

"소리가 들리면 손을 들어요." 의사가 말한다.

아디나는 고개를 끄덕인다. 몇 초가 흐른다—조용한 상태라고 그녀는 생각한다. "어떤 소리든지 상관없어요." 그가 말한다.

"네, 이해했어요."

마침내 그가 헤드폰을 벗고 미소를 짓는다. 그의 요란한 침 삼키는 소리가 혐오스럽다.

"침 삼키는 소리가 들려요." 그녀는 희망차게 말한다.

아디나의 청력 일부가 손상되었다고 한다. "노화 때문이에요." 그가 설명한다.

"전 마흔인데요."

부엌 바닥에서 작은 개가 발톱 긁는 소리. 초인종에 녀석이 짖는 소리. 한밤중 녀석의 숨소리. 아디나가 웃기를 바랄 때면 우스꽝스럽게 목소리를 낮게 깔고 말하던 토니의 말소리. 들을 게 이제 뭐가 남았단 말인가?

의사는 그녀의 가슴에 입구가 커다란 기구를 놓는다. 화면에서, 세포들의 우주 사이로 그녀의 심장박동이 보인다.

"건강해요. 잡음이 좀 있을 뿐이에요." 의사가 말한다.

"망가졌어요." 아디나가 말한다.

"소리가 심장 문제는 아니고, 공황발작 때문인 것 같군요."

그의 회의적인 태도에 그녀는 놀라지 않는다. 믿지 못하는 건 그녀의 취미가 되었다.

"삶에서 뭔가 바뀐 게 있나요?"

아디나는 어떤 것도 떠올릴 수가 없다. 그녀는 몇 년째 같은 아파트에 살고 있다. "그러니까, 개가 죽었어요."

"그건 큰일이죠." 그가 차트에 적는다.

"그리고 가장 친한 친구도요. 죽었어요. 사귀던 사람이랑 헤어졌고요. 그리고 내…… 가족과 한동안 대화를 못 했어요. 난 계속 연락하려고 하는데 그쪽에서 받질 않아요."

의사는 눈을 깜박인다. "변화가 많았군요."

그는 그녀의 소리 혐오를 일컫는 말이 있다고 말한다. *청각 과민증*. 이 병은 오랫동안 부정적으로 여겨졌지만 요즘엔 인식이 개선됐다고 한다. "사랑하는 사람이 목을 가다듬거나 먹는 소리에 분노를 느끼고, 펜을 딸깍거리는 소리에 꽥 고함을 지르기도 해요. 어떤 사람들은 낯선 사람을 꾸짖기도 하죠."

아디나는 이 단어를 알게 되어 놀랍고 기쁘다. 그 모든 것을 설명하는 인간의 용어가 있었던 것이다! 그녀는 자신의 어떤 성향을 외계인의 것으로 여겨왔던 것이, 사실 인간의 관점에서 이해되지 않는 것이라면 뭐든 낯선 것으로 취급하는 인간적 경향 때문이었다는 걸 깨닫는다. 그녀는 새로운 물건들을 구한다. 실크 베개, 명상 안내 책자. 청각 과민증. 사악한 마녀, 머나먼 땅 같은 병명.

어떤 세월은 당신을 나이 들게 만들고, 어떤 세월은 젊게 만든다. 어쩌면 내년에는 다시 젊어질 수도 있을 것이다.

*

그녀는 팩스를 보낸다. *제발, 제발 나를 데리러 와줘요. 이제 다 끝났어요. 끝났어요. 끝났어요.*

*

슬픔도 계절을 멈출 수는 없다.

봄이 되자 모두가 발정이라도 난 듯 들뜬다. 그들은 새싹을 가리킨다. 나무에 대해 떠든다. 저 나무에 곧 꽃이 필 거야! 여기 서서 기다려보자. 죽음과 슬픔과 회색 들판과 추위가 끝나고 지구가 다시 풍요로워지는 것을 신께 감사하자. 삶은 언제나 새로이 시작될 것이다! 생명이 솟구치는 지구에서 돌아다니는 아기들을 지켜보자. 모두가 대단히 흥분해서 거의 뛰어오르기 직전이다.

토니는 일부 사람들을 뜻할 때 모두라는 말을 써서는 안 된다고 믿었다.

아디나는 죽은 사람들을 잊으려는 것과 정반대의 일을 하고 싶다. 오히려 그들을 스웨터에 핀으로 꽂아두고 싶다. 토니라는 사람이 살았다는 기억과 함께 생겨나는 슬픔이 두렵지 않다. 이 새로운 인간들은 아디나가 오랜 시간에 걸쳐 겨우 사랑에 빠지게 된 죽음을 밟고 무심하게 지나친다. 어떤 새로운 것도 오랜 시간에 걸쳐 이루어진 것을 대체할 수는 없다.

*

결국 슬픔은 주변을 살피려는 아디나의 욕망을 무디게 만든다. 그녀는 더 이상 자신의 광대뼈나 베이글, 아파트 입구 계단에 앉아 있는 거위들에, '예를 들어(e.g.)'라고 써야 할 곳에 '즉(i.e.)'이라고 쓰는 동료의 습관에 대해 메모하지 않는다. 그녀는 구분하고 이름 붙이려는 인간적 충동을 깊숙이 접어둔 채, 자신의 인지 범위 내에 있는 모든 사람, 의식, 사물을 그녀의 언어로 수집하지 않고 자유롭게 떠돌도록 내버려둔다.

*

엄청나게 추운 왜성 주위를 도는 지구 크기의 행성 중 하나의 표면에 앉아 있으면, 당신은 태양에서 받는 빛의 200분의 1밖에 받지 못하겠지만, 태양과의 거리는 훨씬 가까우므로 받는 에너지는 비슷할 것이다. 풍경은 경이로울 것이다. 다른 행성들은 지구에서 보는 달보다 훨씬 더 크게 보일 것이다. 아디나는 생각한다. 그곳에서 오래 살다 보면, 아마도 그곳의 하늘에서 보이는 천체들에 특정한 속성을 부여하게 될 거라고. 저 행성은 사랑을 다스리는 곳이야. 저기? 저기는 악의야. 저게 숨겨질 때는 집 청소를 해야 돼. 완벽히 잘 보일 때는 상사에게 전화해야 해.

*

어느 날 오후, 아디나와 도미닉은 영화관의 조용한 어둠 속에서 동료 영화광들이 우적우적 씹는 소리를 듣는다. 팝콘으로 가득 찬 입들이 내는 소리가 아디나를 바늘로 찔러댄다. 그녀는 낱알들이 뇌진탕을 일으킬 것만 같은 예감 속에 버틴다. 목가다듬는 소리들. 그녀는 영화 광고에 집중해본다. 개 한 마리가 수달의 도움을 받아 전국을 횡단하려는 이야기다.

"수달은 원래 물에 살아야 하지 않아?" 그녀가 도미닉에게 묻는다.

"강가를 따라서 갔나 보지."

"동쪽에서 서쪽으로 흐르는 강이 어딨어?" 아디나가 말한다. 침 튀는 소리와 팝콘 터지는 소리가 계속된다.

도미닉이 말한다. "할리우드에 정확성을 기대한다면 계속해서 실망하게 될 거야."

"여긴 쩝쩝거리는 소리가 너무 많이 나."

도미닉은 뉴욕 밖으로 이사하는 게 어떠냐고 묻는다. 하지만 그렇게 하면 그녀가 어디에 있는지 버터넛이 어떻게 알겠는가?

*

집으로 돌아오자 뉴스에는 온통 한 이야기뿐이다.

하와이 대학의 천문학자들이 우리 은하 안에서 최초의 성간 물체를 발견했다. 오우무아무아라는 이름이 붙은 이 물체는 길쭉한 시가 모양으로 생겼고, '굉장히 길쭉한 빨간색 소행성'으로 묘사된다. 오우-무-아-무-아. 수족관에서 들릴 법한 소리. 오우무아무아는 예상보다 훨씬 느리게 움직이고 있다. 이 말은 아주 멀리 떨어진 곳에서 오고 있다는 뜻이다. 잠들려 애쓸 때마다 아디나의 머릿속에서 맴도는 표현을 쓰자면—*인간이 익숙한 것보다 훨씬 느린 세계에서.*

오우무아무아: 하와이어로 '전령' 또는 '정찰자'라는 뜻.

✶

오우무아무아의 발견에 자극을 받은 아디나는 몇 달 만에 처음으로 상관들에게 팩스를 보낸다.

거기 있나요? 당신들이 오우무아무아를 보낸 건가요? 때가 됐나요?

그녀는 이성적이고 감정 없는 태도를 유지해야 한다는 암묵적 규칙을 무시하고 덧붙인다. *난 양자적으로 당신들이 그리워요. 거리라는 개념이 아무 의미가 없는 현실의 더 깊은 차원에서 당신들이 그리워요.*

✶

답 없이 한 시간이 흐른다. 아디나는 나와서 아파트 입구 계단 거위들을 계절에 맞는 의상으로 갈아입히는 이웃 여자가 서서 종이 한 장을 노려보고 있는 것을 발견한다. 다른 이웃이 불만의 편지를 남겨놓았다. 거위들이 우비를 너무 오랫동안 입고 있다는 거였다.

"더 이상 봄이 아니에요. 이건 부적절해요. 우린 당신에게 의지하고 있어요." 여자가 소리 내어 읽는다. 그리고 어이없어하며 편지를 접는다. "누가 도자기 거위에게 의지를 해요? 누가 이런 편지를 쓰는 거지?"

"다른 일에 화가 난 사람이겠죠."

그녀는 빨간색 물방울무늬가 있는 투명한 비닐 옷을 입고 우산을 든 거위들을 가리킨다. "가을 옷을 주문했는데, 아직 안 왔어요."

"익명의 편지에 책임을 느끼실 필요는 없어요." 아디나가 말한다.

"그래도요."

★

그날 저녁, 상관들에게서는 여전히 아무런 답이 없다. 뉴스에서 한 천문학자가 오우무아무아에 관해 인터뷰한다. 그가 말한다. "그 문명을 보낸 존재들은 이제 더 이상 생존하고 있지 않을 수도 있습니다. 아주 오래전에 우주선을 보냈을 수도 있죠. 우리도 보이저 1호와 2호를 보냈으니까요. 우주 어딘가에는 수

많은 장비들이 떠돌고 있을지도 몰라요. 중요한 건, 태양계 밖에서 온 비행 물체 중 처음으로 발견된 것이라는 점입니다. 마치 딸과 함께 해변을 거닐다가 파도에 밀려온 조개껍데기들을 보는 것과 비슷하죠. 가끔 우리는 인공적인 기원을 가진 물체를 발견하게 됩니다. 이건 어쩌면 외계인들이 보낸 메시지일지도 몰라요. 열린 마음을 가져야 합니다."

✷

욜란다 K를 대신해 온 요가 강사가 이야기한 것.

아주 유명한 현자, 배우 버트 레이놀즈가 한때 이런 말을 했어요. "40년은 뱃속으로 빨아들이기에는 긴 시간이다." 그 사실을 그대로 받아들이는 훈련을 해봅시다. 여러분은 소문자 t예요. 여러분은 초승달이에요. 여러분은 일종의 젖은 걸레예요. 발목을 손으로 잡고, 쭉 뻗은 다리를 향해 몸을 뻗어보세요. 맹장쪽으로 부드럽게 스며들듯 내려가요. 당신이 이 매트 위에 도달하기까지 해온, 보이지 않는 모든 노력에 경의를 표하세요.

수업이 끝나고, 수강생들은 사바사나 자세로 휴식을 취한다. 요가 강사는 각자의 이마에 시원한 수건을 하나씩 올려준다. 아디나는 천장에 걸린 반짝이는 줄전구를 바라보며, 기분 좋게 탈진한 느낌을 누린다. 잔잔한 기악 음악이 흐른다.

"마음껏 쉬세요." 욜란다 K를 대신해 온 요가 강사가 이렇게 말하고 방을 나간다. 사람들은 하나씩 조용히 방을 빠져나간다.

*

크리스마스를 맞아 아디나는 엄마의 집으로 차를 몰고 가면서 라디오 쇼에서 코 푸는 이야기를 듣는다.

토니의 상사는 또 전화를 했다.《외계인 자서전》4쇄와 5쇄가 다 팔렸다. 그녀의 목소리에서는 활기찬 겉치레가 사라지고 간청하는 느낌이 든다. 신년 낭독회를 제발 고려해줄 수 없을까요?

"별로 어렵지 않아요. 부드럽게 풀어서 밖으로 나오지 않는 건 그냥 안에 놔두면 돼요." 이비인후과 의사가 말한다.

아디나는 코를 푸는 방법을 다른 아이들보다 훨씬 오래 걸려 배웠던 것을 떠올린다. 그녀는 기억하기엔 너무 어렸던 시절을 떠올려본다. 동네에 들어가자 한 블록마다 수많은 기억들이 나타난다. 여기는 웨이트리스로 일했던 곳이다. 여기는 집들이 가라앉던 곳이다.

"지나치게 생각하지 마세요." 의사가 말한다.

*

엄마의 라디오는 고장 났다. 둘은 덜 고급스러운 쇼핑몰로 수리를 받으러 간다.

"여기가 마지막 남은 라디오쉑(미국의 전자 제품 소매 체인점. 2000년대 이후 거의 다 문을 닫았다)일 거야." 안으로 들어가며 엄마가 말한다.

점원이 부품을 찾는 걸 돕는 동안, 아디나는 팩스 기계 진열대를 본다. 표지판이 붙어 있다. **레트로 통신.**

엄마는 점원에게 왜 레트로 라디오가 아직도 중요한지 설명한다. 장인정신, 천재성, 충성심. 점원은 동의하며 여전히 매일 트랜지스터 라디오를 찾아서 오는 손님들이 있고 심지어 로터리식 전화기를 찾는 손님도 있다고 말한다. 그러다 입구 근처에서 갑자기 들려오는 큰 소리에 점원이 주의를 돌린다. 삐걱거리고 집단적인 척척 소리.

그는 가게 앞에 있는 점원에게 외친다. "살, 그쪽에 무슨 일 있어?"

"팩스 기계 때문이야." 살은 벽에 가려 보이지 않는 부분을 가리킨다.

아디나와 엄마는 점원을 따라 가게 앞쪽으로 간다. 팩스 기계들이 뻑뻑대며 종이 뭉치를 뱉어내고 있다. 아디나의 맥박이 손목에서 펄쩍 뛴다. 끊임없이 쏟아져 나오는 종이들.

점원은 종이들을 모아서 들어 올려 보이고는 인상을 찌푸린다. "전부 다 텅 비었는데."

*

집으로 돌아오는 길에 엄마는 아디나에게 지난주 토니의 엄마를 만나러 갔었다고 말한다. "그 사람이 어떤 일을 겪고 있을지 난 상상도 안 돼. 어릴 때 네가 아팠던 때가 떠오르더라. 그것만 해도 끔찍했는데. 정말 오싹한 시간이었어. 너를 응급실에 데려가야 하나 싶었단다. 난 보험도 없었는데."

"감기였죠. 겨우 일주일이었어요." 아디나가 말한다.

"아니야. 감기보다 독한 거였고 일주일이 넘도록 갔었어. 난 직장 점심시간 때 집으로 왔고, 넌 열이 끓는 채로 소파에 누워 있었지. 그러다 어느 날 갑자기 나아졌어. 구름이 걷히는 것처럼 말이야. 난 욕실에 가서 울었어."

*

그 방문은 아디나의 마음 한편을 강하게 해준다. 어쩌면, 드디어 슬픔이 움켜쥐고 있던 손아귀를 풀어줬는지도.

아무도 웨이터를 홀리지 않는 한. 아무도 '낫다'와 '낳다'를 바로잡지 않는 한. 아무도 그녀의 이야기를 재미와 당혹감이 섞인 표정으로 들으며 기다렸다가 그 질문들에는 많은 답이 숨어 있어라고 말하지 않는 한. 처마에서 땅으로 눈[雪]이 떨어지지 않는 한. 아무것도 빛나지 않는 한. 프라이드 치킨과 꿀이 나오는 저녁 식사가 없는 한. 아무도 웨이터에게 이게 가장 인기 있는 피자가 아니라면, 대체 뭐가 제일 인기 피자인 거죠?라고 묻지 않는 한. 엘리베이터가 층 사이에서 조용히 머물러 있는 한. 아무도 비 오는 날을 맑은 날보다 좋아하지 않는 한. 아무도 열차를 기다리며 제자리에서 춤추지 않는 한. 아무도 고개를 들지도 않고 "아니요"라고 말하지 않는 한. 지하철이 움직일 때, 옆 사람에게 돌아서서 이걸 수녀들이 만들었다는 게 믿어져요?라고 말하는 사람이 없는 한. 아무도 그녀를 대단히 아껴주거나 너무 쉽게 용서하지 않는 한. 그녀는 어느 날 밤, 뉴욕의 노점상들조차 모두 잠든 시간에 아디나에게 전화를 걸었다. 그녀는 말했다. 때로 네 삶을 보여줄 가장 좋은 사람은 새로운 사람일 거야. 아무도 90년대 힙합 음악을 틀지 않는 한. 음악 자체가 세상에 없는 한.

*

3월, 문 두드리는 소리.

경찰관이 작은 책을 들고 밖에 서 있다. "그 사람을 찾았습니다!" 그가 말한다. 그는 대단한 칭찬을 기대하는 눈치다. 아무 응답도 받지 못한 그가 설명한다. "당신 아파트를 턴 사람이요." 아디나가 너무 오랫동안 반응이 없자 그는 책에 적힌 주소와 찾아온 주소를 다시 확인한다. "당신 아파트가 털렸었죠?"

"굉장히 옛날에요."

경찰관은 기뻐한다. 그는 할랄 고기 노점상들의 소리를 뚫고 목소리를 높인다. "먼저 자백했어요. 이 집과 이웃 몇 군데를 털었다고요. 시내 다른 곳에서 큰 범죄를 저지르려다 잡히니 털어놓더라고요. 당신에게 알려주고 싶었어요."

"그는 베갯잇을 가져갔어요. 전 돈이 될 만한 게 아무것도 없었거든요." 그녀가 외친다.

"그래도 잃은 건 잃은 거니까요."

그가 옳다. 아디나는 그 후 몇 주 동안이나 위험에 노출된 기분이었다. 미처 깨닫지 못했던 그녀의 잘려 나간 일부는 부드러웠다. 그녀는 하늘을, 창백한 손목 같은 달을 한참 동안 쳐다본다.

*

어느 날, 10분 동안 웃음이 멈추지 않았다. 하루 종일 속이 아프지 않았다. 아디나는 자신의 몸에게 말한다. 우리는 슬프다고. 토니는 떠났다. 슬픔은 익숙하고 편안하게 느껴진다. 그녀는 벨벳 점프수트를 온라인으로 주문하고, 도착하니 사이즈가 너무 크다. 반품은 너무 손쉽다. 그저 라벨 하나를 떼서 원래 포장에 붙이고 페덱스 택배로 보내면 된다. 단골 식료품점 바로 옆에 페덱스 센터가 있다. 그리고 식료품점에는 아침에 남은, 통밀 참깨 베이글이 있다. 뉴욕과 인터넷은 기적처럼 느껴진다.

에밀리오가 말한다. "오늘 아주 예뻐 보이네요." 그는 오랜 절약 끝에 가게를 샀다.

아디나가 말한다. "베로니카는 어때요? 장사는요? 인생은요?"

그녀는 베이글을 먹고 공원을 가로질러 집으로 걸어가며 엄마와 특가할인매장에 물건을 반품하기 위해서 가족사를 꾸며내야 했던 날을 떠올린다. 앞에 있는 여자가 더 예쁜 오솔길을 택해서 아디나도 오솔길을 택한다. 몇 미터쯤 가서 여자는 걸음을 멈추고 우거진 나무를 올려다본다. 뉴요커가 이런 행동을 한다는 건 딱 한 가지 뜻밖에 없다. 멋진 새가 있다는 것. 과연 있었다. 그들의 머리 위로 주홍색의 새가 짹짹 울고 있다. 아디나는 언덕을 내려가서 여자 옆에 선다. 여자는 드물게도 아디나보다 더 키가 작다.

"저 새 보여요? 홍관조 짝짓기 시즌이에요." 여자의 머리는 회색으로 아주 곱슬곱슬하다.

아디나와 여자는 작고 빨간 새를 바라본다. 지나가던 소년이 발을 헛디뎠다가 균형을 되찾는다. 아디나는 이 소동으로 새가 날아갈까 봐 걱정했으나 새는 가만히 있다.

"홍관조가 아니네. 머리가 달라요. 저 새는 뭔지 모르겠네." 여자가 정정한다.

이름을 모르는 새는 더 멀어진 것처럼 보인다. "머리가 다르군요." 아디나가 동의한다.

새는 길을 따라 날아가서 다른 나무들 속으로 사라진다.

"자기 이야기를 하는 걸 들은 거예요." 아디나가 말한다.

여자는 미소를 짓고 걸어가버린다. 이 순간 아디나는 두 가지를 확신한다. 기분 좋은 대화였고, 뉴욕에 사는 걸 끝내기로 했다는 것. 전자의 확고함이 후자를 드러내준 듯했다. 차분한 손이 겁먹은 아이를 끌어내는 것 같은 방식으로.

*

달리기 첫날은 고통스럽다. 그녀는 언덕에서 그만둔다. 다음 날도 마찬가지다. 그녀는 언덕에서 그만둔다. 다음번 달리기에서 그녀는 평소보다 짧은 경로를 통과한 다음에 그만둔다. 흙을 발로 차며, 그녀는 자신이 얼마나 형편없는지를 생각하며 웃는다.

"꿈이 뭐죠?" 욜란다 K가 묻는다.

"중력을 지배하는 거요." 아디나가 대답한다.

"그건 잘못 생각하는 거예요. 중력은 당신의 친구예요. 중력이 있어야 우아하게 질 수 있죠. 당신을 막는 건 땅이에요."

다음 날, 아디나의 발은 아프지 않고 옆구리도 당기지 않는다. 그녀는 리애나 음악을 연속으로 틀고 소진된 느낌 없이 언덕까지 갔다가 언덕을 넘어 가볍게, 거의 깡충깡충 뛰며 내리막길을 달린다. 그녀는 그날 달리기를 마친다. 잔디 위에 누워

서 그녀는 우거진 나뭇가지 사이의 구멍을 본다. 노란 잎들은 들판 위로 떨어지고 있다. 축축한 흙이 그녀의 등으로 스민다. 그녀는 위를 본다. 느릿한 적운이 나뭇가지 창문을 지나간다. 진짜 달리기 선수라면 전혀 자랑스러워하지 않을 불안불안한 달리기였지만 그녀는 진짜 달리기 선수가 아니다. 그녀는 암이 혼자서 생겨난 것처럼 단순한 자부심으로 가득 찬 채 하늘을 본다. 오늘 달리기는 그녀의 과거를 동반하지 않았다. 그녀의 슬픔이 더해지지도 않았다. 두려움이 깔려 있지도 않았다. 가을이다. 공원의 모든 것이 중력과 사랑에 빠져 있다. 소모성 슬픔 속에 몇 달을 보낸 끝에, 그녀는 힘겨운 달리기를 마쳤고 살아서 지구에 드러누운 채 하늘을 바라본다.

*

케임브리지에서 긴급 소식을 발표한다. 하버드 대학 천문학과 과장이 오우무아무아의 "기묘한 가속도"를 조사한 결과, 이 물체가 "외계 문명이 의도적으로 지구 근처에 보낸, 완전 작동하는 탐사선일 가능성"이 있다는 결론을 내렸다. 과장은 천문학자들이 이 탐사선을 보낸 문명과 교신할 수 있을지 모른다고 말한다. 그러나 오우무아무아를 너무 늦게 발견해 사진을 찍지 못한 건 아쉽다. 오우무아무아는 행성들이 형성되던 시기에, 자신의 고향 별자리에서 튕겨 나왔다. 정찰선일 수도, 혜성일 수도, 혹은 죽은 행성일 수도 있다. 천문학자들은 이 정도의 중력에 의한 탄성 충돌을 가해서 물체를 우주 멀리까지 날려 보낼 수 있는 행성을 찾고 있지만, 지금까지는 왜성 근처, 그 행성이 있어야 하는 곳에 아무것도 관측되지 않는다. 천문학자들은 오우무아무아의 고향 별로 100만 광년에서 700만 광년 전에 가까이 접했던 네 개의 별을 조사하고 있다.

"상당한 시간 범위네요." 시간에 대해 아무것도 이해하지 못하는 뉴스 진행자가 농담을 던진다.

*

아디나는 텔레비전을 끄고 침묵 속에 앉는다. 죽은 행성. 그녀의 행성이 완전히 소멸했다는 그녀의 암울한 의심이 확인되었다. 아디나는 그 행성이 튕겨 나간 게 아니라는 걸 안다. 떠난 것이다. 오우무아무아는 그녀를 구출하기 위해 보내진 생존자용 우주선이었다. 그녀는 탑승을 놓쳤다. 물체는 너무 멀리 있어 되돌아올 수 없다. 아디나는 미미한 은하의 중심에서 3만 광년 떨어진 곳에, 어두운 나선팔 안에 갇혀 있다. 공용 수영장 로비에서 다른 가족들의 자동차 불빛이 그녀를 비추고, 접수 직원 두 사람은 안타까운 시선을 보낸다. 아무도 그녀를 데리러 오지 않는다. 그녀는 다른 사람들과 다를 바가 없다. 혼자다.

*

아디나는 **깨어나서** 하얀 방의 하얀 소파에 앉아 커다란 영화 화면을 마주 보고 있다. 솔로몬이 그녀의 옆에서 희미하게 반짝인다. 그녀가 그들을 팔로 끌어안으려 하자, 부드러운 바람결과 이른 아침 새들이 지저귀는 소리가 귀를 채운다. 솔로몬은 그녀의 반응에 기뻐하며 활짝 웃는다. 영상이 시작된다.

그것은 1978년 조니 카슨이 칼 세이건과 나눈 인터뷰다. 아디나는 혼란스럽다. 상관들은 여태 그녀가 보낸 칼 세이건에 관한 팩스를 무시하거나 미적지근하게 답했었다. 그러나 곧 깨닫는다. 그들은 그녀의 언어로 말하려고 노력했던 것이다.

그녀는 그 인터뷰를 전부 기억한다. 부드럽고 긴 단발머리의 칼 세이건은 검은 정장에 물방울무늬 넥타이를 맨 차림으로 숲을 그린 그림 배경 앞에 앉아 있다. 조니 카슨은 빛의 속도를 넘어설 수 없다는 사실에 불만이다. 그는 스포츠카를 여러 대 가지고 있고, 언젠가는 자신이 빛보다 빠르게 달릴 수 있다고 믿고 싶어 했다. 칼 세이건은 아인슈타인의 상대성이론에 대해 조니처럼 여러 천문학자들이 반발했으며, 특히 남자들은 한계를 싫어한다고 말한다. 만약 빛의 속도보다 더 빠르게 움직일 수 있다면, 모든 것이 뒤집힌다고 칼은 말한다. 결과가 원인을 앞지른다. 당신의 손이 스위치에 닿기도 전에 불이 켜진다. 계란프라이는 알로 되돌아간다.

인터뷰 영상이 흐릿해지고, 오우무아무아 연구팀의 수석 천문학자가 나타난다. 그는 인간이 보이저 1호를 우주에 보낸 것처럼 오우무아무아가 외계인들이 보낸 메시지일 수 있다고 말한다.

솔로몬은 천문학자의 말에서 그것이 외계인의 메시지인 건 맞지만, 그 이유는 틀리게 추측했다고 전한다. 우리는 모든 인간과 소통하려는 게 아니라, 우리에게 속한 사람들하고만 소통하려 했던 거라고. 아디나의 종족은 태양계에서 강제로 밀려났고 지구를 스쳐 지나갔다. 이제 때가 왔다. 스크린에 한 단어가 떠오르고, 아디나는 움찔한다. **작동 중지**. 솔로몬은 다급하게 반짝이며 보랏빛과 푸른빛을 뿜어내고, 그녀의 질문을 기다린다. 그러나 그녀에겐 아무런 질문이 없다. 그녀는 왜 인간이 한 가지 말을 여러 뜻으로 쓰는지 결코 이해하지 못했지만, 죽음에 대해서만큼은 확실히 알고 있다.

*

아디나는 솔로몬의 방문 기억을 완전히 간직한 채 깨어난다. 몸이 마치 편지로 가득 찬 우편함처럼 느껴진다. 다른 방에서 들려오는 소리에 정신이 든다. 맑고, 익숙하고, 그녀가 지구에서 가장 좋아하는 소리다. 팩스 기계가 끽끽거리며 메시지를 뽑아낸다.

지구를 한 단어로 요약하라. 작동을 중지하라. 통신은 그렇게 쓰여 있다.

문장으로 요약하라는 말인가요?

단어. 그다음 작동 중지하라.

이제는 떠나고 싶지 않아요. 머물고 싶어요.

그래도 어쩔 수 없다.

영화 같지는 않을 것이다. 진주 빛깔 우주선이 돌고래처럼 대서양 위를 돌고 있는 그런 장면은 없다. 매초 오우무아무아는 점점 더 멀어지고 있다. 아디나가 너무 오래 기다리면 그들은 닿지 않을 만큼 멀어질 것이다.

＊

토니의 상사는 전화선 너머에서 그녀의 말을 듣고 충격받은 목소리로 말한다. "정말 기뻐요. 하지만 책의 인기를 생각하면 훨씬 더 커야 할 거예요."

아디나가 묻는다. "얼마나 큰 곳이요?"

＊

보이저 1호는 지구로부터 가장 멀리 간 인공 물체가 된다. 그것은 유물로 여겨진다. 천문학자들은 에너지를 절약하기 위해서 보이저의 시스템을 종료한다. 보이저가 혹시라도 외계 생명체들의 손에(혹은 잡는 부분으로 여겨질 수 있는 어떤 것에) 들어간다면, 소식을 전할 만큼의 전력이 남아 있기를 바랄 뿐이다.

아디나의 인간 관절이 뚝 소리가 나고 달칵거린다. 머리숱은 줄어간다. 가슴은 욱신거린다. 슬픔이 그녀의 감각 위에 이불을 덮었다. 그녀는 보이저가 우주를 가로지르며 하나씩 불빛이 꺼지는 모습을 상상한다. 그들은 중년에 접어든 형제 탐사선이다. 1호와 2호 모두 우주와 소통하고 정보를 수집하는 것을 목적으로 1977년에 발사되었다.

아디나가 이 장소의 복잡한 본질을 한 단어로 어떻게 표현할 수 있을까? 그녀는 작동 중지를 해서 인간이 의식이라고 부르는 것을 오우무아무아에서 되찾아 외계 고향의 집단적 품으로 돌아갈 수 있기를 희망한다. 그녀는 자신의 빛이 켜지기를 바란다. 만약 빛이 켜진다면, 그건 언제일까?

욜란다 K가 말한다. 낙관적이지 못할 이유가 전혀 없어요.

아디나는 지구 향수병에 걸리게 될까? 그녀가 이 행성을 떠난 후에야, 여기가 그녀의 고향이었는지 아닌지를 알 수 있을지도 모른다.

★

겨울이다. 아디나의 엄마의 정원은 잠을 잔다. 엄마는 식물과 덤불들 옆으로 아디나를 안내하며 뭐가 뭔지 알려준다. 라벤더, 백일초, 레몬 바질. 엄마는 석사 과정을 졸업했고 인사팀의 부팀장으로 승진했다. 인생 처음으로 그녀는 돈에 쪼들리지 않는 상태다. 튤립, 수선화, 부들레야. 그녀는 장미들이 밤사이에 버스를 타고 도착한 것처럼, 그녀가 씨앗부터 정성껏 키우고 속마음을 털어놓고 해충을 조사해 퇴치해준 적이 없는 것처럼, 장미의 성공에 여전히 당황한 상태다. 채송화, 시베리아 붓꽃, 백일홍. 매일 엄마는 여전히 그것들이 거기에 있는지 확인을 하고 그것들은 늘 거기에 있다.

"다 저축이야. 이렇게 세월이 흐르고 보니 말이지. 믿을 수가 없어." 엄마가 말한다.

잔디는 죽었다. 땅은 무자비하다. 쪽파, 데이지, 제비콩 줄기. 엄마는 사랑에 빠진 여자처럼 식물들의 잠재력 주위를 돌아다닌다.

*

아디나의 출판사는 낭독회를 위해서 브루클린의 한 유대교 회당을 빌린다. 그날 밤, 아디나와 엄마는 택시를 타고 도착해서 건물을 빙 돌아 길거리까지 이어지는 줄을 발견한다.

"아디나, 이게 무슨 일이니?" 엄마의 드레스는 어두운색에 가로등 불빛 아래서 별처럼 반짝이는 조그만 장미 무늬이다.

엄마는 재빨리 걸어가서 입구 근처에 서 있는 한 남자에게 인사한다. 또 다른 사람들 모임을 환영하기 위해서 문이 활짝 열리며 그의 은색 머리카락과 수염이 빛난다.

"찰스, 이쪽은 내 딸이에요." 엄마가 말한다.

"네 책을 읽었어. 난 대부분 이해할 수 없었지만, 훌륭하다는 것만은 알겠더라."

아디나는 웃고 그의 이마가 붉어진다.

대기실에는 음식 접시와 와인 주전자, 몇몇 편집자들이 흩어져 있고 모두가 기분이 좋다. 토니의 상사는 스웨터와 거기 어울리는 호랑이 줄무늬 치마를 입고 있다. 아디나는 왜 이 낭독회가 종교 공간에서 열리는 건지 묻고, 그녀는 여기가 그녀의 독자들을 다 수용할 만큼 큰 유일한 곳이라고 말한다.

편집자 몇 명은 그녀의 이야기를 믿고 몇 명은 믿지 않는다. 이것은 다른 사회적 관계들과 별다를 게 없다. 그래도 모두가 잔을 들어 올리고 격려의 말을 건넨다. "이 결과를 믿을 수 있어요? 누가 독립 출판 책이 이렇게 많은 사람들의 상상력을 사로잡을 거라고 생각했겠어요?"

"저요." 아디나의 엄마가 찰스의 접시에 쌓여 있는 쿠키 더미에서 하나를 집어 먹으며 말한다. 엄마의 희끗한 머리카락은 목덜미로 말아 올렸고 다이아몬드 핀이 반짝인다. 엄마의 억양은 중서부 기상 캐스터처럼 말하는 편집자들과 대비된다. 그것은 빛나는 소리다. 찰스는 쿠키를 하나 자신의 접시에서 집어 엄마에게 준다.

"언제부터 믿었나요?" 한 편집자는 이렇게 물은 다음 덧붙인다. "그러니까, 이분의 존재를요."

"얘는 태어날 때 날 거의 죽일 뻔했어요. 얘가 그 말 하던가요?"

"어머니가 참 재미있으시네요." 토니의 상사가 아디나의 귀에 속삭인다.

찰스와 엄마는 앞줄 자리에 앉는다. 그는 엄마가 의자 등받이에 카디건을 거는 것을 돕는다. 그리고 엄마의 어깨에 팔을 두른다. 기능성 코트와 새것 같은 스니커즈. 아디나는 그가 엄마의 정원에 있는 나무와 덤불을 나르고 엄마의 백합이 아주 조금 자랄 때마다 칭찬해주리라는 걸 알 수 있다. 도미닉과 테드가 도착해서 무대에 있는 아디나에게 손을 흔든다. 회당의 조명이 어두워진다.

토니의 상사가 마이크 앞으로 걸어간다. "오늘을 위해서 아주 멀리까지 여행을 온 분께 큰 박수 주시죠."

동물 무늬 옷은 난 *치타*를 죽였어라는 의미가 아니라 난 *치타예요*라는 의미임을 아디나는 깨닫는다. 이 즐거운 생각이 그녀를 마이크 앞으로 이끈다.

*

"다른 사람들의 이야기를 들을 때 내는 가벼운 신음, 특히 상대가 아픈 감정을 털어놓을 때. 각종 덮밥들. 약속에 늦은 사람이 도착했을 때 바로 마실 수 있도록 먼저 음료를 주문해줄까 묻는 것. 오레가노를 뿌린 얇은 토마토 슬라이스. 대마초를 피울 때 혼자만 빠지면 종종 '혹시 내 이름이 '생략'이었어?'라고 말하던 도미닉. 폭풍우 치는 날 운전할 때 육교 아래서 생기는 고요한 침묵. 하이웨이스트 팬티스타킹. 주유소 뒤에서 베르사유의 꽃처럼 피어나는 장미 덤불. 머리를 땋고 자면 머리카락에 생기는 잔물결. 환한 대낮에 영화를 보러 가서 밤이 되어 돌아오는 것. '아직'이라는 단어. 그건 한 가지 가능성 이상을 믿게 해주니까. 피라미드 꼭대기에서 요가 매트를 망토처럼 휘두르며 다이애나 로스 '흉내'를 내는 욜란다 K. 공원의 햇살 아래 공을 물고 사람들 사이를 보석처럼 반짝이며 움직이는 개. 토니가 '날씨 귀걸이를 하고 유기농 슈퍼에 가서 '전 명이나물을 좋아해요. 당신은요?' 같은 말 해보자'라고 했던 밤. 금요일 지하철에서 여행 가방이 제비꽃처럼 툭툭 튀어오르는 풍경. 사람들이 떠나고, 도착하고, 그리고 다시 떠나며 시작되는 월요일. 나는 처음 이 도시에 왔던 날의 마음을 잃지 않았고, 7호선 지하철이 터널을 빠져나와 지상역에 다다를 때마다 스카이라인을 봐요. 뒷다리로 서서 춤추는 내 작은 개. 몸을 해방하기 위해 필요한 와인, 담요, 가운. 몸이 있다는 건 힘겨운 일이에요.

 난 인간의 경험을 보고하라는 임무를 받고 여기에 보내졌지만, 실패했어요. 난 내 인생을 충분히 사용하지 못했어요. 인간이라는 단어 자체가 결함을 의미하죠. 모든 것이 기술적으로는 맞지만, 어떤 예상치 못한 문제가 그것을 망쳐버린 상태. 만약 내 임무가 인간이 되는 것, 그러니까 실패하는 거였다면, 난 성공한 것 같아요. 하지만 지구에서의 삶을 전부 빠짐없이 담아낸 보고서를 만드는 것이 임무였다면, 난 애초부터 실패할 운명이었을 거예요. 언어는 경험 앞에서 한없이 초라해요. 내가 가장 깊이 사랑했던 것들과 가장 깊이 슬퍼했던 것들은 말로는 표현되지 않았고 결코 팩스로 보낼 수도 없었어요. 내가 해온 일에는 항상 도달할 수 없는 뭔가가 있었고, 그들도 그걸 분명히 알고 있었을 거예요. 아니라면 나처럼 예민한 사람을 보내지 않았을 테니까요. 인간이라는 단어가 아우르지 않는 성공이나 실패의 방식은 없어요."

 아디나는 방 한가운데에서 뭔가가 움직이는 것을 느낀다. 한 남자가 피켓을 들어 올린다. **당신의 존재를 믿어요.**

 아디나는 말을 잇는다. "지금까지 가장 큰 상처가 된 건, 사람들이 제게 집이 되어주겠다고 약속했지만 그걸 저버렸던 순간들이에요."

앞줄에서 한 여자가 피켓을 든다. **당신은 사기꾼이야.**

"내가 가장 좋아하는 인간의 감정은 기쁨이에요. 너무나 오해받고 있으니까요. 기쁨에는 다른 모든 감정이 담겨 있어요."

좌석과 객석 뒤쪽에서 피켓들이 올라온다. 도미닉과 찰스가 자리에 앉은 채 돌아본다. 아디나의 이야기를 믿는 사람이 안 믿는 사람보다 더 많다. 아니, 몇 개의 피켓이 더 있다. **거짓말쟁이. 외계인은 집에 가라.** 몇몇 피켓은 혼란스럽게 제3의 의견을 담고 있다. **선생들 봉급을 더 올려라. 케일을 더 먹어라.** 아디나의 엄마는 돌아보지 않는다. 딸에 대한 다른 사람들의 의견은 상관없다. 그녀는 딸의 마음을 안다. 왜냐하면 그것은 곧 자신의 마음이기도 하니까. 그녀는 차분한 시선으로 무대에서 머뭇거리는 딸을 계속 바라본다.

아디나가 말한다. "계속할까요?"

*

아디나는 서랍에서 휴대폰을 꺼내서 전원을 켜고 트위터 아이콘을 클릭한다.

토니는 무릎에 작은 개를 올린 아디나의 사진을 프로필에 등록하고 소개글을 써놓았다. 아디나 조르노는 인간의 삶에 관해 보고하기 위해 지구에 잠입한 무성애 외계인이다. 그녀의 이름 옆에는 파란색 인증마크가 있고 계정은 딱 하나의 다른 계정을 팔로잉 중이다. 필라델피아 북동부의 마틴 아쿠아리움. 그녀에게는 65만 명의 팔로어가 있다. 그녀의 엄마, 도미닉, 오드리, 산티노, 딜라일라, 미겔, 아파트 계단 거위에게 계절에 맞게 옷을 입혀주는 이웃, 레스토랑의 헤더, 멀리사, 필리스. 키스 응우옌, 골드먼 부인, 미겔이 데이트하고 토니가 기만적인 방식으로 못생겼다고 말했던 여자. 역기를 든 여자의 프로필 사진은 욜란다 K다.

아디나는 방 안을 서성거리다 침대를 다시 정돈하고, 다시 핸드폰을 켠다. 그리고 쓴다. **안녕.**

*

아디나는 무릎 사이에 차가 든 머그잔을 끼고 침대에 앉는다.

그녀는 지금까지 만난 모든 사람들이 하나씩 방에 들어오는 것을 상상한다. 그들은 침대 곁에 멈춰 선다. 그녀는 그들 특유의 제스처와 움직임을 또렷이 본다—도미닉은 수줍게 노크하며 들어가도 되냐고 묻는다. 오드리는 자신만만하게 성큼성큼 들어온다. 다시는 보고 싶지 않던 사람들도 반갑게 환영한다. 아빠, 미겔, 다코타도 찾아왔다가 떠난다. 바깥에선 휘몰아치는 바람이 뉴욕 퀸스를 지나며 창문을 흔든다. 아디나는 다리를 꼬고 앉아서 한 사람 한 사람을 맞이한다. 그들이—지금 물리적으로 어디에 있든 간에—여기에 들렀었다는 걸 알까? 그녀는 그들이 맛있는 식사를 하고 있거나, 좋아하는 차를 수리하거나, 숲속을 산책하거나, 질긴 진달래 뿌리와 씨름 중이기를 바란다. 그녀는 그들에게 살짝 손을 댄 채로, 그들을 향한 깊은 존중을 담아, 사과하고, 용서한다. 예외 없이 명료하게, 모든 인간은 고통과 유한한 삶에 사로잡혀 있다. 모든 인간은 같은 고향을 공유한다. 그녀의 뺨은 마치 파티에서 자신의 드레스가 주목받은 것처럼 따뜻해진다. 바깥에서 부는 바람, 머그잔 안의 차.

"이걸로 충분해."

*

답이 하도 빠르게 도착해서 핸드폰은 메시지 하나하나를 구분하지 못하고 부르릉거리는 소리를 낸다.

안녕! 당신 책은 나한테 정말 의미가 깊었고 내……

꺅! 계속 기대했어요. 당신이……

초등학교에서 공부하고 있는데……

정말 고마운 건……

아디나는 밤늦게까지 도착한 답변들을 읽는다. 빠르게 지나가는 7호선 열차 위로 해가 떠오를 무렵, 그녀는 마지막 메시지를 보낸다.

고마워요.

그녀는 핸드폰을 끄고 다른 물건들과 함께 놔둔다.

그녀는 마지막 임무였던 한 단어를 종이에 써서 팩스 트레이에 그냥 둔다.

*

처음에, 아디나와 그녀의 지구 엄마가 있었다.

어쩌면 그래서 끝에 이르러, 침대에서 깨어나 블라인드 사이로 비치는 햇빛이 몸을 가로지르는 순간 아디나에게 엄마의 코트가 떠오르고, 끝없이 잡다한 일로 가득하던 어린 시절의 어느 하루, 두 사람이 함께 특가할인매장의 반품 줄에 서서 이야기를 꾸며냈던 날의 냄새가 기억나는지도 모른다. 그때 아디나에게는 엄마가 유일한 전부였기에 늘 어쩔 수 없이 따라나서곤 했다. 그 지직거리는 조명 아래에서, 더 서 있기에는 지친 척을 하며 엄마의 옆구리에 기대 그날 끓여 먹을 닭을 찾는 일은 정말이지 지루했었다. 모든 세속적인 필요를 충족해야 했다. 기억 속에서 아디나의 엄마는 청소 중 스펀지를 내려놓고 딱딱한 부분을 긁어내고 있었다. 엄마는 삼십대였고, 나이가 많은 것도 아니었다. 잡다한 일들이 흘러가는 오후, 엄마의 코트, 누군가의 마음속 현관이라는 단어, 그리고 겨울의 어둠. 어린 시절은 늘 겨울뿐이었던가? 우리가 닭 말고 다른 걸 먹은 적이 있었나? 엄마의 코트는 복제하기도 어려울 만큼 특이한 가지 색깔이었고, 술통 모양 단추가 목부터 바닥까지 불룩한 물결 모양으로 줄지어 있었다. 엄마가 그 코트를 입고 학교에 데리러 올 때면 아디나는 부끄러웠다. 모로칸 오일, 연필 지우개, 이끼 냄새가 나는 코트, 몸을 따뜻하게 감싸주던 그 코트.

*

인간의 수명은 본래 덧없도록 설계되었지만 때로는 끝없는 것처럼 느껴진다. 몇 년이 1분처럼 순식간에 지나가기도 하고, 어떤 오후는 영원과도 같다. 하지만 서로 다른 기류가 만나 토네이도를 만들어내듯, 덧없음과 영원함의 대립(모든 것에 적용되는 밀고 당기기)은 낭만적인 사랑, 슬픔, 배신, 기쁨이 생겨나는 조건이 된다. 한없이 무의미하면서도 깊고 오묘한 교류들. 아디나는 닫혀가는 문을 향해 솟아오르는 고통스러운 희망을 이해한다. 그녀는 더 많이 여행을 했어야 했다. 대부분의 사람들처럼 아디나도 집에 머물며 같은 일상을 반복했다. 인생의 끝에 다다랐을 때, 당신은 다른 길들을 걸어볼 시간이 남아 있기를 바라게 된다—이보다 더 인간적인 일이 있을까? 한 번의 삶은 그녀가 사랑해보고 싶은 모든 것을 사랑하기에는, 사랑하는 모든 것을 가능한 한 많이 사랑해보기에는 너무 짧았다. 아디나는 영화 속의 낭만적인 사랑도, 보다 현실적인 영화에서 나오는 사랑도 경험하지 못했다. 하지만 그녀는 곁에서 함께 성장해온 엄마를 사랑했고, 지구를 떠날 때까지 함께한 친구를 사랑했다. 개를 사랑했고 자신의 일을 사랑했다. 심지어 알지 못하는 인간들을 사랑하기도 했다. 이 사랑들은 초월적인 것이었다. 그녀를 변화시켰다. 대부분의 일이 그렇듯, 그건 좋은 일이면서 나쁘기도 한 일이다.

*

 아디나는 뉴욕 스태튼 아일랜드의 페리 항구로 가서, 운임을 내고, 얼어붙은 항구 한가운데를 향해 배를 탈 것이다. 짙은 안개 속에서 다른 배들이 은은하게 빛날 것이다.
 그녀는 여전히 인간의 걱정들로 환히 마음을 밝힌 채 여행을 시작할 것이다. 그녀의 엄마, 전날 밤의 낭독회 같은 것들. 하지만 떠나는 동안 점점 사고의 폭이 넓어질 것이다. 어쩌면 그녀의 종족은 빛의 속도보다 더 빠르게 움직이는 법을 발견해 더 이상 결과가 원인을 따르지 않는 세계를 만날지도 모른다. 어쩌면 지구에서 경험했던 슬픔은 그녀가 사랑했던 모든 이들이 이미 떠나버렸기 때문일지도 모른다. 어쩌면 그녀의 일부는 영원히 과거를 향해 전진하고, 또 다른 일부는 아직 쓰이지 않은 문장의 마침표처럼 우주 어딘가를 떠돌지도 모른다. 어쩌면 그 문장을 쓰게 될 일들이 이제 막 생겨날지도 모른다. 아디나는 늘 다른 사람들이 따라와주기를 기다리고 있는 듯했고, 언제나 메모를 썼다. 고향을 잃어가며. 그녀는 미국인이었다. 그래서 자주 여행을 하지 않았다. 그녀는 외계인이었다. 그래서 늘 먼 곳을 그리워했다. 그녀는 인간이었다. 그래서 그 외로움을 결코 인정하지 않았다. 떠나면서 아디나는 마지막으로 남는 인간의 감각이 청각이라는 것을 깨닫게 될 것이다. 그녀의 마지막 연결 고리는 온갖 소리들—오케스트라를 조율하는 소리, 바이올린 합창, 부두에서 철그렁거리는 쇠사슬 소리, 안개 속 바지선의 경적 소리, 그리고 오보에 소리—이 될 것이다. 그녀는 지구를, 자신이 사랑했던 모든 인간이 있던 그 행성을 그리워할 것이다. 오직 그녀의 껍데기만이 남게 될 것이다.

"내가 꼭 죽은 것처럼 보일 거야." 어린 왕자는 조종사에게 이렇게 말했다. "하지만 그건 진실이 아닐 거야."

아디나는 절대적인 통로로 들어설 것이다. 그곳에서 죽음은 단지 하나의 시점이 줄어드는 일일 뿐이다. 그녀의 별이 점점 시야를 잃어가며 희미해질 때, 하나의 빛이 무수한 빛들과 합쳐지는 듯한 감각이 찾아올 것이다. 반짝이며 무한히 펼쳐지는 곳으로.

감사의 말

나의 충성스럽고 비할 데 없는 에이전트 클로디아 밸러드, 믿음 가득한 길잡이가 되어주었던 제나 존슨, 리애나 컬프와 FSG의 팀, 필리스 트라우트와 브라이언 브룩스, 줄리아 스트레이어, 에이미 브릴, 코트니 몸, 할리마 마커스, 엘리엇 홀트, 미라 제이컵, CJ 하우저, 클레어 바예 왓킨스, 마누엘 곤잘러스, 토머스 모리스, 체링 왕모 돔파, 애니 리온타스. 따뜻하게 초고의 독자가 되어준 브랜든 홉슨, 토미 오렌지, 카베 악바르. 러모나 오수벨, 고마워요.

크런치 헬스장의 칼 홀, 〈굿 플레이스〉에서 클램차우더 테마 레스토랑 이름을 '어 리틀 빗 차우더 나우(A Little Bit Chowder Now)'라고 지은 어느 작가분, 프로스펙트 공원의 달리기 트랙, 미국 전역 호텔의 모든 러닝머신, 브라이언 레러. 어떤 종류이든 내게 여러 상을 건네주고 일을 맡겨주었던 모든 사람들, 감사해요. 고개를 숙이고 오직 작품에만 귀 기울일 때 생기는 불가사의한 마법. 내가 우산이 없는 걸 알아채고 말없이 자신의 것을 건네준 다음 옷깃을 세우고 난공불락의 신처럼 빗속으로 성큼성큼 걸어간 포트 해밀턴 지하철역의 신사.

나의 선생님들, 내 형제들(혈연이든 아니든). 뉴욕 대학, 더 뉴 스쿨, 아메리카 인디언 예술 대학, 그 외의 내 학생들. 버몬트 대학의 생애 마지막 단계 돌봄 프로그램, 캣랜드 북스. 더 카빈스 리트리트. 아일랜드의 먼스터 문학 센터, 예일 대학. 도드슨 가족.

아디나 탤브-굿맨(1986~2018)을 사랑하고 그녀를 통해 더 나은 사람이 되었던 모든 이들.

나의 첫 번째 독자, 헐린 버티노, 그녀의 정원에 모든 꽃을. 마르첼로, 그리고 시인 테드 도드슨.

앙투안 드 생텍쥐페리, 그리고 모든 동료 조종사들.

외계인 자서전

1판 1쇄 발행 2025년 7월 21일
1판 5쇄 발행 2025년 12월 10일

지은이·마리-헐린 버티노
옮긴이·김지원
펴낸이·주연선

(주)은행나무
04035 서울특별시 마포구 양화로11길 54
전화·02)3143-0651~3 ｜ 팩스·02)3143-0654
신고번호·제 1997 — 000168호(1997. 12. 12)
www.ehbook.co.kr
ehbook@ehbook.co.kr

ISBN 979-11-6737-573-5 (03840)

• 이 책의 판권은 지은이와 은행나무에 있습니다. 이 책 내용의 일부 또는 전부를 재사용하려면 반드시 양측의 서면 동의를 받아야 합니다.

• 잘못된 책은 구입처에서 바꿔드립니다.